SOUVENIRS ANECDOTIQUES

DE LA

GUERRE DE 1870-71

PAR

LÉOPOLD DOUSSAINT

Avocat à la Cour d'Appel de Paris

OUVRAGE POSTHUME

Préface de Arthur RANC

Député de la Seine

TOME Iᵉʳ

PARIS

Librairie Centrale des Publications Populaires

H.-E. MARTIN, DIRECTEUR

45, RUE DES SAINTS-PÈRES, 45

—

1885

SOUVENIRS ANECDOTIQUES

DE LA

GUERRE DE 1870-71

SOUVENIRS ANECDOTIQUES

DE LA

GUERRE DE 1870-71

PAR

LÉOPOLD DOUSSAINT

Avocat à la Cour d'Appel de Paris

OUVRAGE POSTHUME

Accompagné de deux cartes

Préface de Narcisse LEVEN

TOME Ier

—

PARIS

Librairie Centrale des Publications Populaires

H.-E. MARTIN, DIRECTEUR

45, RUE DES SAINTS-PÈRES, 45

—

1885

PRÉFACE

Les souvenirs anecdotiques de la guerre de 1870 sont l'œuvre d'un jeune écrivain mort il y a quelques années.

L'auteur et l'œuvre méritent d'être connus.

Monsieur Doussaint appartenait au barreau de Paris avant 1870 ; il faisait partie de cette vaillante jeunesse que la Révolution de 1848 avait marquée de son empreinte, qui était restée républicaine sous l'empire, et travaillait à délivrer le pays d'un gouvernement auquel elle ne pouvait pardonner ni son origine, ni la destruction des libertés, ni la corruption des mœurs publiques. Elle détestait l'empire même sans prévoir tous les maux qu'il préparait à la France.

Après la révolution du 4 septembre, il vint à Tours. Il raconte avec une simplicité où la noblesse de son caractère se révèle qu'on lui offrit, dans la magistrature, des fonctions qu'il pouvait dignement occuper mais qui l'auraient tenu en dehors de la lutte active. Il se jeta en pleine mêlée ; il entra dans l'intendance et fit deux des plus pénibles campagnes de toute la guerre, celle de la Loire, avec l'armée du général d'Aurelle ; celle de l'Est, sous les ordres du général Bourbaki.

C'est de ces deux campagnes que M. Doussaint nous entretient.

Le salut du pays fût deux fois attaché à leur fortune, l'armée de la Loire devait marcher sur Paris et le débloquer ; plus tard, celle de l'Est, triomphante, devait empêcher les Allemands de se maintenir sous les murs de Paris, et d'en continuer le siège. Il y eut des heures de grandes espérances. Les armées improvisées de la Province eurent des succès, mais ils furent sans résultats. Monsieur Doussaint faisait partie de l'armée de la Loire, à l'heure où elle devait faire sa jonction avec une armée sortie de Paris. Mais, au lieu d'aller en avant, il lui fallut se replier et aller se reconstituer à distance de l'ennemi. Il y eut dans l'Est aussi de brillants faits d'armes ; après Villersexel, on se prit à espérer que la vaillante ville de Belfort allait être débloquée, mais l'armée de l'Est s'arrêta, revint sur ses pas, et sa retraite fut un des plus lamentables épisodes de la guerre.

Quelle a été la cause de nos revers ?

On a écrit déjà bien des livres sur la guerre de 1870 et l'histoire de chaque armée, de chaque campagne a été racontée ; mais les auteurs de ces récits ont, la plupart, eu dans les événements militaires un rôle et une part de responsabilité tels qu'ils ne peuvent se dégager d'eux-mêmes, et s'il n'est pas possible de faire l'histoire de cette guerre sans eux, il est difficile de la faire avec eux seuls.

Monsieur Doussaint est un des hommes qui ont eu foi dans la Défense Nationale et ont espéré le salut du pays avec la chute de l'empire et la résurrection de la République. Il espérait voir naître un de ces mouvements immenses, enthousiastes, irrésistibles, où chaque homme, où chaque chef porte avec le sentiment de sa responsabilité la volonté de vaincre. Que le pays ait sous la conduite de son gouvernement, sous l'impulsion de son jeune et glorieux ministre de la guerre, Gambetta, fait de magnifiques efforts pour chasser l'ennemi du territoire, M. Doussaint le constate. Pourquoi avons-nous échoué, c'est une question dont on sent que l'auteur est constamment préoccupé et sur laquelle il cherche à faire la lumière.

L'empire laissait la république désarmée, en présence d'un ennemi victorieux qui occupait une partie considérable de son territoire. La seule armée qui ne fût pas vaincue ou captive était dans Metz aux mains d'un traître, de Bazaine. Le gouvernement n'avait pour continuer la guerre ni généraux, ni officiers, ni soldats, ni armes, ni approvisionnements. Il fallait tout créer, tout organiser, au cours même de l'invasion. C'étaient là des causes d'infériorité sur l'ennemi, qu'on ne peut méconnaître. Mais bien que Monsieur Doussaint en fasse la part, il cherche après tant d'autres écrivains l'explication de nos défaites: C'est reconnaître qu'une défense improvisée avait rendu la victoire possible ; Monsieur Doussaint le reconnaît, c'est un hommage précieux aux organisateurs de nos armées, au pays. Il va plus loin, il montre deux fois la victoire prochaine et décisive, pendant les campagnes de la Loire et de l'Est. On sent dans ses récits les émotions d'un patriote qui a deux fois espéré et vu deux fois ses espérances déçues par des fautes que les hommes de guerre ont pu déterminer.

Là est l'intérêt du livre ; M. Doussaint n'est pas un militaire de profession, mais il vit au milieu de l'armée, avec ses chefs ; il est l'auxiliaire, le confident de l'intendant du corps d'armée auquel il est attaché ; il est mêlé à tous les détails de l'organisation, à tous les mouvements de l'armée, il voit les préparatifs de combats. Il recueille les impressions des soldats et les opinions des chefs, il raconte tout ce qu'il entend, tout ce qu'il voit sans négliger, à côté des faits importants, les détails de la vie, de la conduite de chaque jour qui permettent au lecteur de juger avec lui les hommes et les choses. Monsieur Doussaint est un observateur exact et précis ; il a la religion du devoir.

En même temps qu'il loue les généraux, les officiers habiles que l'armée compte dans ses rangs, les soldats qui combattent avec courage et supportent les rigueurs d'un terrible hiver sans se plaindre, il cite des chefs dont l'incapacité, l'imprévoyance, l'outrecuidance et l'ignorance sont un danger pour l'armée. Il rencontre trop de soldats indisciplinés, il y a trop d'égoïstes, de peureux, au milieu des populations que l'armée traverse et dans lesquelles elle aurait dû trouver de solides auxiliaires.

Il ne ménage la vérité à personne ; je ne sais s'il

s'est trompé dans certains de ses jugements. Qui dans une œuvre de ce genre peut échapper à l'erreur ? Mais personne n'accusera M. Doussaint de partialité ; il a le souci de la vérité et s'il est sans pitié pour les hommes, c'est parce qu'il a la ferme conviction que si tous avaient été à la hauteur de la tâche que les événements leur imposaient, le pays pouvait être sauvé. Cette pensée domine aussi bien les détails que les vues d'ensemble sur les deux campagnes de la Loire et de l'Est.

Cette publication posthume mérite l'attention publique. Le souffle qui l'anime est généreux, patriotique. A côté de faits nouveaux et précieux pour l'histoire, elle contient des enseignements utiles à méditer pour tous.

M. Doussaint dogmatise rarement ; il sait bien raconter ce qu'il a entendu ou vu. Rien n'échappe à son attention. Tout ce qui est pittoresque l'attire. La description des monuments, des villes, des paysages, les études des caractères et des mœurs se mêlent aux tristesses de la guerre : il fait des portraits, il raconte des anecdotes avec une bonne humeur que n'altérent ni le travail, ni les soucis, ni les fatigues au-dessus de ses forces. On sent que, pour les supporter, il a besoin de se dérober à lui-même, il fait de ses lecteurs les confidents de ces états divers de son âme, il a le ton d'un homme aussi sincère avec les autres qu'avec lui-même.

On soupçonne qu'il a beaucoup souffert, mais ce sont les souffrances de ses compagnons d'armes qui l'occupent. Il ne dit rien de lui. Il n'est malheureux qu'après la guerre, en Suisse où il est interné, condamné à l'inaction, aux prises avec les injustices de l'opinion publique. Il subit cette dernière épreuve avec tout son courage, mais sa santé était altérée. Il survécut quelques années seulement à la guerre; il est mort en laissant à son père le soin de publier une œuvre qui honore sa mémoire, et que liront avec profit tous ceux qui cherchent la vérité sur l'histoire contemporaine.

N. LEVEN.

NASIM

A

MERZA-VETERAKHAN

Saint-Germain le 20 mai 1872.

Selon ma promesse, je t'envoie enfin le récit de ma campagne de la Loire et de l'Est avec l'armée française : je lui ai donné le titre de souvenirs anecdotiques, par le motif qu'au récit des faits et gestes de notre corps d'armée j'ai voulu joindre quelques anecdotes, afin de donner une vie toute particulière à mon œuvre.

Mais je dois tout d'abord te déclarer que ces souvenirs anecdotiques seront plutôt les mémoires des autres que les miens. Tous les faits que je vais raconter, je ne les ai pas pris sur des notes, mais pour la plupart j'en étais et acteur, et témoin.

Ne vas pas non plus supposer que, dans ces pages, je veuille faire le guerrier, parce que j'ai vu quelques champs de bataille ; que je veuille faire l'éloge du corps de l'intendance, parce que j'y étais attaché.

Mon seul but est que cette lecture puisse être utile aux Français de 1871 et aux générations futures de la France.

Mieux que personne tu connais mes aptitudes, et tu sais que je n'ai jamais eu beaucoup de penchant pour la carrière militaire. Souviens-toi qu'à mon départ de Téhéran, lors de la déclaration de guerre, j'avais formé le dessein de servir la France dans cette guerre, et je ne savais pas comment.

En arrivant en France, comme j'entendais, de tous côtés, crier et récriminer contre l'Intendance, j'ai pensé qu'il y avait dans cette partie de l'armée plus de services à rendre que dans toute autre et qu'il y avait sans doute des choses curieuses à voir et à étudier, puisque les Français attribuaient leurs insuccès à l'Intendance.

Tu connais mon grand amour pour la France et ce Paris où j'ai fait toutes mes études. En effet, combien ai-je vécu à Téhéran depuis dix ans ? Quelques mois seulement : le temps de pleurer sur le tombeau de mes ancêtres et de revoir ces jardins du Tacht-Kadschar, où j'ai passé mes premières années, et où nous nous sommes oubliés dans d'aimables causeries.

Avoue qu'après avoir joui de l'hospitalité de la France, j'aurais fait preuve de la plus noire ingratitude, si j'avais fui lorsqu'elle avait besoin de bras pour la défendre.

Peut-être me feras-tu d'abord le reproche d'avoir

trop chargé mes récits et mes portraits, de les avoir dissimulés sous des ombres plus ou moins noires. Mais, bientôt ta perspicacité et ta clairvoyance te permettront de les voir sous leur véritable jour.

Si les hommes de guerre et les écrivains critiquent ces récits, (et ils les critiqueront, du moment que c'est un Riz-pain-sel qui parle, c'est le nom charmant qu'on donne en France aux membres de l'Intendance) je suis bien certain que tu seras plus indulgent, puisque tu sais que je les ai écrits en prenant pour guides deux vertus originaires de notre pays et peu connues ici : la vérité et l'impartialité.

Crois-le bien, je n'oublie pas ta sage recommandation : je garde mes souvenirs et surtout notre amitié.

ARMÉE DE LA LOIRE

CHAPITRE PREMIER

TOURS — NEVERS

« L'homme est de glace aux vérités;
« Il est de feu pour les mensonges. »
LAFONTAINE

Le 4 novembre 1870, au matin, je recevais à Marseille, d'un ami, préfet à L***, la dépêche suivante, qui me pressait d'accepter le poste de Procureur de la République dans son département.

« Il faut que vous acceptiez, — service, — allez donc à Tours au Ministère de la Justice, prendre votre nomination et arrivez. »

J'avoue que, malgré mon aversion pour la magistrature, refuser un service public en ces moments critiques me semblait grave.

Je partis pour Tours, dès le 5 novembre au matin, avec la ferme détermination de refuser, si mon ami avait été guidé seulement par un sentiment de pure amitié.

J'avais bien le désir de me rendre utile au gouvernement de la Défense nationale, mais aussi j'avais la conviction de pouvoir le faire, à cette époque, tout autrement et peut-être plus utilement dans un poste autre que celui de magistrat.

J'arrivai à Tours le 6 novembre ; la ville ressemblait à une véritable place de guerre ; près de la gare, on avait établi un camp où l'on complétait l'instruction militaire, l'armement, l'équipement des débris de nos derniers régiments, des mobiles, des francs-tireurs qui arrivaient à chaque instant des départements.

Dès que leur organisation était terminée, on les enregistrait et on les dirigeait sur l'armée de la Loire, alors en formation.

Ce mouvement d'arrivée et de départ était continuel ; aussi, quel bruit ! quel vacarme, dans ce faubourg de la gare !

Tours ne possède qu'une seule belle rue, la rue Royale, où viennent converger toutes les autres voies de la ville. C'était là que se réunissaient les oisifs, les journalistes, les reporters, en un mot, les intrigants.

Tous les beaux du boulevard des Italiens s'y étaient aussi donné rendez-vous et y venaient parader et s'y montrer avec leurs uniformes dorés, tapissés de galons sur toutes les coutures. On y discutait beaucoup et non moins aussi on y lorgnait les belles fugitives de Paris.

Tout à coup la foule devenait bruyante, des groupes se formaient, soit au carrefour de la rue de la Sellerie, soit à celui des rues de la Préfecture ou de l'Archevêché.

Que se passait-il donc? L'homme au chapeau blanc, bien connu alors à Tours, redisait au public, de sa petite voix fluette, une de ses harangues favorites et quotidiennes.

Sur la chaussée passaient et repassaient les volontaires, mobiles et francs-tireurs de tous pays, habillés des costumes les plus fantaisistes.

A voir défiler cette foule bizarre, on se serait cru en carnaval, plutôt qu'en des jours de deuil.

Les cafés, les pâtissiers, nombreux dans cette rue, regorgeaient de monde. Les hôtels avaient aussi pris leur air de fête ; et il n'était pas rare de voir, à ces nombreuses tables d'hôte, le champagne pétiller dans les verres, et d'entendre des éclats de rire lorsque, dans la rue, sous les fenêtres de ces restaurants, défilaient par une pluie battante des francs-tireurs ou des bataillons de mobiles, allant à l'armée de la Loire, et marquant le pas au chant de la Marseillaise !

Triste contraste ! Que penser d'une telle population tout à la fois si sérieuse et si frivole ?

Oh ! assurément, à cette époque, elle n'avait pas sa raison ; les malheurs qui l'accablaient avec persistance l'avaient surexcitée jusqu'au paroxysme de la folie !

L'hôtel de Bordeaux, que j'habitais, offrait un spectacle non moins curieux, et le séjour que j'y fis, me per

mit d'y recueillir des observations fort tristes, que je
voudrais passer sous silence, mais qu'il est nécessaire
de montrer à ce peuple, un instant avili par le despotisme.

La présence, à cet hôtel, de plusieurs hommes politiques renommés y avait attiré tout naturellement une
foule de journalistes, d'hommes d'affaires et de spécu-
lateurs de toutes les classes et de toutes les nations ;
aussi les déjeûners et les dîners y étaient fort instructifs.
A chaque repas, certains de ces messieurs dévoilaient
hautement leurs projets mercantiles sur les fournitures
de guerre, divulguaient superbement leurs opinions, tant
sur la guerre que sur les hommes qui nous gouver-
naient ; à les entendre, eux seuls étaient capables d'arrêter l'invasion des Prussiens.

« Eh quoi ! disaient les uns, que faut-il espérer d'un
gouvernement qui voit conspirer contre lui, à son nez
et à sa barbe ? Tous les membres du gouvernement
savent bien que les conspirateurs sont ici, dans cet hôtel. Ces avocats qui se proclament d'habiles hommes
politiques sont et seront impuissants à sauver les intérêts de la France ; ils sont incapables d'organiser la
Défense nationale d'une manière efficace. Ah ! s'ils voulaient accepter notre concours, dans deux jours, nous
leur fournirions les millions dont ils ont besoin, dans
deux jours nous leur trouverions le matériel et les effets nécessaires pour armer et équiper 500,000 hommes;
bientôt même, nous leur donnerions le moyen de battre les Prussiens et de les rejeter de l'autre côté du
Rhin ! Mais voyez-vous, messieurs, Gambetta et Cie ne
sont que de beaux phraseurs, de beaux parleurs!...

« Comment ! disaient les autres, ces gens inexpérimen-
tés, braillards, batailleurs peuvent-ils être à la hauteur
de la tâche que les événements leur imposent ? En appelant à leur aide, à leur secours, les partisans du trône
et de l'autel ; en favorisant et en rétablissant chaque
jour, dans leurs places, les fonctionnaires du régime
déchu, ne montrent-ils pas leur faiblesse et leur peu
de confiance en leurs amis politiques ?

Est-il aujourd'hui un seul ministre, oui ! un seul ministre, assez habile pour remuer les capitaux de la
France, au point de servir tout à la fois et les intérêts
de la Défense nationale et les nôtres à nous, pauvres
chétifs industriels, qui consentons à exposer notre fortune, notre avenir, celui de nos enfants, pour habiller,
équiper, ravitailler nos futures armées ? »

Entendre des Français, sans cesse, au milieu de cette
terrible crise que la France subissait, attaquer hommes
et choses, supputer les bénéfices qu'ils pourraient faire
avec l'État, en passant avec lui tel ou tel marché ; c'était
pour nous, le comble du dégoût.

N'importe où nous portions nos pas, nous rencontrions la même légèreté, la même fanfaronnade, la même
frivolité.

Pauvre France ! nos frères tombaient sur les champs
de bataille, et nous..... nous paradions, nous nous admi-
rions sous nos habits militaires, tout flambants neufs ;
nous passions notre temps à discuter !.....

Un soir je rencontrai, sur le trottoir de la rue Royale,
un ami d'enfance, que je n'avais pas vu depuis quelques
années. Cette rencontre, à plus d'un titre, me fut agréable : comme je le savais fort en crédit auprès de la dé-

légation de Tours, je l'interrogeai sur les événements et lui demandai ce qu'il pensait de la situation.

« Que puis-je vous apprendre ? que pouvons-nous espérer de nos armées futures? mon cher Nasim, me répondit-il d'un air fort triste : nous n'avons pas de cadres d'officiers.

« Il est bien certain que, d'ici peu, le décret du 2 novembre que quelques amis et moi avons obtenu du gouvernement nous donnera une quantité d'hommes très-respectable, mais déjà nous redoutons tous les obstacles que nous aurons à vaincre pour arriver à former et à organiser ces masses d'hommes, peu faits pour supporter les fatigues de la guerre. Je vous avoue que malgré les belles espérances de quelques-uns, je ne puis croire à des succès, je doute de l'avenir. Il faudrait un miracle pour que la France sortît de l'abîme où l'homme de Sedan l'a précipitée. »

Après de telles déclarations, que j'avais lieu de tenir pour sérieuses, que penser ? Qu'allions-nous devenir ?

Convaincu bientôt que mon ami de L*** , dans son offre, par sa dépêche du 4 novembre, n'avait été mu que par un excès d'amitié; en présence du récent succès de Coulmiers ; à la vue des nombreux départs de mobiles et de francs-tireurs qui se rendaient sur le théâtre des opérations de la Loire, je fus pris d'un élan patriotique si vif que, sans retard, je me décidai à refuser toute fonction civile, pour aller à l'armée.

Pendant les quelques jours que je passais à Tours, j'avais l'habitude, dans la soirée, d'aller visiter quelques amis à un ministère qui avait été installé à l'archevêché.

Souvent je m'y trouvais à l'heure des réceptions des solliciteurs : ce spectacle, à la vérité, avait beaucoup d'attraits pour moi.

Dans une pièce située au rez-de-chaussée, à droite du principal corps de bâtiment, était le secrétariat de ce ministère. L'aspect des travailleurs qui l'occupaient, courbés sur leurs paperasses, consultant des dossiers, compulsant des décrets, au milieu d'images d'évêques et de saints qui tapissaient cette salle, était vraiment original.

Le chef de cabinet se tenait au centre de la table, qui se trouvait placée au milieu de la pièce, et ainsi il présidait au travail : moyen assez pratique pour activer et surveiller la besogne de ses subalternes.

Ordinairement le défilé de solliciteurs commençait à cinq heures précises du soir et finissait à sept.

Afin de hâter l'expédition des affaires, le chef de ce cabinet était forcé de donner ses audiences dans les embrasures des fenêtres, ou au coin de la cheminée. Le plus souvent, les uns attentifs à leur travail et moi à mes lectures de journaux, nous avions bien la ferme volonté de ne pas entendre les suppliques ou les récriminations.

Parmi cette foule gourmande de places, d'honneurs, de richesses, j'ai cru remarquer que tous les âges, toutes les classes de la société étaient représentées ; depuis le vieillard aux cheveux gris jusqu'au jeune adolescent ; depuis la femme du grand monde jusqu'à celle du demi. Et même le prêtre n'y faisait pas défaut !

J'ai pu, dans ces quelques heures, juger et connaître la mesure du langage servile, abject, mis au diapason

de la bêtise humaine. Quels arguments vils sont nécessaires pour de semblables intrigues! Ce qui me surprenait davantage, c'était de voir avec quelle patience,
avec quelle tranquillité d'esprit et de physionomie, ce
consciencieux et estimable chef de cabinet écoutait ces
mendiants de toute sorte. Hideux tableau qui, à lui
seul, suffit pour montrer jusqu'à quel degré d'affaissement et de décadence morale était tombé le caractère
français en 1870!

Ma surprise et mon étonnement cessèrent bien vite,
lorsque je me rappelai que nous avions courbé nos
têtes et nos volontés devant les caprices et les fantaisies
d'un seul, pendant dix-huit ans.(1)

Nous étions bien près de notre ruine complète, peuple
désuni par l'égoïsme, n'écoutant que la voix des jouissances matérielles et n'obéissant qu'aux gestes du maître. Et maintenant que le maître n'existait plus, ne
commandait plus, que faire? comment pouvions-nous
nous gouverner seuls?

Pourrions-nous, me demandais-je, en un jour, reprendre la possession réelle de notre souverain arbitre?
Pourrions-nous en un jour, apprendre nos devoirs de
patriotes que nous avions oubliés et méprisés pendant
ces dix-huit années de dictature impériale?

Que ceux qui mesurent la grandeur d'un Etat au
nombre de ses victoires ; que ceux qui évoquent sans
cesse le souvenir des règnes des Louis XIV, des Napoléon Ier, des Napoléon III, songent aux énormes sacrifices qu'ils ont coûtés à la France et aux humiliants
traités qui ont été les conséquences de ces victoires.

(1) Voir, Documents historiques n° 1.

1713, 1815, 1871 sont des dates assez éloquentes ; espérons que les générations futures ne les oublieront pas et comprendront que si les grands despotes de ces temps ont un instant comblé de gloire, de jouissances de toutes sortes, nos aïeux, c'était pour mieux les gouverner, les asservir, les énerver, au risque d'étouffer à jamais tout sentiment d'honneur et de dignité.

L'occasion que je cherchais de partir pour l'armée se présenta le 8 novembre au soir, dans les conditions suivantes. Je rencontrai par hasard, sur les trottoirs de la rue Royale, un habitant de Tours, un ami qui se trouvait en compagnie d'un monsieur décoré ; bientôt il me le présenta comme son neveu ; c'était un sous-intendant militaire qui arrivait de Metz, d'où il s'était échappé en passant dans le Luxembourg.

Naturellement il ne manqua pas de nous faire d'émouvants récits sur les causes qui avaient amené l'abominable capitulation de Bazaine.

Dès qu'il s'aperçut, par les questions que je ne cessais de lui adresser, que je paraissais prendre beaucoup d'intérêt à l'organisation des nouvelles armées, il me fit cette proposition :

« Puisque vous comprenez que tous les regards et toutes les pensées des Français doivent être tournés vers l'organisation future de nos armées, et que vous-même aimez mieux rejoindre l'armée de la Loire que de vous rendre à L***, au poste où vous appelle votre ami, voulez-vous que je vous emmène à l'armée de la Loire, en qualité de mon secrétaire ?

Je lui demandai la nuit pour réfléchir, et le lendemain, à une heure de l'après-midi, j'adhérai à cette proposition. A quatre heures du soir, je fus inscrit sur les contrôles de l'armée et attaché à ce sous-intendant militaire en qualité de secrétaire.

Avant de quitter Tours, je voulus saluer l'homme illustre, le patriote aux cheveux blancs, qui n'avait pas craint, malgré sa vieillesse, de se rendre près des cours d'Europe pour obtenir une intervention en notre faveur ; qui, en ce moment même arrivait de Versailles, où il avait usé de tout son crédit et de toute sa puissante logique pour obtenir un armistice de M. de Bismark.

Cette visite avait naturellement beaucoup d'attraits pour moi, et pour plusieurs motifs. D'abord je désirais témoigner à M. Thiers ma juste admiration pour les nombreuses preuves de dévouement qu'il venait de donner à la France ; ensuite, j'espérais retremper, dans cet entretien, mon dévouement à la France, y puiser quelque consolation, quelque espérance pour l'avenir.

Il pouvait être environ sept heures et demie du matin, le 14 novembre, lorsque je me présentai à l'hôtel de Bordeaux, où résidait le grand homme d'État. Un domestique m'introduisit dans une modeste chambre. M. Thiers travaillait sur une petite table : dès qu'il m'entendit, il se détourna et me dit :

« Je suis bien heureux de vous revoir, cher M. Nasim, veuillez vous asseoir un instant ; je vous demande seulement quelques minutes pour terminer un petit travail et je suis à vous. »

Cinq minutes, en effet, s'étaient à peine écoulées, qu'il se leva, se rapprocha du feu et commença la conversation à peu près en ces termes :

« Depuis notre dernière entrevue, rue Saint-Georges,

quels douloureux événements ! Comme ils se succèdent
sans relâche ! Quand donc la mauvaise fortune qui semble accompagner partout nos armes cessera-t-elle ? Comment trouver un remède à nos maux ? telles sont, cher
Monsieur, mes vives et continuelles préoccupations.
Mes efforts à l'étranger, à Paris, ont été impuissants.
Aussi, que de braves gens, avec l'esprit léger particulier à nos Français, critiquent mes négociations ! Pour
me justifier, je vais publier, ces jours-ci, un memoran-
dum sur mes tentatives d'armistice. »

Alors je lui demandai ce qu'il pensait de la défense
de Paris, s'il croyait à une résistance efficace et de longue durée.

« Quant à la résistance de Paris, me répondit-il, il ne
faut pas trop y compter ; il viendra certainement un
moment, je ne vous le tais pas, où elle sera très-difficile, ou pour mieux dire impossible. Paris, tel qu'il est
défendu, n'est pas capable, sans une armée de secours,
de repousser l'attaque des bataillons allemands, si nombreux aujourd'hui, en France, et si bien organisés. Si
les armées de province peuvent, d'ici peu de temps,
faire une sérieuse tentative pour débloquer Paris, peut-
être pourrions-nous avoir confiance dans l'avenir.

. . . .

« Vous partez pour l'armée, me dites-vous, monsieur
Nasim ; vous faites bien, c'est le seul poste que doit bri-
guer aujourd'hui tout bon Français. »

Sous l'impression de ces sincères et encourageantes
paroles, mon âme se sentit fortifiée et desormais à l'abri
de toute faiblesse.

Deux jours plus tard, je quittai Tours, accompagne

de mon sous-intendant, M. X***. Nous nous rendîmes
à Nevers, où le 18ᵉ corps, auquel nous venions d'être
attachés, était en formation.

Le 16 novembre, vers trois heures du matin, nous arrivions à Nevers. Mon nouveau chef ne connaissait pas
plus cette ville que moi, nous fûmes d'abord fort em-
barrassés pour nous diriger à travers un dédale de
petites rues, mal pavées et mal éclairées. Cependant,
à force de marcher, nous finîmes par découvrir un hôtel, l'hôtel de France, je crois.

Mais hélas! nouvelle déception! Plus de chambres à
coucher, plus de lits à donner, tout l'hôtel était occupé.

Cette première nuit, nous eûmes, pour chambre à
coucher, la salle à manger de l'hôtel et pour lit la longue table d'hôte.

Au jour, je fus bien surpris de me réveiller sur cette
table et au milieu de nombreux compagnons, arrivés
comme nous pendant la nuit : Où étais-je? Quelle transformation subite s'était donc faite dans mon existence?

Dès notre lever, mon sous-intendant me quitta et me
laissa la liberté de quelques heures; j'en profitai pour
me promener dans Nevers. Tout d'abord, je dirigeai
mes pas vers le parc et la gare. De ce côté, Nevers res-
semble plutôt à une grande bourgade qu'à une ville :
les rues sont bordées par de longs murs ou par de rares maisons qui sont peu élevées et de très-mauvaise
architecture. En suivant la rue qui débouche sur la petite place où se trouve l'hôtel de France, l'arc de triom-
phe élevé en 1746 en mémoire de la bataille de Fonte-
noy m'avertit que j'étais arrivé à la véritable ville. En
effet, derrière ce monument se déroulent un nombre

incalculable de petites rues malpropres, mal pavées, qui vont toutes aboutir à la Loire.

Craignant qu'une absence prolongée ne mécontentât mon nouveau chef, je remis à un autre jour la continuation de ma promenade dans Nevers. De retour à l'hôtel, je retrouvai mon chef qui me proposa d'aller faire visite à l'intendant général du 18e corps. Cet officier général nous reçut avec beaucoup de cordialité et de sympathie.

M. H. de N. intendant en chef du 18e corps, était un homme d'environ 55 ans, d'une belle stature, à l'air rigide et raide de l'homme de guerre ; mais sous cette enveloppe se trouvait caché l'homme du monde, le gentilhomme par excellence, qui se révéla dès ses premières paroles.

Il s'intéressa vivement à ma nouvelle situation et nous donna à entendre qu'il pourrait m'employer, d'après mes aptitudes, plus utilement dans ses propres bureaux.

En ce moment, je l'avoue, mon embarras fut extrême. Cette proposition de travailler avec un tel homme me séduisait beaucoup, mais il m'en coutait d'abandonner l'ami qui avait mis tant d'empressement à me faire nommer officier d'intendance et avec lequel j'étais venu à Nevers.

Je demandai à M. H. de N., la permission de réfléchir quelques instants. Il me l'accorda de fort bonne grâce.

A peine fûmes-nous sortis de chez M. de N., que je demandai à mon ami son avis sur cette proposition.

Je lui dis mes scrupules et lui déclarai que je ne voulais prendre aucune décision sans son assentiment.

« Vous n'avez pas à hésiter, me dit-il. Je regrette de vous perdre mais, dans votre intérêt, je ne puis que vous engager à entrer dans les bureaux de notre chef, puisqu'il vous le propose. »

Cette réponse me fut faite, à la vérité, sur un ton presque glacial.

Néanmoins, je dois le confesser ici, cet officier ne me garda pas rancune de l'avoir abandonné.

Je ne devais occuper mon nouveau poste que le lundi 20 novembre ; je mis à profit la journée du 19 pour visiter les monuments historiques de Nevers.

Je dirigeai donc mes pas vers ces rues tortueuses, étroites qui longent la Loire. Une foule compacte les remplissait. Il est vrai de dire que la formation du 18º corps d'armée était pour beaucoup dans cette animation inaccoutumée. Au bout de quelques pas, j'arrivai sur les bords de la Loire, au point où la Nièvre se jette dans le fleuve. En cet endroit, la ville présente un aspect fort pittoresque et très-riant. Elle se développe en amphithéâtre : sur la droite on aperçoit la pointe du clocher de la cathédrale, puis le château ducal, construit dans les xvº et xviº siècles par les ducs de Nevers, chef-d'œuvre de style et d'élégance ; sur la gauche, les ruines d'anciennes fortifications, la porte de Crou, les tours de Saint-Eloi et de Loire. Je fis une longue station sur ce point, ne pouvant détacher mes yeux de ce beau panorama et mon *guide Joanne* à la main. Aussi j'éveillai les soupçons de quelques francs-tireurs. Ils passèrent et repassèrent autour de moi, trouvèrent suspectes ma longue contemplation et ma lecture et m'interpellèrent.

Partout, sur tous les points de notre territoire, à cette époque, quiconque était étranger passait à l'état d'espion prussien, du moins pour l'immense majorité des gens. Montrer ses papiers ne suffisait pas : votre barbe, votre taille, votre tournure attestaient votre origine allemande.

Forcément, je devais subir les agréments d'une arrestation dès mon arrivée à Nevers. Du reste, plusieurs officiers de notre corps qui avaient supporté les mêmes vexations m'avaient déjà prévenu de cette singulière façon des Nivernais de souhaiter la bienvenue aux arrivants.

Je ne fus donc pas trop surpris, ce jour-là, lorsqu'un sergent de francs-tireurs s'avança vers moi très poliment, et me demanda mes papiers. Bientôt convaincu de sa méprise, il se retira, en me faisant des excuses. Cette première épreuve n'était rien ; il m'en était réservé une bien plus désagréable.

Je continuai tranquillement ma promenade et, traversant le pont de la Loire, je m'engageai dans la première route qui se trouvait sur ma gauche à la sortie du pont.

A peine avais-je fait cent mètres, qu'il me sembla que quelqu'un marchait derrière moi et me suivait pas à pas. Aussitôt je me retournai. Je me trouvai vis-à-vis de plusieurs mobiles qui m'entourèrent en me priant de bien vouloir me rendre au poste voisin, afin de montrer mes papiers à leurs camarades qui, disaient-ils, depuis un instant, suspectaient mes intentions et pensaient que j'étais un officier prussien déguisé et occupé à lever le plan de Nevers.

J'accédai cependant à leur demande. Quel ne fut pas toutefois mon étonnement, en entrant dans ce soi-disant poste, de me trouver au milieu d'un cabaret! Mais en ce moment le patriotisme avait besoin d'être réchauffé d'alcool. Je montrai au sergent, qui faisait sa partie de dominos, les quelques papiers que j'avais sur moi, mais ce dernier, comme ses soldats, ne les trouva pas suffisants. Quelques bons paysans, qui revenaient du marché de Nevers et qui entendaient parler très-fort, dans le cabaret, s'arrêtèrent par curiosité. A peine eurent-ils appris qu'il s'agissait de l'arrestation d'un officier prussien, ils se ruèrent tous sur moi, comme des sauvages, et se mirent à m'injurier.

Voyant mon impuissance à calmer ces enragés et à leur faire entendre raison, je demandai l'officier du poste. Celui-ci, jugeant sans doute le cas peu important, ne voulut pas se déranger. Il se contenta de donner l'ordre au caporal de service de me mener chez le chef, dont je réclamais la protection.

Cet ordre fit taire un instant les menaces de ces furieux ; mais je n'étais pas cependant au bout de mes peines.

Suivis de quelques mobiles et de quelques curieux, nous reprîmes la même route que seul j'avais suivie. La foule s'amassait ; j'entendais même des cris qui me firent redouter, pour plus tard, des scènes de brutalité. Par hasard, un officier de la garde nationale nous croisa, je l'arrêtai par le bras et le suppliai de bien vouloir m'épargner les injures et les insultes de cette foule qui grossissait à chaque instant, et qui prenait une attitude menaçante.

« Donnez-moi le bras, me dit celui-ci, je vais vous accompagner. »

En bon garde national et prenant son rôle au sérieux, au point même de ne pas vouloir répondre à mes questions (sans doute dans la crainte, lui aussi, de se compromettre,) il me conduisit au poste de l'Hôtel-de Ville. Là, il me remit à l'officier du poste, sans même chercher à s'éclairer sur ma véritable situation et à s'assurer de mon identité.

Certains gardes nationaux, plus clairvoyants et plus intelligents que leur chef, s'aperçurent bien vite de l'erreur dont j'étais victime. Aussitôt ils calmèrent les craintes que j'avais de voir ma détention se prolonger, et ils me promirent de me conduire chez mon chef, dès que la foule qui assiégeait la porte du poste serait dispersée.

En effet, quelques instants après, j'étais reconduit chez M. de N. Celui-ci ne put s'empêcher de rire en me voyant arriver avec une escorte semblable. Il congédia un peu brusquement mes compagnons et leur recommanda « de remplir avec autant de zèle leur service, lorsqu'ils seraient en face de l'ennemi. »

Le lendemain, je pris possession de mes nouvelles fonctions dans le cabinet de M. dé N. A la vérité, dans le premier moment, je fus dans un grand embarras ; mais une bienveillance exceptionnelle devait me rendre la tâche facile. Parti de Tours sans aucune notion de mon nouveau métier, j'avais toutes les craintes et les hésitations d'un débutant. Si parfois mon chef me voyait l'air inquiet, aussitôt il s'écriait : « Rassurez-vous, monsieur Nasim, vous serez bien vite au courant de notre besogne ; la situation qui vous avait été faite avec votre ami ne convenait pas du tout à vos aptitudes ; dans votre patriotisme exagéré vous vous étiez égaré ; je suis donc bien heureux de vous recueillir. Pour le moment vous serez mon secrétaire, mon conseiller aulique ; plus tard vous me rendrez des services. »

Ces bonnes paroles firent taire mes scrupules et mes craintes. En outre, je résolus de faire de mon mieux pour mériter cette bienveillance.

Ai-je réussi ? Je crois que mon chef me l'a dit à Genève le 26 mars 1871, en me demandant : « de ne plus m'appeler son secrétaire, mais son ami. »

Je me mis donc à l'œuvre non pas sans difficultés. Outre mon ignorance, j'avais à combattre le mauvais vouloir des collègues qui m'entouraient et leur antipathie assez naturelle pour les auxiliaires de cette époque.

Comme cela arrive dans toutes les administrations, ils ne m'avaient pas vu arriver tout à coup à ce poste de confiance sans une secrète jalousie. Ce sentiment était d'autant plus motivé que la plupart, anciens officiers de l'armée, avaient fait la campagne de Crimée et d'Italie. Ce qui aggravait encore ma situation, c'est que ma position hiérarchique était inférieure à celle de certains de ces messieurs. N'étant point venu à l'armée dans le but unique de me couvrir de galons, je demandai alors à mon chef de me laisser porter le costume civil.

De cette façon, je pensais pouvoir ne pas perdre l'influence morale dont j'avais tant besoin pour diriger le cabinet. Cette concession me fut gracieusement accordée, et tous les intérêts du service et de mon emploi furent dès lors conciliés.

A partir de ce jour, plus d'entraves, plus d'ennuis : le travail d'abord et le dévouement ensuite, me donnèrent l'autorité nécessaire sur le personnel qui m'environnait. Alors, non seulement les petites brimades qu'on avait essayé tout d'abord de me faire subir cessèrent, mais encore, à la fin de la campagne, je recueillis de tout ce personnel de véritables témoignages d'estime et de sympathie : gages et souvenirs qui me sont bien chers.

C'est au milieu de ces travaux d'organisation et de préoccupations de toutes sortes que vint nous surprendre la dépêche qui appelait le 18e corps sur le théâtre des opérations de la Loire.

Les éclaireurs prussiens s'étaient avancés jusqu'à Cosne, disait-on.

Le 22 novembre au soir, nous reçûmes l'ordre de rejoindre sans retard nos premières divisions qui étaient sur la route de Gien. Notre infanterie put être embarquée en chemin de fer, mais notre artillerie, qui se composait de quatre-vingts bouches à feu, dut prendre la voie de terre, le chemin de fer n'ayant pas un matériel suffisant pour la transporter.

Nous partîmes avec un personnel administratif incomplet. Mais tous nos marchés étaient passés, nos fourrages assurés, nos voitures de transport requises atteignaient un chiffre en rapport avec les besoins ; il ne nous manquait plus que quelques jours pour compléter et liquider nos derniers travaux de cabinet.

Aussi pûmes-nous emmener de suite avec nous la seconde moitié de notre personnel, et laisser l'autre sous
la direction d'un sous-intendant militaire, afin qu'il réglât le reliquat des affaires.

Le commandement du 18ᵉ corps n'était pas plus complet que l'intendance[1].

Malgré cette organisation précipitée et insuffisante,
le 18ᵉ corps, comme nous allons le voir, devait présenter une consistance surprenante, dès sa première rencontre avec l'ennemi.

---

[1] Le commandement du 18ᵉ corps avait été primitivement destiné au général Bourbaki, qui l'avait refusé ; puis offert au général Abdélal, qui l'avait également refusé ; de telle façon que ce
corps, à cette époque, n'avait pas encore de commandant en
chef titulaire.

Il se trouvait donc de fait commandé par son chef d'état-major
le colonel Billot.

Le colonel Billot faisait partie de l'armée de Metz en qualité
de lieutenant-colonel d'état-major. Lors de la capitulation de
cette place forte, il parvint à s'échapper en passant dans le
Luxembourg, sous un costume d'emprunt. Sans retard il vint,
offrir ses services à la Délégation, qui s'empressa de les accepter,
car alors c'était une bonne fortune de trouver des officiers d'état-
major.

Le Gouvernement de la Défense nationale le nomma colonel
d'état-major et l'envoya, avec ce grade, au 18ᵉ corps, alors en
formation à Nevers.

Arrivé à Nevers le 19 novembre, comme chef d'état-major du
18ᵉ corps, n'ayant pas encore de général, il exerça le commandement supérieur et, le 20, il reçut l'ordre de conduire ses troupes à Gien à marches forcées.

Le 22, le délégué à la guerre l'investissait provisoirement du
commandement en chef du 18ᵉ corps. (V. Documents historiques,
nᵒ 1 bis.)

CHAPITRE II

GIEN — NOGENT-SUR-VERNISSON

SOMMAIRE. — Départ de Nevers. — Notre compagnon de rroute. — Les bords de la Loire à la Charité. — Cosne. — La gare de Gien. — Rencontre du colonel d'état-major du 18e corps. — Reconnaissances des Prussiens. — La ville de Gien. — M. de N*** à l'église. — Première nuit de campagne. — Travaux à l'Hôtel-de-Ville. — Ordre de départ. — Notre séjour à Gien. — Route de Nogent. — Portrait et confidences de notre chef. — Nogent-sur-Vernisson. — Ses habitants. — Poursuite de l'ennemi. — Départ pour Montargis.

Le 23 novembre, à cinq heures du matin, j'allai prendre mon chef à son cabinet et nous nous rendîmes ensemble à la gare de Nevers.

L'embarquement des derniers soldats du 18e corps retarda notre départ de quelques heures ; nous ne pûmes quitter la gare de Nevers qu'à sept heures du matin.

Dans notre wagon se trouvaient un adjoint attaché au quartier général et quelques officiers du cabinet.

Au milieu de ces souvenirs historiques, il m'est impossible de ne pas consacrer quelques lignes à ce jovial adjoint à l'intendance, notre compagnon de route ; à cet excellent ami et collaborateur. M. de X-X... était un petit homme à la figure ouverte, aux yeux vifs, aux allures turbulentes, à la démarche superbe et à l'air tout content de lui-même. Ce portrait ne paraîtra pas forcé, surtout quand on saura que c'était un ex-sous-préfet de l'Empire. Aimant par habitude et par tradition impériale les travestissements, il était profondément heureux sous le harnais militaire. Quatre galons larges d'un centimètre ornaient sa manche ; à son côté pendait une superbe rapière, fine lame de Tolède, disait-il, surmontée d'une poignée en argent, incrustée de nacre artistement ciselée et reste des anciennes splendeurs de la sous-préfecture de S.

Comme le dernier empire avait propagé dans toutes les classes le goût du clinquant et de la ferblanterie !!...

Le caractère enjoué et parfois spirituel de ce compagnon de route devait nous égayer au point de nous faire oublier les stations que nous traversions rapidement : Fourchambault, cette grande usine de l'Etat, Pougues, station d'eaux minérales, etc.

A la Charité, la monotonie de la plaine cessa : là, en effet, le chemin de fer longe la Loire et semble jouer avec elle pendant de nombreux kilomètres : le panorama devient alors réellement beau. Les eaux du fleuve battent les talus du chemin de fer et, dans les crues qui sont malheureusement très-fréquentes, elles arrivent au niveau de la voie ferrée. Une belle matinée d'automne et quelques rayons de soleil contribuèrent beaucoup à nous faire goûter le charme du paysage.

Bientôt notre train s'arrêta en vue de la station de Cosne ; on nous apprit que la voie était embarrassée ;

il fallut descendre de wagon et rester près de trois heures à attendre dans la gare que la voie fût libre. Nous partîmes vers les deux heures et, à quatre heures du soir, nous arrivions à la station de Gien.

Un nouveau spectacle s'offrait à nos yeux. Ce n'était plus le ravissant paysage des environs de la Charité, ce n'était plus cette Loire, ce beau fleuve, se glissant presque sans bruit à travers mille îlots, autour de caps finement découpés. A la Charité nous ne vîmes, au contraire, qu'une foule compacte, habillée de costumes divers et bizarres, parlant, criant, allant, venant, surexcitée par le bruit du bronze et du cuivre. Nous étions rappelés de la douce rêverie aux cruelles préoccupations de la guerre et de l'invasion.

Aux environs de la ligne du chemin de fer, nos bataillons, campés les uns près des autres, offraient le spectacle d'une foire.

Le train s'approche lentement de la gare : des régiments d'Afrique, des turcos, campés près de la voie, dressent leurs tentes, font la soupe, courent çà et là pour chercher leurs provisions, traversent sans cesse la voie, aussi, dans la crainte d'accidents, notre train n'avance qu'avec prudence et très-doucement. Cette gare de Gien ressemblait à une caserne militaire ; les soldats l'assiégeaient de tous les côtés ; leurs campements s'étendaient au milieu de tous les terrains vagues qui l'environnent ; les employés peu nombreux ne pouvaient répondre à toutes les réclamations, et nous fûmes obligés de rester encore une heure dans nos wagons avant de pouvoir débarquer.

Au milieu de ce flot humain, nous nous dirigeâmes

3

vers la ville de Gien, éloignée de la gare de deux kilomètres environ. A peine étions-nous engagés dans un
chemin piétiné, effondré par nos divisions et devenu
ainsi un véritable cloaque, que notre colonel d'état-major arriva devant nous au galop. Puis il nous jeta en
l'air ces quelques paroles en apercevant mon chef :

« Bonjour, Intendant, je vais au canon.... Nos avant-
postes sont engagés. Tout à l'heure, s'il y a lieu, je vais
appeler une division ; Pilatrie n'attend que mes ordres. »

La belle humeur et l'entrain de cet officier supérieur dans ce court entretien me rassurèrent. J'eus alors
un éclair d'espérance ; peut-être avec de tels chefs me
disais-je tout bas, aurons-nous un jour des soldats !

Notre colonel d'état-major, dans sa reconnaissance,
emmenait avec lui quelques batteries légères. Lorsque
nous arrivâmes sur la grande route de Gien à Montargis, à la hauteur de la petite route de traverse qui
mène à la gare, point assez culminant, d'où l'on domine
la ville de Gien, nous vîmes passer ces batteries légères.
Elles montaient la rampe au galop. Le spectacle, curieux et imposant, était encore plus solennel, grâce aux
cris du commandement et surtout des conducteurs des
pièces.

A cinq heures nous arrivâmes aux premières maisons
de Gien. Une agitation sans pareille régnait dans les
rues ; les magasins ouverts ne montraient que leurs murs
nus ; il semblait que tous ces logements n'attendaient
plus que la destruction, que déjà même un pillage en
règle avait vidé les boutiques. Les habitants paraissaient
affolés ; les caissons, les canons, les engins de toutes

sortes passaient et repassaient ; en un mot, on se préparait à une bataille. Ces impressions étaient d'autant
plus fortes chez moi que c'était la première fois que
j'assistais à de semblables préparatifs ; que je n'avais
jamais connu les vives inquiétudes d'une ville qui entend
le canon à peu de distance et qui craint à chaque instant de voir arriver l'ennemi en vainqueur. Dès que
nous eûmes pu nous remettre de notre longue course,
nous installâmes nos services chez le juge de paix,
homme excellent à la vérité, mais peut-être par trop
préoccupé de son fils, qui était garde-mobile.

A la nuit, nous vîmes revenir les colonnes qui avaient
été emmenées par le colonel Billot contre les Prussiens : elles avaient fait simplement une parade militaire. Les Prussiens, en soldats vigilants et prévoyants,
par cette attaque de notre camp, avaient voulu se rendre compte du mouvement de troupes qu'ils apercevaient autour de Gien ; et à l'approche de nos bataillons
et dès qu'ils avaient eu les renseignements qu'ils avaient
désirés, ils s'étaient esquivés[1].

Toute crainte de surprise de la part des Prussiens
dissipée, au moins pour la soirée, nous parcourûmes,
en compagnie de mon chef, la ville de Gien. Après une
course de quelques minutes à travers un faubourg qui
longe la Loire, mon chef me pria d'aller avec lui à une
église qui se trouvait sur une petite place. Nous entrâmes ensemble : la nef n'était éclairée que par une
veilleuse, suspendue à l'entrée du chœur. Sur la droite,
devant une chapelle, quelques cierges allumés complé-

[1] Voir Documents historiques, n° 2.

taient cet éclairage. Nous étions seuls. M. de N*** s'age-
nouilla en face de la balustrade du chœur ; je restai à
quelques pas en arrière, observant et réfléchissant. Ce
vieux militaire, d'une nature si fière, si digne, à genoux
dans une demi-obscurité et priant ; le silence qui contras-
tait avec le bruit de la rue, où l'on entendait le cliquetis
des armes ; tout donnait à la scène quelque chose d'imposant.

Ma première nuit de campagne fut très-agitée. Vers
minuit environ, l'intendant M. G***, qui faisait le service de la place, vint me réveiller et me pria de le remplacer à la mairie, car il était appelé, me dit-il, sans
retard à Orléans, au grand quartier général de l'armée
de la Loire. Il m'avertit qu'un mouvement offensif devait être fait par notre corps à la pointe du jour[1] ; que
le commandant du 18° corps avait prescrit de faire faire
des distributions pendant la nuit : indice certain d'une
action pour le lendemain.

J'avoue qu'alors mon embarras fut grand, en présence d'une telle mission, surtout avec mon inexpérience. Cependant, l'ordre fut exécuté ; les distributions
eurent lieu à l'heure indiquée.

Notre départ de Gien[2] devait être réglé d'après la marche de l'ennemi : or l'ennemi paraissant se retirer sur
Nogent-sur-Vernisson, nos divisions se mirent à sa poursuite, dès le 24 novembre au matin.

A onze heures nous quittions Gien et, à la vérité, sans
regret : l'hospitalité y coûtait trop cher. Dans un affreux
hôtel de la Grande Rue, on nous avait servi pendant

[1] V. Documents historiques, n° 2. [2] (bis).

notre séjour juste de quoi calmer nos estomacs. Encore, à la force de l'argent, avions-nous dû ajouter celle du poignet. Minime souffrance néanmoins en comparaison de ce que nous réservait le cours de la campagne.

A Gien, nous ne trouvâmes ni ce patriotisme, ni cette abnégation si nécessaires alors pour nous relever de nos premiers désastres. Mais cette observation nous avons eu l'occasion de la faire, hélas! bien trop souvent, dans la marche du 18e corps d'armée à travers les départements de la Loire et de l'Est. Qu'aurait-ce donc été si nous avions traversé les autres parties de la France, qui n'étaient pas menacées par les Prussiens?

Toutefois est-il donc si étonnant qu'au lendemain de la chute de l'Empire, de l'abominable Empire, et même en présence d'une terrible invasion, nombre de gens, trop fidèles aux leçons qu'on leur avait inculquées pendant dix-huit ans, n'aient songé qu'à conserver, qu'à augmenter leur fortune personnelle?

Cette préoccupation seule peut expliquer les faits honteux que nous allons rapporter et dont nous avons été témoin, non seulement à Gien, mais dans beaucoup d'autres villes pendant la campagne.

Que de fois nous avons vu des Français profiter de la précipitation des marches et des besoins impérieux des soldats pour s'assurer, eux, des bénéfices scandaleux, tantôt sur la nourriture, tantôt sur les vêtements de ceux qui défendaient la Patrie!

Si les hommes d'Etat qui dirigeaient alors nos affaires avaient vu eux-mêmes, sans intermédiaires, et pu avoir les preuves irrécusables d'anti patriotisme que nous

avons rencontrées, combien n'auraient-ils pas été dou-
loureusement émus, malgré toute leur fermeté ?

A Gien, pour ne citer qu'un exemple, j'ai vu un officier, au moment de notre départ, payer cent francs une
selle qui n'en valait pas 15. A une observation faite par
l'acheteur au sellier, j'ai entendu répondre :

« Je ne puis la vendre meilleur marché. Elle n'est pas
à moi : elle appartient à un propriétaire qui me l'a donnée à vendre à l'occasion de votre passage et qui m'a
d'avance fixé le prix. »

Comment ! un propriétaire, un rentier, un Français,
attendre semblable occasion pour vendre à bon prix du
bric à brac sans valeur ! Mais combien de faits identi-
ques je pourrais citer !...

Lorsque l'instruction sera obligatoire, lorsqu'elle aura
répandu ses bienfaits parmi les masses ignorantes,
peut-être alors les mauvais Français de 1870 (et ils sont
bien nombreux !) comprendront qu'il ne suffit pas de
ramasser de l'or pour être heureux, mais que d'autres
devoirs leur sont imposés par la société au milieu de
laquelle ils vivent ; que si les uns vont exposer leur vie
pour défendre le territoire, les autres doivent s'imposer
des privations pour améliorer le sort des défenseurs de
leurs foyers ; que pour un instant ils doivent faire le sacrifice de leur bien-être et de leurs richesses. A-t-on jamais vu un peuple spéculer sur ses soldats un jour de
bataille ?

Dans l'histoire, nous n'en trouvons aucun exemple,
si ce n'est cependant dans les temps d'anarchie militaire.

Nous quittâmes Gien il était midi ; une pluie fine

tombait : sans incident remarquable nous atteignîmes la forêt de Montargis. Là, nous apprîmes que le 18e corps poursuivait les Prussiens avec avantage depuis le matin.

Mon chef qui jusqu'à ce jour avait vécu avec moi dans une réserve commandée par les règles traditionnelles de la hiérarchie militaire et par l'entourage de son personnel, n'avait pas encore donné cours à ses pensées intimes. Dans notre tête-à-tête, alors que nous suivions, au pas, la route de Nogent-sur-Vernisson, il fut à la fois plus libre et plus confiant. Il me raconta qu'il était entré à Saint-Cyr le 10 novembre 1834, qu'il en était sorti le 12 octobre 1836 ; qu'au 12 août 1844, il avait quitté l'armée, où il avait acquis le grade de capitaine d'état-major, pour entrer dans l'intendance ; qu'il en avait parcouru tous les échelons ; que de 1846 à 1849, il avait été attaché à la division d'Oran, en Afrique, en qualité de sous-intendant militaire ; que le 2 septembre 1851, il était revenu en France et avait été nommé à Lons-le-Saulnier, où il était resté jusqu'en 1865 ; puis enfin qu'il était retourné une seconde fois en Afrique, où il avait été attaché à la division d'Alger, jusqu'au mois de juillet 1870. A cette date, il avait été rappelé à l'armée du Rhin. Il était à Reischoffen et faisait partie du 6e corps. Revenu avec le maréchal Mac-Mahon à Châlons, il avait assisté à la bataille de Sedan, traversé les lignes prussiennes, passé dans le grand duché de Luxembourg et gagné Tours, où il avait offert ses services à la Délégation. Le 12 octobre 1870, il avait été nommé intendant en chef du 18e corps. Telle était sa carrière militaire.

La lenteur de cet avancement me surprenait ; mais ma surprise ne fut pas de longue durée : je songeai que l'empire avait pris sans doute ombrage des opinions politiques de M. de N. et l'avait relégué à dessein en Afrique, pour l'y laisser le plus longtemps possible.

M. de N*** me parla ensuite de sa famille, de ses enfants. Il venait d'en faire engager deux comme simples soldats au 70e de ligne. Selon l'habitude des hommes d'ancienne race, il n'oublia pas de me faire l'historique de ses aïeux, les comtes de Raze, jadis membres du parlement de Besançon, qui habitaient le canton de Raze sous Vesoul.

Cet officier supérieur, gentilhomme par excellence, comme nous l'avons déjà dit, bien lettré selon nous pour un intendant, avait un caractère ardent et honnête qui tenait tout à la fois de la rudesse du soldat et de la bienveillance particulière de l'homme du monde.

Ses qualités devaient former un excellent administrateur ; mais assurément pas un chef aussi apprécié de ses subordonnés qu'il aurait dû l'être.

Chez lui, le croyant valait le soldat : il était catholique fervent, mais très-sincère et très-droit.

Dès ces premiers moments d'expansion, où il m'avait fait le confident de ses pensées les plus chères, j'avais conquis un autre titre que celui de conseiller aulique, comme il m'appelait en riant : en quelques minutes j'étais devenu pour lui un ami.

Tout en causant, nous avions rejoint notre corps ; déjà même nous apercevions les feux des bivouacs. Nous étions à Nogent-sur-Vernisson.

Par une pluie battante, nous entrions dans ce village ; bientôt nous arrivâmes sur une petite place, où se trouve la Mairie. Un employé nous délivra un billet de logement pour le notaire de l'endroit. Nous trouvâmes la maison de notre tabellion dans un singulier état ; on eût dit qu'elle avait été mise à sac : le mobilier était absent, les murs nus, les autres maisons de Nogent-sur-Vernisson que je visitai se trouvaient dans le même état, tout avait été enlevé ou caché.

Le village de Nogent-sur-Vernisson n'offre rien de remarquable, ses petites rues sont fort malpropres et fort mal éclairées ; nos soldats y grouillaient comme dans une fourmilière. Les habitants oisifs se promenaient çà et là d'un air indifférent comme un jour de fête.

La population, la partie féminine, toutefois, n'était pas absolument indifférente à l'arrivée de l'armée. Ces braves femmes nous regardaient avec curiosité et avec intérêt ; elles allaient des uns aux autres en nous interrogeant, puis témoignaient de l'étonnement et de la surprise en voyant défiler nos régiments et surtout en nous entendant exprimer nos espérances.

« Que voulez-vous, nous dit une grosse commère, quittant le groupe de ses amies, que nous espérions aujourd'hui de la nation française ? Tous nos hommes sont des lâches, à commencer par le mien. Imaginez-vous, Messieurs, qu'il y a dix jours environ, quatre hulans sont venus tranquillement se promener à Nogent. Comme nous étions sur le seuil de nos portes, ils souriaient, nous envoyaient des baisers, nous appelaient jolies Françaises, bien jolies les Françaises, bien jolies !

3*

« Pourriez-vous penser ce que faisaient nos hommes pendant ce temps là ?... Tous réunis sur cette place où nous sommes, ils regardaient paisiblement ces brigands chevaucher dans nos rues. Dès lors les hulans se considérèrent comme chez eux, les uns allèrent prendre chez l'épicier du chocolat, du sucre, du café ; les autres allèrent chez le débitant chercher du tabac et des cigares. Dans ce dernier magasin il se passa une scène originale. Le débitant ayant demandé le paiement de sa marchandise, un des hulans le remercia poliment en français et lui tendit la main.

« Oui, Messieurs, voilà ce que nous avons vu, criait à haute voix cette brave patriote, et pas un homme de Nogent n'a osé chercher des fourches à défaut de fusils, pour larder ces quatre hulans ! »

La nuit se passa sans aucun incident ; les Prussiens se repliaient toujours devant nous. Le lendemain au matin, au moment où notre brave colonel d'état-major, commandant en chef par intérim le 18e corps, montait à cheval, il nous dit dans son langage habituel vif et hardi : « Ce que nous faisons est insensé, mais c'est très-chevaleresque ; au canon, au canon, au canon, Messieurs[1] ! . . . .

De prime abord, cette poursuite pouvait paraître téméraire, mais, en réalité, elle se justifiait et devenait même nécessaire (nous pouvons nous en convaincre aujourd'hui). Le gouvernement, en envoyant le 18e corps à l'aile droite de l'armée de la Loire, avait pour principal but d'arrêter l'avant-garde de l'armée du prince

[1] V. Documents historiques, no 3.

Frédéric-Charles, qui arrivait à marches forcées de Metz, et de l'empêcher de se jeter sur le centre de l'armée de la Loire alors en formation. Pouvait-on prévoir davantage ?

Mais hélas ! nos généraux ne connaissaient ni la situation, ni les intentions de l'ennemi, et cherchàient encore moins à s'éclairer. Il est bien certain que s'ils eussent été mieux renseignés et éclairés sur la marche des Prussiens, ils eussent mené encore avec plus d'activité et surtout de tenacité cette chasse aux hulans de Frédéric-Charles. Alors cette poursuite eût pu avoir une grande influence sur le sort de l'armée de la Loire et sans nul doute, la jonction de l'armée de Frédéric-Charles avec Mecklembourg eût été ajournée de quelques jours et peut-être indéfiniment.

En nous rendant à la gare de Nogent-sur-Vernisson, où nous devions embarquer pour Montargis, nous rencontrâmes une bande de jeunes gens qui désertaient leurs compagnies dans la crainte d'être surpris par les Prussiens. Tout d'abord, nous pensâmes que c'étaient des recrues ou des hommes de la réserve qui allaient rejoindre leurs régiments ; mais bientôt nous fûmes détrompés lorsque nous entendîmes parodier le refrain du Chant du Départ. Au lieu de

> Mourir pour la Patrie
> C'est le sort le plus beau ;

on chantait :

> Tant pis pour la Patrie,
> Sauvons, sauvons notre vie, etc.

Aussitôt mon chef se précipita vers ces misérables. Il

allait les punir de leur odieuse lâcheté quand des gendarmes survinrent et les arrêtèrent.

Que de réflexions envahirent alors notre esprit ? Qu'allions-nous devenir, si tous les Français ressemblaient aux négociants de Gien, aux mauvais citoyens de Nogent-sur-Vernisson ?

La dépêche qui devait fixer notre départ pour Montargis et que nous attendions à la gare de Nogent n'arriva que sur les quatre heures du soir.

Pour faire en chemin de fer les 19 kilomètres qui séparent Nogent-sur-Vernisson de Montargis, nous mîmes près de trois heures ; la voie étant encombrée de droite et de gauche par des détachements chargés de protéger la marche des convois, qui prudemment se trouvaient échelonnés en arrière de Nogent-sur-Vernisson. Ce soir-là encore, on ne connaissait qu'imparfaitement les desseins et les positions de l'ennemi.

Enfin, à la nuit, nos premiers convois entraient dans la gare de Montargis.

CHAPITRE III

MONTARGIS, BELLEGARDE, LADON

SOMMAIRE. — La gare de Montargis. — Un de nos officiers. — Visite à l'Hôtel-de-Ville. — Le maire. — L'hospitalité de Mme Ve Fontaine. — L'inspecteur général. -- Départ pour Bellegarde. — Rencontre du maire de Chailly. — Le 18e corps au bivouac. — Arrivée à Bellegarde. — La nuit du 27 novembre. — La bataille du 28 novembre. — Ladon. — L'hôte[1] S. Jacques. — Le colonel des mobiles de V... — L'ambulance de l'église. — Seconde journée de bataille. — Rencontre d'un chasseur de Vincennes. — Le château de Ladon. — La nuit du 30 novembre. — Retour à Bellegarde. — L'engagement de Bois-Commun. — La course aux propositions. — L'amiral Penhoat. — Départ pour Chicamour.

Il faisait nuit lorsque notre train entra majestueusement dans la gare de Montargis ; les lanternes de la machine seules éclairaient ces vastes bâtiments, qui dans cette pénombre nous apparurent sous des formes gigantesques. La dévastation était complète ; les portes, les vitres brisées des salles d'attente témoignaient de la fureur de nos ennemis. A l'odeur seule on pouvait suivre leurs traces ; s'ils ont été, dans cette guerre, des modèles de discipline, assurément, ils ne furent pas des modèles de propreté. Parmi la foule de soldats qui descendaient de wagon, on n'entendait que ce cri : « Comme

ça sent le Prussien !... » Et cependant ils n'avaient séjourné dans la gare que deux jours !...

Peu d'instants après notre descente de wagon, avec
quelques officiers de l'escorte de notre chef, nous nous
dirigeâmes vers la ville de Montargis.

L'un de ces messieurs, par son physique féminin et
son esprit subtil,mais parfois naïf, égaya notre marche.
En autres idées baroques, il avait, disait-il, le projet de
vendre son cheval. Ce dernier hennissait beaucoup trop
souvent, surtout lorsqu'il sentait la poudre ; il devenait
pour son maître un véritable danger. Le maudit animal,
sur le champ de bataille de Reischoffen, aurait attiré
ainsi les Prussiens et failli leur faire faire un prisonnier
de plus. Et comme dans notre ignorance des choses extraordinaires de la guerre nous osâmes risquer un sourire, notre homme s'écria :

« Ne riez pas, Messieurs, ce cheval est un danger
permanent pour moi. Hier, quand nous avons traversé
la forêt de Montargis, aux premiers coups de canon, il
a recommencé ses hennissements, et je vous avoue que
je n'étais pas trop rassuré : j'ai bien eu peur, pendant
un instant, de voir apparaître les casques pointus. »

Pour parer à tant de dangers, un camarade compa-
tissant lui proposa d'acheter le cheval ; on débattit le
prix, mais le brave survivant de Reischoffen était fort
exigeant.

Il fut obligé de garder sa dangereuse monture. Néanmoins, elle ne l'a pas fait faire prisonnier, que nous sa-
chions du moins, pendant la campagne.

Enfin nous arrivions à la ville de Montargis, située à
deux kilomètres environ de la gare. Aussitôt que

nous eûmes traversé les ponts construits sur le Loing et sur le canal de Briare, nous rencontrâmes le grand officier du logement, qui venait au-devant de nous ; il nous conduisit à la mairie.

Le maire de Montargis, très-sympathique d'allures, à l'air bon enfant, nous fit un excellent accueil. Il nous retint dans son cabinet plus d'une heure. Après nous avoir narré dans tous ses détails cette première occupation de Montargis par les Prussiens, après nous avoir longuement expliqué les causes de l'arrestation de quelques notables de la ville que les ennemis avaient pris comme otages, pour punir les gardes nationaux d'avoir tué un hulan, il nous fit conduire chez Mme Ve Fontaine, chez laquelle nous trouvâmes l'hospitalité la plus sympathique et la plus cordiale.

Montargis est une petite ville qui n'offre rien de remarquable, à l'exception de quelques promenades qui longent le canal. Les rues que nous avons traversées nous ont paru assez belles : il est vrai qu'elles étaient très-animées ces jours-là. L'arrivée du premier train de chemin de fer à Montargis amenant des troupes françaises depuis le départ des Prussiens fut naturellement fêtée par la ville entière. Les habitants entouraient les soldats, les emmenaient chez eux, ne se lassaient pas de les admirer et de leur répéter. « On nous avait dit qu'il n'y avait plus d'armée française : comme on nous trompait ! »

Les magasins, fermés à notre arrivée, s'ouvraient comme par enchantement. La soirée du 26 novembre fut, pour les habitants de Montargis, un moment de joie et d'espérance : tout semblait renaître dans la ville. A la vue de nos divisions si vite organisées, tout le monde reprenait courage ; déjà même on oubliait le passage des Prussiens et leurs cruelles exigences.

La maison de notre hôtesse, le rez-de-chaussée surtout, témoignait du passage des Prussiens. Installés dans des salons ornés de glaces et de tableaux de grande valeur, ils y avaient établi un bivouac en règle. On s'imagine aisément quels avaient été les dégâts !

Dans la soirée, un inspecteur général venu de Tours M. X. passa en revue toutes nos opérations, tous nos marchés et tout le personnel et, dans la nuit même, il fit un rapport au Ministre sur notre organisation et sur les lacunes qu'il était urgent de combler.

Le lendemain matin, l'ordre de continuer notre mouvement de concentration vers le 20e corps arriva, mais nos travaux ne nous permirent pas de quitter Montargis avant trois heures du soir.

Ce départ ne s'effectua pas, pour nous, sans quelques difficultés : nous n'avions pas de cartes du département du Loiret. Dès lors comment nous diriger dans les chemins de petite communication qui mènent à Bellegarde ? Car la route directe de Montargis à Bellegarde était occupée par les Prussiens à la hauteur de Ladon.

Ce ne fut pas sans peine que nous décidâmes un cocher de Montargis à nous accompagner jusqu'à Thimory, pour nous servir de guide. Mais ce guide, dans son patriotisme, ne trouva rien de mieux, à la sortie de Montargis, que de profiter d'un embarras de voitures pour disparaître et nous abandonner. Notre embarras devint alors extrême ; nous n'en continuâmes pas moins à suivre une petite route qui, nous dit-on, conduisait à

Thimory. Cependant mon chef, qui chevauchait en compagnie de notre inspecteur général, était inquiet ; à chaque instant et à chaque passant, il demandait des renseignements.

Par le plus grand des hasards, survint un monsieur en tilbury : je l'arrêtai et lui demandai des renseignements sur la route de Bellegarde. « Si vous voulez monter avec moi, monsieur, me dit-il, je vais à Chailly et là vous trouverez une route qui conduit directement à Bellegarde ; je connais parfaitement cette route, et je serais heureux de vous être utile. » J'acceptai cette offre, et nous prîmes aussitôt la tête et la direction de notre convoi.

Une fois installé dans sa voiture cet homme, qui paraissait au premier abord fort obligeant et bon patriote, se mit à récriminer contre l'armée, et en particulier contre les réquisitions de l'intendance de Montargis.

Selon l'habitude contractée par un long séjour à la campagne, il voulut me dissimuler les motifs de sa colère. Cependant il finit par m'avouer que l'intendance lui avait requis à Montargis, devant lui-même, au moment de son départ, une jolie petite jument avec laquelle il était venu le matin de Chailly : « une bête chérie et adorée par sa femme, disait-il. » Comme dès le début de la conversation il m'avait déclaré qu'il était maire de Chailly, je lui fis observer qu'à ce titre, plus qu'à tout autre, il ne devait pas tant regretter son animal, puisqu'il était destiné à l'armée, et surtout, qu'en qualité de bon maire, il ne devait reculer devant aucun sacrifice en présence des malheurs de la patrie ;

que s'il récriminait ainsi, ses compatriotes, assurément, refuseraient de s'imposer des privations pour recevoir notre armée ; que, par suite, nos soldats s'éloigneraient d'un pays si inhospitalier et renonceraient à le défendre contre l'envahisseur.

Après quelques minutes de réflexion, il se rendit à mon raisonnement, et oublia sa bête favorite. Néanmoins, cette pensée lui revenait sans cesse à l'esprit. De temps en temps, au milieu de la conversation, il me disait : « Si nous avions encore ma *poupoule* (nom qu'il donnait à sa bête tant regrettée) nous serions arrivés une heure plutôt à Chailly ». Mais bientôt je crus m'apercevoir que ce n'était pas seulement le chagrin de la perte de sa bête chérie qui tracassait ce maire si pusillanime, mais que c'était aussi de rentrer à la maison sans elle. Qu'allait dire sa femme ? quelle réception allait-elle lui faire ?

Pour calmer ses craintes, je lui promis d'insister près de mes chefs pour qu'ils consentissent à s'arrêter quelques minutes à Chailly, le temps nécessaire de prévenir la mauvaise humeur de Mme la Mairesse et, enfin, d'atténuer les reproches qu'elle ne manquerait pas de lui faire de la perte de sa « Poupoule chérie. »

Notre marche était sans cesse retardée par des batteries d'artillerie, qui cheminaient péniblement devant nous ; de plus, l'exiguité de cette voie communale et la pluie étaient autant d'obstacles et d'entraves, qui venaient augmenter les difficultés de l'étape. Cependant, vers huit heures, nous atteignîmes Chailly. Selon ma promesse, j'obtins un temps d'arrêt chez le Maire. Devant tout ce monde, Madame la Mairesse n'osa pas se livrer à son ressentiment contre son mari, elle chercha à être gracieuse et y réussit.

A Chailly, le pont sur le canal est tellement étroit et à ce moment la route est si défoncée par le passage continuel des voitures et de l'artillerie que, pour éviter tout accident, on fait passer caissons, canons et voitures les uns après les autres.

Ce passage difficile franchi, toujours sous la conduite de notre obligeant maire de Chailly, nous tombâmes au milieu d'une boue si compacte, que nous ne pûmes plus avancer. Bientôt même, les chevaux de nos voitures et de nos fourgons s'abattirent. Chefs comme subalternes furent obligés de pousser à la roue, de prendre des pelles et des pioches et de seconder les conducteurs. Cette scène, éclairée par de mauvaises lampes fumeuses, au milieu de villageois et de villageoises en costume de nuit, était des plus originales. Après beaucoup d'efforts, nous sortîmes de ces fondrières, et nous nous dirigeâmes au plus vite vers Bellegarde.

Nous avions marché environ une heure et demie, au milieu de la plaine et des bois, lorsque devant nous s'ouvrit tout d'un coup un large horizon, éclairé par des rayons lumineux. A cette heure avancée de la nuit, le spectacle était très-imposant. A droite et à gauche nous étions éclairés par un clair de lune vif et brillant, d'immenses futaies dans le lointain faisaient les ombres du tableau ; et on apercevait des silhouettes qui paraissaient aller et venir dans la plaine au milieu de foyers incandescents ; plus de doute, c'était le 18ᵉ corps au bivouac. Nous arrivions enfin à Bellegarde.

Il était dix heures et demie du soir, lorsque nous fîmes notre entrée dans ce village. Un encombrement sans pareil se produisait vers les premières maisons : chevaux, voitures militaires, caissons, cavalerie, infanterie tout se trouvait pêle-mêle sur la route.

Le village de Bellegarde est bien nommé ; situé comme une sentinelle avancée à la limite nord-est de la forêt d'Orléans, il domine les vallées de Bois-Commun, Juranville et Maizières ; il est même probable que ce village a joué jadis un grand rôle dans la défense du comté Orléanais ; les vestiges du château, de ses douves, indiquent suffisamment quelle a été autrefois l'importance de ce poste stratégique.

Nous suivîmes pas à pas la route ou plutôt la rue qui mène sur la place du château. Comme il n'y avait de logements ni pour les hommes ni pour les chevaux, on nous accorda, comme faveur, de mettre nos chevaux dans la cour d'un hôtel qu'on peut appeler à juste titre : *Hôtel de la faim*. Pour refuge nous eûmes la place de Bellegarde.

Pour la première fois, depuis notre départ de Nevers, je voyais les préparatifs d'une bataille dans toutes ses beautés et dans toutes ses horreurs. Les rues de Bellegarde, cette nuit-là, présentèrent un aspect sinistre ; des quelques habitants qui n'avaient point émigré, les uns se tenaient enfermés dans leurs maisons, les autres étaient de faction à la Mairie.

Cet hôtel-de-ville offrait lui-même un spectacle plus qu'étrange. Situé dans les bâtiments qui ont dû jadis servir de conciergerie au château de Bellegarde, il se compose de deux pièces. A l'entrée, une grande chambre plutôt longue que carrée, très-haute de plafond ; les murs étaient nus ; cependant à la porte et aux angles on apercevait encore quelques sculptures du Moyen Age. A droite, dans cette salle, se trouvaient des débris d'armes de toute sorte ; à gauche sur la paille et au milieu de blessés dormaient quelques gardes nationaux ; Au fond, dans la seconde pièce, en face d'une grande fenêtre, on apercevait une estrade, sur laquelle était un bureau, sans nul doute destiné au maire ; quelques papiers sur la table indiquaient que l'on avait travaillé. Un membre du conseil municipal était encore là, en permanence, pour répondre à toutes les demandes, mais il était tellement accablé par la fatigue, que je ne pus obtenir aucun des renseignements qui m'étaient nécessaires : le sommeil s'était emparé de son intelligence comme de son corps.

Seuls, le cliquetis des armes et le qui vive des factionnaires interrompaient le silence de la nuit. Comme j'avais une mission à remplir au quartier général du 20° corps, qui se trouvait installé au château de Bellegarde, je priai un garde national de vouloir bien m'y conduire.

A peine avions-nous fait cent mètres dans l'allée qui conduit au vieux castel, que nous fûmes éblouis par l'illumination de ses fenêtres. Des ombres passaient et repassaient à l'intérieur ; à la porte nous trouvâmes des cavaliers, chargés du service des dépêches.

Dans la première pièce, à gauche de la porte d'entrée, vingt scribes griffonnaient du papier : c'étaient les ordres pour la bataille du lendemain.

Les dispositions prises, de concert entre les généraux Crouzat et Billot, étaient les suivantes:

1º Le général Crouzat conservait la direction du mouvement.

2º Le lendemain 28 novembre, à 8 heures du matin, la 1ʳᵉ division du 20ᵉ corps, débouchant de Bois Commun, devait marcher sur Nancray, Batilly, Saint Michel et Beaune ; la 2ᵉ division, débouchant de Montbarrois et Saint Loup, devait marcher directement sur Beaune ; la 3ᵉ division devait aller se placer en réserve à Saint Loup.

3º Le 18ᵉ corps, partant de Ladon à 7 heures, devait marcher sur Maizières, Juranville et Beaune ; afin de bien assurer sa marche sur Beaune, il lui était prescrit de faire occuper Lorcy par une brigade. Une autre de ses brigades, arrivant de Montargis, devait le remplacer à Ladon. Pour donner toute sécurité à la marche du 18ᵉ corps, le bataillon du 78ᵉ régiment d'infanterie de la 3ᵉ division du 20ᵉ corps devait aller dès le matin s'établir à Maizières [1].

Ma visite au quartier général dura juste le temps de recevoir les ordres, et je revins à l'*hôtel de la Faim* pour essayer de prendre quelque repos. J'y retrouvai un des commis aux écritures, qui me donna un morceau de pain ; ce fut mon repas. Ensuite, je m'installai dans mon fourgon aux bagages pour passer le reste de la nuit.

L'esprit surexcité par toutes ces impressions, je ne tardai pas à voir, en songe, mille scènes de bataille, de carnage, etc. . . . .

Tout à coup, je crois entendre le clairon. J'écoute at-

[1] V. Documents historiques, nº 4.

tentivement ; c'est bien le clairon. Dans les écuries voisines, on donne des ordres de départ, on prépare les chevaux. Qu'y a-t-il ? Les Prussiens auraient-ils tenté de surprendre nos avant-postes ?

Je lève le couvercle de ma boîte (en général les fourgons militaires s'ouvrent par en haut) et me précipite à terre. Tout le monde paraît inquiet ; les soldats saisissent leurs armes, les cavaliers sautent à cheval ; on marche, on se bouscule ; on ne sait ce qui se passe, personne ne peut répondre à mes pressantes questions ; on ne sait pas où l'on va, mais on marche tout de même.

Sur la place de Bellegarde, dans la direction de Saint Loup, nous apercevons des flammes. On s'écrie de tout côtés : « Encore un acte du vandalisme des Prussiens ! » Ils avaient l'habitude de signaler leur départ des villages qu'ils occupaient en mettant le feu. Un vieux sergent qui revient de ce côté nous apprend que cet incendie est dû à l'imprudence des mobiles qui couchaient dans une grange à foin près du village de Saint Loup. Il ajoute que la 3ᵉ division étant campée près de là tout sera bien vite terminé.

Je reviens vite à mon gîte ; je me rappelle les excellentes recommandations de mon chef ; il ne faut pas perdre les heures de repos au moins autant qu'on le peut ; on supporte mieux le travail et les fatigues de la marche.

Bientôt ma chambre à coucher devient tellement bruyante que je suis obligé de descendre. Cinq heures du matin viennent de sonner : le jour apparaît à peine, le canon gronde déjà ; les coups se succèdent avec rapidité. Quelques instants plus tard la fusillade se met de la partie. A huit heures du matin tout l'horizon autour de Bellegarde semblait formé d'une ligne de feu. De la place nous voyons distinctemeut la direction du combat ; vers neuf heures, il prend de grandes proportions et cependant le canon semble s'éloigner ; nous ne l'entendons plus aussi distinctement, nous n'apercevons même plus la fumée de la fusillade ; sans nul doute, nous avançons.

Dès que nous eûmes pris connaissance des positions de notre corps et expédié quelques affaires urgentes, nous essayâmes de rejoindre notre général en chef : il pouvait être une heure de l'après-midi, lorsque nous le retrouvâmes. Mais bientôt de graves préoccupations à propos de la marche de nos convois de vivres nous forcèrent d'abandonner nos colonnes victorieuses. Elles avaient d'ailleurs successivement chassé l'ennemi de Ladon, Lorcy, Maizières et Juranville.

Nous nous dirigeâmes alors vers Ladon, point de ralliement désigné au quartier général du 18ᵉ corps, après cette journée de bataille.

Situé à dix kilomètres environ de Montargis, le village de Ladon avait été bombardé et pris quelquesjours auparavant par les Prussiens.

La moitié des maisons tombaient en ruine : ici une toiture effondrée, là un magasin brûlé, plus de vitres aux fenêtres, toutes les portes percées par les boulets et les obus. Ces indices seuls disaient assez combien l'œuvre de destruction avait été furieuse et acharnée de la part de nos ennemis. Les rares habitants qui ne s'étaient point enfuis, inquiets, se tenaient sur le seuil de leurs portes, ou erraient en désœuvrés sur la route de Ladon à Beaune, interrogeant ceux qui revenaient de la bataille.

Il y avait à peine une heure que nous étions arrivés à Ladon, que quelques détachements du 18° corps, revenant à grand fracas de Beaune-la-Rolande, parcoururent les rues en traînant après eux un canon. Ils ne défilaient peut-être pas tout-à-fait avec l'ordre qui doit présider à la marche d'une armée, néanmoins ils avaient une allure militaire qui pouvait faire concevoir quelque espérance pour l'avenir. Il ne faut pas oublier que nous étions au début de la campagne et qu'assurément, en présence de ces premiers efforts, il fallait espérer que l'expérience ferait ce que n'avaient pu faire quelques jours seulement d'instruction.

Les succès du 18° corps, pendant la journée du 28 novembre, eurent un très-grand effet moral sur nos jeunes soldats. Sur sept positions à prendre, nos divisions à elles seules en avaient pris quatre : Maizières, Lorcy, Juranville et les Cotelles ; la septième position, Beaune-la Rolande, eût été certainement occupée ce soir même, si le général commandant en chef ce mouvement, sans doute mal éclairé, n'eût ordonné à son armée de rentrer dans les positions du matin, à la nouvelle que les Prussiens avaient reçu, de Pithiviers, pendant le combat des renforts considérables[1].

Il est vrai de dire qu'aucun de nos généraux commandant l'armée de la Loire, en ce moment, ne sut pénétrer les desseins de Frédéric-Charles.

---

[1] V. Documents historiques, n° 5.

4

Ce soir-là, un problème très-grave à résoudre se posait à l'intendance. Les voitures chargées de vivres retardées par la marche précipitée des troupes et par les mauvais chemins, n'avaient pas pu venir jusqu'à Ladon. On les attendait avec impatience, et quoique les liquides ne fissent pas défaut à Ladon, les soldats formaient des groupes nombreux sur la place, récriminaient en réclamant du pain à grands cris.

Nous passâmes notre nuit à faire faire du pain par les deux boulangers de Ladon. L'un s'était exécuté de bonne grâce. Mais l'autre s'était couché tranquillement après avoir distribué ce qu'il avait fabriqué dans la journée à quelques gardes mobiles. A peine avertis, nous allâmes, un sous-intendant et moi, le trouver au lit, à côté de son épouse ; nous le fîmes lever devant nous malgré ses réclamations, et nous ne le quittâmes que lorsqu'il fut à la besogne.

Grâce à cette mesure énergique, nous eûmes le lendemain matin du pain en assez grande quantité pour attendre nos convois qui arrivèrent vers les neuf heures du matin.

Un service non moins important nous préoccupa aussi vivement pendant cette soirée; je veux parler de l'organisation des ambulances. Peu de maisons étaient propices pour recevoir les blessés, vu l'état deplorable de celles qui restaient debout après le bombardement de Ladon : nous fûmes donc obligés d'installer dans l'église une ambulance. Mon chef désigna celle de l'Internationale attachée à notre corps et dirigée par un habile chirurgien de Paris. Comme il est facile de le comprendre, cette nuit du 28 au 29 novembre fut très agitée;

nous la passâmes presqu'entière à courir dans les rues de Ladon.

Les résultats de cette journée étaient négatifs quoique glorieux : la retraite sur Ladon rendait inutiles tous les sacrifices d'hommes qu'on avait faits. Le 18ᵉ corps eut à lui seul 15 à 1,800 hommes hors de combat[1].

Le lendemain matin, en venant déjeûner à l'auberge, qu'on appelait l'hôtel Saint-Jacques, je vis au coin du feu un beau vieillard aux cheveux blancs, qui paraissait assoupi et sur la figure duquel on apercevait des traces de douleur et de chagrin. Au bruit que je fis en entrant il se réveilla, et je reconnus un capitaine de vaisseau en retraite devenu, comme la plupart des officiers de marine à cette époque, commandant d'un régiment de mobiles.

« — Êtes-vous blessé, mon officier, lui dis-je ?

— Non, Monsieur, me répondit-il, la bataille d'hier seule m'a beaucoup fatigué et, surtout, m'a bien affecté.

— Comment ? repris-je. »

Sans se faire prier, ce brave officier me raconta qu'en qualité de colonel commandant le bataillon des mobiles de V**, il avait été chargé d'occuper Juranville, petit village situé près de la ligne de Corbeil ; que deux fois il avait essayé d'enlever cette position, malgré les coups de fusil qui partaient des maisons, que deux fois ses mobiles avaient refusé d'avancer ; qu'enfin il était entré avec une poignée de braves dans le village. Puis ces derniers eux-mêmes s'étaient enfuis, le laissant seul.

« Hier soir, ajouta-t-il, après avoir, non sans peine,

[1] V. Documents historiques, n° 6.

réuni mes hommes dispersés dans la plaine, je reçus l'ordre d'occuper, avec mon régiment, une position importante, un moulin-à-vent qui se trouvait près des grand'gardes prussiennes. Quelques coups de feu furent en effet tirés sur nous, lorsque nous arrivâmes en vue de ce poste. Alors une nouvelle panique s'empara de ma colonne ; je n'en continuais pas moins ma marche ; quelques hommes seulement me suivaient. Lorsque je parvins à la position que je devais occuper, je comptai mes hommes. Hélas ! nous étions partis du camp 250 environ et nous n'étions plus que 30 !

Croyez, Monsieur, qu'il est bien pénible pour un vieil officier (et, en ce moment, ce brave marin ne put s'empêcher de laisser échapper ses larmes) de garder un tel commandement, de terminer ainsi une carrière militaire qui jusqu'alors n'avait pas été sans honneur.

Si j'avais encore l'espoir de former ces jeunes soldats ! S'ils pouvaient, après une première affaire, s'habituer au feu !

Mais hélas ! rien ne bat chez eux : pas de sentiment du devoir, pas de sentiment de la patrie ! Rien, vous dis-je, Monsieur ! Rentrer bien vite chez eux, voilà leur seul et unique désir.

Aussi ils jettent leurs armes, et ne veulent pas se battre.

Ils se plaignent d'être armés de fusils d'ancien modèle. Mais que demain on leur donne des chassepots et je subirai le même affront qu'à Juranville et au moulin-à-vent ! »

Que penser du récit de ce malheureux colonel du bataillon des mobiles de V. ?

Le service me réclamant bientôt d'un autre côté me fit oublier les amères et justes récriminations de ce brave officier de marine.

Mon chef ayant quelques travaux à faire et à assurer notre service, nous ne pûmes assister à la seconde journée de bataille. Nous nous occupâmes principalement de surveiller et d'inspecter les ambulances que nous avions établies dans l'église et dans quelques maisons de Ladon qui n'avaient point été détruites par les obus prussiens.

Cent cinquante blessés français et prussiens pêle-mêle étaient couchés sur la paille dans l'église de Ladon et entourés des mêmes soins.

Contraste frappant ! Les ennemis de la veille se rendaient de mutuels services et s'encourageaient fraternellement dans leurs souffrances. La plupart de ces Prussiens parlaient le français avec une facilité qui eut lieu de nous surprendre. Pas un mot d'animosité, pas une parole de haine ne sortait de leur bouche ; tous, sans exception, avaient une parole bienveillante pour leur voisin et une réponse aimable pour ceux qui les interrogeaient.

Dans un coin de cette église, nous fûmes arrêtés par les plaintes étouffées d'un officier wurtembergeois : les souffrances de ce malheureux étaient atroces. Un aide-médecin nous dit qu'il avait reçu une balle dans la prostate et que d'un moment à l'autre il allait mourir.

Dès qu'il nous aperçut arrêtés devant lui, il fixa ses yeux sur nous et nous supplia de lui donner de l'opium ou la mort, tant il était désespéré. Tout à coup, la fièvre

aidant, une réaction extraordinaire se produisit : en un
français assez correct il s'éleva contre les horreurs de
cette maudite guerre et lança toute sorte d'imprécations
contre M. de Bismark.

— « Mes pauvres parents, s'écria-t-il, s'ils me voyaient
dans cet état ! Mes sœurs, mes frères qui m'aimaient
tant !... puis il fondit en larmes.

« Donnez-moi la main, mon bon Français, me dit-il,
soyons au moins unis au moment où je meurs ; redites
à ma famille que ma dernière pensée est pour elle. »

Tout-à-coup, je sentis sa main presser plus fortement
la mienne ; bientôt quelques mots entrecoupés lui échap-
pèrent à longs intervalles : ma famille ! de l'opium ! Enfin ses yeux se voilèrent ; la mort tant désirée était venue.

Profondément émus, nous sortîmes de l'église, mais
bientôt nous fûmes arrachés à nos méditations : le chef
de l'ambulance me rappela que je devais lui envoyer
cinquante couvertures.

Je consacrai le reste de la journée à quelques détails
de service. Cependant à ce moment, nous étions tous
fort inquiets sur ce qui se passait à Beaune-la-Rolande ;
chacun se demandait si ce village avait été repris par
nos troupes, ou si nous avions été obligés de nous replier. Dans l'après-midi, nous avions entendu la fusillade, et la journée nous paraissait plutôt se passer en
mouvements stratégiques qu'en action de bataille. En
effet, à chaque instant, le général commandant en chef
le 18ᵉ corps passait et repassait dans Ladon avec ses ca-
rabiniers rouges. On assurait que toutes ces allées et venues devaient être attribuées à la préoccupation de dé-
jouer un mouvement tournant.

Vers les quatre heures du soir, vivement préoccupés du résultat de la journée, ne voyant revenir personne, nous nous dirigeâmes mon chef et moi, vers la route de Ladon à Beaune.

Sur cette route, nous rencontrâmes tout d'abord une quantité de blessés, qui nous firent, naturellement, des narrations exagérées de la journée.

Dans un groupe de blessés, revenant clopin-clopant, un chasseur de Vincennes qui avait reçu une horrible blessure (une balle lui avait enlevé l'œil droit et fracassé le nez), gesticulait, criait, injuriait quelques mobiles qui le suivaient.

« Mes officiers, nous dit-il, dès qu'il nous aperçut et en nous montrant les mobiles qui le suivaient, ce sont des lâches ; forcez-les donc à revenir au feu. Ah! si je pouvais tenir encore ma fourchette, si j'étais pansé, je vous promets qu'ils ne seraient pas aussi tranquilles sur cette route ! Je vais me dépêcher de me faire panser, pour revenir le plus tôt possible et pour infliger une sévère et dure leçon à ces mauvais Français. »

Sur l'ordre de mon chef, deux infirmiers emmenèrent ce brave soldat et le confièrent à nos médecins, qui se gardèrent bien de le laisser partir après le pansement de sa blessure. Quant aux mobiles, dès qu'ils s'aperçurent que nous venions de les signaler au poste voisin, ils se sauvèrent et disparurent au milieu des champs.

Nous revînmes à Ladon sous ces tristes pronostics ; l'enthousiasme dans les rues n'était plus le même que la veille ; quelques soldats blessés ou portant des ordres seuls les parcouraient.

Vers minuit notre chef fut mandé au quartier géné-

ral ; une heure après,il nous apportait lui-même l'ordre
de départ.

On avait de vives inquiétudes, nous dit-il, sur le mouvement de nuit des Prussiens et il fallait que Ladon fût
évacué avant le jour.

Ainsi cette seconde journée n'avait donné aucun résultat. Déjà même les nombreux espions qui, selon
leur habitude, précédaient les Prussiens, arrivaient à
Ladon. Nous eûmes beaucoup de peine à prévenir notre
personnel : en général, tous nos officiers n'aimaient pas
être dérangés au milieu de leur sommeil et, dans cette
crainte, recherchaient toujours les endroits les plus retirés et peu connus de nous.

Avant de dire notre dernier mot sur Ladon, nous devons payer un tribut de reconnaissance et d'hommages
à la généreuse et brave femme (dont nous regrettons de
ne pas savoir le nom) qui mit non-seulement sa maison
à la disposition de nos services, mais encore créa chez
ses voisins des ambulances dont elle devint la surveil-
lante et la vigilante gardienne.

Il y avait huit jours que la campagne était commencée pour nous, et déjà nous avions rencontré à Nogent-
sur-Vernisson, à Montargis, à Ladon, des femmes vraiment françaises, et vraiment patriotes. Cela nous faisait
oublier un instant la lâcheté de tant d'hommes appartenant ou à la population civile ou à l'armée.

A quatre heures du matin environ, nous quittâmes
Ladon pour rejoindre le quartier-général qui se trouvait
au château de Bellegarde. La nuit était très-noire ; çà
et là quelques retardataires couraient et cherchaient
leurs chevaux pour échapper aux Prussiens qui arri-

vaient, disait-on. Les rares habitants de la longue rue
de Ladon, sur le seuil de leurs portes et à leurs fenêtres,
nous interrogeaient sur ce qui se passait ; et il nous
était difficile de leur répondre. Nous-mêmes, nous ne
savions pas à quoi nous en tenir et nous commençions à
ne plus comprendre les mouvements si nombreux que
nous faisions depuis quelques jours.

Quel triste aspect offrait cette rue !

La veille au soir, dans cet endroit même, ce n'é-
taient que cris de victoire et chants d'allégresse. Cette
nuit-ci régnait le silence de la tristesse et du découragement et on battait encore en retraite, ou pour employer le langage pittoresque des armées d'alors, on se
repliait.

Il ne nous fallut que quelques minutes pour atteindre
le château, situé à un kilomètre en avant du village, sur
la route de Bellegarde.

Le château de Ladon ayant joué un certain rôle dans
le passé, il est indispensable, ce nous semble, de nous
y arrêter un instant. Il est d'une architecture moderne,
placé au milieu de parterres et de bosquets qui doivent
offrir beaucoup d'attraits en été et sont séparés de la
route de Montargis à Bellegarde, par des pelouses et de
larges douves servant tout à la fois de clôture et d'or-
nement. Les allées du parc, qui se trouvent du côté opposé de la route et vont toutes aboutir à un rond point,
lui ménagent une très-belle perspective.

Sur la façade de derrière se trouvent de grands jardins et de spacieux massifs ; de ce côté la vue est plus
limitée.

Nous arrivions au château le matin du 30 novembre ;

le jour commençait à se lever, les feux de nuit de nos
divisions, qui campaient dans le parc, jetaient leur dernier éclat, et autour, l'on voyait encore nos soldats se
mouvoir comme des ombres.

La cour était pleine de soldats, les uns à cheval, les
autres tenant des chevaux par la bride ; dans les jardins des sentinelles allaient et venaient, de distance en
distance, et gardaient les abords du quartier-général.

L'intérieur présentait un aspect aussi animé que l'extérieur ; soldats, officiers s'entrecroisaient, s'interrogeaient et se demandaient : « Que faisons-nous? y aura-
t-il une bataille aujourd'hui?... » Les généraux délibè-
rent, disaient les uns d'un air d'importance ; nous battons en retraite, disaient les autres d'un air triste.

Quelques amis occupés à expédier des ordres me con-
seillèrent d'attendre avec patience la fin du conseil de
guerre pour parler à mon chef. Il y avait délibération,
en effet, et très-sérieuse.

Pendant ces quelques instants d'attente, je sortis et
j'allai me promener, tout en réfléchissant, dans les
allées du jardin. Quelle ne fut pas ma surprise en apercevant, au détour d'une allée, une pièce de canon! Je
m'approche, je reconnais la pièce prussienne que quelques bataillons du 18e corps avaient promenée triompha-
lement l'avant-veille dans les rues de Ladon ; comme
une épave abandonnée, cet acier muet gisait là, après
nous avoir servi de joujou pendant un instant. En l'examinant de près, j'aperçus des taches rougeâtres très-
foncées, qui me firent connaître ce qu'elle avait
coûté.

J'étais plongé dans de tristes méditations, lorsque je sentis quelqu'un me toucher le coude et me prévenir que le moment du départ était arrivé. Ce ne fut pas sans regrets que je m'arrachai à mes réflexions, mais il fallut obéir.

Je retrouvai mon chef dans une grande cour au milieu d'officiers généraux brodés d'or sur toutes les coutures ; les uns demandant d'une voix impérieuse et dure leurs chevaux, leurs ordonnances ; les autres, leurs officiers, etc. etc.....

Tout d'abord l'air sombre et triste de mon chef m'avertit que le conseil de guerre avait été animé et qu'une résolution grave avait été prise.

Nous montâmes aussitôt à cheval et, dès que nous eûmes fait environ cent mètres sur la route de Bellegarde, il sortit de son mutisme et me dit : « Ladon ne sera pas abandonné ; on va mettre ce village en état de défense, c'est le colonel de la Berge, commandant le génie du 18° corps, qui est chargé de ce soin.

En présence de cette mesure, je compris que le conseil de guerre, fort mal renseigné selon l'habitude, avait des craintes sérieuses sur les mouvements des Prussiens ; et tel était aussi sur ce point l'avis de la Délégation de Tours.

Si nous avions été mieux éclairés, si cette partie si importante du service militaire avait été l'objet de soins plus sérieux, peut-être les Prussiens, dans cette fatale guerre, n'auraient-ils pas eu aussi facilement raison de nos armées, quoiqu'elles fussent de récente formation.

D'après l'examen des ordres qu'on venait de me re-

mettre, je vis bien vite que les craintes de mon chef
étaient fondées. On redoutait un mouvement tournant,
et la preuve je la trouvai dans la chaleureuse proclamation que le général commandant le 18° corps adressait
à ses troupes et qui devait être lue au rapport, afin de
réchauffer le patriotisme et d'exciter le courage des soldats et des officiers.

ORDRE

Le commandant en chef du 18° corps d'armée est heureux
de porter à la connaissance des troupes la dépêche suivante,
du ministre de la guerre:

Nous sommes très-satisfaits de votre vigoureuse pointe sur
Maizières, Juranville, Beaune-la-Rolande, qui a pleinement
atteint notre but, en arrêtant les mouvements tournants de
l'ennemi, sur la gauche de l'armée, et rappelant les forces
prussiennes sur leur centre.

J'attends votre rapport sur la journée du 28, pour donner
des récompenses.

Officiers, sous-officiers et soldats, vous pouvez justement
être fiers de la journée du 28 ; à peine organisés, vous avez
dû faire des marches forcées devant l'ennemi et combattre
sans connaître même les noms de vos chefs ; mais vous
aviez devant vous la patrie en danger, l'ennemi dévastant
notre belle France ; vous avez couru à la victoire avec
l'aplomb, l'ordre et l'entrain des vieilles troupes. Vous avez
bien mérité de la Patrie. La lutte héroïque que nous pour-
suivons pour l'indépendance nationale n'est pas encore terminée ; vous avez encore des marches forcées à faire, des
jours de privation à traverser, mais rien ne saurait arrêter
les efforts des soldats français, luttant pour le salut de la patrie.

Soldats du 18° corps, n'oubliez pas que vous formez l'aile

droite de l'armée de la délivrance et que la France a les yeux sur vous.

Au quartier-général, le 30 novembre 1870 ;
Le général commandant en chef :

P. O. Le lieutenant-colonel, sous-chef d'Etat-major.

Dix heures sonnaient, nous arrivions à Bellegarde ; nous nous occupâmes aussitôt de régler plusieurs questions de service, qui nous prirent de longues heures et nous empêchèrent d'assister à l'engagement du jour.

Vers la soirée, profitant d'un instant de liberté, je me dirigeai vers Bois Commun, où l'on s'était battu toute la journée. Sur la route, je trouvai des blessés, qui tous étaient convaincus que nous n'avions pas eu de succès et que nous serions obligés de nous replier dans la nuit, en présence des renforts que Frédéric-Charles en personne avait amenés à la division du 3ᵉ corps, qui occupait Beaune-la-Rolande.

En effet, nous, nous avions entendu le canon tonner toute la journée du côté de Maizières, et sur le soir, les coups nous paraissaient se rapprocher : les Prussiens gagnaient donc du terrain ? Un officier d'état-major survint et m'apprit qu'il venait de porter l'ordre de se replier à nos divisions qui se trouvaient échelonnées de Bellegarde à Beaune-la-Rolande. Il ajouta que probablement dans la nuit l'on évacuerait Maizières, car Frédéric-Charles s'avançait contre nous avec de nombreux bataillons. Le système de démonstration offensive employé par l'ennemi, c'est-à-dire de faire promener deux

5

ou trois batteries d'artillerie dans la campagne, de village en village, avait été cette fois encore couronné de succès ; il nous avait habilement dissimulé son mouvement de concentration sur Orléans, si savamment combiné avec l'armée du prince de Mecklembourg.

Nous consacrâmes, mon chef et moi, cette nuit du 30 à mettre de l'ordre dans les propositions que le ministre de la guerre nous avait demandées, à l'occasion de nos succès du 28 novembre à Ladon.

Si à Tours j'avais vu, dans les vestibules du ministère de l'archevêché, défiler quelques solliciteurs ; hélas ! à Bellegarde, cette nuit-là, je m'aperçus bien que cette catégorie d'individus ne manquait pas non plus dans l'armée.

La course aux places, l'avancement, l'égoïsme, la soif du bien-être, voilà quels étaient les mobiles de la plupart des Français en 1870 : et nous ne répèterons jamais assez cette vérité dans le cours de cet ouvrage. Ne nous faisons point illusion et sachons voir nos défauts si nous voulons, un jour, nous corriger.

Au milieu de notre travail, nous fûmes surpris par un marin, l'amiral Penhoat, qui arrivait pour prendre le commandement d'une de nos divisions. De taille moyenne, très-simple d'allures, cachant habilement sous un extérieur presque grossier les qualités d'un vrai général ; parlant lentement, mais observant et écoutant beaucoup, l'amiral portait pour tout insigne une casquette à torsades d'or, et pour toute arme un petit jonc. Son aide-de-camp était d'une grande taille, à la figure maigre et intelligente.

L'amiral se fit rendre compte de nos premiers com-

bats par M. de N***, et demanda de nombreux et minutieux renseignements sur la composition du corps d'armée en général.

Il envisageait résolument l'avenir, mais non sans tristesse ; déjà même il fondait peu d'espoir sur le plan de
débloquer Paris. Ce calme, cette modération, cette simplicité me frappèrent à ce point que je m'écriai, quand
il fut sorti : « M. de N***, je crois que nous avons enfin
un général ! »

Deux heures de la nuit venaient de sonner, lorsqu'on
nous apporta l'ordre de nous diriger sur Chicamour.
Mes prévisions du soir se réalisaient, la journée avait
encore été mauvaise, et nos éclaireurs ne nous avaient
pas éclairés du tout.

Le général, d'après ses reconnaissances et ses renseignements particuliers (qu'aujourd'hui il serait difficile
de considérer comme exacts), ordonna d'évacuer Maizières dans la nuit. Au jour, il fit faire un mouvement
rétrograde au 18° corps, qui vint se grouper autour de
Bellegarde.

La 1re division s'établit à Ouzouer-sous-Bellegarde ;
la seconde à Montliard ; la 3° en arrière de Bellegarde,
et enfin le château de Chicamour fut réservé au quartier-général.

Au moment de partir, me trouvant par hasard au
quartier du général en chef, je crus m'apercevoir que
celui-ci était fort inquiet des engagements continuels
avec les avant-postes ennemis ; sans nul doute les Prussiens cachaient quelque mouvement extraordinaire. On
ne rêvait que mouvements tournants, sans même rechercher les moyens pratiques pour se renseigner exactement.

La routine était là ! Où trouver un homme assez audacieux pour s'en affranchir ? S'il est utile pour la défense de notre pays d'être théoriciens, avant tout, il est indispensable d'être des hommes pratiques du temps et du moment !

CHAPITRE IV

BELLEGÁRDE — CHATEAUNEUF

SOMMAIRE. — Nos deux collègues. — Chicamour. — La forêt d'Orléans. — Châteauneuf. — St-Aignan. — Le 2 décembre. — Retour à Chicamour. — Le château de Sury. — Histoire de M. de Sapinris. — Confidences du vieux serviteur. — Arrivée à Bellegarde. — La journée du 3 décembre. — La nuit. — Premier ordre de mouvement. — Préparatifs de départ. — Second ordre de mouvement. — La retraite. — Prise d'Orléans. — Départ et encombrement dans la forêt d'Orléans. — Châteauneuf. — Nouveau départ précipité.

Nous étions au 1er décembre, au matin ; un froid très-intense et très-pénétrant se faisait sentir ; les routes étaient complètement gelées, une brise très-froide souf-flait ; nos derniers ordres transmis, nous quittâmes Bellegarde pour nous rendre à Chicamour. Deux heures nous suffirent pour atteindre ce petit village. Chicamour se compose de quelques fermes et de deux châteaux : celui de Chicamour, où naturellement notre général en chef s'installa avec son état-major, et le manoir antique de Sury, qui fut principalement affecté à notre service.

Mon chef eut la pensée de profiter de la proximité de Châteauneuf, pour s'y rendre et chercher à constituer une nouvelle base d'opérations pour le ravitaillement de son corps d'armée, celle de Gien n'ayant plus sa raison d'être, depuis que l'armée de la Loire marchait en avant.

Nous ne donnâmes donc à nos chevaux que le temps de souffler à Chicamour, et sans retard, nous prîmes la route de Châteauneuf.

Le petit village de Chicamour avec ses quelques habitations est à peine distant de deux kilomètres de la lisière de la forêt d'Orléans. Lorsque nous arrivâmes à cette forêt, nous trouvâmes la route coupée à plusieurs endroits par des tranchées, qui nous arrêtèrent quelques instants.

Ces travaux avaient été faits en vue d'arrêter la marche des Prussiens, mais ils ne servirent, la plupart du temps, qu'à entraver la marche des Français.

Vers les onze heures du matin, nous arrivâmes à Châteauneuf. Cette ville n'offre rien de remarquable, si ce n'est une large rue qui la traverse entièrement et parallèlement à la Loire. Autour de cette rue rayonnent quelques petites ruelles qui mènent directement au fleuve. A ce point, un splendide panorama se développa à notre vue : la Loire coulait à pleins bords. Sur cette grande plaine d'eau, nulle trace de bateau, même de barque de pêcheur : on eût dit une contrée abandonnée. L'imagination surexcitée par la majesté et la grandeur du tableau, nous nous croyions au premier moment transportés aux Etats-Unis, sur les rives de quelque grande rivière telle que l'Ohio.

Dans la journée, un habitant de Chateauneuf nous conduisit chez un propriétaire de St-Aignan, où nous pensions établir notre nouvelle base d'opérations de ravitaillement.

M. Vion, propriétaire à Saint-Aignan mit, sans se faire prier, à notre disposition, un immense terrain propre à cet usage.

Notre mission remplie, il fut convenu que nous rejoindrions l'armée dès le lendemain matin. En effet, le 2 décembre, à la pointe du jour, mon chef partit pour le quartier général et me laissa à Châteauneuf pour finir quelques travaux.

Ce jour même, vers midi, je me mis en route pour Chicamour. Favorisé par un beau soleil de décembre, je traversai rapidement cette belle forêt d'Orléans. Dans chaque allée, on voyait reluire, aux rayons du soleil, des carabines : les francs-tireurs étaient là et faisaient bonne garde. Je franchis bien vite la distance qui sépare Châteauneuf de Chicamour ; en arrivant dans le village, j'appris que notre corps d'armée avait fait encore un mouvement dans la nuit. Je ne trouvai plus le général en chef ; les camarades que j'avais laissés au château de Sury étaient aussi partis ; mais quelle direction avaient-ils prise ? Là commença mon embarras.

Un vieux bonhomme qui sortait du château de Sury m'annonça que le quartier-général du 18° corps était retourné à Bellegarde.

Pendant cette conversation survint une négresse d'une rare beauté qui me pria de m'arrêter un instant ; sa maîtresse désirait me parler.

Je n'eus pas à regretter les quelques minutes que je restai au château ; j'appris là une historiette des plus

originales et qui peint à merveille la société sous le dernier empire.

Toutefois, avant de la narrer, je crois devoir prévenir qu'elle paraîtra peut-être déplacée au milieu d'événements si tristes et si douloureux.

Mais il me semble, en dépit de tout, qu'elle doit trou
ver place dans un livre intitulé : *Souvenirs anecdotiques
de la campagne de* 1870.

Le château de Sury, qui nous avait été destiné
comme quartier-général, date du temps d'Henri IV. Le
long de la grande allée qui conduit à ce château, on
voit encore les traces d'anciennes douves ; un pont-le-
vis se lève sur la partie qui a été conservée et y donne
accès. De là on pénètre dans une cour circulaire, sur
laquelle donne la façade principale du château, avec
ses petites fenêtres de l'époque, encadrant d'énormes
ouvertures. Les portes, ornées de belles ferrures, ressemblent à de véritables portes de prison ; les traces
encore fraîches de maçonnerie indiquent de récentes
restaurations. Après avoir gravi quelques degrés d'un
bel escalier en spirale, nous arrivâmes à une petite
porte, que poussa légèrement notre cicérone. Nous traversâmes une grande antichambre garnie d'armes et
d'objets de toute sorte, provenant en majeure partie de
l'Afrique et de l'Orient : boucliers, lances, carquois,
javelines, puis des amulettes, des colliers, des bracelets
d'ivoire, de bronze, de cuivre et des têtes d'animaux.
De là, nous pénétrâmes dans une salle immense, tendue
de vieilles tapisseries de diverses époques et de diverses
provenances ; de riches tapis d'Orient. de belles fourrures de lions, de tigres, de léopards, garnissaient le

parquet du salon. Au bruit d'un petit timbre en fer, d'une forme assez bizarre, s'ouvrit une petite porte où la belle négresse qui nous avait reçu à notre arrivée au château apparut. Elle nous fit signe de la suivre. Nous entrâmes alors dans une autre pièce plus petite, mais meublée peut-être plus somptueusement que celle que nous venions de traverser. C'était le boudoir de la maîtresse de la maison.

Une femme de taille moyenne, d'un brun cuivré, aux traits excessivement fins et distingués, aux formes délicieuses, vint au-devant de moi. Elle me pria de prendre place sur un sopha : elle-même s'assit en face, sur une espèce de canapé rempli de pipes, de glaces à facettes, de jouets d'enfants. Auprès d'elle se trouvait une petite fille de dix ans environ qui, à mon approche, se réfugia vers une femme plus âgée, qui paraissait être d'origine anglaise et occupait une petite table dans un coin de la pièce : c'était sans doute la dame de compagnie. Avec le sourire sur les lèvres, cette belle Africaine s'exprima ainsi dans un français correct qui sentait le parisien mais qui, néanmoins, laissait soupçonner une origine étrangère.

« Sans doute, Monsieur, vous désirez avoir des nouvelles de vos amis. Ils sont partis, il y a environ deux heures, dans la direction de Bellegarde. Ils vous ont attendu fort longtemps, mais vous avez trop tardé. Comme vous avez fait une longue course, voulez-vous vous reposer un instant et accepter quelques rafraîchissements ? »

L'entretien promettant d'être curieux, j'acceptai. Je ne pus m'empêcher de faire observer à cette dame que la présence d'une étrangère, au château de Sury, au milieu du théâtre de la guerre, avait quelque chose d'étrange. Elle me répondit :

« C'est vrai, Monsieur, je suis étrangère ; ma présence dans ce château et en ce moment a lieu de vous étonner, mais si l'énigme de ma vie, si l'histoire de ma chétive existence peut vous intéresser, je vais vous la raconter.

Elle commença ainsi :

« Il y a environ dix ans que j'habite la France ; je suis veuve depuis deux ans. Mon mari était un habile commerçant et un grand armateur, mais par trop amoureux de l'argent. Dans ses nombreux voyages et par son trafic avec les Indes et le Sud de l'Afrique, il fit rapidement une grande fortune. Pour mieux surveiller ses grandes entreprises, M. de Sapinris, tel était son nom, établit son principal comptoir à Paris. Depuis six ans, nous ne quittions plus la capitale que pour venir passer l'été à Sury, propriété que nous avons achetée il y a huit ans. Nous étions heureux, nous voyions grandir notre seule et unique enfant avec bonheur, lorsque M. de Sapinris mourut à Marseille, à notre retour de l'inauguration du canal de Suez. »

Pendant ce récit, une véritable douleur semblait assombrir ce beau visage ; des larmes perlaient dans les yeux de cette charmante créature. Cependant, elle me paraissait plutôt regretter le protecteur que le mari.

. . . .

Tout-à-coup elle s'interrompit, puis elle me dit: « Cette histoire n'a pour vous aucun intérêt, Monsieur ; parfois mes souvenirs m'égarent et troublent ma pauvre tête, je vous en demande bien pardon. »

J'eus beau protester, elle ne voulut plus parler. Elle me fit apporter par sa négresse quelques gâteaux et une espèce de boisson qui ressemblait à de la bière et qu'elle appelait *Mérista*. Selon l'habitude de son pays, elle m'offrit une embouchure de narguilé et nous nous mîmes à fumer. Alors elle reprit la conversation, mais sur un autre sujet.

« Que pensez-vous des événements? Pensez-vous que cette armée de la Loire puisse un jour donner la main à celle de Paris? Que disent vos généraux? Ont-ils confiance en leurs soldats? Vos soldats sont-ils bien équipés, bien disciplinés? Ne souffrent-ils pas trop de la température? »

Après cette foule de questions auxquelles je ne pouvais répondre que d'une manière très-vague, elle se mit à me parler de mes deux amis, qui avaient fait séjour chez elle, qu'elle avait surtout distingués parmi les autres officiers.

« Vos amis sont très-aimables, me dit-elle, tous les deux ; celui qui a la figure féminine paraît avoir l'esprit plus fin et plus subtil que l'autre, mais c'est un homme qui doit être peu aimable dans la vie privée. Sa santé délicate doit le rendre à manies comme un vieillard ; l'autre, au contraire, le petit, est un vrai Français, un esprit gaulois ; il n'a pas, à la vérité, un physique aussi agréable que le premier, mais son caractère m'a charmée et ses folles aventures préfectorales du temps de l'Empire m'ont beaucoup réjouie. Avouez, Monsieur, qu'il porte crânement l'habit militaire ; aussi ai-je passé une excellente soirée avec lui, malgré les préoccupations de son service, qui devinrent d'autant plus vives que son camarade fut pris soudain d'une indisposition qui le força de regagner sa chambre.

« Pourvu, ajouta-t-elle, avec une exclamation qui m'arracha un sourire, pourvu que les balles prussiennes les respectent tous les deux ! »

Elle professait, à la vérité, la plus grande admiration pour les militaires en général, mais elle me parut plus particulièrement préoccupée de notre jovial ami de la Ferblanterie.

Je la laissai parler et j'observai en silence ses traits et l'animation qu'elle mettait dans son langage.

La conversation continua encore quelques minutes. Mais bientôt mon interlocutrice parut si absorbée par des souvenirs, qu'elle ne répondait plus à mes questions que par des monosyllabes. Mon ordonnance apparut et me rappela que nous devions être à Bellegarde à six heures et que la nuit approchait.

Force me fut donc de partir, sans pouvoir déchirer le voile qui enveloppait cette mystérieuse existence. Je m'empressai de saluer cette belle Africaine et de me retirer. Elle me reconduisit jusqu'à la porte de son salon en me chargeant d'une foule de compliments pour mes amis.

Dans l'antichambre, je retrouvai le vieux serviteur qui m'avait introduit. Comme je manifestais la crainte de rentrer trop tard à Bellegarde, ce vieillard me proposa de m'accompagner et de me montrer un chemin plus court. J'acceptai son offre, en me promettant bien d'utiliser ce temps et sa compagnie.

Tout en marchant côte à côte, dans un chemin de traverse : « Votre maîtresse n'est pas Française, lui dis-je, je serais bien curieux de connaître un peu sa vie. »

Il ne se fit pas prier et commença ainsi :

« Voilà 42 ans, Monsieur, que je sers la famille de Sapinris, et j'ai 59 ans. M. de Sapinris, ancien capitaine de marine marchande, devint plus tard armateur.

« Moi, je suis natif de Bordeaux, où j'ai passé mes premières années. A cette époque, je fréquentais le port, où j'ai eu l'occasion de travailler au chargement et au déchargement de la *Belle-Victoire*, navire dont M. de Sapinris était tout à la fois le capitaine et le propriétaire. Fallait voir, quand l'entrée de la *Belle-Victoire* était signalée à Pauillac, comme nous accourions, moi et mes amis ! Comme nous étions reçus par ce brave capitaine ! « Voilà de l'ouvrage ! » s'écriait-il du haut de son bord, en nous montrant la *Belle-Victoire*.

« Je finis par concevoir tant d'amitié pour M. de Sapinris qu'un jour je lui demandai de me prendre à bord, à titre d'engagé. Il accepta. Depuis lors, je n'ai plus quitté la famille ; je suis resté à son service. J'avais dix-sept ans, lorsque je fis mon premier voyage à l'île de Madagascar ; nous exportions alors des marchandises que nous échangions pour des bois, du thé, etc.

« Il y a bientôt dix ans que M. de Sapinris avait abandonné sa vie de mer. Sa santé était déjà très-éprouvée par ses nombreux voyages, il avait acquis plusieurs navires qu'il chargeait pour l'exportation et l'importation. Pour mieux surveiller ses opérations, il s'était établi à Paris. Rarement il quittait la capitale, si ce n'est pour les eaux ou sa belle propriété de Sury, où il passait l'été avec sa femme Mᵐᵉ Néméa, et sa fille.

« Lors de l'ouverture du canal de Suez, il avait emmené Mme Néméa avec lui, pour assister à cette fête et en même temps lui faire revoir sa terre natale. Mais à son retour en France, il mourut à Marseille, d'une fièvre jaune, dont il avait contracté le germe pendant le voyage.

« Maintenant, vous m'avez demandé de vous racon- ter l'histoire de Mme Néméa, la voici :

« Dans une visite que nous fîmes à l'île de Zanzibar, il y a environ douze ans, M. de Sapinris avait fait un chargement extraordinaire. La *Belle-Victoire* ayant été insuffisante, il avait été obligé de fréter un autre na- vire. De plus, n'ayant pu placer, aussi facilement que d'habitude, son chargement il songea à parcourir les côtes d'Afrique. Ayant entendu dire par des marchands anglais, qui avaient déjà exploré cette côte, que le commerce pouvait être très-fructueux avec les peupla- des de l'intérieur et des environs des lacs, il organisa alors une expédition pour ces contrées sauvages.

« Partis de Zanzibar, le 4 février 1860, nous nous dirigeâmes vers le Nord et après avoir traversé plusieurs villages, nous arrivâmes dans l'Uganda, non loin du lac Nyamza. Pour entrer en relations avec les indigènes, M. de Sapinris fit à leurs chefs une quantité de présents. En reconnaissance, le roi de l'Uganda lui donna de nombreuses fourrures et un cadeau vraiment royal, deux femmes, deux belles Yhouma, l'une du nom de Kahala et l'autre Néméa, celle que vous venez de voir.

« Néméa, de beaucoup plus belle que sa compagne, pouvait alors avoir quinze ans. Elle fut préférée par M. de Sapinris. L'origine de Néméa est assez curieuse

pour que je vous la fasse connaître. Primitivement
destinée à être la femme du feu roi de Sounna, elle
fut dédaignée par son successeur. Néméa, comme vous
devez l'avoir remarqué, est d'une peau cuivrée très-
fine, les traits de son visage sont très-délicats, elle est
d'une intelligence supérieure. Depuis son arrivée en
France elle a appris et parle admirablement le français.

« Notre voyage dans cette partie du sud de l'Afrique
dura environ 6 mois ; nous ne pûmes revenir à Zanzibar que vers la fin de juillet de la même année.

« Après un séjour de quelques mois dans cette île, mon
maître résolut d'aller s'établir à Port Louis. Un an
après son arrivée dans cette ville, Néméa lui donna
une fille, et alors il s'installa dans ce délicieux pays,
fonda des raffineries, oublia la *Belle-Victoire* et renonça
aux voyages.

« Mais bientôt de nombreuses relations avec la France
l'attirèrent à Marseille et à Bordeaux ; et vers la fin de
l'année 1862, il s'installa tout à fait en France — comme
je vous l'ai dit tout à l'heure.

« Après la mort de M. de Sapinris, Madame revint à
Paris, qu'elle ne quitta plus que pour venir de temps en
temps à son château de Sury, où elle se plaît beaucoup.
La guerre est arrivée ; forcés de quitter Paris, nous
nous sommes refugiés ici, comme vous voyez.

« C'est bien dommage, ajouta ce brave serviteur, les
larmes aux yeux, que mon maître soit mort ! Comme il
aurait été heureux de voir grandir sa fille, qui sera un
jour aussi belle que Madame Néméa !

« Pour moi, malgré son extrême avarice, quel bon

maître j'ai perdu ! mais en revanche quelle bonne maîtresse que Mme Néméa pour ses serviteurs et pour tous
les malheureux du pays. Ah ! je vous promets, Monsieur, que vos amis et vos soldats se souviendront de
cette réception et qu'ils n'oublieront pas ainsi le château de Sury et sa bonne hospitalité. Par ordre de Madame Néméa et sous sa surveillance, on a fait des distributions de vin et d'effets de laine aux soldats ; dans
le château les vins de toutes sortes, les mets les plus
recherchés ont été servis à vos officiers.

« Depuis la perte de son époux et malgré les privations nombreuses qu'elle lui imposait, pour oublier son
chagrin, elle a repris ses habitudes d'Utanga, elle se
plaît à s'entourer de parfums et à fumer toute la journée. Elle reçoit rarement des étrangers, et il a fallu que
vos amis fussent des militaires, des défenseurs de la
France pour qu'elle leur fît si bon accueil : car elle
aime beaucoup la France, et la considère comme sa patrie.

« Les ordonnances de vos deux amis se souviendront
aussi de Sury, car Nina et Kabedja, les deux suivantes de
Mme Néméa, les ont fort amusés.

« Ces pauvres filles en voulant suivre l'exemple de vos
ordonnances, MM. Boirude et de Lentremollet, comme
vous les appelez, se sont abominablement grisées, elles
en sont encore aujourd'hui malades. »

Tout en causant ainsi nous étions arrivés en vue de
Bellegarde. Ce ne fut pas sans quelque regret que je
me séparai de ce bon serviteur ; je le remerciai de son
obligeance et je mis aussitôt mon cheval au trot dans
la direction de Bellegarde.

Je me promis bien de ne rien dire de cette découverte à mes collègues. Je trouvais que l'histoire de Sury était trop friande de détails, pour la divulguer ainsi par une indiscrétion.

Je me tus donc, et gardai religieusement mon secret jusqu'à ce qu'il me fut permis de l'écrire, pour faire une variante à ce récit déjà bien monotone et par lui-même si triste.

Cette histoire, due au hasard, m'expliqua plus tard l'aversion que ces deux officiers (les deux hôtes préférés de Mme de Sapinris) devaient éprouver l'un pour l'autre.

Il était six heures, lorsque nous rentrâmes à Bellegarde.

Que s'était-il passé depuis notre départ? On nous apprit que, les Prussiens n'ayant fait aucun mouvement offensif, le général avait replacé son quartier général à Bellegarde. Ce qu'il y avait malheureusement de trop vrai, c'est que la tactique habile des Prussiens nous avait encore une fois immobilisés sur place.

Pendant la nuit que nous avions passé à Château-neuf, du 1er au 2 décembre, notre état-major avait reçu des dépêches très-importantes de Tours et du général d'Aurelle de Paladines, prescrivant un mouvement à droite, afin de donner la main au général Ducrot. Celui-ci, disait-on, était sorti de Paris les 29 et 30 novembre, avait percé les lignes ennemies le 1er décembre et arrivait à notre rencontre, par la forêt de Fontainebleau. A ces mêmes dépêches était joint un décret du Gouvernement de la Défense nationale, à propos des efforts faits par le 18e corps d'armée à la bataille de Beaune-

la-Rolande. Ce document se passe de tout commen-
taire.

Les membres du Gouvernement de la Défense nationale,
en vertu des pouvoirs à eux délégués,

Considérant que le 18ᵉ corps d'armée à peine formé, composé en grande partie de soldats qui voyaient le feu pour la
première fois, et privé de son commandant en chef, a, cependant, par la fermeté de son attitude, remporté des avantages signalés sur l'ennemi à Ladon, à Maizières, à Beaune-
la Rolande,

Décrètent :

1° Le 18ᵉ corps d'armée de la Loire a bien mérité de la
patrie.

2° Le chef d'Etat-major Billot, général de brigade à titre
provisoire, est nommé général de brigade à titre définitif.

M. Feillet-Pilatrie, général de division à titre provisoire,
est nommé général de division à titre définitif.

Fait à Tours, le 2 décembre 1870.

Signé : Léon Gambetta, Ad. Crémieux, L. Fourichon,
Glais-Bizoin.

Pour le Gouvernement,

Le délégué à la guerre,
Ch. de Freycinet.

Ce décret paraissait combler les vœux de notre colonel d'Etat-major. Cependant, en présence de la responsabilité et de la gravité du commandement qui lui était
confié, et surtout vu la position de notre corps d'armée,
qui à chaque instant devenait plus difficile, par l'absence de renseignements précis sur la marche des Prussiens il était soucieux, inquiet même.

D'après les renseignements de nos éclaireurs, il craignait une attaque de 60.000 Prussiens pour le lende-main. Alors, il convoqua autour de lui ses conseillers intimes (il serait plus exact de dire les heureux du jour). Parmi ces officiers, deux capitaines venaient d'être éle-vés au grade de commandant, et un autre nommé offi-cier de la Légion d'honneur , en souvenir des affaires de Ladon, (28 novembre).

Je me rappelle encore la fièvre, l'impatience de notre général en chef, se tournant vers ses officiers, en sor-tant du conseil et s'écriant : « Messieurs, demain au point du jour, il faudrait être prêts à monter à cheval ; j'ai besoin de 20 officiers. »

Le matin, il est vrai, il avait reçu, tout à la fois, un ordre du jour[1] du général d'Aurelle à l'armée de la Loire, et une dépêche[2] annonçant un grand mouvement de l'armée sur la gauche, ce qui, avec les renseigne-

---

[1]   ORDRE DU JOUR.

Officiers, sous-officiers et soldats de l'armée de la Loire.

Paris, par un sublime effort de courage et de patriotisme, a rompu les lignes prussiennes. Le général Ducrot, à la tête de son armée, marche vers nous. Marchons vers lui avec l'élan dont l'armée de Paris nous donne l'exemple.

Je fais appel aux sentiments de tous, des généraux comme des soldats. Nous pouvons sauver la France !

Vous avez devant vous cette armée prussienne que vous venez de vaincre sous Orléans, vous la vaincrez encore.

Marchons donc avec résolution et confiance.

En avant sans calculer le danger !

Dieu protègera la France !

Au quartier général à St-Jean-de-la-Ruelle, 1er décembre 1870.

Le général en chef :   D'AURELLE.

[2] V. Documents historiques, nos 7 et 8.

ments contradictoires de ses éclaireurs, le jetait dans une grande perplexité sur sa marche du lendemain.

Le lendemain en effet, 3 décembre, nos divisions se portèrent en avant.

Dès 9 heures du matin, le canon gronda du côté de Bois-Commun. Les Prussiens, disait-on, avaient repris la position occupée la veille par notre corps d'armée. Les bruits les plus alarmants circulaient par tout notre corps d'armée : « Soixante mille Prussiens, disait-on, vont nous envelopper et nous tournent en ce moment. Dans tel village leur artillerie a défilé pendant deux jours et deux nuits. . » . . . .

Ce qu'il y avait de plus clair, dans tout cela, c'est que les Prussiens promenaient sans cesse de l'artillerie et des détachements de cavalerie à travers les villages qui étaient devant nos lignes. Ces promenades de jour et de nuit terrifiaient toute la contrée. Les habitants, en voyant ces incessants défilés, répétaient à tous les échos d'alentour que des masses énormes allaient nous entourer, nous écraser.

Malheureusement, à ce moment, nous n'eûmes pas un général assez perspicace, assez expérimenté dans l'art de la guerre pour découvrir le but de ces mouvements de troupes ; pour deviner le piège tendu à l'aide de ces rideaux d'artillerie et de cavalerie. Hélas ! avouons-le, les généraux qui nous commandaient alors s'endormirent dans leur aveugle suffisance et leur routine bien-aimée.

Cette journée qui aurait pu être employée si fructueusement par le 18ᵉ corps, si nous avions été éclairés, si nous avions marché rapidement sur Orléans, se passa dans la plus complète inaction et nous gardâmes encore nos positions.

Dès le matin, à la vérité, une grande imprudence avait été commise, et elle peut avoir grandement contribué au résultat malheureux des batailles qui se livrèrent ces jours là, autour d'Orléans. Des parlementaires prussiens, qui étaient venus à notre camp pour échanger des blessés, furent renvoyés et traversèrent nos lignes sans qu'on prît la précaution de leur bander les yeux. Évidemment cette négligence fit connaître à l'ennemi nos positions, et peut-être même l'effectif de l'aide droite de l'armée de la Loire.

Voilà probablement l'explication du mouvement de retraite que les Prussiens firent cette même soirée ; sans doute, pour appuyer à gauche, c'est-à-dire du côté d'Orléans, ils évacuèrent Bois-Commun, et aussitôt notre deuxième division reçut l'ordre d'occuper cette position et de donner la main au 20ᵉ corps qui se trouvait à Nibelle, Chambon et Chenault.

Dans la soirée quelques officiers, qui arrivaient de la forêt d'Orléans, nous apprirent que le matin, de 9 heures à midi, ils avaient entendu une forte canonnade du côté de Chilleurs. Comme nous le verrons plus tard, c'était précisément l'attaque et la défaite de notre 15ᵉ corps qui devait déterminer la retraite de l'armée de la Loire.

Et cependant que faisions-nous si près du point où se livrait l'action décisive ?... Nous attendions, nous allions de droite et de gauche, nous écoutions des propos mensongers, les racontars des uns et des autres ; nous étions dans un état de paralysie complète. Pourquoi cette inaction ? D'abord parce que tous les corps de cette armée de la Loire n'étaient pas reliés entre eux par le télégraphe, ce puissant et indispensable auxiliaire à la guerre ; ensuite parce que nos généraux ne savaient pas lire dans les rapports de leurs éclaireurs. Les nouvelles de ces officiers, jointes à cette inaction, nous faisaient déjà pressentir nos échecs sous Orléans et la grandeur de nos dangers ; nous voyions tout cela avec une douleur résignée.

Sur ces entrefaites, on annonça l'arrivée à Nevoy du général Bourbaki, qui venait, de fait, prendre le commandement du 18e et du 20e corps.

Par les événements qui vont se succéder avec une rapidité vertigineuse, nous verrons que le général Bourbaki arriva juste à temps pour assister à la retraite de son armée. Elle commença dès le lendemain matin.

Les bruits qni circulaient au quartier général ne laissaient aucun doute sur un départ prochain, imminent même. Allions-nous à Orléans, à Etampes ou à Pithiviers ? Là s'arrêtaient nos suppositions. A minuit un ordre nous prévient de nous tenir prêts à partir avant le jour pour Orléans [1].

· Cependant dans cette dépêche il y avait une réserve qui nous donnait à penser que d'autres événements devaient arriver pendant cette nuit.

Ce n'est pas chose facile de réunir tout son personnel dans un village occupé militairement et surtout la nuit. Aussi eûmes-nous beaucoup de peine à réunir tous nos officiers. Un surtout, dont le service était important et qui savait parfaitement se dissimuler en des gîtes diffi-

---

[1] Voir Documents historiques, n° 9.

ciles à découvrir, nous donna cette nuit beaucoup de mal. Nous avions déjà fouillé tous les logements de Bellegarde, et nous n'avions plus d'espoir que dans le château. Nous nous y rendîmes sans retard, et nous le visitâmes du rez-de-chaussés au grenier, au grand déplaisir des nombreux locataires que nous réveillions ; car il pouvait être deux heures du matin.

Nous étions sur le point de renoncer à nos recherches, lorsque nous entendîmes une voix nous appeler. Nous reconnûmes aussitôt le général ***, qui, à notre vue, s'écria :

« Pourquoi faites-vous tant de bruit à cette heure? Voulez-vous vous taire et nous laisser reposer ?

— Mais mon général, répondîmes-nous, nous avons des ordres pressants à communiquer à M. L.

— Ah ! oui, en effet, ce pauvre L. voulait reposer tranquillement cette nuit. Mais avec vous, c'est impossible, en vérité !

— Vous n'y pensez pas, mon général, lui répondîmes-nous ; et les ordres !!

— Ah ! c'est différent, dit-il, vous avez donc des ordres de mouvement à communiquer ? Que ne le disiez-vous, alors ?

— Certainement mon général, dans deux heures nous partirons pour Orléans.

— Faites donc voir ces ordres ?...

Pendant qu'il lisait, nous jetions un petit coup d'œil sur l'ameublement de la chambre à coucher de ce bon général. Un confortable réel y présidait ; rien n'y manquait ; on se serait cru transporté dans un petit appartement de la Chaussée-d'Antin. Son mobilier de campement était charmant ; un vrai travail artistique, mais en vérité par trop parisien dans de semblables circonstances.

Sa lecture finie, il nous demanda : « Pouvez-vous me dire où est ma brigade ; je suis arrivé d'hier au soir et je ne sais pas quelle position elle occupe. Où dois-je la prendre ? Voulez-vous avoir l'obligeance d'obtenir, pour moi, ce petit renseignement du général en chef ? »

Faire une pareille demande au général Billot nous embarrassait fortement ; nous crûmes devoir promettre cependant. Nous comptions avoir en échange une indication précise sur la chambre où se cachait notre malin intendant.

Le général *** nous révéla en effet la chambre de cet officier, qui se trouvait voisine de la sienne et dont la porte se trouvait dissimulée derrière de vieilles tapisseries.

Dès que nous eûmes découvert notre homme, nous nous rendîmes près du général en chef. Il avait établi son quartier général à l'*hôtel de la Faim*. Je lui demandai, très-timidement, le renseignement promis au général X***.

« Comment ! s'écria-t-il, un général s'endort sans connaître la position de sa brigade, surtout lorsque nous sommes en présence de l'ennemi ! Allez dire au général X*** qu'il monte tout de suite à cheval, et qu'il prenne la tête de sa brigade, dès qu'elle défilera sur la place de Bellegarde. »

Le général Billot, d'un air sombre, lut devant moi à

ses officiers la nouvelle dépêche qu'il venait de recevoir d'Orléans :

« Les 17ᵉ, 16ᵉ et 15ᵉ corps ont soutenu pendant trois jours les efforts des Prussiens ; le 15ᵉ corps surtout a souffert ; on a deux ponts à conserver sur la Loire, à Orléans et à Gien ; il faut se concentrer autour d'Orléans, de manière à pouvoir empêcher qu'ils ne soient coupés par l'ennemi. Ces trois corps ont dû céder devant des forces bien supérieures. »

Des ordres furent donnés en conséquence[1] et dès la pointe du jour la route de Bellegarde à Orléans était couverte de soldats de toutes armes, de voitures de toute sorte.

Faire marcher rapidement cette foule qui s'acheminait vers Châteauneuf ne fut pas chose facile. Si les Prussiens avaient eu sur notre droite des forces suffisantes, ils auraient pu facilement nous couper et nous envelopper ce jour-là. Mais ils étaient justement trop préoccupés de leur concentration autour d'Orléans.

Lorsque nous arrivâmes à Chicamour, il pouvait être neuf heures du matin. Nous avions mis environ deux heures de plus, pour faire cette route, que les jours passés, par suite de l'insuffisance de la carte topographique que nous possédions.

Au milieu de ce tohu-bohu, de ce pêle-mêle d'hommes,

---

[1] Selon la première dépêche de la nuit, nos divisions devaient prendre position : la 1ʳᵉ à Châtenay, la 2ᵉ à Sury, la 3ᵉ à Chicamour. Mais, à la réception de la 2ᵉ dépêche d'Orléans, cet ordre de mouvement fut ainsi rectifié : la 2ᵉ division alla prendre position sur le canal, la 1ʳᵉ, en arrière comme réserve, la 3ᵉ entre Vitry et Fayes-aux-Loges et la cavalerie à Combreux.

de chevaux, de voitures, de caissons, nous entrevîmes le général Bourbaki. Il était arrivé trop tard à Montliard, pour prendre le commandement des 18ᵉ et 20ᵉ corps. Grâce aux renseignements fournis par l'arrière-garde du corps d'armée, il nous avait rejoints et se dirigeait à toute vitesse sur Châteauneuf.

Mon chef avisa la maison d'un garde, qui se trouvait en avant de la forêt d'Orléans et lui demanda l'hospitalité pour quelques instants, afin de réchauffer nos membres engourdis par le froid piquant de la matinée.

Dans cette pauvre chaumière, nous trouvâmes plusieurs de nos officiers du quartier général en train de déjeûner ; ils nous offrirent même de partager leur modeste repas, ce que nous acceptâmes avec plaisir.

Il y avait quelques minutes que nous étions assis et installés auprès d'un bon feu ; ô joie suprême d'un moment ! lorsqu'un officier vint nous prévenir que le plus grand désordre régnait à l'entrée de la forêt d'Orléans ; que les voitures ne pouvaient plus circuler et que si d'ici une heure, la route n'était pas libre, on serait obligé de jeter les voitures dans les fossés, afin de laisser passer l'artillerie et la réserve qui nous suivaient de très-près. Laissant feu et déjeûner, nous nous empressâmes de nous rendre, mon chef et moi, dans la forêt d'Orléans. Sur la route de Bellegarde à Châteauneuf qui traverse cette forêt, nous constatâmes, en effet, le plus grand désordre et surtout l'absence complète des gendarmes, autrefois les représentants de l'ordre et de la discipline dans l'armée française. C'est de cette façon que nos convois furent gardés pendant toute la campagne. Mais il faut le dire, les officiers, par tradition, regardent comme chose superflue *la garde des convois*. Quand donc comprendra-t-on qu'une armée ne peut pas marcher sans être ravitaillée ; quand donc ce service sera-t-il considéré comme utile et nécessaire ?

Cette route de la forêt d'Orléans était rendue encore plus difficile par les travaux de défense qu'on y avait faits. Dans certains passages, elle était presque impraticable. A l'endroit où se manifestait l'encombrement pour lequel nous avions été appelés, elle était coupée par un ouvrage de 10 mètres de long sur 20 de large. Pour dépasser ce fossé, on avait été obligé de ménager, tant bien que mal un chemin sous bois ; il contournait l'obstacle et ne pouvait recevoir qu'une voiture à la fois. Or les charretiers craignant de voir arriver les Prussiens, cherchaient comme toujours à se dépasser et à fuir au plus vite. Ils avaient rendu le passage impraticable, même pour eux, car toutes leurs voitures s'y trouvaient enchevêtrées les unes dans les autres. Enfin, au bout de deux heures, et après beaucoup d'efforts pour mettre un peu d'ordre, les convois purent reprendre leur route avec quelque régularité.

Peut-être en cette occasion mon chef avait fait plus que ne lui commandait sa position ; mais d'autres assurément n'avaient pas fait assez et avaient préféré leur bon déjeuner à leur devoir. Si au moins ils avaient su profiter d'un bon exemple !

A notre retour à la chaumière du garde, nous nous empressâmes de nous réchauffer, mais bientôt la fatigue des nuits passées sans sommeil et la chaleur du feu me gagnèrent et je m'endormis.

J'avais à peine la tête sur le lit du fermier, mes yeux commençaient à se fermer, quand je vis dans ce premier sommeil mon chef se dépouiller de son manteau et m'en couvrir doucement. Quelle délicate attention de la part de cet homme en apparence si dur ! Mon sommeil fut de courte durée, car il fallut bientôt repartir. Le désordre dans les convois et les voitures, après les sévères réprimandes de notre chef, avait à peu près disparu ; nous pûmes arriver très-promptement à Chateauneuf. Lorsque nous entrâmes dans cette petite ville, il faisait nuit.

J'étais descendu de cheval, il y avait à peine cinq minutes, dans la cour de l'hôtel du Lion d'Or, lorsque survint un de nos sous-intendants qui m'interpella ainsi : « Mon cher ami, faites prévenir vos convois d'avoir à se mettre en marche sur Sully, sans aucun retard ; les Prussiens sont sur nos pas ; nous étions près de Faye-aux-Loges, lorsque nous avons rencontré leur avant-garde ; profitons de la nuit. Allez vous-même à l'entrée du village faire préparer les convoyeurs ; quant à moi, je vais prendre la direction de ces convois et surveiller la route, afin que le désordre de ce matin ne se renouvelle plus et que nous puissions passer le pont de Sully sans accident. »

Au bout d'une heure l'ordre s'exécutait. Nous-mêmes, nous nous mîmes en marche vers Sully. Dans cet intervalle, de nouvelles dépêches étaient arrivées au quartier général[1]. Orléans était repris par les Prussiens à

---

[1] Nous arrivâmes à Faye-aux-Loges, à trois ou quatre lieues d'Orléans.

La situation était grave. Nous ne savions pas bien ce qui se passait à Orléans. Il était bon de connaître avant de nous enga-

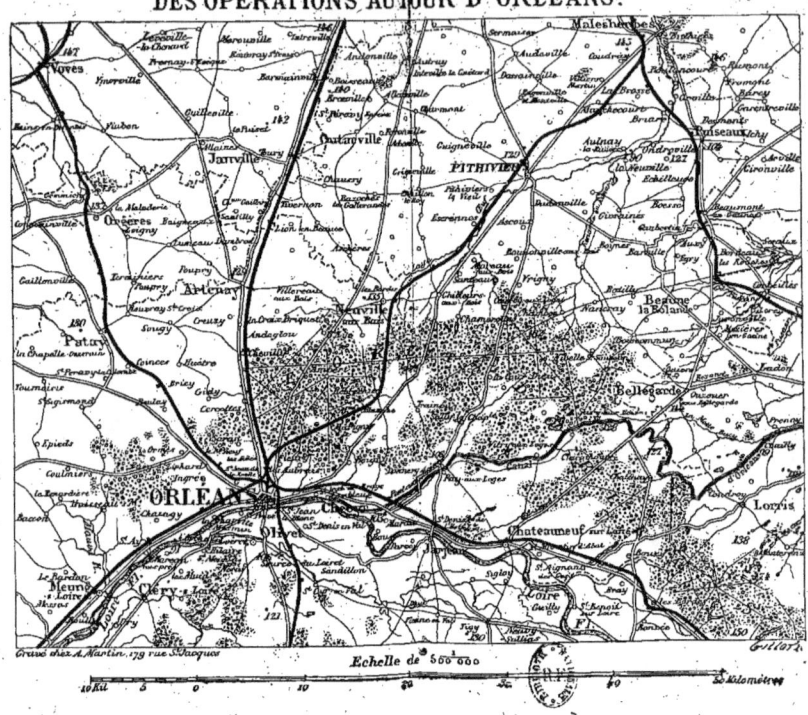

Echelle de $\frac{1}{500\,000}$

huit heures et demie, et leurs bataillons devaient l'occuper le lendemain au jour.

ger plus loin, si nous devions prendre la rive gauche ou la rive droite de la Loire.

Le général Bourbaki télégraphia au général d'Aurelle pour lui demander la direction qu'il fallait suivre.

En arrivant par la rive droite devant Orléans, en cas d'engagement et d'échec, nous étions jetés à l'eau ; en arrivant par la rive gauche au contraire, nous avions une ligne de retraite assurée.

Le général d'Aurelle répondit :

« Les lignes d'Orléans sont évacuées ; Orléans n'est plus à nous , passez sur la rive gauche, et tâchez de vous replier sur Gien. »

C'est alors que je reçus la mission de donner contre-ordre au 18e et au 20e corps. Le 20e traversa la Loire au pont de Jargeau ; celui de Châteauneuf étant rompu, nous fûmes obligés de battre en retraite jusqu'à Sully.

(**Ext.** Enquête parlementaire sur le gouv. de la Déf. Nationale. — Déposition du **général Billot, p. 469.**)

CHAPITRE V

SULLY — GIEN

Le 4 décembre, il pouvait être environ dix heures du soir, lorsque nous quittâmes Châteauneuf. Nous n'atteignîmes le pont de Sully que vers 2 heures 1/2 ou 3 heures du matin. La nuit était froide et la lune, de ses brillants rayons, éclairait le triste défilé. Le bruit des voitures, des caissons, des chaînes, des fourgons, du piétinement des chevaux, adouci cependant par la neige, tombée la veille et dans la soirée, la toux rauque de nos soldats, provoquée par l'humidité du bivouac et les longues étapes de nuit troublaient seuls cette marche.

A voir passer, silencieusement, cette longue ligne d'hommes, enveloppés dans leurs couvertures, courbés sous le poids de leurs armes, de leurs vivres, de leurs ustensiles, mêlés par ci par là au train d'artillerie et aux voitures, on aurait cru un défilé d'ombres fantastiques.

Lorsque nous arrivâmes au pont de Sully, un spectacle bien plus grandiose s'offrit à nos regards. La Loire, en cet endroit très-large, coulait à pleins bords, et la lune se reflétant à travers les glaçons que le fleuve charriait, produisait un effet merveilleux. Que de majesté! Que de grandeur dans ce silence! De temps en temps, au milieu de nous, passait au galop un cavalier porteur d'un ordre ou l'on entendait un chef gourmandant les charretiers qui cherchaient à se dépasser. Mais pas une récrimination, pas une plainte, pas une parole ne s'élevait de cette foule, accablée par la fatigue et brisée par les souffrances de toute sorte. Du défilé, nos regards se portaient sur la Loire, à moitié blanchie par la neige que charriaient les glaçons, et l'étrangeté, la grandeur du spectacle, la joie de vivre en dépit de tant de dangers et de misères nous transportaient à ce point qu'aujourd'hui encore nous ne trouvons pas de termes pour rendre nos impressions.

A l'entrée du pont de Sully, je reconnus un de mes amis en compagnie de plusieurs officiers, chargés de mettre un peu d'ordre dans le passage. Ils m'abordèrent tous, en s'écriant: « Qu'il fait froid! »

Grâce à leur énergie et à leurs sages mesures, le passage du pont s'opéra lentement, à la vérité, mais sans trop de désordre. On trouvera sans doute étonnant que sur le tablier du pont, long de plusieurs travées, tout le personnel et tout le matériel d'un corps d'armée aient pu passer sans le plus petit accident. Dès que nous eûmes franchi la Loire, nous nous trouvâmes pêle-mêle, officiers et soldats, dans les rues de cette petite ville, cherchant et demandant, aux rares habitants, un abri pour la fin de la nuit.

Un maréchal-ferrant, nous voyant ainsi errer dans la
rue et frapper en vain à toutes les portes, nous offrit sa
modeste maison, son feu et même son lit. Ce brave
homme et sa fille rivalisèrent de zèle pour nous rendre la
réception agréable : tandis que l'un allait chercher le
bois, l'autre le rangeait dans la cheminée. Bientôt autour
de ce feu nous nous réunîmes une dizaine d'officiers ;
ce bivouac improvisé présentait même un aspect original.
En un clin d'œil, la pièce entière fut transformée en un
lit de camp : plusieurs, se serrant les uns contre les
autres, couchés sur la paille, les pieds tournés vers le
feu, dormaient de leur mieux ; les autres, entassés autour
de la grande cheminée, bravant le sommeil, cherchaient
à se remémorer les principaux épisodes de cette première
retraite. Ils attendaient ainsi le jour. Mais le lit de notre
bon patriote était resté libre : la difficulté était de savoir
lequel d'entre nous tous devait l'occuper. De droit, bien
entendu, il revenait à notre chef. Mais celui-ci, qui avait
horreur des prérogatives, le refusa, et préféra se réfugier
dans sa voiture, où nous nous installâmes ensemble.
Cependant le froid nous en chassa et nous contraignit à
rejoindre nos collègues. A notre rentrée dans la chambre
du maréchal, nous nous demandions quel pouvait être
l'heureux mortel qui avait pris possession du lit. Quelle
ne fut pas notre surprise lorsque nous apprîmes que
c'était le cocher de notre intendant en chef, en compagnie
de deux officiers qui successivement se couchèrent,
sans s'apercevoir que le lit était occupé, tellement ils
étaient harassés de fatigue. Et assurément ils furent bien
étonnés le lendemain matin de se retrouver trois têtes
sur le même chevet : il est vrai que le lit était

très-vaste , comme les lits de l'époque Louis XIII.

Cette petite scène de réveil ne manqua pas de nous égayer un tant soit peu, quoique nous n'eussions pas envie de rire, en un moment aussi critique. Ce pauvre maréchal et sa fille avaient passé la nuit à nous servir et n'avaient même pas voulu prendre une minute de repos. Il faut avouer que nous n'avons pas trouvé beaucoup de Français, dans cette campagne, ressemblant au maréchal-ferrant de Sully : je n'ai qu'un regret aujourd'hui, c'est de ne pouvoir me rappeler son nom. Néanmoins je suis heureux de lui payer, ici, un tribut de reconnaissance : puisse un jour ce livre lui tomber entre les mains ! Il saura que non-seulement nous avons su apprécier et nous rappeler son patriotisme, mais encore que nous l'avons signalé et proposé, comme exemple, à nos concitoyens.

Malgré l'extrême désordre que cette retraite avait jeté dans tout notre corps d'armée, nous parvînmes non pas sans difficulté, à organiser un semblant de service ; la moitié de notre personnel courait sur les routes et toutes nos voitures de vivres étaient mêlées à celle des autres corps. Quoi d'étonnant quand on vient de faire plus de cinquante kilomètres sans s'arrêter, et lorsque sans cesse on a en perspective l'arrivée des Prussiens ! Il faut avoir vu une bagarre semblable à celle de la nuit du 4 décembre, de Châteauneuf à Sully, pour se l'imaginer, et si certains corps d'armée ont manqué de vivres, en ces moments, il serait souverainement injuste d'en attribuer toute la responsabilité à l'intendance.

Le lendemain vers midi, mon service me laissant quelque loisir, je me dirigeai du côté de la Loire. La ville de Sully ne me parut ni grande ni belle ; elle est mal percée : en arrivant au bout de la rue centrale, on découvre un spectacle vraiment beau ; d'un côté est la Loire, dont les eaux coulent ordinairement sur ce sable si fin, que nous tous avons admiré, mais qui alors charriait des glaçons ; de l'autre, le château de Sully, qui avec ses énormes donjons et ses larges douves semble une véritable Bastille. Dans les immenses servitudes et dans les allées du parc notre artillerie, avec tous ses canons, ses caissons et ses fourgons, était installée. En parcourant ces allées, je m'aperçus que les officiers avaient beaucoup de peine à mettre de l'ordre dans leurs batteries ; tout le monde se cherchait ; le soldat demandait son régiment à tous les échos ; l'officier, lui-même, ne savait pas trouver sa compagnie, son lieu de campement ; c'était un véritable chaos.

Lorsque je sortis de ce vaste parc, je me retrouvai sur les bords de la Loire, près du pont que nous avions traversé la veille et sur lequel nos colonnes retardataires défilaient encore. Cette foule compacte, composée d'officiers et de soldats de toutes armes, se cherchant, s'appelant, les bords de la Loire, la Loire elle-même, tout cela offrait un aspect bien saisissant, mais bien triste.

Malgré nous, notre esprit se reporta vers une autre époque de notre histoire : nous nous rappelions les descriptions de cette fameuse campagne de Russie en 1812, et le passage de la Bérézina[1]. L'analogie était lointaine, car les hulans prussiens nous laissèrent tranquillement passer la Loire, tandis qu'à la Bérézina, l'armée eut à

---

[1] V. Histoire du Consulat et de l'Empire par Thiers. T. XIV livre XLV, p. 426.

combattre les difficultés du climat, du passage, et les Russes.

En voyant cette masse de soldats traverser le pont de Sully avec tant de précipitation, il était aisé de comprendre qu'une impulsion invisible les poussait. Au fur et à mesure qu'ils arrivaient, des officiers d'état-major les faisaient ranger sur les quais, et ensuite leur donnaient des indications pour retrouver leurs régiments.

Sur la rive droite de la Loire on apercevait encore, se détachant sur la neige, la longue ligne noire des retardataires. Des officiers préposés à ce sujet les faisaient mettre en colonne, afin d'éviter l'encombrement, et surtout d'activer le passage de la rive droite à la rive gauche. Il fallait que le mouvement fût terminé à la nuit et que le pont de Sully fût détruit aussitôt. Cette scène, avec le panorama de la Loire, fidèlement reproduits dans un tableau, auraient certainement éveillé l'attention et excité un sentiment d'admiration. Mais la réalité nous déchirait l'âme, et malgré nous nous arrachait des larmes.

Ce terrible problème, avec toutes ses conséquences, se posait déjà pour nous : qu'allions-nous devenir ? Quelles garanties pouvait nous offrir désormais une armée si vite désorganisée ? Un dernier effort des Prussiens pouvait anéantir, en peu d'heures, cette horde d'hommes. Mais il faut le dire, il était difficile aux Prussiens, avec les forces dont ils disposaient ce jour-là, d'occuper tout à la fois Orléans et de nous poursuivre sérieusement. Ils ne pouvaient qu'essayer de nous effrayer, en envoyant sur nos derrières quelques hulans : c'est ce qu'ils firent.

Peut-être pour le militaire de profession, qui ne rêve que combats et qui n'a d'autre but et d'autre préoccupation que l'avancement, peut-être pour celui-là seul, habitué depuis Sédan à faire la guerre de cette façon, c'est-à-dire avec de semblables retraites, un tel spectacle n'était pas émouvant. Mais nous, qui étions tout à fait désintéressé, qui n'avions appris les misères de la guerre jusqu'à ce moment que dans les livres, nous ne pouvions que gémir sur un tel état de choses, et trembler pour l'avenir de la France.

Vivement impressionné de ce triste spectacle, nous revînmes à la Mairie reprendre notre service, et ce ne fut pas sans peine ; la confusion régnait partout, même dans les esprits, même chez les chefs.

Cependant, dans la soirée, on parvint à rétablir un semblant d'ordre dans nos divisions ; bientôt les hommes purent rejoindre leurs régiments. Aucune attaque sérieuse n'avait encore inquiété nos derrières : quelques hulans, seulement, avaient fait prisonniers une certaine quantité de traînards.

Ce soir même, cinq décembre, tout le 18e corps avait fini de passer de la rive droite sur la rive gauche de la Loire. Le pont devait être conservé jusqu'au lendemain matin, pour faciliter la retraite des traînards et de nos grands gardes.

Si nous avions eu quelques jours de repos, le désordre occasionné par cette brusque retraite, qui avait duré un jour et une nuit, eût pu être facilement réparé. En peu de temps, nous eussions pu reprendre la campagne, une première fois manquée ; mais malheureusement il ne put pas en être ainsi ; il fallut toujours marcher, dans l'ignorance où nous étions des forces réelles que Frédéric-Charles avait lancées à notre poursuite. Ce jour même, parut un ordre du jour qui nommait le général Billot général de division à titre provisoire et lui donnait le commandement en chef du 18e corps[1].

Une bonne vieille dame de Sully nous donna, pour ce soir-là, l'hospitalité. La réception fut tellement sympathique et originale, que je ne peux résister au désir d'en donner tous les détails. La maison qu'elle habitait se composait des ruines d'une ancienne construction seigneuriale. Pour arriver à la chambre qu'elle nous destinait, il nous fallut traverser toute une série de galeries, qui remontaient au temps du Moyen-Age. Après avoir circulé un long temps dans tous ces couloirs, nous entrâmes dans une chambre qui présentait un aspect singulier. D'un côté, un ameublement modeste, en acajou ; à la cheminée, des photographies, et entre autres, celle d'une très-jolie femme et d'une petite fille ; en face, au mur, suspendues avec une certaine symétrie, des robes de femme et d'enfant.

A bien considérer notre hôtesse, à faire l'examen de cette maison, nous ne pouvions nous empêcher de nous rappeler les contes de fées de notre enfance. En ouvrant la porte de la chambre elle s'écria : « C'est un grand sacrifice que je fais, messieurs, en vous donnant cette chambre que personne n'a plus habitée depuis le 18 février 1867 ». A ce dernier mot elle se mit à fondre en larmes.

Ces portraits, encadrés de noir, ces nippes de femme

---

[1] V. Documents historiques, no 10.

et d'enfant suspendues à la muraille avec tant de symétrie cachaient assurément quelque mystérieuse et terrible histoire. Notre curiosité fut aussitôt vivement excitée ;
nous la pressâmes de questions et elle nous raconta,
sans omettre le plus petit détail, l'horrible drame que
trahissait l'arrangement symétrique de ces vêtements.

« En 1855, nous dit-elle, mon mari, officier commandant aux chasseurs d'Afrique, vint prendre sa retraite
avec moi à Sully. Nous avions alors une jeune fille
belle, spirituelle, adorable sous tous les rapports. Plus
d'un galant recherchait sa main ; M. Charles Beltamore
(tel était le nom de mon mari) s'obstinait à la refuser,
prétextant toujours qu'il ne voulait la marier qu'à l'âge
de vingt ans : elle n'en avait alors que dix-huit.

Mon pauvre Charles, au bout de quelques mois de séjour à Sully, fit la rencontre de M. le marquis de Durenfer, un de ses anciens colonels également en retraite qui
habitait à 10 kilomètres d'ici au château d'Aspremont ;
il renoua aussitôt avec lui ses anciennes relations d'a-
mitié.

Dès lors, Aspremont devint pour nous une véritable
résidence ; nous y passions l'été, et l'hiver nous restions
à Sully. Dans les beaux jours, nous visitions encore le
château de notre vénérable ami.

Le marquis, veuf depuis plusieurs années, avait perdu
plusieurs enfants : il ne lui restait qu'un seul fils, le
comte Jean. Celui-ci venait de terminer ses études à Paris, où il résidait avec un de ses oncles, afin de prendre
le genre et le cachet de la vie de convention appropriée
à son rang et à sa fortune.

Les plaisirs d'Aspremont, tels que la chasse, les belles

promenades sur les bords de la Loire, l'attirèrent souvent pendant ces quelques années de garçon. Il y ren-
contra naturellement notre fille, avec laquelle il se lia
d'abord d'amitié ; bientôt les deux jeunes gens s'aimè-
rent ; Jean oublia Paris. Au mois de décembre 1857, le
marquis mourut et, dans son testament, il chargea mon
mari de veiller sur son fils, jeune encore (il avait à
peine vingt-six ans).

Pendant l'année 1858, c'est-à-dire celle qui suivit la
mort du marquis de Durenfer, le jeune comte ne quitta
pas le château d'Aspremont et un beau jour, le 20 mai,
il demanda ma fille en mariage.

« Nous hésitâmes beaucoup à donner notre consentement à cette union. La position riche, élevée de M. Jean,
nous faisait déjà concevoir des craintes pour ce mariage.
En effet, l'un des époux avait une naissance, aux yeux du
monde, supérieure à l'autre. Mais ce mariage ne put
être différé ; nous fûmes contraints d'y donner notre
consentement ; notre fille aimait M. Jean et lui était
fort épris d'elle.

« Le mariage eut lieu au mois d'août de cette même
année. Dès 1859 ils quittèrent Aspremont : l'hiver, à la
campagne, leur paraissant monotone ; ils allèrent s'installer à Paris dans un splendide hôtel du faubourg
Saint-Honoré. Pendant les années suivantes, ils revinrent encore passer l'été dans leur terre de Sully. Ce
genre d'existence dura ainsi jusqu'en 1865.

Le 25 novembre de cette dernière année, il y avait
un mois qu'ils étaient partis, selon leur coutume, pour
Paris, lorsque nous apprîmes l'arrivée de notre fille au
château d'Aspremont. Nous fûmes très-surpris, mais

notre fille nous rassura en nous disant qu'elle venait chercher un refuge dans sa propriété pour fuir les fêtes de l'hiver, qui pouvaient aggraver l'état de sa santé, déjà bien affaiblie par la naissance d'une petite fille qu'elle avait eue dix-huit mois auparavant.

Un mois n'était pas écoulé, que notre fille vint nous demander l'hospitalité à Sully. Le château d'Aspremont venait d'être vendu par les créanciers de son mari, et sans autre avertissement que celui du nouvel acquéreur, elle fut priée de le quitter sans retard.

A partir de cette époque, le comte Jean n'écrivit plus à sa femme. Le jeu, ses maîtresses, ses folles dépenses de Paris l'avaient gêné au point de le forcer d'aliéner aussi bien ses immeubles de Sully que ceux de Paris.

Pendant toute l'année 1866, on n'entendit pas parler de M. Jean ; on ne savait même pas s'il était à Paris, si ce n'est que par hasard et à de rares intervalles l'on voyait son nom s'étaler pompeusement, dans les journaux du monde galant, à la suite de quelque victoire du turf.

Un matin, le 18 février 1867, notre fille reçut une lettre venant de Paris. Sans nul doute, elle était du comte Jean. Lorsque nous lui demandâmes des nouvelles de son mari, elle garda le silence et parut en proie à une grande douleur. M. Beltamore ne put rien obtenir d'elle : elle garda religieusement son secret et dissimula habilement ses sinistres projets.

Ce même jour, vers les quatre heures, par un beau froid, elle sortit avec son enfant, sous le prétexte de prendre un peu l'air sur les quais de la Loire et, à partir de ce moment, elle ne reparut plus à la maison.

Nous nous mîmes à sa recherche et, le 27 du même mois, des mariniers au pont de Jargeau pêchèrent les cadavres d'une jeune femme et d'un enfant.

Hélas ! c'était nos enfants. Fatiguée de la vie d'angoisses qu'elle menait depuis huit ans, accablée par les aveux terribles contenus dans la dernière lettre de son mari, elle n'avait pu survivre à son déshonneur. Nous trouvâmes ces simples mots écrits au crayon, dans une de ses poches de robe :

« Je me jette à l'eau avec ma fille, parce qu'il le faut ; n'accusez personne de notre mort. Ni ma fille ni moi, ne devons survivre aux infamies de M. le comte Jean de Durenfer. »

Nos premières larmes versées, nous recherchâmes l'explication de cet affreux suicide. Nous la découvrîmes dans cette dernière et fatale lettre du comte Jean, datée du 17 février, et restée dans le portefeuille de notre fille.

A ce moment, notre pauvre vieille hôtesse prit sur la cheminée, sous un petit globe en verre, une enveloppe portant le cachet de Paris-Madeleine, 17 février 1867. Elle nous la présenta et nous dit en pleurant : lisez-la, Messieurs.

Cette lettre était ainsi conçue :

Paris, le 17 février 1867.

Ma pauvre Adeline,

« Dès les premiers jours de notre rencontre à Aspremont, j'avais un vague pressentiment de l'avenir, en contemplant

7*

votre beauté, en appréciant vos nombreuses qualités qui
captèrent, si promptement, tout mon être.

« J'avais trouvé en vous ce que je n'avais pu découvrir à
Paris, avec un cœur de vingt ans.

« Elevé au milieu de ce centre bruyant, de cette vie facile
et de ces habitudes oisives et dangereuses, avant de mener
la vie de garçon, je la connaissais, j'en savais par cœur
toutes les folies, tous les plaisirs et tous les déboires. Mon
oncle, le baron de Durenfer, n'avait point besoin de m'ini-
tier au carreau dans l'œil : je savais le porter ; à la conduite
du landau : déjà j'avais conduit les voitures à quatre chevaux du Fort-Club ; il était superflu de m'apprendre à me
présenter à ces petites dames du boulevard ou des théâtres :
mes charitables amis de collège s'étaient chargés de ce soin.
Bref, au mois de juin 1857, quand je vous vis pour la première fois au château d'Aspremont, j'avais vécu assez pour
être surpris des nombreuses conversations que nous eûmes
et de m'émerveiller des nobles sentiments que contenait ce
cœur, auquel je devais mentir.

« A ce charme, à cette surprise, à cette incroyable rencontre, à cette seule comparaison de vous avec ce que
j'avais connu de la femme jusqu'à ce jour, je vous aimais et
bien sincèrement, je vous l'assure.

« Mais ai-je été le vigilant et prudent gardien de cet
amour ? Oh ! non, assurément !

« Avez-vous été plus prudente que moi ? Pas davantage !

« Dans cette confession, à cette heure solennelle, je dois
tout vous dire : Vous m'avez trop aimé !...

« Une année passée à la campagne, sans revoir ce vaste
théâtre de mes premières folies de jeunesse était beaucoup,
pour un jeune esprit comme le mien. Que ne suis-je resté
jusqu'aujourd'hui à Aspremont ! L'avez-vous assez combattue,
cette pensée de retour à Paris ! Peut-être trop timidement à
la vérité. Cependant vous avez résisté ; vous préfériez les om-
brages et les solitudes d'Aspremont, disiez-vous, et vous
aviez mille fois raison ! !

« Quand vous fûtes dans votre splendide appartement, rue

Saint-Honoré, vous regrettiez votre vieille maison de Sully. Que vous aviez encore raison !

« Tout vous effrayait, tout vous inquiétait, dans cette bruyante capitale ; même le bois de Boulogne ne vous semblait qu'un immense jardin public, où vous prétendiez respirer toujours l'air de votre voisin.

« Les spectacles, vous ne les fréquentiez que par genre, par habitude et non par goût. Vos réceptions, tout d'abord princières, qui trouvèrent, à juste titre, bon écho dans les journaux les plus renommés du jour, vous ennuyaient et vous les subissiez plutôt que vous ne les ordonniez. M. le comte Jean vous les imposait, selon l'étiquette de son monde ; et ainsi le veulent les familles à traditions.

« Vous fûtes ainsi deux hivers à la torture, mais bientôt ce genre de vie révolta votre honnêteté et votre cœur. Vous fîtes fermer alors vos salons et vous n'eûtes qu'une seule pensée, c'était de consacrer tous vos moments, toutes vos heures de la journée, à adorer votre fille.

« Ah ! peut-être à tort me suis-je cru abandonné ! Poussé à cette idée par mon extrême jeunesse, alors j'ai oublié tous mes devoirs envers vous ; j'ai foulé aux pieds tous ces souvenirs d'Aspremont, qui me paraissent si chers aujourd'hui.

« Je vous devais cette franchise à ce moment décisif de ma vie, où je vais prendre un grand parti.

« De cette divergence de caractère, d'idées, du changement de genre de vie pour chacun de nous, devaient naître de fréquentes querelles.

« Alors le séjour à Paris, pour l'un comme pour l'autre, après cinq ans de mariage n'était plus possible.

« Vers la fin de l'année 1866, les scènes prirent une telle violence, qu'une séparation de corps était imminente. Que fîtes-vous ? Non sans quelque raison, vous vous retirâtes à Aspremont.

« Mais hélas ! le château ne m'appartenait plus ; c'était le gage de mes nombreuses dettes. La catastrophe était cer-

taine si le jeu, qui m'avait tant de fois sauvé du péril, ne
venait encore à mon aide.

« A votre départ pour Aspremont, j'ai gardé le silence sur
toutes ces fautes ; j'ai voulu vous laisser l'espoir de garder
ce séjour de prédilection. Mais la mauvaise fortune me poursuivait sans cesse : je pérdis, en peu de temps, toute ma fortune ; les créanciers furent impitoyables et vous chassèrent
d'Aspremont.

« Passant ma vie dans les tripots ou chez les filles, re-
plongé dans cette vie où l'on rencontre tous les escrocs, les
déclassés et quelques niais fraîchement débarqués de leur
province, j'essayais de refaire ma fortune, me promettant
bien, si j'atteignais ce but, de réparer tous les torts que j'a-
vais pu avoir envers vous.

« Mais la raison venait trop tard, je ne m'appartenais
plus ; je marchais toujours plus hardiment en avant, sans
apercevoir le fond de l'abîme où je roule aujourd'hui, sans
pouvoir m'accrocher à aucune branche de salut.

» Je vous ai aimée, Adeline, je vous aime encore ; mais
quand vous saurez jusqu'où a pu me conduire cette vie de
débauches, de luxe, d'oisiveté, de convention particulière à
notre malheureuse époque, vous rougirez d'avoir connu celui qui fut le comte Jean de Durenfer et qui n'est aujour-
d'hui qu'un vulgaire criminel, qu'un gibier de potence !...

« Le pauvre vole parce qu'il a faim, parce que souvent la
misère le pousse : moi je n'ai pas volé, mais j'ai escroqué,
j'ai abusé de la confiance de mes amis, de mes connaissances et des négociants qui ont cru à ma parole de gentilhomme, pour suffire à ma vie de plaisirs et satisfaire mes
passions. Du comte Jean de Durenfer, il ne reste plus rien
qu'un amour pour vous, que je croyais éteint et qui me tour-
mente plus que jamais.

« Désormais je suis indigne de vous, comme de tous mes
parents et amis. Hier, au Fort-Club, j'ai perdu les derniers
cinquante mille francs que j'avais pu me procurer en prenant à condition, chez des bijoutiers, des bijoux que j'ai fait
engager au Mont-de-Piété.

« Depuis deux mois, grâce à mon titre, à mes belles manières et à ce procédé indigne, je me procure de l'argent.

« J'ai perdu mon unique ressource, ma dernière ; car tous les usuriers qui vivent autour du Fort-Club connaissent mon insolvabilité, et n'ont plus foi, non-seulement en ma bourse, mais encore en ma parole.

« J'apprends, à l'instant, qu'une plainte au parquet est déposée par un bijoutier, auquel j'ai pris plusieurs brillants d'une grande valeur, il y a un mois, dans les mêmes conditions. Lundi, si je n'ai pas payé, m'écrit à l'instant ce créancier impitoyable, les verrous du dépôt de la préfecture de police s'ouvriront sur moi.

« Puisque j'ai tout foulé aux pieds : honneur, fortune, bonheur !... que faire ?... Il faut prendre un grand parti.

« Me tuer, je vous déshonore ; me laisser arrêter, je vous déshonore encore. Grâce à la protection et encore à l'auréole de mon nom et de ma splendeur passée, une seule faveur me reste : c'est de quitter la France, avant qu'un mandat d'amener soit lancé contre moi.

« Ce soir, cette nuit, je quitte pour jamais cette terre que vous habitez. Je vais, au milieu des forêts de l'Ohio, oublier mon infamie et regretter de n'avoir pas eu une nature plus forte pour pouvoir me diriger au milieu des dangers et des écueils d'une vie qui s'ouvrait pour moi avec des apparences si belles.

« Adieu, plaignez-moi ; après une telle confession, je ne puis implorer votre pardon.

Comte JEAN DE DURENFER.

Vivement émus par la lecture de cette lettre, nous restâmes une minute comme cloués à notre place, nous regardant en silence, mon chef et moi. On n'entendait que les sanglots de notre pauvre vieille dame.

Mon chef, avec son urbanité ordinaire, lui prodigua

les consolations, et la reconduisit lui-même jusqu'à la
porte de son appartement.

Quelle nuit nous passâmes au milieu de ces tristes
reliques ! Cependant la fatigue ne nous laissa pas le
temps de raisonner ces lugubres souvenirs. Nous pûmes
reposer jusque vers deux heures du matin, moment de
l'arrivée des ordres du quartier-général.

Notre bonne vieille dame resta debout toute la nuit,
dans la crainte que nous ne fussions surpris par les
Prussiens. Nous n'étions plus pour elle des étrangers :
nous avions entendu, avec quelque intérêt, le récit de
ses malheurs et nous lui avions témoigné quelque
sympathie. Désormais elle eut pour nous des égards,
comme si nous étions ses propres parents. Le lendemain,
lorsqu'elle nous vit partir, elle se mit à pleurer et fit
mille vœux, mille prières pour que nous ne fussions pas
pris ou tués par les Prussiens.

Le 6 décembre au matin, avant de quitter Sully,
(car nous avions reçu l'ordre de nous retirer sur Gien
pendant la nuit)[1], nous nous rendîmes à l'hôtel du
Grand-Sully, pour prendre à la hâte quelque nourriture.
Là un spectacle d'un nouveau genre s'offrit à nos yeux ;
nous trouvâmes les membres d'une ambulance internationale installés près des fourneaux de la cuisine et dans
un appartement bien clos, bien chauffé. Certains de ces
messieurs avaient l'habitude d'accaparer ainsi, dès leur
arrivée à l'étape, les hôtels et les cafés, et parfois d'y
requérir non-seulement le logement, mais encore la
nourriture, comme nous l'avons constaté à Saint-Martin

---

[1] V. Documents historiques, nº 10.

près de Bourges. Ce que je puis affirmer c'est que, dans ces voitures d'ambulances particulières, véritables maisons flottantes, il y avait tout le confortable imaginable : batteries de cuisine, cuisiniers, aides, serveurs, etc. etc... Assurément elles pouvaient rivaliser avec les *popottes* de nos généraux.

En présence de ce matériel culinaire, de tout ce confortable, de tout ce personnel, très-compétent du reste, renfermant même souvent des célébrités de la science, on pouvait, non sans quelque raison, se demander si ces ambulances privées rendaient autant de services qu'elles apportaient de trouble dans les habitudes et dans la marche de l'armée.

Avec leurs nombreux fourgons, elles faisaient de longues files sur les routes et gênaient la marche des soldats ; ensuite leur manière de bien vivre en campagne était d'un très-mauvais exemple pour les officiers de l'armée, déjà assez enclins au bien-être et à la bonne chère. Si donc souvent leurs services ont été utiles, il est à craindre qu'ils ne l'aient pas été en proportion du désordre et de l'indiscipline qu'elles ont amenés dans l'armée.

Au moment de partir de Bellegarde, c'est-à-dire le 4 décembre au matin, n'avons-nous pas vu un de nos célèbres chirurgiens de Paris refuser d'aller, sur la prière de notre général en chef, chercher 200 blessés que nous avions laissés à Juranville, aux mains des Prussiens ? Il prétexta qu'il avait déjà été fait prisonnier à Metz et qu'il ne désirait pas l'être une seconde fois...

De même que tous les corps auxiliaires de l'armée, tels que francs-tireurs, éclaireurs, génie auxiliaire, les

ambulances de toute sorte, si elles ont rendu des services,
ce qui est incontestable, pouvaient en rendre de plus
grands encore, si elles avaient été incorporés dans l'armée active.

Il est fort regrettable que le Gouvernement de la
Défense nationale n'ait pas pu unifier l'armée et qu'il ait
dû permettre à chaque initiative privée, à chaque
dévouement, de servir le pays à sa guise et à sa manière.
De cette façon chacun a pu être utile à soi et à son entourage, agréable à quelque parti, mais les intérêts de
la France ont été beaucoup trop souvent oubliés. Si
l'unité dans le commandement, si l'unité dans l'action
avaient existé lors de cette levée en masse de 1870, nos
efforts assurément eussent été couronnés de succès.

Dans ce même hôtel du Grand-Sully, nous rencontrâmes un capitaine de mobiles, qui paraissait avoir fait
une bien longue et bien fatigante étape. Il nous raconta
qu'il avait marché deux nuits et un jour avec sa compagnie, sans prendre de repos, afin de rejoindre notre
corps d'armée.

« Nous étions, nous dit-il, de grand'garde à Fayes-
aux-Loges, près de la forêt d'Orléans, le 4 décembre au
soir, lorsqu'à la chute du jour nous nous aperçûmes
que notre bataillon avait quitté son campement: on
n'avait oublié qu'une chose: c'était de nous relever !
Aussitôt j'ordonnai à mes hommes de se replier et de
prendre des renseignements. En marche, nous apprîmes
qu'on avait vu des troupes se diriger du côté d'Orléans:
dès lors nous allâmes dans cette direction. Mais, arrivés
vers le milieu de la nuit en vue d'Orléans, nous fûmes
prévenus par des paysans que la ville était occupée par

les Prussiens, que l'armée française se repliait et passait la Loire à Sully. Je donnai l'ordre à ma colonne de faire demi tour et de prendre le chemin de Jargeau, afin de gagner Sully. Mes hommes manifestèrent un certain mécontentement, n'ayant pas eu le temps de faire la soupe de la journée, de la soirée, et commençant à être fatigués de toujours marcher sans prendre une minute de repos. Plusieurs, en outre, se plaignirent de ne plus avoir de souliers aux pieds et d'être obligés d'aller pieds nus dans la neige.

« Eh bien ! mes amis, leur dis-je, je vais faire comme vous ; je m'assis sur un tas de pierres et commençai à ôter mes bottes. Alors tous ces braves gens se jetèrent sur moi :

« Que faites-vous, capitaine ? nous ne souffrirons jamais que vous marchiez nu-pieds ; nous vous suivrons, ne craignez rien, malgré la fatigue, mais à une seule condition, c'est que vous repreniez aussitôt vos bottes. »

A partir de ce moment, aucun de ces braves gens ne s'est plaint et n'est resté en arrière. Ma compagnie et moi nous arrivons à l'instant, et pas un de ces braves ne manquait à l'appel.

Je demandai à un voisin de table quel était ce capitaine : « Je ne le connais guère, me répondit-il ; ce que je sais, Monsieur, c'est que c'est un ancien militaire, un bon citoyen et un bon père de famille. » En même temps il me montra du doigt un tout jeune lieutenant qui se trouvait à côté de ce brave officier : c'était son propre fils ; il n'avait pas vingt ans. Là s'arrêtèrent les confidences de ce voisin.

Assurément, si les mobiles avaient tous eu de tels

chefs, jamais nous n'aurions eu à déplorer ces affreuses paniques et les honteuses débandades devant l'ennemi dont nous avons été tant de fois témoin.

Le récit de ce brave officier nous fit oublier, un instant, l'heure du départ pour Gien.

Il était environ onze heures lorsque nous quittâmes Sully. Le pont venait d'être coupé et cependant nos ennemis n'apparaissaient pas encore de l'autre côté de la rive !

CHAPITRE VI

SULLY — GIEN — BOURGES — BRÉCY

Le 6 décembre, vers les quatre heures du soir, nous
entrions à Gien : nous ne pouvions nous défendre d'une
mauvaise impression en revoyant cette ville que nous
avions quittée peu de jours auparavant, et dont quelques
habitants, par leur avidité, avaient si vivement froissé
notre patriotisme.

Quoique l'armée fût généralement fatiguée par ces

marches précipitées de chaque jour[1], les cantonnements étaient déjà faits, et l'on apercevait, à travers la nuit, les lumières qui indiquaieut (selon notre mauvaise habitude), nos bivouacs sur la rive droite et sur la rive gauche de la Loire. Notre 1re division était dans le faubourg de Gien, la seconde à Autrey, la troisième à la gare de Gien et la cavalerie à Pouilly. Comme on redoutait une attaque soudaine de l'ennemi sur la rive droite de la Loire, le général fit faire quelques travaux de défense à la gare.

Cependant aucune attaque ni aucun incident sérieux ne vinrent troubler cette soirée ; seulement de vives appréhensions nous faisaient redouter, pour le lendemain, de graves événements.

[1] *Télégramme du général Bourbaki au ministre de la guerre.*

Gien, 6 décembre 1870.

D'après vos instructions, j'ai prescrit au 20e corps de se porter sur Salbris et j'ai remis le commandement du 18e corps à M. le général de division Billot. Les troupes de ce dernier corps achèveront leur mouvement sur Gien ce soir ; elles seront éreintées. Le général des Pallières est, je crois, à Salbris, c'est-à-dire à 70 kilomètres. Quand vous lui aurez transmis l'ordre, il lui faudra au moins deux jours pour nous rejoindre. Je vous rappelle que vos troupes, qui ne cessent d'être en marche, sont jeunes et que vous ne pouvez espérer d'elles ni grande résistance ni offensive vigoureuse. Les mettre dans l'une ou l'autre position, c'est leur faire subir un écbec et peut-être plus.

Les marches forcées successives ont produit un très-grand nombre de traînards et l'effectif des combattants se trouve considérablement réduit. Conformément à vos ordres, le général Billot fera passer, dès demain, le 18e corps sur la rive droite ; j'espère que vous avez donné directement au général des Pallières l'ordre de marcher sur Gien : je lui écris par les moyens à ma disposition.

A ce moment, si nos soldats avaient pu prendre quelques jours de repos, certainement on eût pu promptement réparer la désorganisation semée dans leurs rangs par cette retraite précipitée.

La *bonne* ville de Gien paraissait très-calme ; les habitants ne se préoccupaient nullement de la présence de l'armée ; ils se tenaient soigneusement renfermés chez eux et veillaient à leurs plus chers intérêts privés. Nous entendions, par ci par là, quelques commerçants murmurer, récriminer contre le chemin de fer qui ne leur avait pas transporté en temps opportun, pour la vente, les marchandises qu'ils attendaient d'Orléans, tandis qu'il apportait des vivres aux troupes. En effet, l'occasion était tout à fait fait favorable pour faire du commerce : 30.000 malheureux, courant les champs depuis plusieurs jours, et peu habitués à des marches aussi pénibles, avaient de nombreux besoins.

Singulière préoccupation que celle de ces marchands, quand on a l'ennemi en face de soi !...

L'officier qui remplissait les fonctions de sous-intendant de place avait mis gracieusement, à notre disposition, une partie de son appartement. Nous pûmes donc mettre au courant nos travaux, qui étaient à la vérité bien en retard, par suite de nos déplacements continuels, commandés par les événements.

Le lendemain 7 décembre, dans l'après-midi, plusieurs coups de canon se firent entendre. Pour nous, qui commencions à nous faire à ce bruit, nous n'en fûmes pas surpris, malgré les visites réitérées et les récits exagérés de notre hôte. Pendant un instant nous ne crûmes pas urgent de nous déranger de nos occupations, croyant à

quelque escarmouche d'avant-postes, ou à quelque
signal pour faciliter la marche de nos éclaireurs ; mais
bientôt plusieurs autres coups, parfaitement distincts,
nous indiquèrent qu'il ne s'agissait plus d'une simple
reconnaissance ; la canonnade se rapprochait ; elle
paraissait être près de la ville. Aussitôt je sortis de nos
bureaux et je demandai des renseignements aux habitants de Gien, qui couraient çà et là dans la rue, en
criant : « les Prussiens, les Prussiens ! » Partout, dans
cette ville, régnait une panique extrême : les commerçants fermaient leurs magasins avec précipitation ; les
femmes rentraient, folles de terreur, chez elles et ver-
rouillaient leurs portes avec fracas.

Désirant enfin savoir la véritable cause de ce tapage
et de cette épouvante, je me dirigeai vers le pont de la
Loire, où apparaissaient déjà les batteries d'artillerie
de notre première division, qui allaient renforcer la
3ᵉ division, attaquée, disait-on, à la gare par un corps
d'armée prussien tout entier.

Il faut avoir vu une ville attaquée et canonnée pour
se rendre un compte exact de l'état des esprits et du
spectacle qu'offraient les rues de Gien en ce moment.
Bientôt le canon cessa de gronder : un de mes amis, qui
arrivait de la gare, vint calmer cette foule et lui dire :
que l'attaque des Prussiens avait été repoussée, que nos
zouaves et nos chasseurs avaient anéanti un de leurs
régiments. Dès lors, hurrah général de cette foule et,
en une seconde, elle passa d'un désespoir extrême, à un
enthousiasme exagéré.

Confidentiellement, mon ami m'avoua que le général
avait quelque crainte pour la nuit ; que nos éclaireurs

prétendaient qu'un corps d'armée fort de 30.000 h. était à notre poursuite sur la rive droite de la Loire et que, sur la rive gauche, Frédéric-Charles en personne s'avançait pour barrer le passage au 20ᵐᵉ corps et à notre deuxième division, et ainsi arrêter notre retraite.

Autant d'erreurs, autant de fautes, comme nous nous en doutions alors, et comme nous le savons aujourd'hui. Les Prussiens, selon leur habitude jusqu'à ce jour, nous avaient amusés par des reconnaissances offensives dans un double but : d'abord pour nous empêcher de nous porter au secours de notre général en chef, d'Aurelle de Paladines ; ensuite, dans le but de nous désorganiser, afin de ne pas être inquiétés dans les ravitaillements qu'ils venaient faire, chaque jour, dans la Beauce et sur les bords de la Loire ; ravitaillements si nécessaires pour l'entretien de leurs armées de la Loire et surtout de celles qui se trouvaient sous Paris.

Comme on le verra plus tard, nous n'avions à notre poursuite que quelques colonnes du 3ᵉ corps prussien.

A Gien, le 7 décembre, comme le 28 novembre à Ladon, nous n'avions eu affaire qu'à d'habiles manœuvriers et non à de réelles forces, comparables à celles que nous aurions pu mettre en ligne.

Le général Bourbaki, pour la première fois, venait de prendre, réellement, le commandement des 18ᵉ et 20ᵉ corps, dans cette ville[1].

Triste début, après deux jours et une nuit de retraite, et surtout en présence des faux bruits qui circulaient ! Et nous allions probablement être obligés de battre une seconde fois en retraite !

[1] V. Documents historiques, n° 10.

Nos prévisions et nos craintes ne tardèrent pas à se réaliser. Comme nous rentrions à notre quartier général, notre chef reçut une convocation pour le conseil de guerre, qui devait se tenir le soir, à 9 heures 1/2, chez le général Bourbaki. J'accompagnai donc, à l'heure indiquée, M. de N*** jusqu'au quartier-général, qui se trouvait ce soir là rue de la Barre, n° 18, et j'attendis avec anxiété le résultat de ce conseil de guerre.

Vers les dix heures, on m'apprit qu'en présence des renseignements fournis par les éclaireurs les mouvements de l'ennemi devenaient inquiétants, que 30.000 Prussiens étaient à notre poursuite ; qu'une grave résolution venait d'être prise ; que l'évacuatiou de Gien avait été décidée et qu'elle devait s'accomplir dans la nuit même. Peu de temps après, en effet, nous reçûmes l'ordre de faire partir à grande vitesse, pour Nevers, les vivres qui se trouvaient dans la gare de Gien (il pouvait y avoir environ 672 wagons chargés de vivres de toute nature) ; à la même heure on nous donna l'ordre de brûler la gare des marchandises, afin que les vivres qui s'y trouvaient déchargés ne tombassent pas au pouvoir de l'ennemi.

Selon l'ordre général de mouvement, l'évacuation de la ville devait commencer à 11 heures et être terminée au jour. Dès que les derniers soldats auraient passé sur la rive gauche de la Loire, on devait faire sauter le pont ; la dernière partie de cet ordre prescrivait au 18e corps de se diriger à marches forcées sur Bourges, où nous devions rallier les 15e et 20e corps, qui devaient y arriver le 9 : c'était une grande concentration qui se faisait. A la lecture de cet ordre, nos dernières espérances s'évanouirent : chefs, soldats, population furent affolés d'épouvante et de crainte.

Hélas ! nous n'assistions qu'au commencement de ces défaillances si nombreuses dont nous devions être si souvent témoin, plus tard, dans notre campagne de l'Est.

A onze heures, les rues de Gien se remplissaient d'une foule d'hommes en armes qui se dirigeaient à grands pas vers le pont de la Loire. Malgré leur nombre, on n'entendait que le bruit de leurs pas le cliquetis de leurs armes et même à peine la voix des chefs qui les commandaient, tellement la tristesse était dans tous les cœurs et la peur dans toutes les âmes.

Vers minuit, cette foule écoulée, les rues et la place de Gien devinrent désertes ; quelques officiers seulement, attardés, couraient çà et là et allaient prévenir leurs camarades.

Par hasard, nous rencontrâmes deux gendarmes qui faisaient leur service en frappant à toutes les portes, et demandant s'il n'y avait pas de militaires. Ceux qu'ils trouvaient, ils les faisaient impitoyablement lever, afin qu'ils ne fussent pas faits prisonniers par les Prussiens.

Notre personnel était déjà parti : notre chef, dans la crainte que le sous-intendant de Gien ne fût fait également prisonnier et que l'ordre de mouvement ne lui fût pas encore parvenu, me pria de l'accompagne jusqu'à sa demeure, afin de le prévenir.

Nous arrivâmes à une petite maison toute basse, presqu'en face de l'hôtel de l'Ecu ; mon chef frappa, mais un planton, sans plus de façon, nous introduisit

dans une pièce éclairée par une veilleuse; aussitôt un
petit cri féminin nous avertit que nous étions des indiscrets...

Notre sous-intendant était marié, et nous l'ignorions!
Madame de X***, remise de sa peur, s'habilla à la hâte,
et vint bientôt nous recevoir elle-même. Notre chef, en
digne fils des Croisés (et c'est peut-être une justice à
rendre aux rejetons des anciennes familles, qui possèdent
au suprême degré le secret de la politesse française),
se conduisit en parfait gentilhomme, fut très-gracieux
avec cette dame, et en reconnaissance des services que
son mari nous avait rendus la veille, il lui offrit galam-
ment une place dans sa voiture, pour faire la route
jusqu'à Bourges.

Il pouvait être environ 2 heures du matin, lorsque
nous passâmes le pont de Gien ; le froid était très-intense et très-glacial : nous tournâmes à gauche, et
nous prîmes la route de Sancerre. Les chevaux
pouvaient à peine se tenir ; une épaisse couche de
neige, tombée les jours précédents, avait entièrement
recouvert la terre ; la gelée de la veille, le passage des
nombreuses voitures et convois, avaient rendu le terrain
fort glissant ; aussi valait-il mieux marcher à pied
qu'à cheval ou en voiture. Car, à cause des chutes
nombreuses, la file des cavaliers, comme celle des
voitures, ne pouvait pas avancer. Ce contre-temps nous
permit de constater le peu de discipline et le désordre
qui régnaient dans le corps de la gendarmerie, à cette
époque. Un de nos amis, chargé spécialement du service
des vivres, nous précédait de quelques minutes avec son
convoi, lorsque nous l'atteignîmes. Nous lui fîmes ob-

server que les dernières voitures de son convoi marchaient dans le plus grand désordre :

« Que voulez-vous que je fasse tout seul? me répondit-il ; j'avais demandé, au général en chef, quelques gendarmes pour faire la police de mes convois ; à la sortie de Gien, m'apercevant que nos convoyeurs ne se pressaient pas d'atteler et marchaient en désordre, je me mis à la recherche de mes gendarmes ; devinez où je les ai trouvés? *Dans un omnibus*, à la tête du convoi. Comment maintenant voulez-vous que je suffise seul à maintenir l'ordre dans plus de trois cents voitures?

Nous nous arrêtâmes à Châtillon le temps de faire ferrer nos chevaux ; la forge du maréchal nous permit aussi de remettre nos membres, engourdis par le froid. Dans ce petit village, l'encombrement de la route devint tel qu'il fallut plus d'une heure pour réorganiser la marche et réparer le désordre qui régnait partout, tant dans les convois que dans les colonnes de mobile qui nous accompagnaient.

Au jour nous arrivions à Léré et là nous quittions le département du Loiret pour entrer dans celui du Cher.

Léré est un petit village de très-peu d'habitants. Nous fûmes obligés d'y rester la journée pour faire reposer nos chevaux, car nous ne nous repliions pas, nous fuyions réellement. On nous avait prescrit formellement de ne pas nous arrêter, ou plutôt le moins possible, avant notre arrivée à Bourges. Pendant cette halte, nous eûmes le temps de faire connaissance avec le sous-intendant de Gien et sa femme. M. de X*** nous apparut comme un homme qui avait étudié avec soin toutes les phases de la vie et qui les avait même expérimentées :

il remplissait parfaitement son rôle de mari. Esprit vif,
fin même, s'il avait eu quelques années de plus dans le
corps de l'intendance, il aurait pu faire un excellent
sous-intendant. Sa femme, gentille et intelligente, ressemblait peut-être par trop à ces petits rats de la rue
Neuve-des-Mathurins. La bonne harmonie de ce ménage
faisait que, dans le corps, on avait surnommé M. de X***
le chevalier de bonne fortune.

Ces nouveaux compagnons de voyage furent très-gais
et très-agréables. Réellement, nous avions besoin de
cette gaieté pour faire oublier, un instant, les chagrins
et les soucis de ces moments si critiques.

Quelques heures après notre arrivée à Léré, mon ami
le sous-intendant, chargé de vivres, vint nous rejoindre.
Caractère doux et aimable, nature un peu engourdie, il
était une fourchette... sublime, mais malheureusement
trop souvent privé de ces succulents repas qu'il ne voyait
hélas ! en ce moment, absolument qu'en rêve. Il est vrai
que nos marches continuelles ne nous laissaient guère le
temps de songer à la bonne chère et de faire la popotte.
Par un heureux hasard, il avait appris que le chevalier de
bonne fortune avait emporté, malgré notre départ précipité de Gien, certain pâté de lièvre, mets assez friand pour
exciter son brillant appétit. Depuis Gien, il avait parfaitement suivi notre trace, et j'oserais presque dire rien
qu'au fumet de l'auguste pâté. Dès son arrivée à Léré,
lorsqu'il entra dans l'auberge où nous avions établi notre
quartier-général, sa première parole, en descendant de
cheval, fut de demander des nouvelles du pâté. Dès qu'il
l'aperçut, trônant sur le milieu d'une table du cabaret,
il bondit de joie ; mais ce qui l'attrista beaucoup, ce

fut de ne pas apercevoir ses chevaliers, qui tous manquaient à l'appel et chevauchaient encore sur les routes.

Il avait, en effet, l'habitude de manger au milieu de ses officiers, seul moyen, disait-il, d'assurer son service. Il ne faisait, en cela, que suivre les préceptes du grand roi Louis XIV qui mangeait toujours, lui aussi, en compagnie de ses officiers. Cette originalité lui valut, dans notre corps d'armée, tout à la fois les surnoms d'*Intendant Régence* et de *Président des Chevaliers de la Table Ronde*.

S'il avait des qualités gastronomiques, les qualités et l'activité nécessaires à son service ne lui faisaient pas défaut non plus et, sans être partial à son égard, nous pouvons dire qu'il était la fine fleur des sous-intendants du 18e corps.

Quand il se fut un peu réconforté et qu'il eut réchauffé ses membres glacés, nous lui demandâmes de nous raconter les différentes péripéties de son voyage.

Il commença ainsi :

« A ma sortie de Gien, dit-il, le pont sur la Loire ne tarda pas à être miné ; mais le génie n'ayant pas tout le nécessaire à sa disposition pour le faire sauter, ne put détruire le passage ; la destruction de ce pont, n'étant pas complète, devint alors inutile. Une seule arche, et encore pas en totalité, avait été sérieusement endommagée par les mines ; de telle sorte qu'en deux heures les Prussiens pouvaient rétablir facilement le passage : ce qu'ils firent.

« Les francs-tireurs, qui se trouvaient avec nous, pour protéger la retraite de nos convois, ouvrirent imprudemment le feu sur les premiers hulans qui apparu-

rent sur la rive droite de la Loire, et par cette imprudence blessèrent quelques habitants de Gien.

« Tout le long de la route, jusqu'ici, j'ai été obligé de
faire moi-même la police de nos convois. Le général
m'avait bien donné une brigade de gendarmes, mais
au lieu d'essayer de rétablir l'ordre sur cette route,
ceux-ci se réfugièrent dans les voitures, prétextant que
le froid était trop intense pour courir sur les routes.
Aussi le désordre fut à son comble, dans notre marche ;
dans cette nuit, j'ai parcouru cette route au moins
deux fois. La scène la plus pénible, c'est ma demi-
arrestation, il y a deux heures environ. A la sortie de
Châtillon, des compagnies de mobiles débandés s'a-
musaient à tirer sur les alouettes, dans les champs, et
à gaspiller leurs munitions. Cette fusillade fut tellement générale, qu'ils ont tué une vache et une femme.
J'ai voulu, alors, leur faire des observations sur les
plaintes nombreuses des paysans des villages que
nous traversions. Aussitôt ils m'ont entouré en me
traitant d'espion prussien ; et ils ne parlaient rien
moins que de m'arrêter et de me fusiller, lorsque survint un de leurs officiers qui mit fin à cette sotte plaisanterie.

Ici s'arrête le récit de notre ami. Il dépeint exactement
et d'une manière assez caractéristique l'état de notre
armée dans toute cette retraite de la Loire.

Dans la soirée même, nous quittâmes Léré pour nous
rendre à Sancerre, où nous arrivâmes vers les deux
heures du matin, malgré la neige et le mauvais état de
la route.

Les premiers hommes que nous rencontrâmes aux

portes de cette ville furent des gardes nationaux qui, toujours sous le prétexte de faire du zèle, nous arrêtèrent comme espions prussiens et nous escortèrent à l'hôtel Guillaume-Tell, croyant avoir fait bonne capture, c'est-à dire fait prisonnier tout un état-major prussien. Mais, ô cruelle déception ! Arrivés à cet hôtel, ils reconnurent que nous étions bien des Français, des capitulards de l'armée de la Loire ; alors ils s'empressèrent de se retirer, sans attendre nos remerciements ! ! !

Pour reposer hommes et chevaux, nous fûmes obligés de faire séjour à Sancerre. Le lendemain matin, nous nous installâmes comme nous pûmes et avec le peu de personnes qui nous avait suivis, car la plus grande partie arpentait encore les routes.

Il était environ huit heures du matin lorsqu'on vint nous prévenir qu'un de nos officiers, sans doute un nouvel arrivant, se trouvait sur la place du marché de Sancerre en état d'ébriété complète et était l'objet des rires et des plaisanteries de certains farceurs. Je m'empressai de me rendre sur cette place. En effet, j'y trouvai un de nos officiers, un vieux soldat décoré, médaillé de Crimée et d'Italie, haranguant une queue de rieurs qui le suivaient.

Cette scène ne m'inspira que du dégoût ; aussi j'y mis fin sans retard en allant prendre sous le bras cet officier et en faisant disperser la foule des curieux au moyen de deux plantons qui m'avaient suivi.

Je confiai notre homme à un sergent et lui prescrivis de le faire rentrer à son domicile, immédiatement. Moi-même je rentrai aussitôt à notre quartier-général ; mais je me gardai bien de raconter à mon général la scène dont je venais d'être témoin.

Il n'eût pas pardonné à cet officier, lui, le brave officier d'Afrique, l'esclave du devoir et de la discipline ! Et cependant je me demande, si j'avais été à la place de cet officier peu soucieux de ses devoirs et oublieux des temps où nous nous trouvions, s'il eût observé vis-à-vis de moi, un simple pékin, comme ils nous appelaient alors dans l'armée, la même réserve ? J'en doute fort.

Les pékins, à la vérité, n'étaient guère aimés, au milieu de cette armée démoralisée par les coupables complaisances et tolérances de l'empire !

L'ordre de mouvement nous arriva vers les quatre heures de l'après-midi ; et comme il ne prescrivait notre départ que pour le lendemain matin, 10 décembre, j'employai ma soirée à parcourir et à visiter Sancerre.

Sancerre est située sur une colline, qui domine d'un côté le val de la Loire, de l'autre la plaine. Dès lors, il est tout naturel que les rues soient étroites et les maisons mal bâties.

Sur une pointe avancée qui domine la vallée de la Loire, j'assistai vers les huit heures du soir, en compagnie de nombreux habitants de Sancerre, à un spectacle tout à la fois triste et imposant. Au clair de lune, on apercevait au loin ce grand fleuve, à moitié gelé, qui se distinguait du reste de la plaine, sous la lueur de l'incendie du pont de Saint-Thibault. Dans la crainte d'une surprise et d'un mouvement tournant des trois corps prussiens qui nous poursuivaient, prétendait-on, on avait fait sauter ou brûler tous les ponts qui reliaient la rive droite de la Loire avec la rive gauche, depuis

Gien. Les habitants de Sancerre, qui se trouvaient à cette heure sur ce sommet, suivaient en silence les progrès de cet incendie du pont de Saint-Thibault sans proférer ni un cri, ni un mot; tous sans exception étaient plongés dans un recueillement vraiment digne et vraiment solennel.

Peut-être, si la nuit eût permis de voir et de distinguer tous les visages, on aurait vu bien des yeux humides !

Que ce silence, que cet abattement général, renfermaient de sentiments de colère et de rage !

Vivement impressionné de cette scène, je rentrai au quartier-général. Peu d'instants après, nous reçûmes l'ordre de nous rendre aux Aix, près Bourges.

Le lendemain 10 décembre, au jour, nous fîmes nos préparatifs de départ. Comme notre général avait besoin de quelques effets dans son fourgon aux bagages, je m'empressai de le faire ouvrir. Quelle ne fut pas notre surprise de voir, à peine le couvercle de la voiture levé, un chat énorme, les yeux hagards, s'élancer dans la cour.

Tout le monde de rire, même notre général, présent à cette scène. Mais ce rire ne fut pas de longue durée. Notre chef fronça le sourcil, quand il vit le soldat, chargé de fouiller cette voiture, soulever des plumes et montrer quatre cadavres de poules.

M. de X***, en effet, qui s'était fait remarquer la veille par son intempérance sur la place du marché de Sancerre, était d'ordinaire plus préoccupé des choses matérielles que de son service : il avait organisé une popotte dont il était le pourvoyeur et le directeur. Mais il avait compté sans ce chat malfaiteur, qui venait de détruire ses provisions de réserve !

Où est M. de X*** ? demanda aussitôt notre chef. Il est déjà parti, répondîmes-nous. Il pinça les lèvres en ayant l'air de dire : je m'en souviendrai. Ce qui paraissait vivement le contrarier, c'était la présence du maître d'hôtel et de son personnel à cette scène réellement comique.

Les tracas du service firent bientôt oublier, à notre général, ce nouveau grief contre M. de X***.

La matinée fut très-belle et pas trop froide pour la saison; le soleil éclairait de ses rayons la plaine entièrement couverte de neige, ce qui adoucissait encore la température et facilitait notre marche et celle de nos chevaux; aussi à onze heures, arrivions-nous aux Aix.

Cette étape dura environ trois heures ; elle ne nous parut pas longue, malgré la tristesse et l'abandon des villages, des hameaux que nous traversions. A l'exception de quelques soldats qui suivaient la route de Sancerre aux Aix, la plaine était solitaire. Rien que de la neige dans cette immensité, pas un homme : nous nous figurions traverser un désert.

De temps en temps, soit à travers la plaine, soit à travers les sentiers des bois, nous apercevions de nombreux vestiges de pas d'hommes et de chevaux. Étaient-ce les traces des Prussiens ou de nos éclaireurs?

Notre imagination, surexcitée par cette vaste solitude et aussi par la vue de nos misères et le souvenir, toujours présent à notre mémoire, de nos défaites successives, était plus disposée à croire à la présence de hulans qu'à celle de soldats français.

Pendant les quelques heures de ce trajet, notre charmante compagne de voyage, madame Lia, la femme de notre collègue de Gien, nous fit entendre sa belle voix. Quelques airs assez bien modulés et assez bien dits nous firent oublier, un instant, nos souffrances et bercècent doucement notre chef qui, malgré son farouche patriotisme, les écouta avec plaisir.

Il pouvait être midi, lorsque nous arrivâmes aux Aix. Nous étions à peine descendus de cheval et installés dans l'auberge de la Croix-Rouge, qu'on vint nous prévenir que les hulans entraient aux Aix ; qu'il fallait partir, si nous ne voulions pas être faits prisonniers ; et on ajoutait même qu'ils étaient au nombre de deux cents.

Dès lors, une panique générale se répandit dans ce petit village ; tout le monde se mit à courir de droite et de gauche, à chercher ses chevaux, à glisser des balles dans ses revolvers, à passer en revue ses armes etc., etc.

Mais cette alerte, comme les précédentes, était tout bonnement due à des craintes exagérées. Les hulans n'apparurent pas et même ils n'étaient point près des Aix ; sans embarras aucun, nous pûmes donc regagner la route de Bourges.

Sur cette route nous retrouvâmes une de nos divisions, ce qui nous prouva, une fois de plus, que l'alerte des Aix était l'œuvre de quelques trembleurs.

Pour ne pas rompre les files de nos colonnes, nous nous contentâmes de les suivre, ce qui fit que nous éprouvâmes beaucoup de retard et que nous arrivâmes de nuit à Bourges.

Dès notre entrée dans la ville, on nous conduisit à

l'hôtel de la Boule-d'Or ; nous eûmes de la peine à trouver un petit coin pour pouvoir respirer et dîner à notre aise, craignant les indiscrets et surtout les alarmistes. Nous avions à peine mangé le potage, qu'on vint nous demander le prix de notre dîner. Singulière habitude de méfiance, qui nous surprit peu agréablement !

Qu'était-ce donc que cette armée, pour qu'on la traitât ainsi ? Elle n'était donc pas composée de Français ? Sans doute ; et cependant nous étions en France ! A la vérité, déjà dans ces dix-sept jours de campagne nous avions trouvé tant de preuves de mauvais vouloir que nous eûmes un sourire de dédain et jetâmes à notre misérable hôtesse les quelques francs qui représentaient le prix de notre dîner. Assurément, sans l'extrême réserve que nous commandait la présence de nos supérieurs, nous aurions payé, en toute autre monnaie, cette méfiance par trop injurieuse.

Que les Français des provinces de l'Est disent à ces mauvais citoyens s'ils préfèrent la botte du Prussien, au sacrifice de leurs intérêts privés ; qu'ils leurs disent de quel prix ils estiment le titre de citoyens français ! qu'ils leur disent que, sans l'amour de la patrie, une nation ne peut pas exister !

Après ce petit incident, nous nous fîmes conduire à notre logement. Contrairement à notre habitude, nous trouvâmes un hôte très-hospitalier et qui voulut bien passer la soirée à causer avec nous.

Je me rappelle encore ce logis, qui respirait le moyen-âge, et le maître, qui sentait l'antiquité. Dans la chaleur de la conversation, notre homme nous narra ses fredaines de jeunesse. Il nous apprit qu'il avait fait son droit à Paris ; quant à ses études, en réalité, il les avait faites comme les font trop souvent les rejetons de familles riches. Si nous n'avions été fatigués et emportés par le sommeil, peut-être nous eût-il fait faire plus ample connaissance avec ses bonnes fortunes du quartier latin. Cet homme était réellement en verve, ce soir-là, et surtout très-satisfait de trouver des oreilles disposées à l'écouter : sa femme, probablement, n'entendait pas aussi bien la plaisanterie sur ce sujet.

Dès le lendemain matin, je me mis à la recherche du quartier-général et je parcourus un peu la ville, d'abord par raison de service, et ensuite afin de savoir m'y diriger seul, à un moment donné.

Assurément, Bourges est loin d'être une belle ville. Située à mi-côte, sur une espèce de montagne, elle renferme un quantité innombrable de petites rues qui se croisent, sans qu'il y en ait une qui soit droite, ou présente quelque ensemble soit de perspective, soit d'architecture.

A part le château de l'argentier de Charles VII, Jacques Cœur, où se trouve la cour d'appel, et la cathédrale du XIIIᵉ siècle, aucun autre monument ne mérite d'être signalé.

Il est vrai qu'étant pressé je fis une inspection très-sommaire de la ville de Bourges.

Un officier de mes amis, que je rencontrai par hasard dans les rues de Bourges, m'apprit que le général de notre corps d'armée était à l'archevêché et qu'il venait de recevoir, de son supérieur, l'ordre de transporter son quartier-général à Brécy.

« Nous sommes arrivés, dit-il, hier au soir ici, en même temps que vous, avec une grande partie du 18° corps qui se trouve en ce moment, cantonnée autour de Bourges : nous avons suivi les routes d'Autrey, Vailly, Henrichemont, les Aix ; tandis que vous, vous suiviez les routes de Châtillon, Léré, Sancerre.

« Nous avons effectué ce voyage, non pas en bon ordre ni sans souffrir beaucoup du froid, mais cependant tout notre corps se trouva assez groupé pour pouvoir arriver ici presque ensemble et à la même heure. Vous, avec votre quartier, vous êtes partis à deux heures de Gien, si je ne me trompe ; tandis que moi, je ne l'ai quitté qu'à sept heures du matin, lorsque nos divisions eurent franchi le pont de Gien. Le génie militaire essaya en vain de le faire sauter : il n'avait pas de barils de poudre. On fut alors obligé d'avoir recours aux gargousses d'artillerie ; le premier essai n'ayant pas réussi, on le recommença ; mais il n'aboutit qu'à endommager fortement une pile et à démanteler une faible partie du tablier du pont.

« Nous n'eûmes pas le temps d'achever cette œuvre de destruction : les hulans apparaissaient déjà de l'autre côté de la rive ; déjà ils échangeaient des coups de fusil avec les francs-tireurs qui, sur la rive droite, devaient protéger et masquer notre retraite. Nous arrivâmes à Autrey à dix heures du matin. Mais notre général, en présence de la longue et pénible étape que venaient de faire nos colonnes, ordonna une grande halte, qui dura jusqu'à une heure et demie de l'après-midi.

« Malgré les chemins devenus très-mauvais par la neige et par le froid, nous atteignîmes Vailly vers les cinq heures du soir. A cet endroit nos éclaireurs nous apprirent que, dans la nuit, les Prussiens seraient probablement près de nous, car il prétendaient que trois corps de l'armée de Frédéric-Charles étaient à notre poursuite.

« Ce qu'il y avait de certain, dans ces nouvelles, c'est que nous étions poursuivis par quelques bataillons du troisième corps prussien et quelques escadrons de la sixième division de cavalerie, qui tout à la fois se trouvaient disséminés sur la rive droite et sur la rive gauche de la Loire et harcelaient les traînards de notre corps d'armée. L'effectif de ces forces ne s'élevait pas, assurément, à plus de trente mille hommes, et nous étions, au minimum, cent mille pour leur tenir tête ! Mais nos éclaireurs, dans leurs renseignements, pris selon leur habitude trop légèrement, avaient confondu le numéro trois, représentant le troisième corps d'armée, avec le nombre de trois corps d'armée, c'est-à-dire le numéro du corps d'armée avec son effectif. Voilà encore une preuve de l'exactitude, du soin, de l'intelligence avec lesquels se faisaient nos reconnaissances !

« Nous passâmes la journée du 8 décembre à Vailly, sans préoccupation aucune. Nous nous mîmes seulement à réorganiser nos divisions.

« Nous quittâmes Vailly à huit heures du matin, et nous nous dirigeâmes sur Henrichemont, toujours avec le fantôme des trois corps prussiens, qui nous suivaient ; nous ne fûmes pas attaqués dans cette journée du 9 ;» (il est vrai de dire, que cette attaque aurait été difficile, d'après la marche des Prussiens, que nous connaissons aujourd'hui).

En effet, le 8 décembre, les détachements du troisième corps prussien, et non trois corps d'armée, qui
nous poursuivaient, avaient reçu l'ordre de revenir sur
la basse Loire ; et les colonnes qui nous poursuivaient
depuis Gien s'étaient en partie rabattues vers Orléans.
Quoiqu'il fût peut-être difficile en ce moment de deviner
les mouvements de l'ennemi, si cependant nos généraux
s'étaient donné la peine d'étudier, sur certains indices
qu'ils avaient, les effectifs réels de l'armée prussienne
alors occupant le France, les chiffres leur auraient démontré l'impossibilité de la présence de trois corps d'armée à notre poursuite. Mais nos généraux étaient
plus soucieux de parader devant leurs soldats (habitude
impériale), de s'occuper de leur propre bien-être, que
de demander au travail la connaissance des mouvements de l'ennemi.

Il faut aussi rendre justice sur ce point aux Prussiens : ils étaient plus habiles que nous et possédaient à
fond la tactique militaire. Aussi ils persuadaient aux
campagnards qu'ils étaient mille, quand ils n'étaient
que cent. Et nos généraux en entendant, chaque jour,
répéter autour d'eux ces faux bruits, finissaient par y
ajouter foi et croire à des chiffres fantastiques.

Mon ami continua ainsi son récit: « Nous passâmes
la nuit à Henrichemont, très-tranquillement ; seulement
le général commandant, qui avait été appelé à Bourges,
par dépêche, comtremanda le mouvement sur Bourges,
qui devait s'effectuer par la route de Menetou-Salon.
Hier, on nous prescrivit un mouvement sur les Aix;
nous sommes arrivés à ce village vers les quatre heures
et demie du soir : on craignait de rencontrer les

hulans, mais nous ne vîmes pas même leurs traces.

« Aujourd'hui le quartier-général est à Brécy ; nos divisions se trouvent cantonnées entre ce village et celui de Beaugy, et nous partons dans une heure pour Brécy. »

Sans perdre une minute, d'après ce récit, je me rendis près de mon chef et je lui fit part de ces faits ; aussitôt il donna l'ordre du départ pour Brécy, petit village situé à douze kilomètres de Bourges.

Avant de quitter Bourges, il avait réuni quelques-uns de ses officiers et, tout en les congédiant, il avait engagé entre autres le sous-intendant de L*** à se débarrasser de sa charmante épouse : « Nous allons toujours marcher, lui dit-il, et la belle madame Lia sera peut-être un obstacle à l'exactitude de votre service ; soyez énergique, mon ami et, croyez-moi, renvoyez-la dans sa famille ; de plus nous allons prendre l'offensive d'ici peu, et je craindrais qu'il ne lui arrivât quelque malheur. »

L'officier répondit oui, mais son cœur dit non ; à partir de ce jour, il la dissimula si habilement, que sa présence au corps d'armée ne nous aurait pas été révélée sans la mésaventure qui lui arriva à la bataille du fort de Joux, lors de notre entrée en Suisse.

Nous quittâmes Bourges vers les onze heures du matin, et il pouvait être une heure de l'après-midi lorsque nous apercevions les premières maisons de Brécy. Nous nous adressâmes à un gendarme qui se trouvait sur la route. Il ne nous donna aucun renseignement ; un instant même, il songea à nous arrêter, mon chef et moi, nous prenant encore pour des espions prussiens.

Il semble que, dans toute la campagne de la Loire et de l'Est, la gendarmerie jadis corps d'élite, fût frappée de paralysie et d'impéritie par les événements.

D'un chemin de traverse sortit tout à coup un monsieur, le chapeau à la main, qui nous salua très-poliment et nous offrit gracieusement l'hospitalité à son château : c'était le baron de M***. La réception fut très-hospitalière ; il nous apprit que notre général en chef n'était pas encore arrivé, mais qu'il avait fait retenir son logement dans son château, pour le soir même.

En effet, quelques heures après, l'officier d'ordonnance du général en chef vint prendre, par ordre, possession du château. Mon chef, qui avait accepté, provisoirement, l'hospitalité de M. de M***, céda la place, de la meilleure grâce, à son supérieur.

Dès lors, nous prîmes congé de M. de M***, ce débris de la légitimité, remarquable par son costume et son langage moyen-âge. De là, nous nous rendîmes chez le maire de Brécy qui nous reçut avec une cordialité sans précédent. Ce brave homme, quoique très-préoccupé de préparer les logements des soldats et les fourrages de la cavalerie que nous attendions, avait l'œil à tout : il sut parfaitement installer officiers et soldats, et donner une solution aux questions administratives qui se présentèrent.

Brécy est une petite commune, qui peut avoir à peine cent cinquante feux. Le palais du village est le château de M. de M***, manoir antique, situé dans une position peu remarquable. Le maire, surpris par l'arrivée subite d'un corps d'armée, nous annonça que, malgré la pauvreté des habitants de Brécy, lui et tous ses administrés feraient les sacrifices nécessaires, pour recevoir et soulager nos soldats, si malheureux par les souffrances qu'ils avaient endurées dans cette longue retraite de la Loire.

Le soir se passa une scène intéressante et qui mérite assurément d'être racontée. Hâtons-nous de dire que, dans la propre maison de ce maire modèle, ses sœurs tenaient une petite auberge et furent d'une charité rare tant pour le soldat que pour l'officier.

Souvent, et non sans raison, on a critiqué le luxe exagéré, le confortable exigé par nos états-majors de l'empire. Funeste habitude, qui n'a pas peu contribué à amollir les caractères des soldats de 1870, et qui devait être, pour l'œil exercé et attentif, le signe avant-coureur de nos désastres. Ce jour-là nous eûmes l'occasion d'être témoin d'un de ces exemples déplorables qui malheureusement devaient se renouveler plus d'une fois encore, dans le cours de la campagne.

Donc nos braves hôtesses, s'apercevant que mon chef et moi avions grand faim (car nous avions quitté Bourges le matin, sans prendre souci de nos estomacs), nous offrirent à dîner. Lorsque nous passâmes dans la salle à manger, nous aperçûmes une table parfaitement dressée et destinée, nous dit-on, à un de nos états-majors. Mon chef, tout naturellement, craignant d'être plus qu'indiscret en acceptant l'offre de ces charitables dames, leur fit observer qu'il voulait bien accepter leur invitation, mais qu'il craignait que deux personnes de plus ne rognassent trop les portions de ces messieurs pour lesquels le couvert était mis ; et il se préparait même à sortir de cette salle à manger, lorsqu'une de ces deux dames l'arrêta par le bras et lui dit : « Restez, monsieur, faites taire vos scrupules, ne craignez rien, ces messieurs mangeront moins et se serreront le ventre : il faut bien que tout le monde vive. »

Puis celle-ci, apercevant notre entrepreneur de voitures qui, à l'écart, semblait aussi quêter une pareille invitation : « Venez aussi, ajouta-t-elle, il y aura encore une place pour vous, à la table. Que diable ! après tout, vous êtes un Français comme ces messieurs ! Pourquoi ne mangeriez-vous pas à la table des M. M. les officiers ? Comme eux, ne contribuez-vous pas, à votre façon, avec vos moyens, à la défense nationale ? »

Pendant qu'on faisait les apprêts de la table, l'autre de ces charitables dames, frappée de l'attitude d'un officier, du jeune de X***, malade, appuyé le long du poêle et qui paraissait souffrir, s'empressa de lui donner des soins et les conseils d'une mère, en l'engageant à aller se reposer. Malgré la résistance du brave garçon qui supportait avec énergie son mal, surtout par la crainte de paraître à nos yeux manquer de caractère, elle vint à bout, grâce à ce langage persuasif dont les femmes ont le secret, de lui faire oublier un instant son service pour son lit. Cette petite scène nous émut singulièrement, et mon chef ne put s'empêcher de remercier courtoisement cette brave dame de toute la sympathie qu'elle montrait pour l'armée. Nobles sentiments, si rares à cette époque, et d'autant plus estimables !

L'état-major en question n'arrivait pas et cependant

sept heures, le moment prescrit pour le service de cette table, venaient de sonner. « Puisque ces messieurs ne sont pas exacts à l'heure dite, s'écria l'aînée de nos hôtesses, messieurs, vous pouvez vous mettre à table, nous allons vous servir. »

Notre dîner était sur le point de se terminer, lorsque nos officiers d'état-major firent leur entrée bruyamment. Mais ils furent désagréablement surpris lorsqu'ils aperçurent leur table occupée, et surtout par des officiers français. Alors ils nous manifestèrent leur mécontentement par une certaine froideur; et à nos hôtesses ils témoignèrent leur crainte de ne pas avoir de quoi dîner, et demandèrent, impérieusement, des suppléments au menu. Il est vrai qu'ils ne réclamaient rien, disaient-ils pour eux, mais bien pour leur général, qui allait venir. En attendant ils s'empressèrent de bien dîner ; on leur apporta un poulet, une omelette, puis deux, puis trois, mais la quatrième leur fut refusée. Nos braves patriotes, irritées par ces demandes réitérées qui devenaient des exigences, finirent par répondre à ces officiers, un peu onblieux de la situation où ils se trouvaient, qu'elles avaient aussi quelques-uns de nos soldats dans la cuisine, et qu'il fallait bien qu'il mangeassent comme eux ; qu'après un potage, un poulet, trois omelettes, ils devaient être satisfaits, surtout dans un moment où les vivres étaient si recherchés ; qu'en tout cas ils n'auraient plus rien. Alors ces messieurs voulurent bien se contenter du refus.

Peu d'instants après survint leur général. Les demandes et les plaintes se renouvelèrent. Mais le général, plus modeste et plus simple dans ses habitudes

que ses lieutenants, se contenta du strict nécessaire et
de ce qui restait dans le garde-manger.

Et cependant la plupart de ces officiers étaient venus
à Tours, dans le cabinet du ministre, faire parade de
leurs mâles vertus, afin d'obtenir des grades et des
postes honorifiques dans l'armée ! Et combien peu se
sont montrés dignes pendant toute cette campagne des
marques d'estime et de confiance du jeune ministre
patriote d'alors !

Tout le monde se pressait autour de ce général, qui
arrivait de Bourges. Chacun lui demandait quelle
nouvelle campagne on allait entreprendre ; quelle était
la pensée du ministre de la guerre ; quel rôle était
réservé aux débris de cette armée de la Loire ? Mais
comme il ne savait rien de nouveau et qu'il n'avait rien
de bon à nous apprendre, il garda le plus profond
silence.

La conversation s'engagea seulement sur les événements passés et sur notre retraite de Gien. Les uns
prétendaient qu'à ce moment nous n'étions pas vivement poursuivis par les Prussiens ; les autres, d'après
leurs renseignements qu'ils disaient très-exacts, nous
assuraient, au contraire, que Frédéric-Charles, en personne, descendait la rive gauche de la Loire, derrière
nous, tandis que sur la rive droite trois corps entiers
étaient lancés à notre poursuite.

Un de nous s'étant permis de dire que, d'après ses
données personnelles (données qu'il tenait pour certaines), à Gien les Prussiens ne nous avaient pas
attaqués avec plus de 8.000 hommes, on se mit à le
bafouer, à lui rire au nez.

Dans notre petit coin, nous nous contentâmes de sourire avec mélancolie, en pensant que nous avions été aussi savamment éclairés depuis le commencement de la campagne !

Indépendamment du dévouement et du patriotisme de nos braves hôtesses qui nous firent oublier, un instant, les nombreuses défaillances dont nous avions été témoin depuis le commencement de cette campagne, nous eûmes la satisfaction de constater dans cette nuit du 11 au 12 décembre l'abnégation et le désintéressement sans égal de la population de Brécy envers notre armée. Tous les habitants de ce petit village, sans exception, avaient cédé non-seulement leurs maisons, mais encore leurs lits, soit à des officiers, soit à des soldats. En allant porter les ordres, j'eus la satisfaction de constater que villageois, femmes, enfants, dormaient près des cheminées, tandis que nos soldats reposaient dans des lits.

Pourquoi tous les Français, dans cette sombre campagne, n'ont-ils pas suivi cet exemple ?

Le lendemain matin nous quittâmes ces excellentes patriotes pour nous diriger vers Saint-Martin-d'Auxigny où nous devions reformer nos divisions, et rallier tous les traînards, qui étaient encore sur les routes de Gien à Bourges.

Ici se termine cette première campagne de la Loire. Féconde en événements elle ne fut pas sans honneur pour le 18ᵉ corps. Mais hélas ! elle [1] ne porta pas tous les fruits qu'elle eût pu donner.

[1] V. Chapitre 3, page 30. Armée de la Loire.

Résumé analytique et critique de la 1re campagne sur la Loire.

CONCLUSION

RESPONSABILITÉ

§. 1

Cette première période de mon séjour à l'armée de la Loire avait duré 19 jours. Du 23 Novembre, jour de notre départ de Nevers, au 12 Décembre, jour de notre arrivée aux environs de Bourges, nous avions toujours été sur les routes.

Du 23 au 28 novembre, c'est-à-dire en cinq jours de marche, notre corps d'armée était venu se placer à l'extrémité de l'aile droite de l'armée de la Loire.

Mais, pour bien se rendre compte du véritable rôle que cette aile droite de l'armée de la Loire, composée des 18 et 20° corps, devait jouer dans cette campagne, il est indispensable de rappeler, au moins sommairement, les derniers événements militaires du mois précédent et les faits et gestes de la délégation de Tours à cette époque.

Le 10 octobre, M. Gambetta prenait à Tours la direction du ministère de la guerre. Grâce à sa merveilleuse activité et au concours de collaborateurs bien choisis, en 43 jours une véritable armée fut organisée sur la Loire. Son effectif, au 1er décembre, pouvait s'élever à 170 ou 180.000 hommes, force plus que suffisante pour arrêter les progrès de l'envahisseur devant Orléans.

Le 27 octobre au soir, le maréchal Bazaine avait signé la honteuse capitulation de Metz, qui enlevait à la Défense Nationale sa dernière armée aguerrie, sa plus ferme espérance dans cette guerre si funeste jusqu'à ce jour à nos armes. Cependant la France entière, sans nouvelle directe de cette armée, sans connaissance de ce désastre jusqu'au 6 novembre, jour où la fatale capitulation lui fut révélée, se laissait entraîner à toute sorte d'illusions et de chimères. A la même date, M. Thiers venait de visiter toutes les puissances de l'Europe et avait en vain réclamé leur intervention pour mettre fin à une guerre aussi meurtrière, aussi inhumaine. A peine arrivé à Tours, il venait de repartir pour Versailles. Ce voyage et ce départ pour Versailles accréditaient singulièrement, non seulement dans le public, mais même auprès de la délégation de Tours, les bruits d'armistice ou de paix.

Malgré cette confiance générale dans les négociations de notre illustre homme d'état aucun retard, aucun ralentissement, ne furent mis à la concentration d'une armée sur la Loire.

Sans plan bien arrêté ni de la part des généraux commandants, ni des délégués à la guerre, la défense de ce fleuve fut résolue. Du reste, elle s'imposait d'elle-même à tous les esprits soucieux d'arrêter les progrès de l'invasion allemande en province. Il fallait à tout prix défendre et fermer le passage qui pouvait conduire directement nos envahisseurs au cœur de la France.

Le succès de Coulmiers, bien qu'incomplet, n'en fut pas moins, pour nos jeunes soldats, pour les quelques troupes de récente formation, un véritable stimulant et un excellent encouragement pour les organisateurs de cette armée de la Loire.

Il est bien vrai qu'après le triste événement du 28 octobre (c'est-à-dire l'humiliante capitulation de Metz), la tâche de cette armée de la Loire devenait bien plus difficile. Déjà, ce n'était plus assez de songer à arrêter l'invasion des Bavarois de Von der Thann. Il fallait encore s'opposer à la marche des nombreux bataillons de Frédéric-Charles, qui s'avançaient rapidement vers la Loire, dans le but de secourir Von der Thann et, surtout, de faire leur jonction avec le duc de de Mecklembourg.

Cette armée de la Loire était donc plus qu'une menace pour les Prussiens, mais bien un sérieux danger. Une nouvelle victoire de l'armée de la Loire pouvait arrêter les ravitaillements de nos ennemis dans la Beauce, et même conduire nos bataillons, dans un laps de temps très-court, jusque sous les murs de Paris.

La délégation de Tours déployait une grande activité pour que cette armée de la Loire fût définitivement constituée à la fin de novembre ; une importante sortie de l'armée de Paris lui était annoncée pour cette époque ; et elle pensait, non sans raison, qu'une action combinée entre les armées de la Loire et de Paris pouvait avoir de fructueux résultats pour la Défense nationale.

Les prévisions et les espérances des membres de la délégation de Tours ne tardèrent pas à se justifier. Bientôt, en effet, une dépêche de Paris arrivait à Tours[1]; elle annonçait une sortie sous le commandement du général Ducrot pour le mardi 29 novembre et, en cas de succès, le gouverneur de Paris ajoutait : « Ducrot poussera vers la Loire et probablement dans la direction de Gien. »

C'est alors, comme l'aurait fait tout gouvernement vigilant et soucieux des intérêts de sa patrie, que le gouvernement de Tours pensa que les armées de Paris et de la Loire pouvaient se donner la main dans les environs de Fontainebleau. Dans cette pensée, et de sa propre autorité, il avait ordonné lui-même, quelques jours auparavant, la marche de l'aile droite de l'armée de la Loire, marche qni devait avoir pour premiers résultats les affaires de Beaune-la-Rolande et de Ladon.

Ces heureux combats, quoique très-meurtriers, n'affaiblirent point autant cette aile droite que veulent bien l'écrire certains historiens militaires, soucieux probablement d'atténuer la responsabilité qu'ils peuvent avoir dans le résultat de ces opérations.

Bien que n'ayant pas cessé de marcher et de combattre depuis son départ de Nevers jusqu'à la nuit du 3 décembre, notre 18e corps, comme on l'a vu, avait conservé quelque consistance dans son organisation, et de la discipline dans ses rangs[2].

[1] V. Documents historiques, no 7.
[2] V. Documents historiques, no 11.

Et cependant, l'organisation de ce corps était alors loin d'être parfaite. Pas plus que ses cadres, ses effectifs n'étaient complets; il n'avait pas de commandant en chef en titre. Il est vrai que, pour ce corps, un commandant en chef importait peu, puisque celui qui le commandait provisoirement avait bien dirigé jusqu'à ce jour sa marche et ses mouvements. A cette occasion nous oserons même dire que, si l'influence de ce général en chef à titre provisoire avait été prépondérante le 28 janvier, devant Beaune-la-Rolande, l'armée de la Loire eût sans nul doute enregistré un succès de grande importance, c'est-à-dire la prise de Beaune-la-Rolande. Mais l'ordre de retraite du 3 décembre devait refroidir l'élan de jeunes soldats qui, pendant un instant, avaient espéré, en présence de leurs premiers succès, un retour de la fortune leur permettant de donner la main à leurs frères d'armes de Paris.

Il n'est pas surprenant qu'un profond découragement se soit emparé du 18e comme du 20e corps d'armée, quand il fallut abandonner les positions qu'ils avaient ensemble si chèrement conquises quelques jours auparavant. Se mettre en retraite et fuir devant l'ennemi, avec la conscience de sa force, de sa supériorité même, était pour cette aile droite un vif chagrin, une profonde douleur.

Ce tableau du moral de nos deux corps est très-exact et très-fidèle; aucun de ceux qui figuraient dans leurs rangs, à cette époque, n'oserait le contester.

Si cette retraite se fût arrêtée à notre première étape, c'est-à-dire à Gien, le 6 décembre, le désordre occasionné dans nos rangs par une marche rapide de trois jours

eût été promptement réparé. Les immenses approvisionnements qui se trouvaient à la gare de cette ville nous
y eussent puissamment aidés. Mais l'état de surexcitation fébrile où nous nous trouvions par suite de nos
incessants échecs ne nous montrait partout qui des
Prussiens. En cette ville même, comme nous avons vu,
une bande d'éclaireurs, par son attaque hardie et son
ingénieuse tactique, fit croire à nos chefs que Frédéric-Charles en personne arrivait à la tête de toute une
armée et nous força à nous replier au plus vite sur
Bourges.

Cette retraite allait dépasser tout ce que l'on peut
s'imaginer de souffrances morales et physiques. Elle ne
fut pas une marche jusqu'à Bourges, elle devint une
véritable fuite.

En quelques jours, la plupart de ces braves soldats
de Lorcy, de Juranville, de Beaune-la-Rolande, démora-
lisés par d'incessantes paniques, épuisés par les rigueurs
d'un hiver terrible, abandonnaient leurs rangs, erraient
sur les routes ou se débandaient.

Qu'y avait-il d'étonnant quand on pense qu'en sept
jours nous avions fait cent soixante kilomètres ; et
encore, dans quelles conditions ! Découragés, désespérés
par la neige, par le froid le plus intense, par le vent le
plus horrible, par des routes défoncées, souvent impraticables ! Donc le 10 décembre, à notre arrivée à Bourges,
nous n'étions plus une armée, mais des bandes éparses
sur les routes, dans le plus grand désordre, sans discipline, souvent même sans chefs. On peut se demander
quelle confiance pouvait avoir alors le soldat en son
officier. A part un très-petit nombre, les officiers étaient

aussi craintifs qu'incapables. Où trouver alors des leçons d'abnégation et de dévouement, de patriotisme? Ce n'était pourtant pas, on l'a bien vu par notre récit, dans la population civile.

Quelques régiments d'élite, seuls, supportèrent héroïquement la fatigue et les privations de la retraite. Mais il n'en fut pas de même de la plupart des bataillons de mobiles qui se cachèrent dans les fermes qu'ils rencontrèrent sur leur passage, plutôt par peur d'être pris par les Prussiens, que par désir de satisfaire à leurs besoins matériels.

Quiconque aurait parcouru, en ce moment, les routes d'Argent, de Vailly, de Sancerre à Bourges, aurait pu se convaincre des graves conséquences que cette seconde reprise d'Orléans pouvait avoir, dans l'avenir, pour le sort de nos armées. Mauvais précédent, pour une armée de récente formation, et qui connaissait à peine les rigueurs de la guerre. Mieux eût valu une bataille à outrance sous les murs d'Orléans. Au moins la mort glorieuse de quelques braves, la défense héroïque de cette grande ville, n'eussent pas été inutiles, comme l'a prétendu le général d'Aurelle-de-Paladines. Au contraire un échec, mais glorieux, eût réveillé l'esprit guerrier de notre belle France et nous eût valu ce qui vaut mieux que le nombre l'élan patriotique. On peut reculer quand on a succombé sous le nombre, comme à Châteaudun, mais c'est la rage au cœur et avec la mâle résolution de venger une défaite imméritée !

§. II

Où se trouvaient donc, en ce moment, les autres tronçons de cette armée de la Loire? Les uns, sur les routes qui conduisaient à Salbris, les autres, sur les routes d'Orléans à Tours. Le même désordre et la même indiscipline régnaient généralement parmi eux. Donc, si cette retraite avait été fatale à l'armée de la Loire, elle devait être, assurément, bien préjudiciable à la formation de nouvelles armées.

Les Prussiens venaient de nous vaincre, non seulement par leur savante méthode et leur organisation militaire, mais encore par la vigilance, l'activité sans égale de leurs chefs. S'ils connaissaient mieux la topographie de la France que nos généraux, ils connaissaient aussi bien nos propres mouvements, dont ils se préoccupaient sans cesse[1].

A cette précieuse qualité de savoir s'éclairer à la guerre, ils joignaient encore la parfaite connaissance de toutes les routes et de tous les passages. Ils pouvaient ainsi se porter rapidement sur un point, lorsque leur présence y devenait nécessaire, y former des concentrations sans même que nous les soupçonnions ; et souvent ainsi, décider victoire en leur faveur. Dans les

---

[1] Dans nos quartiers-généraux, on avait pris l'habitude de ne communiquer aux divers services de l'armée qu'à une heure très-avancée de la nuit, l'ordre de mouvement. Néanmoins, le lendemain, à la pointe du jour, les officiers prussiens le connaissaient par cœur, dans ses moindres détails.

affaires d'Orléans, les 1er, 2 et 3 décembre, il n'ont pas agi autrement.

Frédéric-Charles, après avoir fait semblant de dessiner son plan d'attaque sur la droite de l'armée de la Loire à Beaune-la-Rolande, Ladon, etc., le 28 novembre et les jours suivants, n'a-t-il, pas en deux jours et deux nuits, massé le gros de ses troupes sur la gauche de notre armée, tandis qu'il laissait quelques bataillons sur notre droite, pour nous faire croire à sa présence et nous masquer son mouvement ?

Quel est le général de l'armée de la Loire qui a même soupçonné ce mouvement habile ? Quel est celui qui a été assez vigilant et assez perspicace pour s'apercevoir que ces fréquents défilés de jour et de nuit de pièces d'artillerie devant nos grand'gardes n'étaient qu'autant de ruses et de pièges pour nous dissimuler ce plan d'attaque si habilement combiné ? S'en est-on ému, s'en est-on même douté au grand quartier général à Orléans ? Comment aurait-on pu être exactement renseigné sur le mouvement de nos ennemis puisque nos différents corps de l'armée de la Loire ne correspondaient pas, ou correspondaient très-difficilement entre eux.

Nos armées, peu habituées à se servir du télégraphe électrique en temps de paix, ne pouvaient, ne savaient naturellement pas, en temps de guerre, utiliser ce précieux et puissant auxiliaire.

Sur ce point encore, nos ennemis nous étaient bien supérieurs. Tous leurs corps d'armée, n'importe dans quelle position, étaient reliés entre eux par des fils électriques ; de telle sorte que les communications étaient continuelles ; ils ne faisaient aucun mouvement sans que leurs voisins n'en fussent prévenus à temps. Nous, au contraire, nous quittions nos bivouacs sans avertir nos voisins, sans qu'ils connussent notre éloignement sauf au bout de longues heures.

Est-il un général français qui ait songé, un instant, que l'armée allemande combattait sur trois points à la fois les mêmes jours, aux mêmes heures ?

Les 28, 29, 30 novembre, l'armée prussienne était délogée par le 18° et le 20° corps de ses positions de Juranville, Lorcy, Beaune-la-Rolande ; les 1ᵉʳ, 2 et 3 décembre, elle cherchait à reprendre ces positions, et surtout à occuper notre aile droite de l'armée de la Loire, pour lui masquer le mouvement qu'elle exécutait à notre gauche. Aux mêmes dates, elle écrasait les 15°, 16° et 17° corps devant Orléans ; enfin elle avait à résister à Paris à une formidable tentative de sortie du général Ducrot, le 2 et le 3 décembre.

Si cette pensée eût un instant pénétré dans l'esprit du général commandant en chef l'armée de la Loire, ne lui eût-elle pas donné la confiance, et peut-être aussi la victoire ?

Il est bien certain que si nos généraux eussent tenu plus compte des promenades des Prussiens devant nos campements et qu'ils eussent vu, sous leur véritable jour, les effectifs de Frédéric Charles, grossis en apparence par son intelligente tactique, alors peut-être le général d'Aurelle, avec son armée dont l'effectif était plus du double de celle des Prussiens, n'eût pas hésité un instant à se concentrer à Orléans et à résister au lieu de se mettre en retraite. En effet, souvenons-nous que le 1ᵉʳ décembre, devant Orléans, nous avions près de 200.000 hommes, quand nos ennemis pouvaient disposer tout au plus de 70 à 75.000.

« Les revers de l'armée de la Loire, dit notre général en chef, furent la conséquence de la dissémination de ses diverses parties [1] ».

Il est possible que cette armée fût trop dispersée et les corps trop éloignés les uns des autres. Nous laissons, à de plus compétents que nous, le soin de discuter ce fait ; mais cependant nous essaierons de raisonner les événements d'après les documents historiques et ce que nous avons vu nous-même.

Pourquoi le 3 décembre le général d'Aurelle de Paladines, qui avait reçu, le 2 au soir, le commandement direct de son aile droite, hésita-t-il à concentrer toute son armée sous Orléans ?... En voici, selon nous, la véritable raison. Sans doute il ne connaissait pas les effectifs de l'armée de Frédéric-Charles, il les croyait de beaucoup supérieurs à la réalité, et enfin, en ce moment solennel, il n'a eu ni le coup-d'œil, ni le sang-froid, ni l'intelligence d'un général en chef.

En vain prétendrait-on que l'éloignement de son aile droite fut cause de son indécision : Bellegarde, Nibelle, où se trouvaient les 18° et 20° corps, n'étaient guère à

---

[1] Le général d'Aurelles a toujours eu la ferme conviction, partagée par tous les officiers généraux sous ses ordres et par tous les gens du métier, que cette armée de la Loire, animée d'un ardent patriotisme et d'un courage éprouvé, pouvait, étant réunie, culbuter l'armée prussienne, qu'elle avait toujours battue à force égale, et arriver au rendez-vous donné dans la forêt de Fontainebleau.

Les revers furent la conséquence de la dissémination de ses diverses parties.

Ext. 1ʳᵉ armée de la Loire, par d'Aurelles de Paladine, p. 278.

plus d'une étape d'Orléans. Ces corps d'armée n'étaient donc pas assez éloignés d'Orléans pour qu'ils ne pussent y être rendus le 3 décembre, au soir. A elle seule, leur approche eût certainement dérangé ou annihilé toutes les savantes combinaisons de Frédéric-Charles.

Il est donc difficile de le nier, pendant ces trois jours de bataille devant Orléans, les 1, 2 et 3 décembre, si nos soldats ont manqué de solidité c'est que nos généraux n'ont pas su les conduire et ont montré la plus grande imprévoyance et la plus grande indécision, tranchons le mot, la plus grande incapacité !

Tout incompétent que nous sommes dans les questions militaires, et nous ne ferons pas faute de le répéter dans le courant de cet ouvrage, nous avons critiqué certaines opérations de l'armée de la Loire parce que, pour quiconque en a été témoin et les a étudiées de près, elles ont été mal conduites. Le simple bon sens suffit pour les juger. Quant aux faits que nous invoquons, nous en avons été témoin, nous y avons été acteur et nous savons sur qui faire peser la responsabilité de bien des erreurs, de bien des défaillances. Cette tâche que nous entreprenons est ingrate à bien des égards. Mais elle peut être utile et nous aimons trop la France pour ne pas essayer de la servir, aujourd'hui encore.

Avant de clore cette discussion et d'examiner les conséquences de la reprise d'Orléans en décembre 1870, nous ne pouvons nous empêcher d'avouer que nous avons été vivement et péniblement ému de tout le bruit et de tout le tapage que nos généraux, par leurs écrits sur cette armée de la Loire, ont cherché à faire autour d'eux. En effet, nous ne pouvons que regretter profondément, pour l'armée française, que tous les généraux qui commandaient à Orléans aient cru devoir se justifier devant l'opinion publique et ainsi montrer, aux yeux de tous, la faiblesse de leur caractère. Il font soupçonner leurs défaillances en se tressant à eux-mêmes des couronnes, et en s'adressant mutuellement des louanges, lorsque la logique même des faits accomplis leur faisait un devoir de garder le silence. Bien certainement il eût été préférable pour eux et pour l'honneur de la France qu'ils attendissent, dans le calme et le silence, le verdict du temps et de la réflexion.

§. III

Par ses conséquences, cette reprise d'Orléans, a été funeste tout à la fois à la tâche entreprise par la délégation de Tours et à la défense de la France.

Après la défaite d'Orléans on pouvait se demander quelle armée restait à la France, capable d'entreprendre immédiatement des opérations sérieuses? Nous ne voulons pas discuter l'affirmation du général en chef de cette armée de la Loire à cette époque, déclarant, dans le mémorandum qu'il a fait paraître sur cette campagne : « Que l'armée pouvait, dès le 10 ou 11 décembre, être prête à tenir la campagne et à reprendre l'offensive [1]. »

[1] Il espérait réorganiser promptement cette armée ; ses projets allaient recevoir leur exécution, quand il fut relevé de son commandement en chef.

Son plan de réorganisation était simple : il ne fallait que trois jours au plus pour le réaliser. L'armée pouvait être, dès le 10

Nous nous permettrons seulement de raisonner, bien entendu toujours d'après ce que nous avons observé à l'aile droite de cette armée. Les faits que nous invoquerons nous les avons constatés nous-même ; nous les avons vus se passer sous nos yeux. C'est pourquoi nous avons tout lieu d'être surpris, qu'une armée, battue et en retraite pût être réorganisée aussi promptement et aussi facilement que semble le croire le général d'Aurelle de Paladines.

La distance que ces différents tronçons de l'armée de la Loire eurent à parcourir le 4 décembre, après la reprise d'Orléans, pour se mettre à l'abri des poursuites de l'ennemi, fut grande pour tous, énorme même parfois. Tous la parcoururent dans d'aussi fâcheuses conditions ; c'est-à-dire avec le mauvais temps et les Prussiens à leurs trousses.

Ceux qui vinrent se réfugier à Bourges firent 160 kilomètres ; les autres, qui allèrent à Salbris, 65 kilom., enfin, les derniers, qui se replièrent sur Beaugency, firent 25 ou 30 kilomètres. Il est facile, en présence de ces chiffres de distance, de se rendre compte comment il eût été possible de réorganiser cette première armée de la Loire en trois jours.

Qui ne reconnaîtra pas que ces marches, par une saison aussi rigoureuse, désorganisèrent cette armée de récente formation ? Qui oserait nier que la discipline qui commençait à reparaître, grâce à la fermeté et aux soins assidus du général d'Aurelle de Paladines (seul

ou le 11 décembre, prête à tenir la campagne et à reprendre l'offensive.

Ext. 1re armée de la Loire, par le général d'Aurelle, p. 357.

cas où il se soit véritablement révélé comme général, dans toute cette campagne), ait disparu de l'armée par le fait même de la retraite et de la panique générale du 4 décembre? On fuyait à l'apparition de quelques hulans, croyant toujours voir un corps d'armée nous tourner ou nous envelopper. Le hulan était devenu pour nous, comme pour les petits enfants, un véritable croquemitaine. Chose fort naturelle, cette longue marche, cette mauvaise fortune sans cesse attachée à nos pas, non-seulement fatiguèrent le corps de nos soldats, mais encore eurent le triste résultat d'attaquer le moral et d'ébranler les convictions les plus fortes, les dévouements les plus sincères. Encore une fois, reconnaissons-le, une résistance à outrance à Orléans, même sans espoir de succès, n'eût pas plus aggravé et compromis le sort de nos armées, celui même de la France.

La défense, comme elle était organisée autour d'Orléans le 1er décembre, avec les batteries de position garnies des pièces de marine dont on fit tant de bruit alors, pouvait présenter assurément quelque chance de réussite, ou tout au moins, permettait d'arrêter quelque temps l'armée allemande. Ainsi on donnait le temps à la délégation de Tours de rappeler du midi toutes ses réserves, et de les envoyer au secours de la place : ces renforts auraient peut-être modifié complètement notre situation.

En admettant même que nous eussions été obligés de laisser bombarder et même brûler Orléans peut-être, au prix de cet immense sacrifice, achètions-nous le salut de la France.

Il n'est pas hors de propos, ce nous semble, de se

rappeler quelle analogie avait notre situation d'alors
avec celle des Russes en 1812, au moment de l'incendie
de Moscou. Comme la Russie, nous avions l'ennemi
chez nous. De même que les Français, en 1812, avaient
marché de succès en succès de la Vistule à Moscou ; de
même les Prussiens de 1870 avaient marché du Rhin
jusqu'à la Loire. En 1812, le farouche patriotisme d'un
seul avait peut-être contribué à délivrer la Russie et à
arrêter la marche triomphante de Napoléon. En 1870,
en France, si un fanatique de sa patrie, un audacieux
eût osé imiter le célèbre Rotopschin et brûler Orléans,
comme celui-là brûla Moscou le 15 septembre 1812
(quoiqu'il soit bien difficile de justifier devant l'histoire
et aux yeux de l'humanité un acte absolument barbare);
assurément Frédéric-Charles en traversant les ruines
fumantes d'Orléans, eût pu lire sur les débris des murs
noircis par l'incendie : « Point de paix, guerre à mort »,
comme Napoléon 1er paraît l'avoir lu sur ceux de Moscou [1].

Nous pouvons le dire : à la vue de ce spectacle horrible, nous Français, si vifs, si impressionnables par
nature, nous n'eussions pas été inférieurs aux Russes.
Comme eux, nous aurions été au comble de la fureur ;
comme eux, nous aurions eu des cris de rage, de colère ;
comme eux, nous aurions attribué à la barbarie de nos
ennemis ce grand désastre. Dès lors se serait réveillée,
développée dans nos âmes cette haine nationale, seule
susceptible d'enfanter les sublimes actions. En un instant nous aurions oublié nos défaillances passées pour

[1] Thiers. Histoire du Consulat et de l'Empire. t. XIV, p. 389.

n'envisager que la réalité, et bientôt l'invasion prussienne eût été arrêtée, comme le fut l'invasion française en Russie [1].

Autrement, évacuer Orléans, n'était-ce pas livrer, à nos ennemis le centre de nos opérations militaires et la base de nos ravitaillements sur la Loire ? N'était-ce pas en somme, une énorme faute stratégique, que d'abandonner cette position centrale de la France ? Par la perte de cette position, nous permettions à nos ennemis de ravitailler leurs bataillons bloquant Paris, sans qu'ils eussent besoin d'en détacher des colonnes mobiles pour assurer leurs fourrageurs et leurs convoyeurs. Nous leur livrions complètement les greniers de la France, c'est-à-dire la Beauce. Maîtres de la forte position d'Orléans, au moyen des cavaliers qu'ils avaient en très-grand nombre, ils pouvaient, pousser leurs excursions jusqu'aux environs de Vierzon ; et ainsi, prolonger indéfiniment leur occupation.

Selon nous, comme autre conséquence non moins grave de cette reprise d'Orléans, nous perdions l'occasion, la seule qui nous eût été accordée, qui pût nous être accordée, de secourir Paris. En effet, avant le

[1] Thiers. Histoire du consulat et de l'Empire, t. XIV, p. 402 :
« Le prince de Wurtemberg dit dans ses mémoires, que lui et beaucoup d'autres regardaient la cause russe comme perdue, après la sortie de Moscou, surtout à cause du découragement qui régnait dans l'armée, mais que la vue des flammes qui dévoraient la capitale rendit à cette armée une ardeur nouvelle et que les espérances de tous ceux qui étaient attachés à la Russie, se ranimèrent instantanément. Du reste, le témoignage des étrangers qui servaient dans les armées russes est unanime sur ce point. Militairement, l'acte du Cte Rotopschin fut nul ; moralement, il eut des conséquences incalculables. »

1ʳᵉ décembre, que pouvait-on faire avec les quelques bataillons qui se trouvaient réunis sur les bords la Loire? De l'aveu même de nos généraux qui ont publié de nombreux factums sur cette campagne : « *Nos désastres à Orléans viennent de l'insuffisance de l'organisation de l'armée de la Loire au 1ᵉʳ décembre, et de ce qu'à cette date l'armée ne devait pas encore se mettre en marche.* »

A elle seule, cette phrase démontre qu'avant le 1ʳᵉ décembre toute marche de nos troupes vers Paris était téméraire, puisqu'au 1ᵉʳ décembre même on la jugeait impossible [1].

En effet le 9 novembre, à Coulmiers, nous avions une armée dont l'effectif ne s'élevait pas à 70.000 hommes. Après ce succès, si l'on eût marché aussitôt sur Paris, « certains prétendent qu'on eût réussi ». Il n'y avait pas à ce moment, disent-ils, de lignes d'investissement puissantes ; à Versailles on s'attendait à ce mouvement hardi, et même des préparatifs de départ étaient faits.

Tous ces dit-on sont curieux. Mais il est plus que

[1] Le temps pressait, on décida qu'il fallait se mettre en mouvement sans délai.

Le général en chef, le général Chanzy et le général Borel exposèrent qu'il y avait danger à faire cette opération avant la réunion des 15ᵉ et 16ᵉ corps. Ils étaient d'avis qu'avant de marcher sur Pithiviers il fallait battre l'armée allemande qui se trouvait vers Juranville, et qu'on ne pouvait sans péril laisser des forces aussi considérables sur notre flanc gauche.

Extrait. D'Aurelle de Paladines, p. 275.

On regretta de n'avoir pas quelques moments de plus à donner aux préparatifs ; mais tous, officiers et soldats, comprenaient qu'il n'y avait plus à délibérer, qu'il fallait marcher au devant de l'armée qui nous tendait la main.

Ext. D'Aurelle de Paladines. La 1ʳᵉ armée de la Loire, p. 292.

probable que si nos chefs d'alors avaient commis cette imprudence, nous aurions éprouvé un échec plus sérieux et plus complet que le 4 décembre. En raisonnant de la sorte, on oublie sans doute la date de la capitulation de Metz du 27 octobre, qui laissait libre l'armée de Frédéric-Charles. Cette armée prussienne, en effet, aussitôt la capitulation signée, se mit en marche pour renforcer les bataillons prussiens qui se trouvaient autour d'Orléans. Elle se porta aussi rapidement que possible dans cette direction. Maintenant laissons ici la parole au délégué, à la guerre, de Tours : « Les premiers détachements du prince Charles se montrèrent à Montargis, à peu près au moment où le général d'Aurelles entrait à Orléans [1]. » Il est vrai que ces détachements ne se composaient que de 5 à 6.000 hommes. Dans ces conditions, au moment même de l'arrivée sur notre flanc droit de ces troupes fatiguées, à la vérité par la marche, mais aussi victorieuses peut-on supposer qu'elles fussent restées inactives et qu'elles nous eussent laissé avancer ainsi sur la route de Paris, sans inquiéter nos derrières et sans même entreprendre quelque opération ? N'oublions pas non plus le vieil aphorisme : « l'habitude de la victoire donne de la hardiesse. »

Nous admettons jusqu'à un certain point que le succès de Coulmiers eût donné à nos soldats de l'élan et exalté leur esprit ; mais il ne leur aurait pas donné assez de consistance pour qu'ils pussent résister à des attaques continuelles, et surtout quand il eût fallu

---

[1] Ch. de Freycinet. La guerre en province, p. 109.

combattre tout à la fois sur la route de Paris, à la même heure, en avant et en arrière. En admettant même que les vainqueurs de Coulmiers fussent supérieurs en nombre aux Prussiens, à cette époque, cette supériorité aurait été bien vite annihilée par la discipline des Prussiens parfaitement organisés et savamment conduits au feu. Dans cette hypothèse, s'est-on même demandé comment l'administration aurait pu ravitailler les troupes dans un pays ravagé par l'ennemi comme l'avaient été les alentours de Paris, et cela surtout quand l'ennemi se serait montré, à la fois, sur tous les côtés de l'armée française ? Selon toute vraisemblance, cette entreprise plus que hardie, inspirée par la récente victoire de Coulmiers, serait devenue, pour nous, la cause d'un désastre irréparable et aurait peut-être paralysé nos efforts pour l'avenir. Certainement elle nous aurait empêchés d'effacer de notre drapeau la tache de boue que lui avaient imprimée, à Sedan et à Metz, la faiblesse, la lâcheté et l'ambition de deux mauvais français !

Il est donc hors de doute qu'à cette époque l'armée de la Loire, dont l'organisation ne datait guère que de 24 ou 25 jours, ne pouvait pas encore être assez solide pour tenter le déblocus de Paris. Il fallait attendre que le patriotisme de la délégation de Tours eût réuni une armée réelle, avec un effectif tel que celui du 1er décembre. Alors la tentative pouvait être sérieuse et offrir quelque chance de succès ; mais encore à la condition expresse d'être bien dirigée.

L'a-t-elle été ? Nous ne le pensons pas. C'est ce que nous essaierons de démontrer lorsque nous étudierons et nous rechercherons sur qui il faut faire retomber cette responsabilité. Dès à présent, il ne nous apparaît donc pas, dans toute cette campagne, un moment plus propice pour aller au secours de Paris que dans les journées du 1, 2 et 3 décembre. Et au surplus, à cette date, l'armée de la Loire ne pouvait pas rester sourde à l'appel du général Ducrot [1].

N'oublions pas aussi qu'au 1er décembre, outre la présence d'une véritable armée sur les bords de la Loire, une sortie était essayée à Paris sur une échelle aussi grande, sinon plus vaste, et un plan d'ensemble assez habilement préparé pour que l'exécution eût répondu à la conception.

Les éclaireurs de l'aile droite de cette armée, c'est-à-dire des 18e et 20e corps, le 1er décembre, n'étaient-ils pas à une journée de marche de Fontainebleau?

Ceux de l'armée de Ducrot n'étaient-ils pas aussi dans cette direction? Une jonction de ces deux armées eût été possible à ce point si nous avions eu des généraux qui eussent su utiliser l'élan et l'entrain de cette aile droite de l'armée de la Loire, victorieuse quelques jours auparavant, à Ladon, Lorcy, Juranville et Beaune la Rolande.

Une armée de province tendait la main à l'armée de Paris ; l'une était enthousiasmée par quelques succès, l'autre entraînée par deux jours de combats heureux ; elles n'étaient séparées que par deux jours de marche.

[1] Mais tous, officiers et soldats, comprenaient qu'il n'y avait plus à délibérer, qu'il fallait marcher au devant de l'armée qui nous tendait la main.
Ext. Armée de la Loire, par d'Aurelle, p. 292.

Il y avait là, certes, une excellente occasion de forcer le blocus de Paris.

Les lignes d'investissement une fois rompues, l'armée de la Loire devenait plus qu'une menace pour l'invasion : un très-grand danger.

Le moindre succès de notre armée, un échec de Frédéric-Charles sous Orléans, rendaient une armistice inévitable, la paix possible, et à des conditions acceptables. Ne savons-nous pas qu'au mois de décembre les Prussiens eux-mêmes étaient fatigués de leur séjour en France et voyaient arriver l'hiver non sans quelque crainte pour leurs opérations ? Mais une fatalité sans exemple semblait se jouer des efforts de la France et la pousser sans relâche à l'abîme.

Nos généraux, qui se trouvaient à Orléans le 2 décembre, et qui abandonnaient cette ville avec autant de rapidité, avaient-ils bien pesé dans leur esprit et dans leur conscience, les graves conséquences qu'entraînait leur détermination ?

Peut-être dira-t-on que nous venons de raisonner sur des apparences et sur de simples probabilités. Nous avons essayé de raisonner avec les faits accomplis d'après les récits des témoins de cet épouvantable drame et nous avons démontré, nous le croyons du moins, avec des preuves concluantes, que nos hypothèses pouvaient parfaitement se réaliser les 1, 2, 3 et 4 décembre, si nous avions eu des généraux capables, et à Paris et à Orléans.

§. IV

Maintenant examinons, cherchons quelle part de responsabilité dans cette grande défaite incombe soit au général commandant en chef, le 1er décembre, l'armée de la Loire, soit à la délégation de la guerre de Tours.

Tout d'abord, il faut proclamer cette vérité que, des deux côtés, la bonne volonté et les efforts ont été incontestables.

Le passé du général d'Aurelles et son titre de commandant permettaient d'espérer de lui beaucoup de décision ; quant à la délégation elle était animée d'un patriotisme ardent.

A qui faut-il donc, en définitive, attribuer la responsabilité des douloureux événements d'Orléans ?

Après avoir étudié soigneusement les causes du désastre, nous n'hésiterons pas à répondre : à ceux qui ont dirigé, exécuté les mesures prises, et particulièrement à l'incapacité du général en chef, commandant l'armée de la Loire au 1er décembre 1870.

En effet, du moment où ce général avait accepté la responsabilité de ce grand et important commandement, avec tous les honneurs, toutes les prérogatives, qu'il comportait, il assumait aussi toutes les responsabilités qui pouvaient en découler dans l'avenir.

Si, comme je l'ai lu dans plusieurs écrits sur cette campagne [1], le général d'Aurelle n'a eu que le com-

[1] Dans la dépêche où il blâmait la retraite sur Orléans, M. Gambetta, dit le général d'Aurelle, exagérait à dessein ou par igno-

mandement de l'armée de la Loire sans en tenir seul
en main la direction stratégique, que prouve cela, sinon qu'il n'était pas à la hauteur de la mission qu'il
avait acceptée ; qu'il avait une faiblesse de caractère
profondément blâmable surtout chez un chef d'armée ?
Or, si le général d'Aurelles n'avait pas les capacités
d'un général en chef, au moins il devait avoir cette
vertu, la modestie ou plutôt la force de caractère
pour renoncer à un poste aussi élevé et aussi périlleux.

Dira-t-on que le ministre de la guerre d'alors a

rance, les forces de l'armée de la Loire, qu'il portait à 200.000
hommes, et son artillerie à 500 bouches à feu ; tandis qu'en
réalité, l'effectif des combattants n'atteignait pas le chiffre de
145.000 hommes, et le nombre des bouches à feu, celui de 300.
Ces forces auraient été, d'ailleurs, suffisantes pour constituer
une armée redoutable, *si on avait laissé le général en chef libre
d'en réunir les éléments épars.*

M. Gambetta avait recommandé de donner la plus grande
publicité à cette dépêche ; on voit dans quel but : redoutant le
jugement sévère du pays, il le prévenait en accusant le général
en chef.

Malgré cette dépêche, la presse fut à peu près unanime pour
rejeter la responsabilité des fautes commises sur le ministre, qui
avait entravé les opérations de l'armée de la Loire en *s'arrogeant
le commandement de trois corps d'armée.*

(Ext. première armée de la Loire, par le général d'Aurelles
de Paladines, p. 360.)

Entraîné par les mirages de son imagination et par l'ardeur de
son caractère, le jeune dictateur voyait le général Ducrot sur la
route d'Orléans avec 150.000 hommes. Il avait honte qu'en de
telles circonstances l'armée dont il était le créateur, se tînt avec
timidité derrière des retranchements. De là *l'ordre prématuré de
marcher en avant, qui fut l'origine du désastre.*

(H. Blerzy. La Campagne de la Loire. Revue des deux mondes,
15 mai 1871.)

commis une faute non moins grave, en voulant s'immiscer dans des mouvements militaires, alors que ni sa bonne volonté ni son ardent patriotisme ne pouvaient lui tenir lieu de connaissances indispensables?

Mais qui donc, alors, eût suppléé à la faiblesse du général d'Aurelle? Qui donc en eût fini avec ses hésitations et ses lenteurs alors que Paris étouffait, que la botte prussienne pesait sur la France?

Oui, certes, il eût mille fois mieux valu que M. Gambetta pût se renfermer dans les questions qui lui étaient familières et connues. Mais tout le monde, en France, semblait alors engourdi par les coups successifs de nos défaites ; tous les Français, encore énervés par les 18 années si funestes du règne de l'homme de Sedan, semblaient déserter le gouvernement et même dédaigner de s'occuper de la Défense nationale, dans la crainte des responsabilités.

Que chaque Français, en présence des événements accomplis, scrute sa conscience et se demande quel est l'homme qui alors ne douta pas un instant de la France. Quel est l'homme, qui leva très-haut le drapeau de la résistance en province? Quel est l'homme qui prit soin de son honneur? Quel est l'homme qui en quelques jours remua, souleva la France d'un bout à l'autre? C'est M. Gambetta [1].

---

[1] Oui, Gambetta a créé ces armées, qui ont, je puis le dire illustré notre pays ; qui, après la honte à Sedan et à Metz, après la suppression pour le pays de 350.000 soldats, ont relevé l'honneur français, effaçant dans les glorieux combats de la République les déplorables défaites de l'Empire, rendant à notre drapeau tricolore, sali dans la boue impériale, le lustre et l'éclat dont il a de nouveau resplendi.

Il n'est pas nécessaire de connaître cet homme politique ni d'être son ami, il suffit d'être Français pour reconnaître cette vérité. Si les événements ont triomphé à Orléans, le 4 décembre, de l'énergie de son patriotisme sans égal, c'est qu'il n'a pas eu un général capable de l'aider, de le seconder dans ses projets de revanche et de délivrance. En comparaison de ce patriote, que penser d'un général qui accepte un commandement comme celui de l'armée de la Loire et qui, plus tard, vient décliner la responsabilité de ses faits et gestes, sous le prétexte qu'il n'en avait pas le commandement souverain[1], mais en réalité parce qu'il n'a pas été à la hauteur des événements ? Que penser, d'un général qui, dans la journée du 3 décembre, hésite un instant à appeler à son secours son aile droite, se voyant menacé à son centre et à sa gauche ? Que penser d'un général qui ne sait pendant de longues heures s'il doit résister ou battre en retraite ; qui d'abord se décide à

---

[1] Oui, pendant que l'héroïsme de Paris, qu'ils n'ont pas dompté par leurs armes, excitait notre admiration, les Prussiens trouvaient dans nos régiments improvisés d'infatigables lutteurs qui, jour et nuit, un contre cinq, jeunes citoyens contre vieux soldats, conservaient leurs positions, ou ne se repliaient qu'après avoir décimé les ennemis et inondé du sang prussien les champs de bataille, qu'ils arrosaient de leur sang généreux.

Quand d'Aurelles de Paladine abandonna le camp d'Orléans et que tant d'espérances s'évanouirent devant une retraite inattendue, Gambetta courut aux armées ; il releva le mâle courage de nos généraux, il ralluma l'ardeur patriotique dans le cœur des soldats, il refit nos armées. Pour moi, je lui rends de toute ma conviction cet hommage public...

(Ext. Gouv. de la Défense Nationale, par M. Crémieux, p. 14.)

[1] Voir Documents historiques, n° 11.

résister puis qui, enfin, deux heures plus tard, prend la résolution de se replier?

Indécision dans l'esprit, irrésolution dans le caractère, sont-ce cela les qualités propres d'un général en chef? Ces faits même ne démontrent-ils pas, à cette époque, la nécessité de l'ingérence civile dans les affaires militaires?

Ne démontrent-ils pas que M. Gambetta avait été prévoyant et clairvoyant, en se préoccupant même outre mesure, dans son cabinet de Tours, de l'armée de la Loire, essayant de soutenir un commandement dont tous les faits ont prouvé la faiblesse [1]?

Certains écrivains attribuent encore à M. Gambetta la responsabilité des événements d'Orléans, sous le prétexte qu'il aurait imposé un plan au commandant en chef de cette armée et qu'il l'aurait fait marcher en avant beaucoup plus tôt qu'il n'aurait dû le faire. Il est bien certain qu'à cette heure, comme à tous les autres moments de la guerre de 1870, attaquer les Prussiens en bataille rangée présentait pour nous un immense danger. Or, d'après les renseignements précis que nous avons aujourd'hui sur cette lutte engagée dans des conditions inégales, il est incontestable que si nous avions occupé l'armée allemande, sous Orléans, par des attaques partielles, continuelles mais bien dirigées, avec un plan d'ensemble, au bout d'un certain temps, peut-être pas aussi long qu'on veut bien le penser, nous serions devenus maîtres de la situation, et certainement nous aurions eu raison de l'armée de Frédéric-Charles.

---

[1] Voir Documents historiques, n° 12.

Mais il ne faut pas oublier que, le 1er décembre, la marche de l'armée de la Loire sur Pithiviers était en quelque sorte commandée par la sortie de Ducrot. Et en supposant même que nous n'eussions pas pris l'offensive le 1er décembre, il est bien certain que les Prussiens l'eussent prise tout au plus deux jours après cette date. En effet, Frédéric-Charles devait rallier le duc de Mecklembourg entre Tours et Pithiviers, le 29 ou le 30 novembre, et le 30, au soir, ce mouvement était fait. Il est évident qu'une fois cette jonction faite les bataillons prussiens ne seraient pas restés inactifs devant nos campements.

Allons plus loin. Que pouvaient nous donner quelques jours de plus, soit pour le commandement, soit pour l'organisation ? Rien assurément. Quarante-huit heures de plus n'auraient pas assuré au général en chef de l'armée de la Loire les qualités qui lui manquaient ni à nos jeunes soldats une solidité qui ne s'acquiert que par la pratique de la guerre, par de longs mois passés sous les armes.

En résumé, que faut-il conclure de ces tristes événements ? Qu'il est bien regrettable que la délégation n'ait pu confier la direction des opérations soit à un conseil de défense composé d'officiers expérimentés et hardiment novateurs dans une guerre toute nouvelle pour nous, soit à un général décidé à rompre avec la routine et à opposer à la tactique des Prussiens des manœuvres en rapport avec la situation qui nous était faite. Mais où trouver alors un comité de généraux capables, où trouver surtout un tacticien éminent autorisé, accrédité auprès des soldats ?

De même un général en chef, d'ailleurs, ne s'improvise pas du jour au lendemain. Conduire 30.000 hommes, ce n'est pas la même chose qu'en diriger 180.000 ; et surtout, sur un vaste échiquier, tel que celui que présentaient les opérations de la Loire. Et lorsqu'on n'est pas à la hauteur de cette grande tâche, on a, au moins, la modestie de ne pas l'accepter. L'accepter, alors qu'on est incapable de la remplir, ce n'est pas faire acte de patriotisme, c'est donner à son amour-propre une satisfaction plus que répréhensible !

Entre celui qui a sauvegardé l'honneur de la France et celui qui n'a pas sauvegardé même le prestige de l'armée française, à Orléans, notre choix ne saurait être douteux. Mais, si l'on y tient absolument, nous ajouterons : Français, faites vous-mêmes la comparaison, après avoir étudié, analysé les faits et les circonstances, et nous ne craignons pas de dire que vos sympathies s'éloigneront du général pour aller au tribun patriote.

DOCUMENTS HISTORIQUES

LES FINANCES DE L'EMPIRE

Nᵒ 1.

Nous avons constaté, l'autre jour, la prospérité croissante du pays, par les chiffres mêmes du ministre des finances de la République. En examinant le budget, et en particulier le remarquable travail du rapporteur, M. Wolowski, on trouve occasion de relever certains chiffres qui peuvent nous édifier aussi sur la prospérité de l'empire.

En réalité, la politique financière de l'Empire peut se résumer en deux mots : déficit considérable causé par les folles dépenses d'une administration imprévoyante et prodigue ; emprunts pour combler le déficit.

Enfin, pour couronner cet édifice branlant, la guerre insensée, la guerre sans préparatifs et sans cause, le gouffre aux milliards.

Rien n'est plus nécessaire que d'instruire le pays sur ce point. Les bonapartistes, à force de mensonges impudents, ont jeté le doute et l'obscurité sur cette question. Il faut l'élucider à force de chiffres et bien montrer au peuple que le despotisme n'est pas seulement la ruine morale, mais aussi qu'il mène infailliblement à la ruine matérielle ; qu'il n'est pas seulement fatal à l'honneur et à la liberté, mais aussi aux écus.

Consultons donc les chiffres :

La commission de vérification des comptes pour les deux années qui ont précédé la guerre, 1868, 1869, commission dont l'honorable M. Duclerc, ancien ministre des finances, était président, vient de fixer dans son rapport à 98.107.811 fr. 96 c., le déficit du premier de ces exercices, et à 39.087. 835 fr., 57 c. le déficit du second.

Si nous remontons plus haut le courant de prospérité dérivé de la source sanglante du 2 décembre, voici ce que nous trouvons :

Les découverts de 1852 à 1859, toute compensation faite, sont de. . . . .   234,940,881. » 81 c.

Le découvert du budget a été :

En 1860, de. . . . .   119.008.884. » 37 c.
» 1861 de. . . . .   164.903.163. » 93 »
» 1862 de. . . . .   34.953.625. » 98 »
» 1863 de. . . . .   22.131.099. » 90 »
» 1864 de. . . . .   51.763.610. » 71 »
» 1867 de. 175.057.923. » 08 c.
a été couvert par le produit de l'Emprunt. — (*Mémoire*).

Reste : 627.703.266 fr. 70 c.

Mais cet énorme total représente-t-il du moins l'ensemble des déficits réels ? Non ! Il faudrait encore y ajouter les prélèvements successifs sur les produits des emprunts.

Nous arrivons à cette terrible année 1870 qui commence la liquidation du règne impérial par l'invasion, par le sang, par la ruine. On avait simulé une façon d'excédant d'environ 3 millions, au moyen d'une affectation de ressources extraordinaires s'élevant à plus de 32 millions. On sait ce que devint cet excédant. La perception française des impôts, avec laquelle rivalisait si désastreusement la perception germanique, donna une perte de 235 millions. Mais les nécessités de la défense voulaient un supplément de budget.

Ce supplément fut d'un peu plus 1 milliard 840.150.395 fr.

Quant au budget de 1871, qui avait été fixé par la loi des finances du 27 juillet 1870, à 1.880.964.193 francs en recettes, il dut également être augmenté d'un autre supplément qui ne fut pas moindre de 1.265.674.634 francs.

Le total de ces deux exercices s'exprime, chiffres ronds, par l'énorme somme de 6.592 millions.

Sans nous arrêter aux années intermédiaires, établissons le budget de 1876 :

Recettes.	2.575.028.582 fr.
Dépenses.	2.570.000.455 fr.
Excédant des recettes sur les dépenses.	5.028.127 fr.

Pour l'instruction des contribuables, il est bon de décomposer ce budget de 2.570 millions de dépenses, et de voir quelles auraient été les charges, en quelque sorte normales, sans la guerre due à l'empire. L'excédant chiffrera les conséquences financières du crime de la dynastie des Bonaparte.

Les emprunts 5 0/0 et 3 0/0 donnent les charges permanentes suivantes :

En capital, 6.529.310.865 fr.

En intérêts, 385.831.911 fr.

Mais ce n'est pas tout. Il faut ajouter aux charges permanentes les charges remboursables, celles qui résultent de l'emprunt Morgan et de diverses annuités : le tout s'élevant à 61.400.000 fr. en intérêts, à 1.009 millions en capital.

C'est tout du moins ? Non, il y a encore l'emprunt de 1.530 millions à la Banque de France, sur lequel resteront à payer, à la fin de la présente année, plus de 700 millions. Il y a 5.400.000 fr. pour la réparation et la reconstruction des ponts sur les chemins vicinaux. Il y a 106 millions pour l'indemnité aux victimes de la guerre. Il y a... Mais pourquoi entasser chiffres sur chiffres, c'est-à-dire misères sur misères ? Pourquoi continuer ce lugubre martyrologe d'un peuple expiant les fautes d'une dynastie ?

Qu'il nous suffise de conclure en disant, avec M. Wolowski, que la guerre nous a coûté plus de dix milliards en capital, et avec M. Matthieu-Bodet, que les charges nouvelles pesant depuis 1870, sur le budget, s'élèvent annuellement à 775 millions, et même à 844 millions, si on tient compte du déficit de 66.390.000 fr. qu'a entraîné pour le Trésor la perte de l'Alsace-Lorraine.

Voilà quelques-unes des conséquences du second empire. Voilà des faits incontestables, qui peuvent servir de réfutation aux ignorants qui osent encore vous parler de vingt années de prospérité ! On les paie cher !

Un troisième empire serait tout ensemble l'invasion et la banqueroute.

(Extrait du Progrès des communes, 12 août 1875).

N° 1 (bis).

Tours, 22 novembre 1870.

Guerre à général Billot.

Je vous investis provisoirement du commandement en chef du 18e corps d'armée. Vous exercerez pendant cet intérim toute l'autorité et vous aurez toutes les prérogatives d'un commandant titulaire. La présente vous accréditera suffisamment.

DE FREYCINET.

(Extrait-Enquête sur le 4 septembre, déposition du général Billot, p. 466).

N° 2.

23 novembre, 3 heures du soir.

Guerre à commandant en chef 18e corps, à Gien.

Les chiffres d'ennemis qu'on vous signale sont très-exagérés. Vous n'avez pas d'autres instructions à recevoir pour le moment que vous établir solidement à Gien et dans le triangle des trois routes, à vous y couvrir par de bons travaux et à y attendre de nouveaux ordres.

DE FREYCINET.

Nº 2 (bis).

Tours, 24 novembre 1870, 6 du soir.

Dès demain matin 25 courant, mettez-vous en marche sur Montargis avec toutes vos forces. Vous pourrez prendre de bonnes positions vers Mormant dans l'angle compris entre le Vernisson et le Puiseaux ; vous vous y retrancherez fortement et attendrez de nouveaux ordres ; faites surveiller avec beaucoup de soin les routes de Montargis à Château-Renard et votre gauche.

Envoyez quelques cavaliers à Bellegarde pour vous mettre en relations avec le 20e corps.

De Freycinet.

Nº 3.

ORDRE

Le corps d'armée se portera en avant aujourd'hui à 11 heures : à cet effet, le général Hainglaire, commandant l'aile gauche, prendra avec sa brigade la route de Pesnoy à Saint-Maurice, en longeant le canal ; la brigade Bonnet prendra la route d'Oussoy à Thimory, de Thimory à Lombreuil et marchera de Lombreuil, sur Platteville ; ces deux colonnes seront sous les ordres du général Pilatrie. Le colonel Miribel, commandant l'artillerie avec le bataillon de tirailleurs et le bataillon d'Afrique prendra la route d'Oussoy à Thimory, marchera sur Villemandeur, et s'arrêtera à ce point jusqu'à ce qu'il ait été dépassé à droite par la colonne Perrin, et marchera sur Montargis par la grande route. La brigade Perrin tout entière se dirigera sur Montargis par la grande route. Elle sera flanquée sur sa droite par le colonel Poisot qui se tiendra en relation constante avec le colonel Perrin.

M. le lieutenant-colonel Goury, du génie, prendra le commandement d'une colonne de réserve composée des corps

11*

ci-après : bataillon du 79°, bataillon du 22° et le bataillon
des mobiles de la Charente-Inférieure, 2 batteries de réserve
d'artillerie de marine et le régiment de cuirassiers.

Cette colonne partira à midi et suivra la route de Mormant, derrière la colonne Perrin ; elle s'arrêtera à Solterre,
où elle prendra des instructions ; les colonnes du général
Pilatry, la colonne du colonel Miribel et celle du colonel
Perrin tâcheront de se rallier par des cavaliers et de coordon-
ner leurs mouvements.

M. l'Intendant désignera immédiatement des ambulances
au point de départ de ces colonnes.

Les corps enverront en arrière des officiers et sous-officiers pour conduire les bagages en avant ; les bagages ne de-
vront rallier les colonnes auxquelles ils appartiennent que
lorsque ces dernières auront pris position.

Il est bien entendu que les vivres n'ont jamais fait partie
des bagages ; qu'ils doivent, comme les munitions, se porter
par l'homme ; il est expressément recommandé de surveiller
avec soin cette partie du service ; le prévôt et la gendarmerie,
le commandant de l'artillerie, le commandant du génie et
l'intendant marcheront avec l'Etat-major général par la
route de Solterre, Oussoy et Thimory, avec la colonne Miribel ; les parcs d'artillerie et du génie, les batteries d'artillerie
et le bataillon des mobiles du Var qui est resté à Bormont,
suivront le mouvement par les routes des Chaux, Varennes,
Oussoy et Thimory ; cette colonne sera sous les ordres du
plus ancien.

Nogent-sur-Vernisson, ce 26 novembre 1870.

Le chef d'état-major du 18° corps,

BILLOT.

La cavalerie marchera en avant de la brigade Bonnet et
s'établira sur la route de Montargis à Ladon.

N° 4.

Guerre à général Crouzat, commandant le 20e corps à Belle-legarde. Faire suivre.

Et à général Billot, commandant le 18e corps à Montargis. Faire suivre.

Extrême urgence. Copie pour général d'Aurelles.

Sans nouvelles de vous, je suppose que vous occupez, l'un et l'autre, les positions prescrites dans ma dépêche d'hier. Sur cette base, je vous envoie pour demain dimanche 28 *courant*, les instructions suivantes :

Vous vous concerterez (Crouzat, Billot) pour agir en commun en vue d'occuper avant la nuit Beaune-la-Rolande et Maizières-Juranville. Crouzat commandera le mouvement.

Le 20e corps (Crouzat) occupera de bonnes positions dans le voisinage de Beaune, telles que Batilly et Nancray. Le 18e corps pourra occuper de bonnes positions, près Maizières, comme Juranville, Saint-Loup. On coupera la route de Beaumont à Maizières aussi loin que possible de Maizières, et on la rendra impraticable sur la plus grande longueur. On se retranchera avec soin dans les positions qu'on occupera et on attendra de nouveaux ordres.

Envoyez deux fois par jour des dépêches au général d'Aurelles et au ministre.

DE FREYCINET.

N° 4 (bis).

Bellegarde, 27 novembre 1870.

ORDRE DE MOUVEMENT

(20e corps) La 1re division débouchant de Bois commun devait marcher sur Nancray, Batilly, Saint-Michel et Beaune ; la 2e débouchant de Montbarrois et Saint-Loup devait marcher directement sur Beaune ; la 3e division devait aller se placer en réserve à Saint-Loup.

Le 18e corps, partant de Ladon à 7 heures devait marcher sur Maizières, Juranville et Beaune ; afin de bien assurer sa marche sur Beaune, il lui était prescrit de faire occuper Lorcy par une brigade. Une autre de ses brigades arrivant de Montargis devait le remplacer à Ladon. Pour donner toute certitude à la marche du 18e corps, le bataillon du 78e régiment d'infanterie de la 3e division du 20e corps devait aller dès le matin s'établir à Maizières.

Le quartier général au château de Bellegarde.

N° 5.

Extrait-Enquête parlementaire sur les actes du Gouvernement de la défense nationale, p. 413.

Rapport du général Crouzat sur la journée de Beaune-la-Rolande.

Bellegarde, 28 novembre 1870.

Général Crouzat à guerre, Tours.

Conformément à vos ordres, j'ai attaqué avec le 18e corps les positions de Maizières, Juranville, Nancray, Saint-Michel, Batilly et Beaune. Toutes ces attaques ont réussi à l'exception de celle de Beaune. Quelques-uns de mes hommes étaient entrés dans la ville que j'ai fait vigoureusement canonner.

L'arrivée d'une forte colonne prussienne avec beaucoup d'artillerie, venant de Pithiviers, m'a forcé à me retirer. Je n'ai pas été suivi, ce qui m'a permis de me retirer avec assez d'ordre. J'ai donné l'ordre à mes divisions de rentrer cette nuit dans les anciennes positions. J'ai laissé le 18e corps à Juranville et Maizières. Je crois qu'il serait prudent de se concentrer à Ladon. Ma position à Bellegarde n'est pas très-sûre. L'ennemi est très-fort.

CROUZAT.

N° 6.

Tours, 29 novembre 11 heures 3/4 du soir.

Guerre à général Crouzat, commandant du 20° corps et à général Billot, commandant 18° corps à Bellegarde. Faire suivre.

Extrême urgence, copie pour général d'Aurelles.

Nous sommes très-satisfaits de votre vigoureuse pointe sur Maizières, Juranville, Beaune-la-Rolande qui a pleinement atteint notre but, en arrêtant les mouvements tournants de l'ennemi sur le Mans et Vendôme en rappelant ses forces sur son centre. Il importe, par suite, que vous vous concentriez de votre côté et que vous établissiez une relation plus étroite avec des Pallières. Vous prendrez en conséquence les positions suivantes :

Crouzat s'établira entre Chambon, Moulin de Benzault, Boiscommun, Nibelle, s'appuyant ainsi sur les magnifiques positions de la lisière de la forêt. Billot s'établira vers Bellegarde et Ladon donnant la main à Crouzat. Le poste de Montargis conserverait sa position et, en cas de menace sérieuse, rejoindrait le 18° corps. Vous avez par dessus tout et comme premier soin de vous retrancher dans vos positions. Requérez hommes et choses pour vos travaux.

Nous attendons vos rapports sur la journée d'hier pour donner les récompenses.

DE FREYCINET.

N° 7.

Guerre à général d'Aurelles, armée de la Loire, à Saint-Jean de la Ruelle.

Tours, 1er décembre 1870, 5 heures 30 du soir.

Paris a fait hier un sublime effort. Les lignes d'investissement ont été rompues, culbutées avec un héroïsme admirable. Le général Ducrot avance vers nous avec son armée, décidé à vaincre ou à mourir. Il occupe aujourd'hui les positions de Champigny, Bry-sur-Marne, Villiers-sur-Marne, de ce côté-ci de la Marne. Il va évidemment se diriger sur la forêt de Fontainebleau en s'appuyant sur la Seine par la route de Melun.

Général, cet héroïsme nous trace notre devoir.

Volez au secours de Ducrot, sans perdre une heure, par les voies que nous avons combinées hier. Accélérez par tous les moyens ce mouvement commencé ce matin. Redoublez de vitesse et d'énergie. Faites appel au patriotisme de vos généraux. Leur grand cœur répondra au vôtre. Mais que cet élan n'enlève rien à votre sang-froid ; continuez vos opérations avec la même prudence ; seulement exécutez-les avec une foudroyante rapidité. Mettez-vous immédiatement en rapport avec les 17e, 18e et 20e corps, et donnez-leur vos instructions, pour que rien ne manque à cet ensemble offensif. Je crois que vous pourrez gagner un jour depuis votre départ jusqu'à la forêt de Fontainebleau. En attendant, tâchez de trouver des émissaires sûrs, pris parmi des officiers ou sous-officiers très-connus, que vous enverrez en toute hâte dans la direction présumée que doit suivre Ducrot, pour l'informer de celle que vous suivrez vous-même, afin que, d'une part, sa vaillance soit soutenue par l'assurance que vous marchez vers lui, et que d'autre part il sache à coup sûr vers quel point il doit porter ses pas. Ne donnez point de dépêche à un émissaire, ou du moins ne donnez qu'une dépêche assez réduite pour qu'elle puisse être détruite par eux facilement, car il importe que l'ennemi ne connaisse pas à l'avance nos mouvements.

Signé : DE FREYCINET.

N° 8.

Soldats de la deuxième armée de Paris!

Le moment est venu de rompre le cercle de fer qui nous enserre depuis trop longtemps et menace de nous étouffer dans une lente et douloureuse agonie! A vous est dévolu l'honneur de tenter cette grande entreprise: vous vous en montrerez dignes, j'en ai la certitude.

Sans doute nos débuts seront difficiles, nous aurons à sur_ monter de sérieux obstacles; il faut les envisager avec résolution, sans exagération comme sans faiblesse.

La vérité la voici: dès les premiers pas, touchant nos avant-postes, nous trouverons d'implacables ennemis, rendus audacieux et confiants par de trop nombreux succès. Il y aura donc là à faire un vigoureux effort, mais il n'est pas au-dessus de vos forces: pour préparer votre action, la prévoyance de celui qui vous commande en chef a accumulé plus de quatre cents bouches à feu, dont deux tiers au moins du plus gros calibre. Aucun obstacle matériel ne saurait y résister, et pour vous élancer dans cette trouée vous serez plus de cent cinquante mille, tous bien armés, bien équipés, abondamment pourvus de munitions, et tous, j'en ai l'espoir, animés d'une ardeur irrésistible.

Vainqueurs dans cette première période de la lutte, votre succès est assuré, car l'ennemi a envoyé sur les bords de la Loire ses plus nombreux et ses meilleurs soldats. Les efforts héroïques et heureux de nos frères les y retiennent.

Courage donc et confiance! Songez que dans cette lutte suprême nous combattons pour notre liberté, pour le salut de notre chère et malheureuse patrie, et si ce mobile n'est pas suffisant pour enflammer vos cœurs, pensez à vos champs dévastés, à vos familles ruinées, à vos sœurs, à vos femmes, à vos mères désolées!

Puisse cette pensée vous faire partager la soif de vengeance, la sourde rage qui m'animent et vous inspirer le mépris du danger!

Pour moi, j'y suis bien résolu, j'en fais le serment devant vous, devant la nation tout entière, je ne rentrerai pas dans Paris que mort ou victorieux ; vous pourrez me voir tomber, vous ne me verrez pas reculer. Alors ne vous arrêtez pas, vengez-moi !

En avant donc ! en avant ! et que Dieu nous protège !

Paris, 28 novembre 1870.

Le général en chef de la deuxième armée de Paris.

A. DUCROT.

N° 9.

Général d'Aurelles à général commandant le 18e corps à Bellegarde.

Un grand mouvement sera fait demain (2 décembre) par toute l'armée sur la gauche. Le général Crouzat appuiera jusqu'à Chambon ; soyez toujours lié avec lui. Le quartier général à Chevilly demain à onze heures.

N° 9 (bis).

(Extrême urgence). Bellegarde et Orléans de Tours, 3 décembre 1870.

Guerre à général Bourbaki, Bellegarde. A communiquer au général d'Aurelles, Orléans (faire suivre, extrême urgence.)

Je reçois du général Chanzy la dépêche suivante :

« Général Chanzy à guerre, Tours. Me conformant aux « ordres du... Je crois à un effort complet de l'ennemi sur « la Loire.

« Signé : CHANZY. »

En présence de cette dépêche et en supposant que vous n'avez pas reçu du général d'Aurelles des instructions contraires aux miennes, je vous invite à prendre immédiatement toutes vos dispositions pour vous replier sans perdre un instant sur Orléans, de manière à appuyer le 15e corps, et à empêcher que l'armée ne soit tournée sur sa droite. La continuation du mouvement que vous semblez poursuivre sur Pithiviers serait inopportune, à moins que, par des données que je ne connais pas, vous ayez la certitude d'acquérir ainsi un important avantage militaire de nature à dégager d'Aurelles de ce côté. Sans cela, la concentration la plus rapide possible sur Orléans me semble tout indiquée.

Signé : DE FREYCINET.

N° 10.

« Par dépêche télégraphique, en date du 5 courant, le général Billot est promu au grade de général de division à commission provisoire et prendra, à partir de ce jour, le commandement en chef du 18e corps d'armée.

« Gien, le 5 décembre 1870.

« *Le Général de Division,*

« BOURBAKI. »

P. C. C.
Le lieutenant-colonel sous-chef d'Etat-major,

A. GALLOT.

N° 10 (bis).

(Urgence). Lamotte-Beuvron, Argent, Gien et Josnes de Tours, 6 décembre 1870.

Guerre à généraux d'Aurelles et des Pallières, Lamotte-Beuvron ; à général Crouzat, 20° corps, Argent ; à général Bourbaki, 18° corps, Gien ; et à général Chanzy, Josnes (faire suivre, — extrême urgence.)

L'évacuation d'Orléans et la division de l'armée, qui en est

résultée, conduit à adopter dans l'organisation du commandement les modifications suivantes :

Le commandement en chef de l'armée de la Loire est supprimé.

Le général d'Aurelles est appelé à commander le camp stratégique de Cherbourg. Le général Bourbaki est nommé général en chef des 15e et 18e corps, avec le général Borel pour chef d'état-major. L'état-major général de l'armée de la Loire suivra le général Borel, sous réserve d'instructions ultérieures. Le général des Pallières garde le commandement du 15e corps, sous l'autorité du général Bourbaki. Le général Billot est nommé commandant en chef du 18e corps, sous l'autorité supérieure du général Bourbaki, et il est promu au grade de général de division à commission provisoire. Le général Crouzat garde le commandement du 20e corps et relèvera directement du ministre de la guerre.

Les 15e et 18e corps se concentreront immédiatement à Gien, sur la rive droite de la Loire, et occuperont solidement le triangle formé par les deux routes de Nogent sur Vernisson à Gien et à Briare.

Le général Bourbaki recevra incessamment de nouveaux ordres tendant à une vigoureuse offensive.

Le 20e corps se rendra immédiatement à Salbris et occupera solidement les positions qu'occupait autrefois le 15e corps, avec une brigade détachée à Argent. Il recevra des renforts et se tiendra prêt à concourir à une marche en avant.

Signé : De Freycinet.

(Extrait-Enquête parlementaire page 465. Télégramme n° 537.)

N° 11.

Rapport de M. le général Billot, sur les combats des 28 et 30 novembre 1870.

Saint-Martin d'Auxigny, 13 décembre 1870.

Monsieur le Ministre,

J'ai l'honneur de porter à votre connaissance les faits relatifs aux combats des 28 et 30 novembre où le 18e corps, placé pour la première fois en présence de l'ennemi, lui a enlevé les villages de Maizières, Lorcy, Juranville et les Cotelles.

Le 28, à six heures du matin, conformément à mes ordres, la brigade Robert de la 1re division (Pilatrie), était dirigée vers Maizières, village situé sur la route de Ladon à Beaune, avec toute l'artillerie de la division. La colonne Goury, composée de quatre bataillons non encore embrigadés, destinée à former la réserve des corps engagés, s'acheminait vers les points d'attaque sur les derrières de la 1re division. Il en était de même de l'artillerie de réserve, appuyée par le bataillon d'Afrique et le bataillon de tirailleurs algériens.

Quant à la cavalerie, divisée entre les deux brigades, elle avait pour mission de les éclairer en se repliant sur leurs flancs, dès que l'attaque serait engagée. Elle devait en outre occuper les points de Chaplon, Moulon, Villeroque, Mondru et Ladon. La brigade Perrin, qui occupait Montargis, avait pour mission d'appuyer le mouvement général.

La brigade Bonnet fut disposée en trois lignes de bataille, la 1re formée par un bataillon du 42e, en tirailleurs, la 2e déployée de la même manière et formée du 9e bataillon de chasseurs à pied et des deux autres bataillons du 42e, enfin, la 3e, formée par le 19e régiment de mobiles, en colonne serrée par pelotons à distance de déploiement.

La 1re ligne aborda avec un tel élan les positions de l'ennemi que Lorcy fut enlevé, dépassé et le village de Cor-

beille atteint et un moment occupé par nous. Laissant alors
la garde du village de Lorcy au bataillon de chasseurs, aux
1er et 2me bataillons du 42e, le général Bonnet marche sur
Juranville avec le reste de ses troupes.

Pendant ces opérations de la brigade Bonnet, la brigade
Robert, formée du 44e de marche et du 73e de mobiles, soutenue par l'artillerie de la division (4 batteries), que le mauvais état du chemin n'avait pas permis de distribuer entre
les deux brigades, vu la difficulté de la faire marcher sur
Lorcy, s'était portée sur Maizières, avait traversé ce village
faiblement défendu, attaqué Juranville, qu'elle avait enlevé,
grâce à l'élan des tirailleurs du 42° de marche, s'y était établie, et avait même dépassé la position du côté du village
des Cotelles.

La brigade Robert, sous la direction immédiate du général
Pilatrie, devait alors, conformément aux instructions du général Crouzat, marcher sur Beaune-la-Rolande, pour donner
la main au 20e corps, chargé d'opérer contre cette position,
en combinant son mouvement avec celui du 18e corps.

Les colonnes étaient prêtes et commençaient à se mettre
en route quand l'ennemi, revenant en force à Juranville, refoula le 44e et le 73e mobiles et réoccupa ce village.

Le général Pilatrie ne pouvait marcher sur Beaune, exposé à des forces ennemies qui fusillaient et canonnaient
son flanc droit à bonne portée. Il fallait donc tout d'abord
enlever leurs positions, pour ne pas être tourné en marchant
en avant, commencer par se rabattre à droite pour donner
la main au général Bonnet et se porter avec lui sur Lorcy et
Juranville.

La colonne Goury, destinée à appuyer le mouvement de
la brigade Robert sur Beaune, fut ainsi forcément conduite
à appuyer d'abord cette brigade dans son mouvement sur
Juranville.

Ces forces, un moment insuffisantes devant celles que les
Prussiens nous opposaient, furent soutenues bientôt par l'artillerie de réserve, les lanciers et les cuirassiers qui, prenant

place dans la ligne de bataille, vinrent empêcher l'ennemi de déborder la gauche de la brigade Robert.

Le village de Juranville fut bientôt repris.

L'ennemi, poursuivi avec vigueur, laissa une pièce de canon entre les mains de nos troupes, qui s'emparèrent du village de Cotelles. L'honneur de la prise de Cotelles revient à M. le capitaine d'artillerie Brugère, qui a montré dans cette circonstance beaucoup d'audace et d'intelligence militaire. Le 2ᵉ escadron du 3ᵉ lanciers de marche (commandant Renaudot) s'est emparé de Cotelles à l'arme blanche.

Cependant, j'avais envoyé des officiers à M. le général Crouzat pour le mettre au courant de ma position. Il m'avait fait savoir qu'il était dans Beaune et qu'il suffirait de faire avancer mes troupes pour nous y maintenir.

Pensant que le point principal était ainsi en notre pouvoir, je fis assurer mon flanc droit par l'occupation solide de tous les points dangereux et me portai en personne à la rencontre du général Crouzat, sur la route de Beaune, pour reconnaître avec lui les positions ennemies et les emplacements des colonnes du 20ᵉ corps.

Le 20ᵉ corps n'était pas dans Beaune; il occupait sur la gauche de la route une position dominante, d'où son artillerie dirigeait un feu très-vif sur la ville, dont les premières lignes de nos tirailleurs occupaient les faubourgs.

Le 20ᵉ corps avait déjà souffert; le général Crouzat était d'avis d'ajourner l'attaque; je lui demandai de conserver ses positions pendant deux heures, temps nécessaire à mes troupes pour arriver en ligne. Nous nous arrêtâmes à cette combinaison.

Grâce aux efforts combinés des colonnes Robert et Bonnet, et avec l'aide des tirailleurs algériens, toute résistance avait cessé sur la route de Beaune. La colonne Goury reçut l'ordre de se porter en avant; elle commença par enlever le village de Fonsegrive, occupé par les Prussiens, et qu'on ne pouvait laisser sur son flanc gauche. Fonsegrive pris, le colonel Bremens, commandant le 53ᵉ de marche, se dirigea

sur Beaune ; sa ligne de tirailleurs engagea bientôt la fusillade avec les tirailleurs ennemis.

La nuit arrivait ; les troupes du général Crouzat qui étaient
engagées depuis longtemps autour de Beaune avaient souffert.

Le commandant en chef du 20e corps, que j'allai trouver
de nouveau au milieu de ses troupes, et qui dirigeait les opérations, pensa qu'une attaque de nuit augmenterait le désordre qui commençait à se produire dans les rangs.

D'ailleurs, plusieurs maisons de la ville brûlaient, et il
pouvait y avoir des inconvénients à y lancer nos colonnes.

Le général Crouzat décida que l'attaque n'aurait pas lieu.

La colonne Goury prit position sur les emplacements
qu'elle occupait en deçà de Beaune, avec ordre d'évacuer les
blessés pendant la nuit et de se diriger au point du jour sur
Maizières. Je donnai au général Bonnet l'ordre d'occuper
Lorcy, Juranville et les Cotelles.

Ces mouvements s'exécutaient dès le lendemain 29 novembre, quand je reçus à neuf heures, à Maizières, où
j'avais transporté mon quartier général, l'ordre suivant du
général Crouzat : « Le 18e corps se repliera immédiatement
sur Ladon, en l'occupant solidement, et il attendra les
événements. »

J'avais été placé sous les ordres de M. le général Crouzat,
en ce qui concernait l'opération dirigée contre Beaune.

J'exécutai donc cette dernière instruction, mais pour conserver le plus longtemps possible ces positions si importantes et si chèrement achetées, je laissai Maizières occupé par
les tirailleurs algériens et quatre compagnies du bataillon
d'Afrique. Je laissai aussi des avant-postes de cavalerie à
Lorcy, Juranville et les Cotelles, et portai mon quartier général à Ladon.

Conformément aux instructions ministérielles, le 18e corps
devait continuer la marche vers la gauche, opération délicate devant le front d'un ennemi vigilant, manœuvrier et
toujours prêt à attaquer.

Sachant que l'ennemi cherchait à attaquer mon flanc gauche à la jonction des deux corps, j'employai la journée du 20 à retrancher les positions du corps d'armée et à fortifier les points faibles, afin d'être à même de recevoir l'ennemi s'il se présentait, et dans tous les cas, d'appuyer le mouvement en avant, qui devait avoir lieu le lendemain.

Les Prussiens commencèrent en effet le 30, en y lançant des obus, l'attaque du village de Maizières, défendu par le bataillon des tirailleurs algériens et les 4 compagnies du bataillon d'Afrique.

Notre artillerie, portée sur les hauteurs de Montigny, répondit avec succès, et prit d'écharpe une colonne ennemie signalée sur la route de Beaumont.

Les troupes retranchées et barricadées dans Maizières s'y défendirent vigoureusement, grâce à l'énergique résistance du capitaine Egrot.

Cependant, les efforts de l'ennemi devenaient de plus en plus puissants ; des colonnes d'attaque se mettaient en mouvement ; la fusillade s'engageait sur toute la ligne, pendant que l'artillerie ennemie continuait à battre et à incendier le village.

Le moment était venu de faire reculer les assaillants ; deux bataillons du 42e de ligne, déployés en tirailleurs, appnyés du 3e régiment de lanciers de marche et d'une batterie d'artillerie, s'avancèrent directement contre eux, appuyés par la colonne Goury.

D'un autre côté, deux batteries de réserve et le 2e régiment de hussards de marche, avec un escadron de lanciers, furent portés sur la route de Beaumont pour prendre les Prussiens d'écharpe.

Un bataillon du 20e corps, que le général Crouzat avait bien voulu laisser à ma disposition, après avoir appuyé mon mouvement jusqu'à l'arrivée de la brigade Perrin, resta comme soutien de l'artillerie de réserve et des hussards.

Enfin la brigade Perrin, qui arrivait à Bellegarde, devait servir de réserve aux troupes engagées.

Le tir des batteries de réserve, combiné avec l'action du mouvement tournant des troupes, décida du succès. Les

Prussiens furent repoussés et le 18e corps put continuer le mouvement de marche vers sa gauche, dont il poursuivait l'exécution.

Tel est l'ensemble des faits qui se sont passés dans ces journées. Les troupes, chefs et soldats, ont fait preuve d'élan et de solidité. Nos pertes, en tués ou blessés, s'élèvent à 1.600 hommes.

Le tableau ci-joint des propositions d'avancement vous fait connaître, M. le Ministre, le nom de ceux qui se sont spécialement distingués dans ces affaires.

J'ajouterai, et cette appréciation ne peut être appréciée que par vous, que le 18e corps n'avait pour ainsi dire encore ni cadres, ni organisation, ni généraux, qu'il marchait jour et nuit depuis plusieurs jours, en présence de l'ennemi, de Nevers à Ladon, et que, pour le mouvoir, l'organisation étant absente, il fallait recourir à des rouages improvisés.

Ces rouages, je les ai trouvés dans les services de quelques officiers d'élite, que je vous recommande particulièrement. Ce sont MM. :

Le général Bonnet, commandant la 1re brigade de la 1re division, véritable officier de guerre, à qui sont dus les honneurs de la journée du 28 ;

Brugère, capitaine d'artillerie, officier hors ligne, qui s'est multiplié pour me remplacer partout où je ne pouvais être et, à son service d'état-major, a su joindre celui d'un artilleur consommé ;

Martinie, sous-intendant militaire, qui parait à tous les besoins de son service et a pu en outre se mettre à ma disposition pour remplir les fonctions d'état-major ;

Libermann, capitaine d'infanterie, chargé du bureau des renseignements, a montré beaucoup de bravoure et d'entrain ;

Borius, capitaine du génie, modeste, intelligent, dévoué, plein d'entrain ;

Egrot, capitaine, commandant le bataillon de tirailleurs, à qui est due la défense de Maizières ;

De Sachy, lieutenant-colonel, chef d'état-major de la

1re division, aussi exact que modeste et plein de dévouement.

Je cite seulement les plus méritants, et j'en oublie, car ce rapport est fait à la hâte ; mais ils sont tous compris dans le travail de récompenses que j'aurai l'honneur de vous soumettre, et que je vous prie, monsieur le ministre, d'accueillir favorablement.

Veuillez agréer, monsieur le ministre, l'expression de mon respectueux dévouement.

*Le général de division, commandant en
chef le 18e corps d'armée,*

Signé: J.-B. BILLOT.

N° 11 (bis).

(Urgence). Saint-Jean de Tours, 2 décembre 1870.

Guerre à général en chef, armée de la Loire, Saint-Jean-de-la-Ruelle (faire suivre à commandants en chefs du 17e corps, Saint-Jean-de-la-Ruelle ; 15e corps, Loury ; 16e corps, Patay ; 18e corps, Bellegarde ; 20e corps, Bellegarde).

Il demeure entendu qu'à partir du jour et par suite des opérations en cours, vous donnerez directement vos instructions stratégiques aux 15e, 16e, 17e, 18e et 20e corps.

J'avais dirigé jusqu'à hier le 18e et le 20e corps et par moments le 17e ; je vous laisse ce soin désormais.

D'après l'ensemble de mes renseignements, je ne crois pas que vous trouviez à Pithiviers ni sur les autres points une résistance prolongée.

Selon moi, l'ennemi cherchera uniquement à masquer son mouvement vers le nord et à la rencontre de Ducrot.

La colonne à laquelle vous avez eu affaire hier et peut-être aujourd'hui, n'est sans doute qu'une fraction isolée qui cherche à vous retarder, mais je le répète, le gros doit filer vers Corbeil.

En ce moment Châteaudun est réoccupé par nous.

Signé : DE FREYCINET.

N° 12.

(Extrême urgence.) Tours, 3 décembre 1870.

Guerre à général en chef, armée Loire, Chevilly, copie pour général Chanzy, Saint-Péravy ; des Pallières, Loury ; Bourbaki, Bellegarde (faire suivre.)

(Extrême urgence, à expédier avant toute autre dépêche.)

Il me semble que dans divers combats que vous avez soutenus, vos corps ont agi plutôt successivement que simultanément, d'où il suit que chacun d'eux a presque partout trouvé l'ennemi en forces supérieures. Pour y remédier dorénavant, je suis d'avis que vos corps soient le plus concentrés possible. A cet égard, il me semble que le 16e et le 17e corps sont un peu trop développés sur la gauche. Quant au 18e et 20e, je les ai engagés dès ce matin, à moins d'ordre contraire de vous, à s'appuyer sur la gauche et à se rapprocher de des Pallières en marquant un mouvement de concentration vers Orléans ; mais j'ai lieu de penser, d'après une dépêche, reçue de Bourbaki vers six heures, que mes indications ne lui sont pas parvenues à temps.

Bref, et prenant la situation au point où elle est maintenant, je crois devoir appeler votre attention sur l'opportunité d'un mouvement concentrique général à effectuer demain dimanche d'aussi bonne heure que possible, la nuit devant être occupée à se débarrasser des *impedimenta* qui seraient mis en arrière, la partie non indispensable pouvant même être envoyée sur la rive gauche. Un tel mouvement de concentration opéré vous permettrait d'utiliser vos belles batteries de marine et d'opposer la simultanéité de vos forces aux attaques de l'ennemi, dont le nombre n'est peut-être pas aussi grand qu'on pourrait le conclure d'après les faits de ces deux jours.

J'insiste sur cette concentration parce que le mouvement en avant de l'armée, ne me paraissant pas pouvoir être repris tout de suite il n'y a plus le même intérêt à conserver le 18e et le 20ᵉ corps et partie du 15ᵉ en avant sur votre droite, dans la route à suivre, ainsi que cela convenait au début de l'opération.

J'envoie copie de la présente à vos généraux commandants en chef qui, à moins d'instructions différentes de votre part, auraient à se conformer aux dispositions sus-indiquées.

Signé : DE FREYCINET.

Général commandant en chef à Guerre, Tours.

Cercottes, nuit du 3 au 4 décembre 1870, sans heure.

Dans la journée d'hier et d'avant hier (1ᵉʳ et 2 décembre,) le 16ᵉ et 17ᵉ corps ont été très-éprouvés, et ont fait des pertes considérables.

Aujourd'hui (3 décembre,) de 9 heures du matin à 5 heures et demie du soir, le 15ᵉ corps a lutté contre des forces supérieures en nombre et en artillerie, devant lesquelles il n'a pu conserver ses positions. La 1ʳᵉ division s'est retirée sur Loury ; la 2ᵉ d'Artenay sur Chevilly d'abord, et plus tard sur Cercottes ; enfin la 3ᵉ a dû se replier de Huêtre sur Gidy. La lutte a été acharnée, aussi les pertes sont-elles nombreuses ; et, comme elle s'est terminée à la nuit close, et au milieu des bois, il en est résulté un assez grand désordre. Dans cette situation, et après une lutte de trois jours où tous les corps ont été plus ou moins éprouvés et désorganisés, il n'y a plus lieu de faire des plans de campagne. Je dois même vous déclarer que je considère la défense d'Orléans comme impossible. Quelque pénible que soit une pareille déclaration, c'est un devoir pour moi de la porter à votre connaissance, parce qu'elle peut épargner un grand désastre. Si nous avions du temps devant nous pour nous réorganiser et nous remettre, on pourrait essayer ; mais l'ennemi sera sur nous et, je vous le répète avec douleur, mais avec une profonde conviction, nos troupes, éprouvées et un peu démoralisées par ces deux dernières journées, ne tiendront pas.

Il ne nous reste qu'un parti à prendre, c'est de battre en
retraite, et voici comme je la comprendrais :

Les 16e et 17e corps se retireraient vers Beaugency et Blois;
les 18e et 20e corps par Gien ; enfin le 15e passerait la Loire
à Orléans pour aller en Sologne. De cette manière, les routes
ne seraient pas encombrées et on aurait plus de facilités pour
vivre.

Guerre à général en chef, armée Loire, Cercottes.

4 décembre, 3 heures 30 du matin.

Votre dépêche de cette nuit me cause une douloureuse stu-
péfaction. Je n'aperçois, dans les faits qu'elle résume, rien
qui soit de nature à motiver la résolution désespérée par laquelle vous terminez.

Jusqu'ici vous avez été mal engagé, et vous vous êtes fait
battre en détail ; mais vous avez encore 200.000 hommes en
état de combattre si leurs chefs savent par leur exemple et
par la fermeté de leur attitude grandir leur courage et leur patriotisme. L'évacuation dont vous parlez serait par elle-même
et en dehors de ses conséquences militaires un immense désastre. Ce n'est pas au moment où l'héroïque Ducrot cherche
à venir vers nous que nous devons nous retirer de lui.
L'heure d'une telle extrémité ne me paraît pas avoir encore
sonné. Je ne vois rien à changer, quant à présent, aux
instructions que je vous ai envoyées hier au soir, et qu'à
l'heure où j'écris nos généraux se préparent à exécuter.
Opérez, comme je vous l'ai mandé, un mouvement général
de concentration. Rappelez à vous le 18e et le 20e corps, dont
on me paraît ne pas s'être assez occupé. Resserrez les 15e,
16e et 17e corps. Utilisez vos lignes de feu dont vous-même
naguère me vantiez la puissance, et opposez dans ces lignes
une résistance indomptable. Envoyez d'avance vos *impédi-
menta* sur la rive gauche et allégez vos mouvements. N'omet-
tez pas de faire surveiller et garder par de fortes escouades
tous vos ponts sur la Loire pour empêcher la malveillance et
la trahison de les détruire. Enfin, ne pensez qu'à organiser

la lutte et à la généraliser. Je reçois à l'instant une dépêche de Bourbaki qui m'informe qu'il se met en devoir de réaliser le mouvement de concentration sur Orléans que j'ai prescrit.

Général en chef d'Aurelles à Guerre, Tours.

Saran, 4 décembre, 8 heures 35 du matin.

Je suis sur les lieux et mieux en état que vous de juger de la situation. C'est avec une douleur non moins grande que la vôtre que je suis déterminé à prendre cette résolution extrême. L'ennemi a franchi tous les obstacles jusqu'à Cercottes ; il est en outre maître de tous les débouchés de la forêt ; la position d'Orléans n'est donc plus ce qu'elle était autrefois. Aujourd'hui qu'elle est entourée et qu'elle a perdu l'appui de la forêt, elle n'est plus défendable avec des troupes éprouvées par trois jours de fatigues et de combats et démoralisées par les pertes considérables qu'elles ont faites. — D'un autre côté les forces de l'ennemi dépassent toutes mes prévisions et les appréciations que vous m'avez données. Le temps presse et ne me permet plus de faire la concentration dont vous parlez. La résistance ne peut s'organiser d'une manière efficace : malgré tous les efforts que l'on pourrait tenter encore, Orléans tombera fatalement ce soir ou demain entre les mains de l'ennemi. Ce sera un grand malheur ; mais le seul moyen d'éviter une catastrophe encore, c'est d'avoir le courage de savoir faire un sacrifice lorsqu'il en est encore temps. L'armée de la Loire peut rendre de grands services à la Défense nationale, mais à la condition de la concentrer sur des points où elle ait le temps de se réorganiser. Chercher à la concentrer à Orléans, c'est l'exposer à être détruite sans résultat. Je crois donc devoir maintenir les ordres qui ont été donnés.

En présence des ordres qui ont été donnés par vous au général Bourbaki, il ne m'appartient pas de les changer ; je vous laisse le soin de les confirmer ou de les retirer. Je dois seulement vous faire observer que ce mouvement vers Orléans devant l'ennemi, maître de la forêt, peut-être d'autant plus dangereux que le général Bourbaki ne peut passer la Loire qu'à Orléans et à Gien. Le pont de Châteauneuf n'est pas encore terminé.

Guerre à général en chef d'Aurelles, à Saran.

4 décembre, 11 heures du matin.

Le gouvernement de la Défense nationale me charge de vous transmettre la dépêche suivante :

L'opinion du gouvernement, consulté, était de vous voir tenir ferme à Orléans, vous servir des travaux de défense, et ne pas vous éloigner de Paris. Mais, puisque vous affirmez que la retraite est nécessaire, que vous êtes mieux à même, sur les lieux, de juger la situation, que vos troupes ne tiendraient pas, le gouvernement vous laisse le soin d'exécuter les mouvements de retraite sur la nécessité desquels vous insistez et que vous présentez comme de nature à éviter à la Défense nationale un plus grand désastre que celui-là même de l'évacuation d'Orléans. En conséquence, je retire mes ordres de concentration active et forcée à Orléans et dans le périmètre de nos feux de défense. Donnez des ordres à tous vos généraux placés sous votre commandement en chef.

Signé : Léon Gambetta,
Ad. Crémieux,
Glais-Bizoin.
et Fourichon.

Général en chef d'Aurelles à Guerre, Tours.

Orléans, 4 décembre, 11 heures 55 du matin.

Je change mes dispositions : dirige sur Orléans 16ᵉ et 17ᵉ corps, appelle 18ᵉ et 20ᵉ, organise résistance, suis à Orléans à la place [1].

[1] Cette dépêche n'est pas une réponse à la précédente, elle s'est croisée avec elle.

Guerre à général en chef d'Aurelles à la place, à Orléans.

Tours, le 4 décembre, 1 heure 35 du soir.

Le gouvernement a appris avec une profonde satisfaction que vous organisiez la résistance à Orléans et que vous étiez entré dans la voie tracée par nos précédentes dépêches.

En ce qui me concerne personnellement, j'ai la foi entière que vous pouvez résister efficacement derrière vos batteries de marine. Un moment de panique parmi vos troupes a produit tout le mal, mais la vérité est que vous pouvez concentrer en 48 heures plus de 200.000 hommes dans votre main, sans compter 60.000 hommes que je réunis à Marchenoir et à Beaugency pour appuyer votre gauche et empêcher qu'elle ne soit tournée. Je ferai avancer cette nouvelle armée vers vous, dès que vous le jugerez utile. Quant à votre droite, il me paraît certain qu'elle sera couverte par la seule approche des 18e et 20e corps, auxquels j'avais déjà donné ordre de se rabattre vers vous.

M. Gambetta part dans une demi-heure pour Orléans.

Guerre à général en chef d'Aurelles, Cercottes.

Tours, le 4 décembre, 2 heures du soir.

M. Gambetta, qui va partir pour Orléans, désire savoir où vous en êtes de votre mouvement de concentration sur Orléans. Réponse urgente.

Général en chef d'Aurelles à Guerre, Tours.

Orléans, le 4 décembre, 5 heures 15 du soir.

J'avais espéré jusqu'au dernier moment pouvoir me dispenser d'évacuer la ville d'Orléans. Tous mes efforts ont été impuissants. Cette nuit la ville sera évacuée.

Guerre à général en chef d'Aurelles, à Orléans.

Tours, le 4 décembre, 7 heures du soir.

Je reçois à l'instant votre imprévue et bien cruelle dépêche m'annonçant pour cette nuit l'évacuation d'Orléans. Vous ne me dites aucun des faits qui ont amené cette douloureuse détermination.

Ne perdez pas de vue d'envoyer vos instructions à tous vos corps d'armée, notamment au 18e et 20e corps, qui avaient commencé leur mouvement de concentration sur Orléans.

Guerre à général en chef d'Aurelles, Orléans.

Tours, le 4 décembre, 10 heures 25 du soir.

Faites-moi donc connaître par télégraphe quels ordres vous avez donnés aux 16e et 17e corps, ainsi qu'au 18e et 20e. Les deux premiers ont-ils reçu ordre de se replier en aval de la Loire ?

Suivent-ils le long du fleuve ou marchent-ils dans la direction de Binas, sur la forêt de Marchenoir. Avez-vous eu des engagements aujourd'hui ?

DEUXIÈME PARTIE

ARMÉE DE L'EST

CHAPITRE PREMIER

BRÉCY — SAINT-MARTIN — MOULINS — GRON — LA CHARITÉ

SOMMAIRE. — Un mot sur les événements passés. — Départ de Brécy. — Mauvais temps. — Les routes sont impraticables. — Vignoux. — Les Mobiles. — Saint-Martin. — Hospitalité du Juge de paix. — Les prérogatives des ambulances. — Courses aux environs de Saint-Martin. — Le directeur du télégraphe de Saint-Martin. — Visite de M. Gambetta à l'armée. — L'esprit de la population. Egoïsme, insouciance. — Panique du quartier-général. — Départ de Saint-Martin. — Incidents de la route. — La propriété de M. Dur-à-cuire. — Moulins-sur-Yèvre. — La jardinière. — Mission à Bourges. — Agitation de la ville. — Les magasins. — Retour à Moulins. — — L'intendant Régence. — Départ pour Gron. — Racontars de la route. — Le maire de Gron. — M. Rapin. — Sa propriété. — Le général Falstaff. — Le château de Montlinard. — Défilé du 18° corps à travers la ville de la Charité. — Expédition mystérieuse. — Aventures de mon camarade de P***. — Deux jours à attendre notre embarquement pour Chagny. — Nos espérances.

Après avoir analysé et étudié les opérations de la Loire ,après avoir scrupuleusement examiné leurs graves conséquences, nous devons nous demander quel parti l'on pouvait tirer des débris de cette armée de la Loire, au 10 décembre 1870 ; quelles nouvelles opérations on pouvait entreprendre avec eux.

Ne perdons pas de vue que nos deux retraites successives et précipitées, de Bellegarde à Gien, de Gien à Bourges, avaient épuisé nos soldats et rompu parmi nous presque tous les liens de la discipline.

Les autres corps, qui nous rejoignirent à Bourges, n'étaient pas dans un meilleur état.

Dès lors, comment avec cette cohue d'hommes, harassés par la marche, par la fatigue, et en partie débandés sur les routes, essayer une entreprise militaire ?

Notre général en chef, le général Bourbaki, en répondant le 11 décembre aux demandes de secours du général Chanzy, a fait de la situation de son armée, à ce moment, un tableau qu'il serait difficile de reproduire plus exactement et plus fidèlement.

En effet, dit-il : « Avec des troupes qui ont marché pendant sept jours et demi et qui ont fait environ 180 kilomètres au milieu de la neige, on ne peut pas encore entreprendre des opérations offensives et sérieuses. »

L'amiral Penhoat, dans son journal des marches de la 2ᵉ division du 18ᵉ corps, apprécie de la même manière cette horrible retraite. En effet, dans cette période de la guerre, sa division, comme toutes celles de l'armée de la Loire, avait eu à faire des marches fatigantes et dans les conditions les plus mauvaises pour des troupes jeunes et peu exercées.

« Le froid, dit-il, le défaut de vêtements chauds, les distributions irrégulières de vivres, la mauvaise qualité des chaussures, la charge que portait chaque soldat, étaient autant d'obstacles à une marche rapide ; il s'était formé dans chaque corps des groupes de traînards qui se logeaient dans les fermes et ne ralliaient que très-tard ; d'autres, à chaque étape, forçaient la marche pour devancer le corps d'armée afin de s'établir plus commodément dans les villages avant l'arrivée des troupes ; enfin beaucoup de soldats jetaient le biscuit qu'il leur était prescrit de garder comme approvisionnement de réserve.

Ces abus furent difficiles à réprimer, particulièrement parmi les mobiles. Ces derniers, commandés par des officiers élus et n'ayant aucun esprit militaire, trouvaient étrange qu'on voulût mettre obstacle à ces pratiques, qu'ils regardaient comme naturelles [1]. »

« Enfin les vivres en réserve disposés sur les sacs s'y trouvaient dans les plus mauvaises conditions de conservation. Le pain trempé de neige fondue, ensuite congelé par le froid, devenait détestable au bout de 24 heures. La viande, placée dans les mêmes conditions, prenait très-promptement une saveur désagréable ; quant au biscuit, l'intendance en délivrait peu ; il était très-dur et difficile à manger.

Les corps qui exécutent des marches devant l'ennemi ne pouvant pas toujours préparer leur aliments avec l'appareil usité dans l'armée, l'usage des viandes conservées, des bouillons concentrés etc, apporterait sans doute une grande amélioration dans l'alimentation des troupes en campagne [2]. »

Dans cette situation que fallait-il donc faire ? La première pensée qui se présentait à l'esprit était d'abord

[1] Extrait du Journal des marches et combats de la deuxième division du 18e corps, p. 23.
[2] Idem, p. 25.

de se réorganiser, de trouver une combinaison qui per-
mît de rassembler à bref délai cette armée éparse aux
environs de Bourges ; ensuite de reprendre l'offensive
le plus promptement possible.

Mais comment réunir les nombreux traînards que
nous avions laissés d'étapes en étapes ; comment remettre le moral-du soldat si vivement affecté par nos ré-
cents et incessants désastres si ce n'est par quelques jours
de repos ?

Les 15e, 20e et 18e corps étaient à la vérité groupés
autour de Bourges. Mais dans quel état ?...

Avant de reprendre l'offensive, il était donc urgent,
non seulement de donner du repos à ces débris de l'armée de la Loire, mais encore de les façonner de nouveau à la discipline un instant relâchée et de les réorganiser. En outre, afin de ne rien négliger pour éviter
un second désastre tel que celui d'Orléans, il devenait
indispensable de supputer les ressources militaires de
la France et les sacrifices qu'elle pouvait encore s'imposer. Enfin il était de toute nécessité de se rendre un
compte exact des mouvements des Prussiens, de prévoir
leurs nouveaux desseins d'occupation : mouvements,
desseins, opérations qui n'avaient pas été assez étudiés
jusqu'à ce jour. Telle était la tâche qui s'imposait, en
ce moment, aux généraux et aux chefs de la Défense
nationale présents alors à Bourges. On voit ce qu'elle
offrait, comportait de difficultés et de périls.

C'est sous l'empire de ces préoccupations que nos généraux et les chefs du Gouvernement conçurent à Bourges le plan de la campagne de l'Est, qui devait être
aussi désastreuse, pour la France, que celle de la Loire,

mais qui, alors du moins, et n'en déplaise à certains détracteurs plus intéressés encore qu'habiles, pouvait présenter quelques chances de réussite si l'exécution répondait à la conception. Car il faut bien retenir ceci, qui n'est plus une hypothèse mais une vérité frappante. La réussite du plan de campagne dans l'Est n'a tenu qu'à 24 ou 48 heures de retard de l'armée de l'Est dans sa marche. C'est ce que nous nous proposons de démontrer dans le cours de ce récit au fur et à mesure que nous verrons les faits se dérouler devant nos yeux.

C'est donc avec de telles espérances et en prévision d'opérations dans l'Est que furent réorganisés les débris de l'armée de la Loire. Cette réorganisation fut menée avec assez de rapidité ; les hommes ne manquaient pas. Mais les légions qu'avait fait sortir du sol l'activité de de notre jeune ministre de la guerre avaient un grand désavantage sur les bataillons de nos ennemis ; elles n'étaient pas disciplinées ; jusqu'à ce jour elles avaient manqué de chefs.

Ces conditions essentielles à l'existence de toute armée auraient pu être l'objet d'une attention plus vive et plus sérieuse de la part de nos généraux et de nos gouvernants. Malheureusement la plupart d'entre eux ne s'appliquèrent qu'à avoir le nombre, sans se préoccuper de l'attitude que de semblables soldats pourraient avoir en présence des Prussiens. C'est là, selon nous, la seule critique fondée qu'on peut faire de cette organisation trop précipitée.

Si M. Gambetta avait pu commander le patriotisme à la France avec la même énergie qu'il avait obtenu ces levées en masse, assurément, dans cette guerre, nous eussions eu des succès au lieu de revers. Eût-il pu prendre certaines mesures dont dépendait l'avenir de nos armes? Eût-il pu, sans danger, déclarer la patrie en deuil et contraindre tous les Français, sans exception, à prendre part à cette lutte suprême? Eût-il pu interdire à la partie la plus capable de la nation française de se réfugier dans les états-majors, dans les places ou dans les bureaux des quartiers-généraux pour se soustraire aux charges et aux souffrances qui s'imposaient d'elles-mêmes en ce moment à tout Français? Nous ne savons. Mais ce que nous savons et pensons c'est que, s'il eût fait cela, nous n'aurions pas à déplorer le honteux traité avec lequel nous avons scellé la paix qui fut assurément la première étape de la guerre civile.

Pendant quelques jours, en attendant le résultat définitif des conférences de l'archevêché, ce ne furent que bruits contradictoires dans tout le camp. Au milieu de tous ces projets de campagne, un surtout paraissait sérieux et fondé, c'était celui du général Chanzy qui insistait pour que le général Bourbaki, avec sa nouvelle armée, se décidât à faire un mouvement sur la rive gauche de la Loire, afin d'attirer de son côté l'attention de l'ennemi et de diviser ainsi les forces prussiennes qui le menaçaient.

Mais hélas! il ignorait que le général Bourbaki ne pouvait pas encore prendre l'offensive avec sa jeune armée et qu'au quartier général de l'archevêché, à Bourges, la plus grande indécision régnait sur les futures opérations. Les plans étaient nombreux, mais aucun, en principe, n'avait été adopté.

Sur ces entrefaites, la nouvelle de l'occupation de

Vierzon par les Prussiens vint tirer nos généraux de leur léthargie et de leur indécision. Aussitôt on fit prendre les armes au corps d'armée et marcher dans cette direction.

Nous nous trouvions avec notre quartier-général à Brécy, lorsque cet ordre arriva ; il pouvait être trois heures du soir, et le lendemain matin, au jour, nous nous dirigions sur St-Martin, première étape de cette marche sur Vierzon.

Le temps était froid ; la neige couvrait encore la terre. Cependant les indices d'un dégel prochain commençaient à apparaître. Dans la soirée une pluie fine tomba et vint compliquer les difficultés de la marche. La route nous parut fort longue ; nous n'y marchions que très-difficilement et très-lentement, car l'artillerie et les convois la sillonnaient en tous sens, et les nombreuses chutes des hommes et des chevaux nous arrêtaient à chaque instant.

Pendant cette étape, nous fûmes encore témoins de bien des actes d'indiscipline. Selon la coutume, un certain nombre de soldats accompagnait les convois et comme ils n'étaient pas surveillés [1] (*la gendarmerie ayant constamment négligé ce service, dans cette malheureuse campagne*), la plupart quittaient leur poste et se dirigeaient vers les fermes, dès qu'ils en apercevaient une à l'horizon. Comme nous passions à ce moment, deux soldats, scandalisés de cette conduite, nous avertirent

---

[1] « La prévôté elle-même était insuffisante comme effectif et comme personnel spécial. Pendant toute la campagne, ce service a été en souffrance. » (**Journal des marches et combats de la 2º division du 18º corps**).

et nous montrèrent plusieurs mobiles qui se dissimulaient derrière une haie et se dirigeaient vers une ferme de la plaine. Mon chef envoya à leur poursuite deux officiers, mais ces capitulards (terme adopté au corps d'armée pour désigner ceux qui avaient l'habitude de quitter ainsi les colonnes de marche pour rester à se goberger pendant deux ou trois jours dans des hameaux ou villages), surent si bien se cacher à la faveur des buissons, dès qu'ils se virent poursuivis, que nos officiers perdirent leurs traces.

Il pouvait être sept heures du soir lorsque nous arrivâmes à Vignoux ; la pluie redoublait. Nous nous arrêtâmes un instant pour nous renseigner sur le quartier-général ; nous rencontrâmes le sous-intendant Régence, qui nous signala plusieurs accidents qui venaient d'arriver parmi les mobiles, par suite du gaspillage que ceux-ci faisaient de leurs munitions.

Tout le long de la route, nous avions entendu, en effet, tirer des coups de fusil.

Les dix kilomètres que nous avions encore à parcourir pour arriver à Saint-Martin nous parurent fort longs ; la pluie augmentait et la nuit, devenue de plus en plus noire, rendait notre marche pénible.

A huit heures du soir, nous arrivions enfin à Saint-Martin. N'ayant pas pu trouver de billets de logement, nous fûmes obligés d'errer dans ce village, frappant de porte en porte, en demandant l'hospitalité. Grâce à la complaisance d'une pauvre et charitable femme, qui nous servit de *cicerone*, le juge de paix nous reçut dans une pièce qu'il avait disposée pour les ambulances ;

nous nous installâmes du mieux que nous pûmes sur les matelas destinés aux blessés.

Notre service assuré, nous allâmes à la découverte de quelque restaurant. Par hasard, sur la place de Saint-Martin, nous aperçûmes un café assez enfumé et nous y entrâmes. Le garde-manger de cet établissement ne recélait plus qu'un morceau de lard et un peu de pain, ce qui suffit pour calmer notre extrême appétit. Au moment de nous retirer, nous demandâmes au maître de ce café s'il pouvait nous recevoir encore le lendemain. Il nous répondit que le personnel d'une ambulance du midi, sur un billet de réquisition de la mairie, s'était emparé de tout son établissement ; qu'il était obligé de le nourrir, qu'alors il ne pouvait donner à manger à d'autres personnes. Cette bonne précaution avait été prise par l'ambulance, nous dit-on, en prévoyance des blessés à venir. Il est vrai qu'il n'en vint pas, sauf quelques soldats, fatigués de notre longue marche de Bellegarde à Bourges...

Saint-Martin d'Auxigny est un joli village des environs de Bourges, placé dans un site charmant ; la population peut s'élever de 1,500 à 2,000 habitants ; les maisons sont un peu les unes sur les autres ; elles se trouvent dans un bas fond, dominées par des collines boisées qui doivent offrir à l'œil, en été, un coup d'œil ravissant.

Ce jour là, j'eus l'occasion de faire une visite à l'ambulance du quartier-général, installée dans une ferme à deux kilomètres de Saint-Martin. Ce ne fut pas, je l'avoue, sans une certaine satisfaction que je traversai nos lignes et que j'aperçus au campement deux de nos divisions disséminées sur les montagnes de droite et de gauche, au milieu de la neige. Voir du point culminant où nous nous trouvions nos soldats à l'air alerte, jovial, se mouvoir comme une fourmilière, les uns cherchant du bois, les autres faisant la soupe, d'autres faisant l'exercice, était pour moi un spectacle à la fois attrayant et consolant.

Pendant quelques minutes je restai à réfléchir, absorbé par la variété de ce tableau. Je ne fus tiré de mon extase que par les cris joyeux de ces braves soldats qui m'arrivaient comme un bourdonnement à travers le silence des bois. Contraste frappant qui remplissait mon âme tout à la fois d'admiration et d'espérance !

Après cette promenade qui m'impressionna si agréablement, je vins reprendre mes travaux ; beaucoup de dépêches étaient à expédier et aussitôt je me préoccupai du télégraphe. Mais hélas ! impossible d'obtenir une réponse favorable du maire à ce sujet. Les besoins du service devenant plus impérieux et à force de chercher, nous finîmes par découvrir le directeur du télégraphe de Saint-Martin qui nous annonça avec un sang-froid imperturbable que, sur l'ordre du directeur de Bourges, il avait démonté son appareil et qu'il était dans l'impossibilité de le rétablir.

Peu satisfaits de cette réponse, nous exigeâmes, au nom de notre service, le rétablissement immédiat de l'appareil : ni nos exigences ni notre insistance n'émurent ce trop fidèle employé, sans doute plus dévoué aux Prussiens qu'à la défense de son pays. Nous fûmes donc obligés d'envoyer nos dépêches par des exprès à Bourges. Après ces faits, il est loisible aux insulteurs de l'in-

tendance de multiplier chaque jour leurs amères critiques contre les officiers de ce corps, de leur reprocher
eur négligence, leur incurie dans leurs approvisionnements et dans le ravitaillement de l'armée de l'Est. Il
faudrait plutôt, ce me semble, les réserver pour cette
routine de nos administrations qui font le plus souvent
de leurs employés des machines qui ne savent qu'obéir
à l'impulsion de leurs chefs et n'ont pas d'initiative. Pendant ce temps, que se passait-il au quartier-général ?
Le ministre de la guerre, M. Gambetta, arrivait à Saint-
Martin sous le prétexte de passer l'inspection du
18ᵉ corps. De prime abord nous l'accusions d'imiter
trop les grands chefs militaires, de signer trop de nominations et de décrets d'avancement, comme pour mar-
quer son passage. A notre avis, il eût été préférable que
notre ministre de la guerre d'alors se fût complu à interroger tous les chefs de service et à se rendre compte
par lui-même de tous les différents besoins de l'armée.
Dès lors il aurait pu constater que l'administration des
télégraphes, par exemple, faisait complètement défaut
au 18ᵉ corps, à Saint-Martin. Il eût pu également, en
parcourant les divisions, en interrogeant chaque chef,
connaître d'autres besoins de ce corps d'armée. Mais
nous oublions qu'il n'était pas militaire ; qu'il n'était
qu'un bon patriote, qu'il avait à faire un travail énorme,
qu'il était assiégé, obsédé, qu'il avait du subir l'entourage de bien des routiniers, de bien des officiers du régime déchu....

Nos deux retraites précipitées d'Orléans et de Gien
avaient d'ailleurs profondément atteint l'organisation
de nos services. Comme nous l'avons déjà dit, il deve-

nait nécessaire de réparer le mal pendant ces quelques jours de repos. Nous passâmes donc notre temps, à Saint-Martin, à réorganiser nos bureaux et nos services actifs.

Notre jeune ami malade, M. de B***, fut confié pendant notre séjour aux soins de la famille du juge de paix qui fut pour lui d'une sollicitude exemplaire.

Le juge de paix de cet endroit était du genre des importants de village : majestueux dans ses paroles, fier dans sa démarche, plutôt préoccupé de ses propres affaires que de celles de la France. Il avait la maladie si commune sous le second empire. Du reste, parmi tous les habitants de Saint-Martin, nous retrouvâmes les mêmes mobiles que dans les autres villes ou villages que nous avions traversés : l'intérêt et la soif des richesses. Toutes les provisions, tous les objets ou le linge qu'ils pouvaient avoir étaient cachés ou enfouis dans la terre. Naturellement les faibles réquisitions que nous pûmes faire nous procurèrent plutôt des embarras et des réclamations de toute sorte qu'elle ne nous rendirent service. A quoi servent ces nouvelles armées, nous disaient ces bons campagnards, si ce n'est à attirer l'ennemi dans nos foyers ? Que nous importe à nous, messieurs les beaux phraseurs, ce mot auquel vous attachez tant d'importance, l'honneur de la France ? Ce qu'il nous faut, c'est vendre nos denrées et nos pommes de terre.

Comment faire pénétrer la lumière jusque-là quand les hommes marquants, les grands propriétaires de ces villages, les seuls qui pourraient guérir le mal, le laissent grandir et y sont indifférents par habitude, par paresse, et se renferment le plus souvent dans leur insouciance et dans leur égoïsme ? Si l'exemple ne peut être donné à la campagne par l'homme instruit avec lequel le paysan vit chaque jour, faut-il s'étonner, alors, d'avoir trouvé des sentiments aussi antipatriotiques dans cette partie de la France que nous avons parcourue ? Faut-il s'étonner de cette absence générale de patriotisme dont la malheureuse guerre de 1870 nous a fourni tant de preuves ? Quelqu'un pourrait-il nier le degré d'abaissement moral où est tombée notre population sous cet empire corrupteur de nos mœurs et de nos institutions ?

Mais encore si cette épidémie, cette soif du bien-être, s'était seulement concentrée dans les campagnes et dans les villes, si encore elle n'avait pas envahi les casernes, nous aurions pu espérer quelques succès, même avec les hommes de guerre d'alors. Quelles furent les inévitables conséquences pour l'armée de ces déplorables mobiles du jour ? La discipline militaire a disparu pour faire place à l'insouciance, à l'inertie, au moment même où la patrie demande à tous de l'abnégation et du dévouement. Sacrifices hélas ! bien durs à s'imposer ! Comment, en un jour, perdre ses habitudes de bien vivre, de bien manger, de bien dormir, en un mot renoncer à un épicuréisme si doux et si agréable ? Voilà encore une des causes de la faiblesse de nos armées en 1870. Du moment que l'amour de la patrie n'existait ni chez le soldat, ni chez l'officier, que tous les deux comme des automates ne savaient qu'obéir à l'ordre d'un chef, nous ne pouvions espérer de grands succès.

Au moment de quitter Saint-Martin, où nous étions cependant restés trois jours, la population devint exces-

sivement parcimonieuse lorsque la question du règle-
ment des réquisitions fut agitée. A cette difficulté vint
s'en ajouter une autre : Sur de faux rapports d'éclaireurs le quartier-général, supposant les hulans peu
éloignés, nous transmit l'ordre de presser notre départ.
Néanmoins nous pûmes régler nos comptes en sécurité ;
les hulans fantastiques ne vinrent pas. Bien mieux,
quand nous quittâmes Saint-Martin, à une heure de
l'après-midi, tout notre corps était parti dès huit heures
du matin.

Durant la marche des jours précédents, sur Saint-
Martin d'Auxigny, nous supposions, comme nous l'avons
dit plus haut et comme on nous l'avait fait espérer,
nous diriger sur Vierzon et, de là, sur Blois. Mais quel
ne fut pas notre étonnement lorsque l'on nous fit revenir sur nos pas, en nous prescrivant de nous rendre à
Moulins-sur-Yèvre, village situé au-delà de Bourges !
Pour venir en aide au général Chanzy, notre général en
chef venait d'essayer une démonstration dans la direction de Vierzon, et même il avait chargé une brigade
d'occuper cette ville.

Les Prussiens, peu nombreux à Vierzon, s'empressèrent d'évacuer cette ville à l'approche de nos premiers
soldats.

Cette démonstration ayant rempli le but que désirait
le général Bourbaki, c'est-à-dire de faire croire aux
Prussiens à une marche sur Blois, notre général songea
alors à ramener son corps d'armée en arrière, afin de
lui faire prendre le repos dont il avait si grand besoin.

Moulins-sur-Yèvre est un petit village qui se trouve
aux environs de Bourges et, pour s'y rendre en venant

de Saint-Martin, il faut passer au cœur de cette ville. Nous suivîmes la route de Saint-Martin à Bourges, sans rencontrer aucune entrave, si ce n'est à l'approche de Bourges. Dans la crainte d'une surprise de l'ennemi, l'on avait coupé les routes, l'on avait fait des travaux de fortification, des sauts de loup, des barricades en dehors de l'enceinte et l'on avait mis des pièces d'artillerie en batterie. Après avoir contourné ces ouvrages, nous laissâmes Bourges derrière nous et prîmes la route de la Charité.

Nous fîmes un temps d'arrêt à Saint-Germain, joli petit village qui se trouve sur cette route, afin de faire souffler nos chevaux. A la sortie du village, nous trouvâmes un officier qui nous apprit que, Moulins-sur-Yèvre étant trop petit pour loger tout le corps d'armée, l'état-major avait destiné à notre chef et à son service la propriété de M. Dur-à-Cuire.

Cette propriété, située dans une plaine près de Moulins, n'offre rien de remarquable, si ce n'est son parc et le dessin de ses jardins.

M. Dur-à-Cuire lui-même vint au-devant de nous et, non sans quelque affectation, nous montra nos appartements et nous offrit à dîner. A la forme de son invitation il était facile de comprendre qu'il désirait un refus de notre part. Selon les bonnes habitudes de notre chef, nous nous empressâmes de décliner toutes ses offres. Notre hôte, dès le lendemain matin, eut le soin extrême d'expédier un de nos officiers à la recherche des vivres, sans doute dans la crainte de nous en donner puis, une fois rassuré par cette excessive précaution, il s'empressa de regagner la ville de Bourges en toute hâte.

Notre chef, à son réveil, furieux d'apprendre que
M. Dur-à-Cuire avait disposé ainsi d'un de ses officiers
et de ses chevaux pour un semblable office, blâma ver-
tement l'officier qui avait trop complaisamment écouté
M. Dur-à-Cuire et nous fit partir aussitôt pour Moulins-
sur-Yèvre, afin d'organiser le service.

Le village de Moulins, qui se compose de quelques
feux seulement, était fort triste ; le piétinement de tant
d'hommes et de tant de chevaux avait transformé les
rues en véritables ruisseaux de boue.

Nous installâmes, tant bien que mal, nos bureaux
dans la maison d'école et nous pûmes, dans ce moment
de repos, donner une vive impulsion à la réorganisation
de tous nos services.

Vers les midi nous allâmes, en compagnie de notre
chef et de quelques autres officiers, à la recherche de
quelque nourriture ; par hasard nous entrâmes dans
une espèce de taverne. Là nous nous trouvâmes au
milieu de plusieurs soldats et des rares paysans qui
étaient encore à Moulins. Ceux-ci, sans respect pour la
présence de l'armée, riaient, jouaient au billard sans
plus de souci que si nous avions été en temps de
paix.

Horrible contraste de ce temps ! Nos soldats en grande
partie ignorants, mais fort intelligents, ne pouvaient
s'empêcher d'être attristés de cette gaieté folle et de
faire cette réflexion : au pied même de cette maison,
couchés dans la boue, exposés à toutes les intempéries
de l'air, ils enduraient, eux, toute espèce de souffrances, et s'exposaient à toute sorte de dangers pour
conserver à ces mauvais patriotes leurs femmes, leurs

enfants, leurs propriétés. Et ceux-là s'amusaient, semblaient les railler et se rire de leur dévouement !

Signes encore manifestes et par trop évidents de l'affaissement moral de la population française à cette époque !...

Vers les neuf heures du soir, notre travail terminé, nous regagnâmes la propriété de M. Dur-à-Cuire. Après une heure de marche et par une nuit très-noire, nous arrivâmes à cette propriété : il faisait froid, nous fûmes fort aises de voir pétiller le feu dans les cheminées.

Mon service terminé, je fus prendre des nouvelles de notre jeune malade, que nous avions amené de Brécy. Par hasard, auprès de lui, je rencontrai un ami commun, attaché à un de nos généraux qui logeait aussi chez M. Dur-à-Cuire. Cet officier, d'humeur très-gaie, Henri de P***, nous raconta la dernière veillée de son général et il commença ainsi :

« Hier, mon général et moi, nous arrivions à la propriété de M. Dur-à-Cuire. Un vieillard et une vieille femme, puis une jeune fille aux cheveux noirs aussi brillants que du jais, nous reçurent et nous installèrent dans le pavillon de droite du château que vous voyez en ce moment éclairé. Nous étions à nous chauffer et en pleine conversation de service, lorsque nos introducteurs, qui avaient pris congé de nous, revinrent subitement ; mais l'homme ne s'y trouvait plus ; les deux femmes étaient seules.

— Vous n'avez besoin de rien, Messieurs, dit la plus vieille ; nous sommes vos humbles servantes et toutes les deux à votre service.

« Mon général, curieux de son naturel et par habitude

fort galant, pria ces deux femmes de rester un instant sous le prétexte de causer un peu. Les deux suivantes ne se firent pas prier et accédèrent volontiers à la demande.

— Avancez près du feu, venez vous chauffer, reprit le général, ne restez pas aussi éloignées de la cheminée : il fait bien froid ce soir.

« Elles obéirent à l'invitation et se rapprochèrent de la cheminée. Mon général commença alors la conversation.

— Le maître de ce logis me semble être très-original et surtout très-avare. Qu'en pensez-vous, mes braves femmes ?

— Ces femmes, pour toute réponse, se contentèrent de sourire.

— Tout-à-l'heure, ajouta-t-il, ce M. Dur-à-Cuire me paraissait avoir le plus vif désir de nous voir gagner nos chambres. Sans doute il craignait de nous offrir son feu et son dîner.

— Nous n'avons pas trop à nous plaindre, dit la plus vieille, mais il est bien vrai qu'il n'est pas trop généreux.

— Pas même à l'égard de cette belle fille, s'écria mon général en regardant d'une façon expressive la jeune jardinière de M. Dur-à-Cuire, dont ses yeux ne pouvaient se détacher depuis le commencement de la conversation.

« Cette paysanne, sans être jolie, avait une chevelure remarquablement belle, ce qui lui donnait un faux air des madones de Michel-Ange et de Raphaël.

— Montrez-nous votre belle chevelure, lui dit mon général.

« La jeune fille tout d'abord rougit et, par un sentiment de pudeur, refusa. Alors l'autre, d'ordinaire fort grave et fort impératif dans son langage, devint humble, doux, suppliant, et je vis le moment où il allait se mettre à genoux pour obtenir gain de cause.

« Malgré ces prières, malgré la vue de ce général presque à ses pieds, la belle jardinière resta inexorable et ne voulut pas défaire sa belle chevelure.

« Mais le général n'était jamais à bout de ressources : il fit donner ses réserves, et aussitôt sortit de sa poche un louis de vingt francs qu'il fit briller aux yeux de la belle.

(Ce trait nous démontre au moins une chose, c'est que nos généraux de 1870 étaient bien plus forts sur le chapitre de Cythère que sur l'art militaire).

« A la vue de la pièce d'or les deux femmes, surtout la vieille, ne purent rester sur leur chaise ; elles s'avancèrent pour toucher le précieux métal. Leurs yeux brillaient d'un feu inaccoutumé : on aurait dit qu'un courant électrique venait de passer dans leurs membres, tellement elles s'agitaient convulsivement.

— Prenez cette pièce, leur dit mon général, elle est à vous ; à une condition cependant : c'est que vous dérouliez vos cheveux et que vous me les laissiez toucher.

« Les deux femmes se regardèrent en se faisant un signe d'intelligence et hésitèrent à prendre la pièce.

— Prenez-la donc, regardez-la, reprit-on de nouveau ;

elle est bien d'or, elle n'est point fausse. Allons, ne craignez rien ; prenez la donc......

« Elles saisirent enfin la pièce, et l'approchèrent de la lumière. Lorsqu'elles se furent assurées que l'offre était sérieuse et que la pièce n'était point en cuivre, une véritable ivresse s'empara d'elles. Aussitôt la plus âgée (la mère de la jardinière) s'écria :

— Tu serais bien sotte, Clémentine, de ne pas dérouler tes cheveux pour ce bel écu.

La fille hésitait encore :

— Allons, reprit la mère, dépêche-toi, petite bête, petite sotte ; gagner vingt francs sans peine, en une minute, ça ne se trouve pas tous les jours ; il faut profiter de l'occasion. . . . .

« Il était bien certain que vingt francs, pour ces pauvres gens, représentaient le travail d'un mois. Alors la jardinière dénoua ses cheveux qui tombèrent aussitôt en longues nattes autour de sa figure. Elle rappelait ainsi une des belles madones du Titien ou de Paul Véronèse. Le général n'y tint plus, il les prit dans ses mains, les pressa plusieurs fois, puis les baisa.

« Quelle réminiscence ! et avoir 60 ans !...

« Un silence complet se fit aussitôt dans la chambre, mais tout-à-coup mon général cherchant à dissimuler son trouble, son émotion, en se rappelant que j'étais là, immobile, à l'autre coin de la cheminée, me dit : N'est-ce pas, monsieur de P***, que ces cheveux sont beaux, sont merveilleux ? . . . .

— Certainement ! répondis-je en inclinant la tête. »

. . . .

Que les MM. Prudhomme, que les moralistes, que les

louangeurs des siècles passés crient bien haut à la corruption, à l'immoralité du 19e siècle! Qu'ils affirment
que nos mœurs d'aujourd'hui sont plus mauvaises que
celles d'autrefois ; que la société, le monde est pire que
jadis etc. etc. !

Que prouve ce fait? Que l'instruction et la richesse
aux prises avec l'ignorance et la pauvreté peuvent faire
beaucoup de mal à la ville comme à la campagne ; que
notre mode d'instruction et d'éducation est suranné ;
qu'il est temps d'apporter un grand remède à des maux
qui menacent de grandir et de devenir incurables.

« Aujourd'hui, ce soir, ajouta notre ami de P***, la
jardinière aux beaux cheveux n'a pas paru chez le général ; à la réflexion elle aura peut-être compris le danger de telles soirées. »

L'historiette nous amusa fort et fit sourire mon chef,
quand le lendemain je la lui racontai.

Au jour, je partis de nouveau pour Moulins, et là,
on me chargea de deux missions pour Bourges : l'une
pour le général en chef, commandant l'armée de l'Est,
l'autre pour une charmante *Miss Dolorès*, qui venait de
s'engager comme infirmière dans le 18e corps. Je devais
lui remettre les insignes d'infirmière, c'est-à-dire le
brassard de la convention de Genève et, de plus, accompagner notre jeune officier malade, que sa mauvaise
santé forçait de rentrer dans sa famille.

Bourges était, à cette époque, le refuge et le point
choisi pour réunir les débris des corps de l'armée de la
Loire, épars sur toutes les routes de la Loire au Cher.
Par cela seul il prenait une extrême importance.

Les 15e, 18e et 20e corps, campés autour de ses murs,

se réorganisaient ; le grand quartier général de notre commandant en chef était à l'archevêché de Bourges.

A cause de l'agglomération de soldats et afin d'éviter tout conflit avec la population, les militaires étaient consignés aux portes et ne les dépassaient qu'avec une autorisation. Malgré toutes ces précautions la ville regorgeait de militaires, en quête soit d'effets, soit de provisions.

Bourges, d'ordinaire très-calme et peu animé, était réellement envahi par une foule de mendiants moitié civils, moitié militaires. Ils pouvaient à peine circuler dans les rues déjà très-étroites et faisaient le siège des magasins. Il était extrêmement difficile d'avoir ce que l'on désirait, à moins de le prendre de sa propre autorité. Fatigués d'attendre, la plupart des acheteurs se servaient eux-mêmes : les maîtres de magasins étaient impuissants à contenir ce flot d'hommes avides des choses les plus indispensables, dont ils manquaient depuis le commencement de la campagne et qu'ils n'avaient pu se procurer dans la marche si rapide qu'ils venaient de faire depuis Orléans. La température, elle aussi, rendait nécessaires certains achats soit de chaussures, soit de vêtements, etc, etc... De plus, tous sans exception, nous avions thésaurisé le produit de nos soldes pendant ces pénibles retraites. Dans l'incertitude de l'avenir, nous étions bien aises d'alléger d'autant notre bourse, car elle devenait pour nous plutôt un embarras au camp, qu'une utilité.

Les marchands de Bourges, naturellement, ne négligèrent pas une aussi bonne aubaine et nous firent payer au poids de l'or ce dont nous avions besoin.

Les marchandises étaient rares, vu les nombreuses demandes : en général l'aspect des magasins était fort triste : la plupart étaient vides et si quelques-uns avaient encore des « rossignols », dès que la nouvelle s'en répandait, en un clin d'œil, ils étaient dévalisés. Souvent même le fortuné mortel venu à bout de trouver quelque chose était obligé, à sa sortie du magasin, de partager avec la foule des chalands désappointés. On lui arrachait de force, lorsqu'il ne voulait pas partager de bon gré.

Aussitôt ma mission remplie près de l'Etat-major, j'allai me présenter chez la belle *Miss Dolorès*, dans l'intention de l'armer infirmière, c'est-à-dire de lui remettre son brassard. Mais hélas ! elle était sortie ! Ensuite je me préoccupai du départ de notre jeune officier malade ; mais il fut obligé d'attendre jusqu'au soir. A cette heure-là il n'y avait point de train pour son pays. Je le confiai donc aux soins des braves gens chez lesquels il avait déjà logé. Il manifesta bien le désir de me garder près de lui jusqu'au moment de son départ. Mais l'état maladif qui rend toujours si exigeant agissait trop sur lui, surtout lorsqu'il songeait à son antique origine. Sans nul doute, et pour cette raison seule, il s'exagérait les devoirs que pouvait avoir contractés envers lui un simple plébéien.

Malgré tout le désir que j'aurais eu d'être plus longtemps utile à ce jeune homme, mon service s'y opposait et m'appelait à Moulins-sur-Yèvre. N'être pas exact à mon poste était très-grave : mon chef ne me l'eût pas pardonné : bon gré, mal gré, il fallut donc s'exécuter et quitter Bourges au plus vite.

A six heures et demie du soir, je rentrais à Moulins.
Je retrouvai mon chef attablé dans sa modeste taverne
avec le chevalier Régence. Celui-ci attendait, avec impatience, l'heure de la rentrée des soldats au camp,
pour pouvoir obtenir de l'aubergiste un semblant de
dîner. A la vérité, l'excellent chevalier faisait une triste
figure, en présence d'un contre-temps si fâcheux et
surtout avec la perspective d'un maigre dîner. Il paraissait tellement plongé dans ses réflexions qu'à mon arrivée il détourna à peine la tête. Sa tristesse nous égaya
fort pendant un moment, mais lorsqu'il entendit mon
ordonnance, qui avait été plus prévoyant que moi, et
qui avait pris quelques comestibles à Bourges, me demander s'il fallait nous les servir, notre excellent chevalier se mit à sauter de joie et à fredonner un de ses
airs habituels. Gaieté bien frivole assurément! Mais il
faut se reporter à cette époque pour en comprendre
l'opportunité.

Quelques instants après, nous nous mîmes en route
pour notre cantonnement chez M. Dur-à-Cuire ; comme
nous arrivions au détour du château de Moulins, nous
aperçûmes aux environs les feux de nos bivouacs. Nos
divisions s'étaient rapprochées du quartier-général ;
notre départ devait être prochain ; c'était un indice qui
ne nous trompait jamais. Mais où allions-nous ?.... En
cheminant, mon chef et moi, nous nous faisions sans
cesse cette question sans pouvoir y trouver de réponse.

Dans la nuit, en effet, on nous apporta un ordre qui
prescrivait un mouvement sur La Charité, et en fixait
l'exécution dès le jour.

Cependant, au grand quartier-général de l'archevêché, certaines résolutions venaient d'être prises. Dans le but de faire lever le siège de Belfort et de refouler l'armée allemande qui, sous les ordres du général de Werder, occupait depuis deux mois tout le pays compris entre Dijon et cette place de guerre, on venait de décider la création d'une nouvelle armée qui devait prendre la dénomination de première armée, sous le commandement en chef du général Bourbaki.

Trois corps d'armée, primitivement, devaient composer cette armée : le 18 et 20° corps de l'armée de la Loire commandés par les généraux Billot et Clinchant qui devaient être transportés par les voies ferrées de Bourges, Saincaize, Nevers et La Charité à Chagny et Châlon-sur-Saône d'où ils marcheraient sur Vesoul, et le 24° corps, général Bressolles, qui était en voie de formation à Lyon, et qu'on devait transporter avec le plus de rapidité possible à Besançon. Puis une brigade de réserve formée de troupes choisies dans le 15° corps et confiée au capitaine de frégate Pallu de la Barrière complétait cette armée de l'Est. Le reste du 15° corps restait provisoirement à Bourges, ne devant que plus tard rallier l'armée de Bourbaki.

Plus tard nous verrons aussi que la division Cremer, qui se trouvait en ce moment sous Dijon, opérant provisoirement de concert avec l'armée de Garibaldi, fut annexée à l'armée de l'Est et forma son aile gauche.

L'effectif de cette armée, qui au début de l'expédition était de cent mille hommes environ, se trouva élevé à cent vingt mille hommes, par l'adjonction complète du 15ᵐᵉ corps, au moment où fut livrée la bataille d'Héricourt, le 15 janvier.

Nous étions arrivés à notre logis, chez M. Dur-à-Cuire, il y avait seulement quelques minutes, lorsqu'on nous apporta cette notification et de plus un ordre de mouvement pour le lendemain, ordre qui nous laissa dans la plus grande incertitude.

Le lendemain 19 janvier, au point du jour, nous quittâmes la propriété de M. Dur-à-Cuire. Mon chef, qui ne connaissait la belle jardinière, que par l'histoire de mon ami, désirait ardemment la voir ; son désir fut pleinement satisfait : tout le personnel de la propriété, y compris la *madone* du général X..., nous accompagna jusqu'au bout de la grande allée du parc.

A cet endroit, nous rejoignîmes et suivîmes nos colonnes. Nous marchions très-lentement, tant la route était encombrée par les hommes, par les pièces d'artillerie et les voitures de toute sorte. Nous n'eûmes pas à regretter une marche aussi lente ; elle nous permit de faire maintes observations, et entre autres celle-ci : l'insouciance la plus grande régnait encore en ce moment parmi les soldats et les chefs ; le patriotisme faisait défaut chez tous. Les hommes, en général, se suivaient sans ordre, comme des troupeaux de moutons ; ils ne pensaient pas à se garder contre une surprise de l'ennemi. S'il apparaissait une ferme à l'horizon, ils s'y dirigeaient par groupes de trois ou quatre ; les chefs n'avaient pas assez d'autorité pour les en empêcher.

Pendant cette marche, que de réflexions, que de critiques, que de prédictions, n'avons-nous pas entendues ! Généralement, il faut bien le dire, on critiquait la nomination du général Bourbaki au poste de commandant en chef de l'armée. Reconnaissons-le d'ailleurs, le général de l'ancienne garde impériale n'était peut-être pas fait pour inspirer tout d'abord beaucoup de confiance.

Chaque jour, en effet, nous apportait quelque nouvelle preuve des fautes, des folies de cet abominable Empire. Dès lors comment ne pas concevoir certaines inquiétudes, certains soupçons, alors surtout qu'il s'agissait de jouer la partie suprême ? Et cependant, à Lille, le 29 octobre, dans une allocution aux gardes nationaux et aux gardes mobiles du Nord, le général Bourbaki avait fait une déclaration qui semblait ne pas autoriser à mettre en suspicion, un seul instant, ses sentiments de courage et de patriotisme[1].

Hâtons-nous de le dire, cet engagement a été honorablement tenu pendant toute la campagne de l'Est.

N'importe ! Si le ministre de la guerre d'alors avait pu visiter non-seulement les états-majors, mais encore parcourir les camps et interroger officiers et soldats, il se serait persuadé du mauvais effet de cette nomination et aurait entendu dès ce moment chacun de nous se livrer à de fâcheux pronostics sur le sort de cette armée commandée par un ex-serviteur de l'Empire.

Tout le monde faisait des conjectures sur notre nouvelle campagne ; toute espèce de bruits circulaient dans les rangs. Les uns disaient : on quitte Moulins avec l'intention de se diriger vers Paris et de remonter entre la

---

[1] — « Pour moi, qui ai loyalement offert mon épée au gouvernement de la Défense nationale, mes forces et ma vie appartiennent à l'œuvre commune qu'il poursuit avec nous, et vous me verrez au moment du danger à la tête des troupes qui seront incessamment organisées...

« Vous pouvez compter sur le plus énergique concours et le dévouement le plus absolu de ma part. »

Seine et la Meuse. D'autres disaient que, suivant l'avis du général Borel, on allait directement débloquer Belfort et jeter 40,000 hommes dans le grand duché de Bade ; qu'on allait couper toutes les lignes de chemins de fer communiquant avec l'Allemagne et attendre dans des positions retranchées le retour de l'armée allemande qui, devant la menace de se voir privée de ses approvisionnements, serait contrainte de renoncer au siège de Paris pour venir nous combattre.

Ce plan audacieux, ajoutait-on, pouvait démoraliser l'armée allemande. Ce mouvement de retraite fatiguerait le soldat et rendrait possible la prise de l'offensive des Parisiens, sur les derrières de Moltke. On disait encore qu'un ballon, venant de Paris, apportait les nouvelles suivantes : « Que les Parisiens avaient des vivres jusqu'au 15 janvier ; que Ducrot n'avait pas pu percer les lignes prussiennes ; que le cercle d'investissement était élargi, enfin que le blocus n'avait jamais cessé d'exister. »

Ce mouvement paraissait donc s'accomplir dans d'excellentes conditions. La *première* armée avait 25 jours pour faire son mouvement vers l'Est, et débloquer Belfort ; c'était un temps plus que suffisant. Mais à une condition, c'est que notre marche sur Belfort fût très-rapide et qu'elle fût cachée à l'ennemi. Tous ces racontars égayèrent notre route et nous firent trouver cette étape fort courte, malgré la pluie et le vent.

Nous arrivâmes vers midi à Gron, petit village situé sur le haut d'une colline dominant la route de Bourges à La Charité. Ce village n'offre rien de remarquable. Le maire nous parut fort étonné, fort surpris d'être obligé de recevoir tant de soldats. Après quelques heures d'attente, il nous fit conduire chez M. Rapin, qui demeurait dans une propriété auprès de Gron. Nous trouvâmes à la vérité la maison déjà occupée. Heureusement, le propriétaire nous offrit de partager sa chambre, ce que nous nous empressâmes d'accepter.

M. Rapin est un homme de petite taille, maigre, nerveux ; sa figure présente quelques traces d'intelligence. A son premier geste, à sa première parole on reconnaît l'homme qui a vécu toujours seul, qui a rempli solitairement ses coffres-forts au moyen des plus strictes économies. Il est doué d'une activité sans égale, mais il serait superflu d'espérer rencontrer beaucoup d'élévation, de raison dans son langage et dans cet esprit si préoccupé de ses propres intérêts. Par ses nombreuses économies et l'amour excessif de lui-même, il est parvenu à se créer autour de lui un véritable Buen-Retiro, où il vit toujours seul, employant ses longues heures, mettant son unique bonheur à agrandir et à embellir chaque jour sa propriété.

Il eût été bien difficile, ce nous semble, d'espérer trouver chez un tel homme et chez une telle nature quelque élan de patriotisme. Et dire que cette classe de gens pullule en France !

Pouvons-nous lui trouver un meilleur pendant que. M. Dur-à-Cuire, l'homme en tout point semblable que nous venions de quitter à notre dernière étape? Avouons cependant que M. Rapin fut plus cordial dans son hospitalité et plus généreux que M. Dur-à-Cuire.

Malgré la tristesse engendrée par les événements et augmentée par les nouvelles que nous venions de recevoir, ce bon propriétaire nous égaya fort dans la soirée par sa conversation extravagante, de temps en temps interrompue par un air d'orgue dont il touchait avec beaucoup de mélancolie. Sauf quelques préoccupations et dérangements habituels, la nuit n'offrit rien d'extraordinaire, si ce n'est que M. Rapin ne dormit pas et veilla avec nous. Comment un tel homme aurait-il pu dormir ayant tant de monde dans sa maison ? Occasion pour lui de sérieuses préoccupations : il redoutait le pillage pour ses fourrages et l'incendie pour ses bâtiments.

Le jour paraissait à peine que M. Rapin était déjà debout, plus préoccupé de savoir s'il obtiendrait la décharge de sa réquisition de pain, qu'il sollicitait de l'intendant en chef, que de toute autre chose. En effet, suivant les ordres de l'intendance, le maire de Gron avait mis tous les fours de la commune en réquisition, et celui de M. Rapin n'avait point été excepté.

Jusqu'au moment où j'eus obtenu pour lui, de notre chef, une remise de réquisition, M. Rapin ne me quitta plus. Après avoir logé quelques officiers, une vingtaine de soldats et autant de chevaux, il était dur, à ses yeux, de donner encore son pauvre blé. Notre chef décida qu'en présence du nombre de soldats qu'il avait hébergés et des officiers qu'il avait logés, il y avait lieu à lui faire cette remise.

Notre corps d'armée devait défiler en face de cette propriété, qui se trouve située à un kilomètre de la route de Bourges à la Charité. Notre chef résolut d'attendre son passage pour nous mettre en route. Nous restâmes donc jusqu'à midi environ chez M. Rapin, car les premières colonnes du 18e corps n'apparurent que vers cette heure-là.

Cependant, vers les onze heures, on nous annonça un général et sa suite. Celui-ci s'appelait d'un nom tellement baroque que je n'ai pu le retenir.

Tous, sans excepter notre chef, nous fûmes surpris lorsqu'on nous annonça cet officier général : nous ne connaissions dans notre corps ni celui-ci, ni les régiments qui l'accompagnaient. Dans le premier moment mon chef, croyant avoir affaire à une reconnaissance de cavalerie prussienne, m'envoya avec un autre officier aux renseignements, afin de le rassurer sur l'identité du nouvel arrivant.

Nous apprîmes bientôt que ce général appartenait à un autre corps de l'armée de l'Est et était envoyé sur nos devants avec une mission spéciale. A l'aspect de son escorte et de sa suite, nous fûmes vivement émus : j'avoue que j'ai rarement vu de fourgons plus confortables, mieux garnis de batteries de cuisine et mieux approvisionnés de comestibles que ceux de ce nouveau Falstaff. Mon camarade et moi, en rentrant au logis de M. Rapin, nous les vîmes ouverts ; de nombreux ordonnances en extrayaient les mets les plus fins et les plus délicats.

Nous n'avons pas eu le temps d'examiner la vaisselle, mais nous sommes bien persuadés qu'elle n'était pas en fer, comme jadis la vaisselle de campagne du maréchal de Turenne.

Un tel luxe culinaire et un tel raffinement d'approvisionnements, dans de pareils moments, me parurent non-seulement une injure, mais encore une insulte pour les malheureux soldats qui voyaient sortir de ces fourgons des mets recherchés, voire même des conserves,

des truffes !... Et lorsqu'eux-mêmes avaient à peine
du pain pour manger !

N'était ce pas le cas de dire : « Officiers-généraux,
moins de soin de vos estomacs et plus de souci de vos
soldats !

« Il est loin déjà, ce temps où, tous sans exception,
vous veniez à Tours, dans le but d'obtenir des grades
ou de l'avancement, assurer la Délégation de vos mâles
vertus et de votre dévouement à la patrie ! Comment
pouviez-vous oublier aussi vite vos engagements, vos
promesses solennelles ? Comment pouviez-vous montrer de semblables exemples à l'armée ? Oh ! plus tard,
vous deviez vous plaindre que la discipline n'existait
pas dans cette armée de province, ou plutôt dans ces
bandes, comme vous les appeliez !

« Si vos hautes positions, sous un gouvernement despo-
tique, vous imposaient une certaine représentation, sous
la République, à l'armée, au moment où la patrie était
en danger, lorsque la fortune était contraire à nos armes, avouez qu'un tel luxe de voitures et de batteries
de cuisine, un tel confort n'était pas fait pour encoura-
ger le soldat à vivre éloigné des fermes et à se plier à la
discipline !

« Et maintenant, si vous voulez qu'on respecte en vous
des chefs, qu'on voie en vous des hommes supérieurs,
soyez supérieurs en tout à vos soldats ! D'abord par l'intelligence, puis par le talent et le savoir ! Alors peut-
être, vous dédaignerez ces jouissances matérielles, qui
sont le propre des êtres inférieurs. Mais tant que vous
serez sensibles aux faiblesses humaines, aux nombreux
appâts de l'orgueil, de la vanité, ne vous plaignez plus,

si vous avez de mauvais soldats ; ne vous plaignez plus, si vous ne parvenez pas à vous faire obéir ; ne vous plaignez plus, si les routes sont encombrées d'*impédiments*; vous en donniez l'exemple chaque jour ! Ne vous plaignez plus de ne pas avoir d'officiers pour comprendre vos ordres ; vous leur montrez du doigt le café ! Ne vous plaignez plus s'il se trouve à l'armée des bouches inutiles; vous les encouragez et les entretenez ! Ne vous plaignez plus d'être toujours battus : vos pensées sont absorbées par le bien-être et non par le travail ! Enfin, officiers généraux, tant que vous n'aurez pas les mœurs austères, rigides, et les mâles vertus de nos anciens capitaines, n'espérez pas fonder une discipline réelle dans l'armée ; vous aurez beau faire des réformes, elles n'aboutiront à rien, si vous ne vous réformez pas vous-mêmes ! »

A une heure, le 20 décembre, nous quittions notre aimable hôte M. Rapin et nous nous dirigions sur La Charité, où nous devions être arrivés à la chute du jour.

Bientôt nous eûmes franchi le court chemin qui sépare la propriété de M. Rapin de la route de Coupoy. Cette route du Coupoy à la Charité était entièrement sillonnée par les troupes du 18me corps qui allaient se masser autour de La Charité. Cette étape ne présenta aucun fait remarquable, si ce n'est un dégel très-grand qui rendait les chemins boueux et très-difficiles à la marche. La nuit était venue lorsque nous atteignîmes la Chapelle-Montlimart, petit village de quelques maisons seulement à 10 kilomètres environ en avant de la Charité.

Sur le coteau qui domine en cet endroit la vallée de la Loire s'élève un magnifique château, naturellement désigné d'avance pour recevoir notre état-major.

Notre première installation faite à La Charité, à défaut de logement à Montlimard, je revins au quartier général pour prendre les ordres de la nuit. Ce voyage me permit de faire de nouveau maintes observations que nous avions eu l'occasion de signaler, et que nous signalerons encore bien des fois dans le cours de ce récit. La nuit était noire, très-froide ; la neige recouvrait la terre, malgré le dégel de la veille. Sur la route de Bourges on voyait çà et là des lumières d'une dimension gigantesque : c'étaient les feux des bivouacs. La plus grande partie des soldats dormaient tranquillement pelotonnés autour de leurs feux, comme des serpents, les uns auprès des autres, les pieds tournés vers des charbons ardents ; ce qui peut encore expliquer l'usure des chaussures et le mauvais état de celles surtout de nos jeunes soldats, peu habitués par nature à prendre soin de leurs chaussures comme de leur équipement. D'autres étaient occupés à combler les travaux de défense qui avaient été faits par l'administration des ponts et chaussées de La Charité. Mais, quant à se garder, personne n'y songeait ; nulle sentinelle n'empêchait d'entrer dans le camp. Et cependant les Prussiens étaient près de nous, disait-on !

Mon ordonnance et moi parvînmes jusqu'à la Chapelle-Montlimard sans aucun embarras ; à la porte du château, on fit cependant mine de vouloir nous arrêter.

Le quartier général resplendissait de lumières : décidément on travaillait. Je fus reçu par le colonel d'état major, M. Gallot, avec son amabilité ordinaire. Il me fut même permis de saluer l'astre du jour, c'est-à-dire notre général en chef. ·

Je pris place parmi ces messieurs, rangés autour d'une table, écrivant des ordres, et je me mis à copier l'ordre de mouvement pour le lendemain. Cet ordre très-long, selon l'habitude, me retint une heure environ. Hélas ! la bureaucratie était en honneur, même en campagne, dans des moments aussi critiques et aussi pressants. Nous avons constaté plusieurs fois que, dans nos états-majors, on abusait de l'écriture et que cette manie de la paperasse jetait un certain trouble, une certaine confusion dans l'exécution des ordres. Si les ordres en temps de guerre étaient moins longs, ils y gagneraient peut-être en clarté et en précision ; ce serait, ce nous semble, une excellente réforme. Sans oser faire aucune critique qui pourrait paraître une outrecuidance de ma part (car il serait bien facile de nier ma compétence en pareille matière), cependant je crois qu'en général, plus les ordres sont brefs et précis, plus les mouvements sont exécutés avec célérité. Cette opinion est confirmée par l'autorité sans égale de Napoléon 1er, qui les faisait avec tant de brièveté et de clarté.

A la vérité, cet ordre du 20 décembre 1870 était un peu long. Il est bien vrai que le général devait nécessairement entrer dans certains détails, pour expliquer aux différents chefs de service comment devait s'effectuer le passage des ponts sur la Loire à La Charité, et indiquer surtout aux officiers supérieurs leur mission dans cette journée afin d'éviter le désordre et les accidents.

Quand on arrive à La Charité par la route de Bourges,

il y a deux ponts à traverser pour pénétrer dans cette
petite ville. Pour passer ces ponts et le faire avec rapidité, il était indispensable que le plus grand ordre ré-
gnât dans le mouvement, d'autant plus que tout devait
être terminé avant la fin de la journée, disait-on.

En effet la première armée, tout entière, devait le
lendemain s'embarquer aux gares de Nevers et de La
Charité pour la fameuse destination encore inconnue,
officiellement du moins.

Indépendamment de cet ordre de mouvement, je rap-
portai, à mon chef, un ordre relatif à l'intendance, ordre très-important à plusieurs point de vue : d'abord il
réglementait notre service, un peu désorganisé par nos
nombreuses marches et par l'insuffisance de notre personnel. Ensuite il avait pour but de réprimer le gaspillage tant des vivres que des munitions. Celui-ci avait
pris des proportions très-grandes depuis quelques jours,
dans notre corps d'armée.

A deux heures du matin environ, j'étais de retour à
La Charité. J'avais traversé tout le camp, encore une
fois, sans difficulté ; il est vrai que ce camp n'avait rien
de guerrier et que quelques hulans auraient pu facilement y jeter le désordre et l'épouvante.

Selon l'ordre de mouvement, dès le lendemain matin,
tout le 18e corps traversa les ponts et vint se grouper
autour de la gare de La Charité.

La Charité est une vieille ville qui se dresse en amphithéâtre, sur la rive droite de la Loire. Pour atteindre la gare, en venant de Bourges, il faut parcourir une
série de petites rues remplies de magasins. En temps de
paix, La Charité doit être très-commerçante ; le fleuve,

qui la traverse, joue un rôle important dans sa prospérité commerciale. Dans cette traversée précipitée de
La Charité j'ai cru apercevoir les murailles d'une enceinte qui, à défaut d'autres preuves, sembleraient démontrer que cette ville a été autrefois fortifiée ou a
soutenu quelque siège.

Les ruines de l'église de Sainte-Croix sont encore
belles et rappellent tout ce que le style byzantin avait
de grandiose.

La Loire, en cet endroit, offre un coup d'œil vraiment beau ; elle est très-large, coupée en deux bras par
une île qui a une assez grande étendue : à elle seule,
elle renferme tout un faubourg de La Charité. Deux
ponts relient cette île d'un côté à La Charité, de l'autre
à la route de Bourges.

Au milieu de ce défilé de notre corps sur ces ponts,
un spectacle nouveau nous était réservé. Grâce à d'excellentes précautions de l'administration, des troupeaux
de bœufs suivaient chaque division. La plupart de ces
animaux, que nous avions amenés de Gien, étaient tellement accablés par la marche, qu'ils pouvaient à peine
lever les pieds et que l'on avait beaucoup de difficultés
pour les faire avancer. La fatigue seule de cet animal
si difficile d'ordinaire à rompre à la marche n'était-elle
pas l'indice le plus vrai de la position dans laquelle,
déjà, devait se trouver en ce moment toute cette armée ?

Beaucoup de propos divers circulaient de bouche en
bouche. Pourquoi ce passage de la Loire ? Où allait-on ?
Qu'allait-on devenir ?...

Par quelques indiscrétions, nous apprîmes d'une manière certaine d'abord que notre armée allait opérer dans l'Est, puis que nous devions essayer tout d'abord de débloquer Belfort, ensuite de jeter 40,000 hommes dans le grand duché de Bade.

A cette bonne nouvelle, chacun souriait, chacun espérait, la joie était dans tous les cœurs. En effet, se disait-on, une fois Belfort débloqué, les Prussiens seront obligés de lever le siège de Paris ; notre armée assurément deviendra trop inquiétante pour le Grand Duché de Bade. Les ordres du quartier général ne tardèrent pas à venir confirmer ces on-dit.

En présence des grands événements qui se préparaient et de notre départ probable pour le lendemain, nous passâmes la nuit à mettre de l'ordre dans nos travaux afin d'être prêts à toute éventualité.

Mon chef alla prendre un instant de repos ; j'étais plongé dans l'examen attentif de mes paperasses lorsque survint un de mes camarades, le jeune P***, attaché à un général de notre corps d'armée. Cet ami était, comme moi, de garde cette nuit-là ; très-gai et très-spirituel, il avait souvent abrégé nos longues veilles par son esprit pétillant de verve et d'entrain et par ses récits humoristiques.

Pour ne pas déroger à sa noble habitude, il me fit le récit de l'installation de son général à La Charité ; il me dit qu'il demeurait dans une maison voisine, chez une veuve, Mme Montdury.

Il commença ainsi son historiette : « Mme Montdury est une femme de 50 ans environ qui, malgré son âge, a conservé de nombreux charmes dans tout son être ; sa figure respire même encore la coquetterie ;

quelques filets d'argent trahissent à la vérité l'art de
sa coiffure, mais ses traits fins s'accommodent des quelques rides de son visage. Son esprit est peu cultivé; elle
n'a reçu qu'une instruction superficielle. Mais les habitudes de la vie et la fréquentation ont arrondi et poli
quelques angles, pas assez cependant pour cacher les
défauts de son intelligence. Fine, frivole de caractère,
elle a dû être trop jeune, ce me semble, pour son mari;
c'est ce qui me fait douter de l'accord de cette union.
Quoi qu'il en soit, il y a en elle je ne sais quel charme
de conversation qui fait oublier son âge. A quoi attribuer cet avantage? Sans doute à la lecture de romans
ou de feuilletons. Bonne et charitable, dès le premier
jour de notre arrivée, elle mit toute sa maison à notre
disposition et, il y a une heure environ, elle est venue
nous tenir compagnie pendant que nous travaillions.
Elle était installée auprès de la cheminée, au milieu de
nous tous, ayant un mot aimable pour chacun, lorsque
tout-à-coup est survenu notre général, qui a rompu le
charme de cet entretien.

Selon ses traditions galantes, ravi de voir une dame
dans son cabinet, fièrement il se campa sur sa hanche
droite et se mit à pérorer dans ce langage de *Don Juan*
qui lui était assez familier à l'armée. Comme plusieurs
officiers étaient présents, il les envoya reposer les uns
après les autres. Ayant la bonne fortune d'être un de
ses plus intimes, j'eus le privilège de rester le dernier.
Mais, dès que je m'aperçus que cette scène amoureuse
des deux vieillards devenait de plus en plus tendre, je
crus prudent de me retirer sans en attendre l'ordre.

Qui aurait pu retenir un sourire à la vue de ce général âgé de 65 ans, presque aux pieds d'une femme de 55 ? Amour du dernier âge, sans le prestige, sans l'illusion du premier, que ne peuvent sans doute comprendre que ceux de ce temps ! J'étouffais en voyant ce vieux couple deviser sur la vie, comme au commencement de la carrière, parler mariage, comme s'ils allaient recommencer ensemble un nouveau voyage dans le bleu d'un ciel sans nuages...

O espèce humaine ! comme tu sais, par un curieux effet de mirage, te tromper, t'abuser à quelque date que ce soit ! Et que tu es heureuse d'oublier parfois la réalité !

J'ai laissé, ajouta mon ami cet heureux couple se rappeler et se souvenir qu'il a été jeune, et je t'apporte, en courant, cette petite historiette pour ta collection. »

Le récit et les réflexions de mon ami m'avaient fait oublier les heures qui s'écoulaient rapidement : déjà la nuit touchait à sa fin ; les dépêches, les ordres, les tracas journaliers recommençaient ; il fallut oublier Mᵐᵉ Montdury et nos observations philosophiques pour songer à des choses plus sérieuses.

Dès le jour, le 18ᵉ corps devait s'embarquer à la gare du chemin de fer de La Charité, pour se rendre à Chagny et de là se diriger à marches forcées sur Belfort, enfin exécuter ce mouvement dans l'Est sur lequel, au quartier général et à Bordeaux, on fondait tant d'espérances.

Pour jeter encore une plus vive lumière sur ce mouvement important, nous transcrivons textuellement, ici,

une lettre du général Bourbaki au général Billot, telle
qu'elle nous a été remise avec l'ordre de mouvement du
21 décembre 1870 [1].

Nevers, 21 décembre 1870.

A M. le général Billot, commandant le 18e corps.

Mon cher général,

Je vous adresse ci-joint l'ordre du général au sujet du
mouvement qui va être exécuté par la 1re armée.

Il est bien entendu que vous partez de La Charité et de Nevers, pour aller débarquer à Chagny ou à la gare la plus
voisine, afin de vous concentrer à Chagny.

Je vous laisse le soin de présider à l'opération du débarquement qui présentera peut-être quelques difficultés pour
l'artillerie et la cavalerie. Je donne l'ordre au 92e de ligne
de s'embarquer à Briare, demain dans la soirée, et j'écris à
l'administration des chemins de fer, pour qu'elle envoie sur
ce point trois trains afin de prendre les trois bataillons.
Donnez de votre côté les ordres que vous jugerez nécessaires
pour assurer l'exécution de ce mouvement.

Des ordres sont donnés à l'intendance pour assurer les vivres à Chagny ; l'intendant en chef m'a en outre donné l'assurance que tous les convois seraient rendus à Chagny en quatre
jours en passant par Nevers. Invitez l'intendant du 18e corps
à s'assurer que son convoi a reçu les instructions nécessaires
afin que son mouvement soit exécuté comme il a été convenu.

L'intendant en chef m'a dit qu'il y avait en gare une
grande quantité de pain dont une partie doit être distribuée
au 18e corps. Donnez l'ordre à l'intendant de s'assurer de ce
qu'il y a pour vous et, dans le cas où une partie de ce pain
vous serait destinée, de le faire mettre en wagon à la suite

[1] V. Documents historiques, n° 1.

des trains du 18e corps pour qu'on puisse le faire distribuer en arrivant à Chagny.

Faites commencer l'embarquement dès aujourd'hui. Il est nécessaire que vous procédiez vous-même à l'opération du débarquement ; je vous invite en conséquence à vous rendre le plus tôt possible à Chagny, après avoir toutefois donné vos instructions aux généraux et chefs de service pour l'exécution de leurs mouvements.

Je vous prie de me rendre compte de l'exécution des prescriptions de la présente lettre et de m'envoyer une copie des instructions que vous aurez données dans ce but.

Recevez, mon cher général, l'assurance de mes sentiments les plus distingués.

Le général, commandant en chef :

Bourbaki.

P. O. *Le chef d'État-major :* Borel.

Pour copie conforme et notification de la présente dépêche à M. l'intendant en chef, avec prière d'en assurer l'exécution en ce qui le concerne et de tenir secret le point de débarquement.

Signé : Billot.

Suivant l'ordre qui accompagnait cette lettre et que nous avions transmis avec le plus de mystère possible[1] à nos chefs de service, le lendemain nous nous trou-

---

[1] Malgré le mystère qui devait présider à ce mouvement sur Chagny, les Prussiens connaissaient nos desseins et notre projet de marche sur l'Est dès le lendemain. En effet, le 25 décembre, dans un village au-dessous de Lure, un commandant d'artillerie de l'armée de Werder étant à déjeuner chez le maire de cette commune, M. D***, lui montrait, dans sa salle à manger, sur une carte de France pendue à la muraille, la marche

vâmes avec tous nos officiers à la gare de La Charité. Mais, soit défaut de matériel, soit défaut d'organisation, malgré le bon vouloir et l'activité sans égale de l'inspecteur délégué, M. Mitchell, chargé d'ordonner notre embarquement, nous fûmes obligés, après une journée d'attente, de revenir le soir reprendre notre ancien logement.

La gare de La Charité était, il faut le dire, peu appropriée pour l'embarquement d'un corps d'armée ; aussi de grandes difficultés s'élevèrent quand il fallut mettre en wagon tout notre matériel et nos chevaux. Notre artillerie divisionnaire mettait trois heures pour embarquer une batterie ; on peut juger par là quel temps nous fut nécessaire pour embarquer cette artillerie qui se composait de neuf batteries, et quel espace de temps il fallut pour mettre en route nos trois divisions d'infanterie. Aussi cet embarquement dura-t-il quatre jours et trois nuits.

On peut se demander, en présence d'un retard aussi considérable, de la température aussi contraire à la célérité que demandait ce mouvement dans l'Est, s'il n'eût pas été préférable et moins long de faire faire des marches forcées à nos soldats par ce froid rigoureux et glacial ? Assurément leur santé ne s'en serait pas trouvée plus mal et ainsi l'on aurait évité ces longs retards et la confusion que devait engendrer, sur une seule ligne de chemin de fer, l'embarquement de trois corps

qu'avait l'intention de suivre Bourbaki, pour arriver à Belfort. Il ajoutait que Bourbaki était à Châlon-sur-Saône, qu'il arriverait sans doute devant Belfort, mais qu'il y trouverait un second Sedan.

d'armée. En supputant le temps qu'il a fallu au 18° corps pour s'embarquer à La Charité, on doit voir combien il a fallu de longs jours pour embarquer les trois corps d'armée qui devaient former l'armée de l'Est.

Pourquoi dans de semblables moments, si ce plan pouvait offrir quelque chance de salut pour la France, pourquoi n'avoir pas mis tout en œuvre pour son exécution? Pourquoi généraux et gouvernement se contentaient-ils alors aussi facilement de tous ces retards ? L'idée était bonne, comme nous le verrons plus tard ; pourquoi l'exécution a-t-elle été si défectueuse ? On avait acquis un titre à la victoire ; on en avait trouvé peut-être le secret : pourquoi avoir tout laissé perdre ? Comment n'a-t-on pas tenu compte des déceptions du début pour changer certains détails de la mise en œuvre? Malgré les fautes du début, on pouvait peut-être encore réussir. . . . .

Le 23 décembre, à six heures du soir, après deux jours d'attente à la gare de La Charité, nous partions enfin pour Chagny.

CHAPITRE II

NEVERS — CHAGNY — BEAUNE — SAINT-JEAN-DE-LOSNE — AUXONNE

Nous quittâmes La Charité le 23 décembre, à six heures du soir, après avoir passé deux jours entiers à la gare, à attendre notre tour d'embarquement.

Notre train marcha assez rapidement jusqu'à Nevers. Mais, arrivés à cette gare, l'encombrement de la voie devint tel, que nous fûmes obligés d'attendre quatre heures dans nos wagons que la circulation fût rétablie. Il faisait tellement froid que nous ne pouvions même pas dormir : cette nuit fut horrible, autant par le froid que par les impatiences que nous causèrent les nombreux temps d'arrêt que nous fîmes dans ce trajet. A la vérité, les convois se suivaient à distance de quelques minutes seulement.

Nous arrivâmes ainsi à Étang ; il pouvait être huit heures du matin ; nous fûmes assez heureux pour trouver, à la gare, des poêles dont la chaleur nous remit en un instant de nos souffrances et du froid excessif de la nuit.

Deux heures plus tard, le train passait devant les forges du Creuzot, usines qui paraissent très-vastes, et que longe le chemin de fer de Nevers à Chagny, pendant un espace d'environ trois kilomètres. Elles ressemblent à une petite ville ; de grands bâtiments carrés occupent cette immensité de terrain. La vapeur qui sortait à flots de quelques-uns indiquait qu'on travaillait encore. Au milieu de ces vastes bâtiments s'élève une construction beaucoup plus élégante, entourée de massifs d'arbustes et de pelouses, c'est le logis du maître, de M. Schneider.

Nous arrivâmes à Chagny vers les deux heures de l'après-midi ; nous avions donc mis seize heures pour faire 189 kilomètres ; et notre marche dans l'Est devait être rapide, disait-on !...

Il ne fut pas facile de nous diriger à travers cette gare, d'autant plus que son chef paraissait très-peu satisfait d'un pareil encombrement. Déjà même il nous était permis de prévoir que notre séjour à Chagny ne se passerait pas sans quelque conflit avec cet administrateur si hautain : notre service exigeant la présence de nos agents à la gare, nous entrerions forcément en relations avec lui. Nos premiers devoirs d'usage remplis, nous nous empressâmes d'aller installer nos bureaux.

En entrant dans la ville de Chagny, nous traversâmes un dédale de rues pour nous rendre chez un notaire qui mit très-généreusement sa maison à notre disposition.

Chagny n'est point une grande ville ; les rues sont très-étroites et la plupart forment des angles obtus. Autrefois cette ville avait un château-fort dont il ne reste aujourd'hui qu'une tour qui sert de prison. Elle a eu certainement quelque siège à soutenir du temps des guerres de la Bourgogne ; les traces sont suffisamment apparentes pour venir confirmer nos suppositions.

De même que dans toutes les villes ou petites villes que nous avions traversées, les échelettes des magasins étaient vides ; on avait caché ou enfoui les marchandises dans la crainte des Prussiens. Aussi, gare à celui qui osait s'aventurer dans un de ces magasins ! Il était bien sûr d'être exploité comme à Gien et dans les autres villes que nous avions parcourues.

Une certaine aisance paraissait régner chez les habitants. A quoi attribuer cet état de bien-être et de prospérité, dans une petite ville se composant à peine de quelques centaines d'habitants et nullement commerçante ? C'est sans doute au voisinage de la Côte-d'Or, de cette côte si riche par ses vins, et si productive.

Les mœurs des états du globe sont en général en raison directe, dit-on, de leurs productions. Or, dans cette petite ville, j'ai constaté que cet on-dit n'est pas dénué tout-à-fait de vraisemblance. Les hommes y sont robustes et violents : aussi, quand on parle aux femmes de leurs maris, elles savent bien vous répondre que, dans tout le pays, les femmes en général ne redoutent qu'une seule époque de l'année : c'est celle des vendanges parce que, disent-elles, à ce moment, les hommes, excités par les excès du vin, les battent le plus souvent. Cependant, j'ai eu le plaisir de constater que plusieurs habitantes de Chagny qui avaient subi la crise des vendanges maintes et maintes fois ne s'en portaient pas plus mal et n'en vivaient pas moins bien en très-bons termes avec leurs maris. Je ne crois certaiment pas à ce racontar ; il est plutôt colporté dans le but de prouver la puissance et l'excellence des vins du pays C'est en quelque sorte une réclame. Ces vins, de réputation européenne, n'ont cependant pas besoin de ce boniment pour persuader les visiteurs de la Côte-d'Or [1].

Le lendemain, la neige tomba en abondance : le temps était très-froid. Avec une certaine satisfaction, nous apprîmes la nouvelle mesure du ministre de la

---

[1] « Ce rapide passage à travers la Bourgogne fut le plus heureux temps de la campagne ; les hommes sentaient leurs forces renaître et avec elles la confiance. L'entreprise nouvelle plaisait d'ailleurs, sans qu'on en connût bien le but. On marchait en avant, on allait chercher l'ennemi et, quel que fût le froid, outre qu'ou commençait à s'y habituer, on avait dans le bon vin et dans une nourriture abondante les meilleurs moyens de le combattre. (Extrait du Journal des marches et combats de la 2e divis. du 18e corps.)

guerre, qui désormais remplaçait le campement par le
cantonnement. A la vérité, c'était une prévoyance un
peu tardive, vu la rigueur de la saison depuis vingt
jours que nous étions en campagne. Mais elle mettait
fin à trop de souffrances et à de trop légitimes réclamations pour que nous osions la critiquer. Quel bonheur
pour nous tous de ne plus voir ce triste spectacle qui
s'offrait chaque jour à nos yeux, c'est-à-dire des soldats couchés et dormant dans la neige!

Combien de maladies le campement dans des conditions si mauvaises avait engendrées! Pour s'en convaincre en ce moment, il aurait suffi de passer devant le
front d'un bataillon : on eût entendu tous les hommes
tousser, se moucher, ce qui n'est pas précisément un
indice de force et de santé. Avec le cantonnement, ce
premier mal disparaissait. Désormais, nos soldats sous
le toit, à l'abri des intempéries de l'air, pourraient
d'abord mieux se reposer et ensuite se soigner. Cette
bonne et prudente mesure mit la joie dans tous les
cœurs.

La ville de Chagny est entourée de vignes cultivées
selon la mode du pays, c'est-à-dire dressées en échalas. L'hiver on retire les échalas de terre pour qu'ils
ne se pourrissent pas et, afin de les conserver pour
l'année suivante, on les met en tas au milieu des vignes. Comme les grands'gardes, pendant ces jours-là,
n'avaient pas le choix de leur emplacement, que partout la terre était couverte de neige, que cependant ils
avaient besoin de bois pour faire leur soupe et pour se
chauffer, ils s'emparèrent de ces bois d'échalas. Tous
étant très-secs firent de bons feux. Alors de nombreux

15*

propriétaires de Chagny entrèrent en colère et récriminèrent très-fort contre l'armée.

Un jour que par hasard nous étions en tournée de service, mon chef et moi, autour de Chagny, nous assistâmes à une scène curieuse.

Nous arrivâmes juste au moment où un de ces vignerons par trop intéressés gourmandait nos soldats et leur reprochait de brûler les bois de sa vigne. Touchés de ses reproches, nous lui fîmes observer qu'il était bien dur et même cruel pour l'armée ; que nos soldats n'ayant pas en ce moment d'autre bois pour faire leur soupe, on ne pouvait le leur refuser, d'autant plus que la valeur lui serait bien certainement remboursée ; que le meilleur moyen d'empêcher les pauvres diables de détruire les échalas était de leur procurer d'autre bois, etc.

Ce propriétaire intraitable nous répondit qu'il n'était pas chargé de pourvoir nos soldats de bois, qu'il n'avait qu'une chose à faire en ce moment, c'était de défendre sa propriété.

Pauvre ignorance! économie insensée! Pour qui donc et dans quel but tous ces soldats, qui venaient de si loin, enduraient-ils toutes les souffrances d'un hiver si rigoureux ?

Le soir, en traversant les rues de Chagny, nous fûmes attirés par une foule bruyante qui encombrait la chaussée. Cette réunion, composée de soldats et de curieux, célébrait l'avancement d'un colonel qui venait d'être promu au grade de général de brigade.

Les chansons les plus diverses furent admirablement bien interprétées par cet orphéon improvisé et com-

posé des soldats du 42° de ligne ; leurs voix bien unies
et assez variées se mariaient avec un parfait ensemble,
ce qui rendait leur chant réellement harmonieux.

Entr'autres chœurs, nous avions remarqué et vivement applaudi : *Aux armes! La veille du combat; Le
zouave.* Ces morceaux furent chantés avec beaucoup
d'entrain et de verve. Deux officiers dirigeaient les ar-
tistes improvisés et chantaient les *soli*.

Malgré le froid intense qu'il faisait, une partie de la
population de Chagny resta pendant une heure les
pieds dans la neige à écouter ces braves.

Pourquoi cet exemple n'était-il et n'avait-il pas été
suivi par toute l'armée? Dans quelques lignes que
nous écrivîmes alors dans les journaux qui voulaient
bien nous ouvrir leurs colonnes, sous le titre : « L'indiscipline du soldat résulte de l'insouciance et de l'indiffé-
rence de l'officier, » nous nous servîmes de cet exemple pour démontrer que la musique pouvait être un
moyen de faire renaître dans l'armée la discipline qui
en aurait un instant disparu. « Quel moyen plus puissant, disions-nous alors, de moraliser les masses, que la
musique? L'enfant du peuple qui chante oublie les misères de la vie, les besoins pressants de la famille ; le
soldat qui chante oublie, outre les affections qu'il a
laissées au foyer domestique, les maux même de la
guerre.

Qui oserait nier la confiance que celui-ci ou celui-là
peut avoir dans le maître qui lui enseigne la musique
et qui grave pour ainsi dire dans sa mémoire les chants
qui sont, en définitive, pour tous les hommes sans exception, ce que les joujoux sont aux jeunes enfants. Aussi

ce maître, ce professeur, s'il est chef, soit dans le civil, soit dans l'armée, est regardé par ses élèves non
plus comme un maître, mais comme un ami, comme un
puissant protecteur qui aide à supporter le fardeau de
la vie[1].

Pour l'ouvrier, le contre-maître qui lui apprend à
chanter est son véritable patron : tout ce qu'il dit est
pour lui un ordre et lui sert de règle de conduite : c'est
en quelque sorte un conseiller intime dont les avis sont
ardemment recherchés et surtout très-goûtés. Pour le
soldat, si son officier se fait pour lui professeur de
chant, tout ce qui tombe de ses lèvres, soit ordre, soit
réprimande, est écouté et exécuté religieusement. Telle
est la puissance et l'attraction de la musique sur notre
être en général. Au moment de la bataille, le soldat
suit sans hésiter l'officier, celui qu'il a appris à aimer
par la noble distraction qu'il lui a enseignée ; et si ce
chef, cet officier est tué, vous trouverez presque toujours le soldat tombé à ses côtés.

La musique, cet élan de l'âme, ce langage du cœur,
est un bon moyen d'atténuer dans le caractère de
l'homme ce principe primitif, la bestialité, et surtout
un moyen presque infaillible de le moraliser et par conséquent de le discipliner.

Combien il serait à désirer que nos régiments possé-
dassent tous, sans exception, de pareils orphéons et

---

[1] Ainsi ce n'est pas pour cultiver l'âme et le corps, mais pour
cultiver l'âme seule et perfectionner en elle le courage et la sagesse, que les dieux ont fait présent aux hommes de la musique
et de le gymnastique ; c'est pour les accorder ensemble, en les
tendant et les relâchant à propos dans un juste degré. (Platon.
— La République. — Livre III.)

qu'à l'imitation des officiers du 42ᵉ, tous nos officiers en général, de toutes armes, consacrassent leurs loisirs à un si noble emploi, à une étude si utile et si fructueuse pour la discipline ! Qu'on se persuade bien que ce n'est point de la peine perdue, que de consacrer de longues heures à la musique ; que le chef y gagne aux yeux de ses soldats, en ce que ceux-ci sont forcément obligés de reconnaître, au moins sur ce point, qu'ils sont inférieurs. C'est déjà beaucoup. C'est le prestige de la supériorité et, en fait de discipline, c'est le premier principe, ce nous semble, pour se faire obéir.

Bienheureux, ce colonel du 42ᵉ ! Qu'il eût été à désirer que les colonels de tous nos régiments eussent eu la même satisfaction ! Pour eux d'abord : ils n'eussent point été témoins de ces nombreuses défaillances ; pour nous ensuite : nous n'eussions pas été battus comme nous l'avons été dans cette malheureuse guerre de 1870 !

Pendant ce séjour à Chagny, il arriva dans notre service un nouveau personnage, envoyé par le grand quartier général ; un ex-employé de l'empire, un de ces hommes qui aspirent pendant toute leur existence à l'habit brodé, aux galons, et qui ne dédaignent pas non plus les gros traitements, le véritable but poursuivi par toute cette classe de fonctionnaires du régime déchu. Pour eux, servir leur pays n'était que l'accessoire. Il est vrai que beaucoup de ces messieurs avaient perdu leur position par la chute de l'Empire. Mais aussi ils savaient trouver une compensation à l'armée, soit comme officiers d'état-major, soit même comme adjoints à l'intendance.

Ainsi qu'à l'ordinaire l'intéressé, le gouvernement,

n'avait pas connaissance de ces petits calculs. Qui aurait pu le renseigner ? Ce n'était pas le personnel bureaucratiqne de l'Empire, qui avait encore la haute main sur les nominations dans les bureaux du ministère, à Tours comme à Bordeaux. Mais il faut avouer que, si on avait voulu semer dans l'armée et dans le pays les germes de la réaction et de la guerre civile, on n'aurait pas mieux réussi.

Donc ce nouvel amateur de galons, naturellement, ne pouvait pas être un esprit supérieur, tant s'en faut. Mais il est vrai qu'il était décoré et, par sa belle tenue, il devait bien faire dans une sous-préfecture. Il paraissait plus préoccupé de son cheval, de ses selles et de sa malle que du service : habitudes de préfecture! Il savait peut-être mieux se façonner à toutes les futilités de la vie qui flattent l'orgueil et la vanité, qu'à une existence de camp où il fallait non-seulement de l'abnégation et du dévouement, mais encore supporter les souffrances et les privations d'une terrible campagne.

Peut-on en réalité adresser des reproches à cette classe de gens, puisqu'on ne leur avait appris qu'à bien saluer, qu'à bien se tenir dans un salon, qu'à valser, qu'à cotillonner, qu'à parler un langage également prétentieux et insipide ? Dans ces temps de plaisirs et de folies, comment serait-on parvenu à remplir les salons des préfectures? Comment aurait-on pu endormir la masse des gens, afin de mieux les dominer? Hélas! c'est ainsi qu'on administrait la France! Il est vrai qu'avec cela on travaillait à son abaissement, comme l'a fait pendant vingt ans cette race d'intrigants, d'é-

goïstes qui a étouffé dans notre pauvre pays tout sentiment national et préparé ainsi nos revers.

Pendant ce séjour à Chagny, j'eus l'occasion de faire
une excursion en dehors de nos lignes ; j'avais à remplir une mission dans un petit village près de Beaune.
La route était devenue difficile à la marche, tant par
la neige que par la gelée ; la bise soufflait et nous en-
voyait avec violence dans la figure des flocons de neige ;
nos chevaux pouvaient à peine avancer ; bientôt ce dé-
sagrément grandit au passage de nos avant-postes qui,
ce jour-là, par extraordinaire, faisaient leur service ;
(il est vrai que les Prussiens étaient à environ qua-
rante kilomètres de nous). A notre retour, les mêmes
difficultés se présentèrent et nous firent rentrer à Chagny à une heure très avancée de la nuit. Ce voyage de
nuit, quoique monotone et peu gai, avait pour nous cependant quelque charme ; le silence de cette immensité
couverte de neige et cet horizon parsemé de points
lumineux qui indiquaient le cantonnement de nos troupes, agitaient notre âme de mille pensées. Toutes les horreurs de la guerre nous apparaissaient et suggéraient à
notre esprit des tableaux d'un réalisme que, dans notre
isolement, nous nous plaisions à analyser. Ces méditations étaient interrompues de temps en temps par des
ombres noires qui passaient, repassaient et indiquaient
que l'on veillait, qu'on s'épiait, qu'on se surveillait.
Puis je me replongeais dans mes réflexions et je me
demandais si nous étions des hommes civilisés ou des
sauvages !....

Horrible chose que de penser à la guerre, à ce massacre d'hommes qui ne se connaissent pas ; qui, par con-

vention, s'abordent avec le fer et le feu, et le plus souvent, pour satisfaire l'ambition d'un seul ; ne vivant, ne
veillant que pour s'entre déchirer ; assiégés, obsédés par
une seule idée, par un seul désir : faire le plus de victimes possible afin de conquérir ce titre si glorieux, si
honorifique, aux yeux de leurs semblables, *de vainqueur !*

Dans nos lois et nos coutumes, on punit de la peine
de mort celui qui tue son semblable. Mais ici, c'est le
contraire ; on donne des couronnes au plus grand meur-
trier : bizarre violation de toutes les lois de l'humanité !
Et que faire à cela ? Qu'y changer ? Ainsi le veulent les
temps ; ainsi le veulent nos mœurs !

Ah ! folie humaine ! Si la raison préside quelquefois
aux actions des hommes, il semble que c'est pour mieux
les narguer parfois dans leur orgueil et dans leur vanité !

A peine étions-nous rentrés à notre quartier général,
que nous eûmes à nous occuper d'un conflit qui venait
de s'élever entre un de nos intendants et le chef de gare
de Chagny. Autant nous avions eu à nous louer, à La
Charité, de l'inspecteur du chemin de fer chargé de
présider à l'embarquement de notre corps d'armée, autant nous eûmes à nous plaindre, à Chagny, des employés de cette gare. A la vérité notre service y fut très-
difficile, grâce à leur mauvais vouloir. Cela nous valut
non-seulement un blâme injuste à l'adresse d'un de nos
meilleurs intendants, mais encore à nous-mêmes quelques désagréments avec l'état-major. Nous n'avions pas
de gare pour remiser les denrées et les wagons transformés en magasins devenaient gênants pour le service
de la voie : telle fut la cause de ce conflit.

Il est honteux de le dire, mais il faut avoir le courage de flétrir les mauvais Français : en vérité, les Prussiens auraient choisi ce personnel de la gare de Chagny qu'ils n'auraient pas trouvé de meilleurs serviteurs.

Il est vrai que, selon M. Jacquemin, directeur de l'exploitation des chemins de fer de l'Est, l'intendance a commis, dans ce cas comme dans bien d'autres, la faute de transformer les wagons en magasins [1].

Que serait-il advenu si l'intendance n'eût pas agi ainsi? Elle aurait éprouvé souvent des retards dans ses distributions et, plus souvent encore, elle aurait eu ses vivres pris par l'ennemi comme à Gien, dans la nuit du 7 au 8 décembre 1870. Alors elle fit précipitamment reculer jusqu'à Nevers 672 wagons, chargés de vivres, qu'elle avait dans cette gare, tandis qu'elle fut obligée par l'approche de l'ennemi, de brûler tout ce qu'elle avait déchargé, et même de mettre le feu à la gare des marchandises de Gien. De même, à Dôle, l'ennemi ne trouvait que 178 wagons tandis que, grâce à ce mode d'emmagasinage, on put en faire partir 370, et comme M. Jacquemin lui-même le reconnaît implicitement [2].

Comment aurions-nous pu encore sauver ces 370 wa-

[1] Nous n'hésitons pas à signaler la transformation des wagons en magasins comme une faute de premier ordre commise par l'intendance militaire pendant toute la durée de la guerre. Toutes les intendances succombent à cette tentation. (Les Chemins de fer pendant la guerre de 1870-71 par Jacquemin, p. 188.)

[2] « Sans les hésitations du service de l'Intendance, qui, du 20 au soir au 21 au matin, modifia trois fois, en sens opposé, les instructions qu'elle donnait à la gare, l'ennemi n'eût rien trouvé à la gare de Dôle. » (Les chemins de fer pendant la guerre de 1870-71, par Jacquemin, p. 193.)

gons, chargés de vivres, s'ils n'eussent été transformés en magasins ?

Cette série d'exemples nous autorise donc à dire et à penser que l'intendance toute seule n'a pas commis des fautes de premier ordre.

Sans nulle crainte de se tromper, les administrations des chemins de fer peuvent endosser une légitime part de responsabilité et *la plus large* dans nos échecs de la campagne de l'Est, comme il est facile de s'en convaincre, en lisant les nombreuses dépêches qui se trouvent classées parmi nos documents historiques ([1]).

L'ordre de nous diriger vers l'Est nous avait été donné le 21 décembre 1870, et notre corps d'armée et notre matériel n'étaient point complétement arrivés à Chagny le 28 décembre !

Il suffit, pour se pénétrer de cette vérité, de rappeler la dernière phrase de l'ordre de mouvement de notre général en chef, pour le 29 décembre 1870.

« M. le colonel de Laberge, chargé des débarquements, restera à son poste, à la gare, et s'entendra avec le chef d'exploitation du chemin de fer pour faire débarquer à Beaune au lieu de Chagny, tout ce qui serait encore à expédier à destination du 18e corps. »

Ainsi il avait fallu neuf jours à ces compagnies de chemins de fer pour transporter l'armée de Bourbaki, dans la Côte d'Or ; retard considérable qui, au point de vue du plan de diversion dans l'Est, devait avoir des

---

[1] V. Documents historiques, n° 2.

conséquences terribles. Il est vrai de dire que, dans une certaine mesure, les compagnies de chemins de fer, pour atténuer leur responsabilité, peuvent alléguer qu'à ce moment il n'était pas facile, sur une même ligne, de transporter en aussi peu de temps que le gouvernement le réclamait trois corps d'armée. Le personnel et le matériel faisaient également défaut, disait-on. Cependant nous avons lieu de nous étonner de ces objections quand nous savons, de source certaine, que tout le personnel et le matériel des gares de Paris avaient été refoulés sur la province. Nous n'osons pas affirmer la mauvaise volonté de certains chefs de gare, mais nous sommes fondés à la présumer, en présence des nombreux retards éprouvés dans le transport de cette armée de l'Est.

On a dit que, dans une certaine mesure, l'hiver rigoureux et exceptionnel avait entravé pendant un instant le service des chemins de fer. Mais, pour nous, nous en doutons ; aussi, souvent nous nous sommes demandé et nous nous demandons encore si tout le monde, dans cette grande crise, a fait son devoir ; si tout le monde a fait tout ce qu'il a pu.

Nous avions déjà été obligés d'employer huit jours à nous reformer autour de Bourges : nous venions de passer huit jours à Chagny, en tout, seize jours ; ces retards assurément devaient être préjudiciables à la campagne.

Nous quittâmes donc Chagny, le 30 au matin ; les colonnes du 18ᵉ corps se suivaient et marchaient dans la direction de Saint-Jean-de-Losne ; notre objectif était de menacer le détachement prussien qui se trouvait dans les environs de Nuits et de Beaune, et de le forcer à se rejeter sur Dijon.

Notre première étape devait être Beaune. Ce ne fut pas sans difficulté pour les chevaux que nous pûmes nous y rendre. Nous traversâmes Meursault et Volnay, ces côteaux immenses, plantés de vignes d'un si magnifique rapport. A droite et à gauche de la route l'on s'apercevait du passage de notre armée par la disparition des nombreux échalas qui avaient été enlevés dans les vignes par nos soldats, pour se chauffer ou cuire leur soupe.

Nous nous arrêtâmes un instant à Pomard, chez le maire, grand propriétaire et grand amateur de vigne. Celui-ci nous fit un excellent accueil et, pendant les quelques minutes que nous nous reposâmes chez lui, il nous fit un cours complet sur la culture de la vigne et la fabrication du vin de Bourgogne.

A quatre heures du soir, nous entrions à Beaune. La ville ne nous parut pas très-grande ; quelques rues assez larges la traversent. En passant sur une petite place, nous avons aperçu la statue de Gaspard Monge et la tour bien ancienne et bien remarquable du beffroi de l'hôtel-de-ville. Cette petite ville est très-peuplée ; comme à Chagny, le voisinage de la Côte-d'Or et des vignobles si renommés semble avoir amené partout l'aisance.

Tous les habitants de Beaune se trouvaient sur notre passage et témoignaient, par leurs cris, la joie de revoir une armée française, avec une apparence réelle d'organisation : au défilé des pièces de canon, ils ouvraient de grands yeux et tous croyaient rêver. Dans cette ville nous eûmes une réception plus sympathique que partout ailleurs. La population, à la vérité, attendait peut-être plutôt les Prussiens que nous, et les Prussiens étaient à Nuits, c'est-à-dire à 15 kilomètres de Beaune.

Dans la soirée, nous rencontrâmes à l'*hôtel du Chevreuil* le procureur de la République et son substitut ; nous passâmes avec eux quelques heures.

Ce procureur était un homme aux manières apprêtées, peut-être un peu trop imbu de certains préjugés, mais sincère républicain et assurément capable de bien remplir le poste qu'il occupait.

Son substitut, jeune et intelligent, à la figure expressive, avait avant tout, pour titre à notre intérêt, cette circonstance qu'il avait été fait prisonnier par les Prussiens lors de l'arrivée de ces derniers à Dijon. Il nous raconta qu'il était resté 18 jours gardé à vue dans une maison de cette ville..... Puis il nous narra dans tous ses détails la bataille de Nuits. Avec leurs nombreuses historiettes, ces deux messieurs nous firent oublier les heures qui s'écoulaient avec rapidité ; bientôt les plantons nous rappelèrent au service et nous forcèrent de quitter ces agréables compagnons.

Le lendemain nous partîmes pour Saint-Jean-de-Losne ; la matinée était belle ; le soleil brillait du plus vif éclat et par ses rayons adoucissait la température, devenue très-froide par la forte gelée de la nuit. Aussi la marche était-elle assez agréable. La route n'était pas encore très-bonne pour nos chevaux ; nos colonnes nous précédant nous avions moins d'encombrement et nous pouvions aller très-vite. A l'Abergement nous ralliâmes nos divisions et nous fûmes même forcés de ralentir notre marche.

Au point où cette route, qui conduit à Seurre, fait un coude à angle droit, il se passa une petite scène cynégétique qui égaya un instant toute l'armée. Quelques soldats, pour éviter cet angle droit, eurent l'idée de couper à travers champs pour aller rejoindre la tête de nos colonnes, qui se trouvait à Seurre. En traversant les champs, ces soldats firent lever un lièvre qui se dirigea avec rapidité sur le centre de nos régiments. Pendant un instant la plaine offrait un curieux spectacle : 6000 hommes environ étaient occupés à suivre des yeux les mouvements de ce lièvre qui se dirigeait bravement et prestement au devant de cette petite armée. Tout le monde se demandait s'il parviendrait à percer nos lignes ; malgré les officiers, beaucoup de soldats s'étaient arrêtés et croisaient la baïonnette dans l'espoir de l'embrocher. Le lièvre vint à deux mètres des soldats mais, en rusé compère, quand il entendit les cris qui l'accueillaient, il fit un bond en arrière, gagna la plaine où, grâce à son agilité, il put recouvrer la sécurité, malgré la poursuite que lui donnait le chien d'un régiment.

Il pouvait être environ une heure de l'après-midi lorsque nous atteignîmes Seurre. Tout d'abord nous fûmes saisis d'admiration à l'aspect de cette petite ville que le beau soleil du jour nous portait peut-être à voir plus riante encore. Ce pont grandiose construit sur la Saône, cette rivière majestueuse, qui coulait à pleins bords, ces petites maisonnettes recouvertes de neige, tout cela offrait à l'œil un ravissant panorama.

Nous restâmes seulement quelques heures à Seurre ; le temps de déjeuner avec le colonel des mobiles d'Orléans M. de R***, brave colonel que nous devions voir tomber quelques jours plus tard à la tête de son régiment sous les balles prussiennes.

Nous arrivâmes assez tard dans la soirée à Saint-Jean-de-Losne, but de notre marche du jour.

Les Prussiens avaient passé dans cette ville et, dès lors, nous reçûmes un excellent accueil des habitants.

Selon leur habitude, les Prussiens avaient été très-éxigeants ; ils avaient occupé toutes les maisons, les avaient visitées de la cave au grenier dans la crainte d'y trouver des francs-tireurs ; il avaient même forcé les habitants à illuminer leur façade et leurs portes pendant la nuit, tellement ils avaient peur de voir surgir de sous terre des francs-tireurs.

Il faut dire aussi qu'en cet endroit, plus que partout ailleurs, cette mesure de précaution était justifiée. Les francs-tireurs avaient essayé de défendre l'entrée de cette ville en la barricadant quelques jours auparavant et ils avaient fait aux Prussiens beaucoup de mal.

Nous n'eûmes pas le temps de parcourir Saint-Jean-de-Losne ; dès le lendemain matin nous le quittions ; l'ordre était formel, nous devions sans désemparer continuer notre marche sur Auxonne.

Ainsi nous finissions cette année de 1870, année qui avait été si fatale à la France ; mais la hardiesse du plan que nous exécutions nous laissait, dans l'esprit, les plus chères espérances pour notre patrie et déjà 1871 nous apparaissait sous un astre de bonheur et de prospérité..... Hélas ! quelles cruelles déceptions nous ménageait l'avenir !

Nous quittâmes donc Saint-Jean-de-Losne dès le ma-

tin. La route entière était occupée par nos colonnes. La
neige gelée rendait la marche très-difficile ; nous étions
souvent arrêtés par la chute des chevaux et l'encombrement inévitable. Le premier repos que nous fîmes
fut à 8 kilomètres seulement de Saint-Jean ; pendant ce
temps d'arrêt et devant le front des troupes on exécuta
un réfractaire. Triste nécessité ! Mais c'était le seul moyen,
surtout en de semblables marches, de retenir le soldat
dans les rangs et de lui en imposer.

Une fois que nous eûmes dépassé les colonnes
d'avant-garde, nous pûmes hâter le pas. Une heure
après ce premier repos, nous apercevions la petite place
d'Auxonne. A l'inspection seule de la route et des environs, nous avions reconnu depuis quelques kilomètres
que nous étions dans le voisinage d'une place de guerre.
Tous les arbres qui gênaient le tir de cette place
avaient été abattus ou étaient rangés sur le côté de la
route, prêts à servir, soit à faire des barrières, soit à
faire des barricades.

Enfin les remparts d'Auxonne apparurent distinctement à l'horizon comme un décor d'opéra, se détachant
de ce fond entièrement recouvert de neige. Il était
même difficile de distinguer, du point où nous étions,
s'il y avait une rivière qui coulait au pied de ces remparts, ou s'il y avait seulement une plaine. La gelée
étant très-forte, les eaux de la Saône disparaissaient
sous une épaisse couche de neige. La route, coupée par
des travaux de défense, devint impraticable : nous fûmes
forcés de la quitter. Nous nous engageâmes dans un
petit chemin, qui nous conduisit en face d'un pont qui
donne accès dans la place. Deux minutes nous suffirent

pour traverser ce pont et entrer dans Auxonne. Là, nous aperçûmes de nombreux travaux de défense ; des canons de tous calibres apparaissaient sur les remparts, signes indéniables de notre défaut d'organisation et surtout de notre pénurie de matériel.

Dans le passage qui nous conduisit au cœur de la ville, nous ne pûmes qu'avancer avec précaution et lenteur, car il fallait traverser des barricades, des fossés, etc.... En arrivant à l'hôtel du Grand-Cerf, nous trouvâmes le général en chef de notre corps qui présidait à son défilé. Dès qu'il nous aperçut, il nous arrêta et nous interpella.

Il demanda vivement à mon chef s'il pouvait donner immédiatement, à ses hommes, quatre jours de vivres sans toucher, bien entendu, aux réserves de la place, car il ne voulait pas faire, disait-il, comme le maréchal Bazaine à Metz.

Peu satisfait de la réponse cependant sage et sincère de celui-ci, notre général en chef s'adressa alors à l'intendant chargé spécialement du service des subsistances, lui fit d'amers reproches et même le traita avec dureté.

Un incident, heureux pour lui et pour nous, vint soudain apaiser cette colère. Le chevalier de la Ferblanterie (une de nos meilleures recrues de l'ex-empire), à l'air tout guilleret, arriva et sauva la situation en annonçant l'arrivée à Auxonne de 35 wagons de vivres.

Brave soldat, que le général Billot ! S'il n'eût pas été général, il eût assurément mérité de l'être ! Mais quel triste administrateur ! Souvent il était trop vif et aussi trop emporté en donnant ses ordres ; au fond,

c'était une nature droite et bonne qui parfois pouvait
aller jusqu'à subir les influences les moins justifiées.
Pour un observateur, ce jour-là, il était bien facile de
voir que cette colère n'avait pas de motif. On y saisissait l'écho de récriminations peu justifiées. La scène
était assurément bien regrettable pour ceux auxquels
elle s'adressait, et peut-être plus regrettable encore
pour le service. Quant aux récriminations, elles étaient
inopportunes et, dans un moment semblable, pouvaient
avoir de terribles conséquences pour le corps d'armée.
Ces conséquences, un général expérimenté n'aurait
pas manqué de les prévoir et aurait cherché à les éviter
à tout prix.

En effet, cette malheureuse algarade jeta le découragement parmi les chefs dévoués et intelligents de nos
services ; elle affecta tellement notre chef de service
des subsistances qu'il en fut malade et forcé, pendant
plusieurs jours, de confier à des tiers une branche si
importante du service de l'armée. Ces détails, évidemment, restèrent ignorés du commandement.

Malgré notre inexpérience, nous veillâmes la nuit à
ce service : le froid le plus intense se faisait sentir et
rendait les rues très-difficiles à la marche.

A cette époque, les nuits, grâce à leurs fortes gelées
sont ordinairement très-claires : la nuit du 1er janvier
1871, en particulier, fut fort brillante. Cette petite plaine
d'Auxonne, entourée d'un linceul blanc, offrait un
splendide spectacle. Près de la gare, en attendant les
officiers de service, pendant près d'une heure, nous restâmes à contempler la beauté du tableau. Pas de bruit
à l'horizon, pas de lumière nulle part, si ce n'est quel-

ques points lumineux vacillant au gré du vent, se montrant çà et là dans la plaine et qui indiquaient, selon notre habitude, l'emplacement de nos grand'gardes ou le campement de nos divisions.

Dans cet instant de solitude, combien de fois ne nous sommes-nous pas demandé si nous ne rêvions pas et si nous existions réellement ; si ces folies que nous voyions parmi les hommes n'étaient pas des chimères ? Vivre pour s'entredéchirer, quelle bizarre et singulière loi de la nature ! Et cependant ce silence indiquait que tout sommeillait ; que le sommeil, indispensable à l'homme, ne lui était point retiré ; qu'il reprenait en ce moment ses forces peur pouvoir détruire le lendemain son semblable ! Horrible pensée qui jamais ne manquait d'absorber quelques instants notre esprit pendant nos fréquentes marches nocturnes ou nos nuits de veille.

Tout autour de nous, nous n'apercevions que maisons en ruine et décombres qui nous rappelaient à la réalité. En effet, aux environs de cette gare, pour faciliter le tir de la place, on avait été obligé d'éventrer toutes les habitations et la gare elle-même : en un mot la destruction, dans toute son horreur, nous apparaissait de tous côtés. Quel contraste avec la splendeur de cette nuit !...

Il était deux heures du matin : tout-à-coup nous entendîmes quelqu'un s'approcher ; c'était l'officier que nous attendions. A regret nous quittâmes cette solitude et nous nous arrachâmes avec peine à ces doux moments de contemplation et de méditation, seuls instants de satisfaction, dans cette rude campagne, où il nous était permis d'oublier nos malheurs et nos souffrances.

Comme nous avons eu l'occasion de le dire, le service à la gare d'Auxonne faisait complètement défaut. Matériel et personnel avaient été évacués sur Dôle. Devant un tel abandon de la gare, surtout au moment de l'arrivée de l'armée de Bourbaki, nous nous sommes demandé bien des fois s'il n'y a pas eu en ce moment plus que de la mauvaise volonté de la part de l'administration du Chemin de fer !

Est-ce en Prusse que nous aurions vu des lignes voisines d'une place de guerre complètement démunies de leur matériel et de leur personnel, surtout à l'approche d'une armée de secours ?

L'administration du télégraphe ne faisait pas moins défaut ou tout au moins était insuffisante à Auxonne. Le directeur d'Auxonne était une jeune fille bien intelligente à la vérité, bien dévouée, bien active, mais en réalité impuissante à expédier la correspondance d'un corps d'armée. Aussi que résulta-t-il de cette situation ? Pour notre service particulier, il devint presque impossible de l'assurer. Nous en sommes persuadés, d'autres, sans nul doute, ont également souffert de ce déplorable état de choses.

Nous fûmes obligés de faire passer à cette malheureuse directrice la nuit près de son appareil. Mais au jour ses forces et son courage la trahirent. Sur l'avis de notre chef, nous eûmes recours alors au télégraphe de la gare. En sa présence, nous essayâmes de mettre en mouvement cet appareil télégraphique, mais hélas ! impossible de le faire marcher.

O dérision du sort ! Le lendemain soir, au moment où nous nous préparions à quitter Auxonne, des employés du télégraphe de renfort arrivèrent. Du reste c'était l'usage : ces messieurs à Auxonne avaient été aussi prompts à venir à notre aide qu'à Saint Martin.

Dans cette matinée nous eûmes encore à constater, pendant que nous étions à la gare, de tristes faits, que malheureusement nous devions voir se reproduire plus d'une fois dans cette campagne.

Cinq wagons de fusils chassepot étaient arrivés à la gare ; sur l'ordre du général, on les donna aux mobiles de V*** qui, depuis Juranville, récriminaient sans cesse contre les anciens fusils dont ils étaient armés et disaient que c'était le motif de leur débandade dans cette célèbre journée du 28 novembre. Aussitôt que ces armes leur furent distribuées, ils quittèrent la gare et on trouva deux cents fusils abandonnés sur les talus.

Nous venons de toucher aux causes réelles de nos désastres dans l'Est ; il ne faut pas s'étudier à en chercher d'autres. Sans le patriotisme, sans le secours des chemins de fer et des télégraphes, que pouvions-nous espérer ?

Pendant cette nuit nous reçûmes l'ordre du jour suivant :

« Officiers, sous-officiers et soldats !

« Par le froid le plus rigoureux, vous venez d'exécuter bien des marches ; vous avez beaucoup souffert, mais vous avez bien mérité de la patrie.

« Vous venez de faire évacuer Dijon. Quelques nouvelles marches auront sans doute des conséquences aussi favorables ; nous attendrons ensuite l'ennemi, et nous nous mesurerons avec lui. Si nous le battons, comme j'en ai la confiance, vous aurez peut-être la gloire de contribuer, à longue distance, à faire lever le siège de Paris.

« De tels résultats ne sont obtenus que par une armée d'élite. Il faut donc que vous ayez une confiance aveugle en vos officiers et que vos officiers s'occupent instamment de vous.

« Ayons tous présent à l'esprit le titre qui nous suivra dans nos foyers, celui de *Libérateurs de la Patrie*.

« En présence du devoir qui nous incombe, pour nous en rendre dignes, qu'aucun de nous n'hésite à faire preuve, en toute circonstance, du courage et de l'abnégation dont nos pères nous ont donné l'exemple.

« Au grand quartier général à Châlon-sur-Saône.

Le général de division commandant le 18e *corps.*

BOURBAKI.

P. C. C. *Le lieutenant-colonel, chef d'Etat-major :*

A. GALLOT. »

Un ordre de mouvement de notre général commandant en chef le 18e corps accompagnait cette proclamation à l'armée.

Comme les Prussiens qui venaient d'évacuer Dijon marchaient parallèlement à nous en se dirigeant à marches forcées sur Vesoul, notre général en chef avait hâte de les poursuivre, de les devancer et de les arrêter dans leur mouvement sur Belfort. Aussi sans retard lança-t-il sur eux le 18e Corps.

Pour faire justice de certaines récriminations et surtout pour ne pas sortir du rôle impartial que nous avons voulu prendre dans le récit de ces douloureux événements de la campagne de l'Est, nous avons cru

de notre devoir de ne pas passer sous silence les annotations à cet ordre de mouvement de l'amiral Penhoat,
annotations que nous avons trouvées dans son Journal
de marches et de combats de la 2ᵉ division du 18ᵉ corps
et nous les reproduisons telles que nous les avons
prises[1].

« Nous ferons remarquer une fois pour toutes que, pendant
cette campagne, il n'a jamais été possible de donner aux
troupes plus de trois jours de vivres dans les sacs, dans les
divisions les mieux approvisionnées. Les ordres, concernant
le ravitaillement en vivres, n'ont jamais pu être mis à exécution comme ils étaient donnés, et les distributions ont
eu lieu bien des fois forcément à l'heure où les troupes
avaient l'ordre de se mettre en route, malgré toute l'activité déployée par M. Lecomte, intendant de la division.

« Il n'est pas inutile de répéter ici que les convois compo-
sés de charrettes de réquisition étaient toujours en retard.
Les voituriers dételaient souvent leurs chevaux sans ordres,
laissaient les voitures en travers de la route. En marche, les
voitures se doublaient et obstruaient le côté de la route qu'il
est toujours indispensable de laisser libre pour le passage
des troupes appelées à forcer la marche pour se porter en
avant des convois.

« La prévôté, assez mal recrutée elle-même, ne pouvait
parvenir que difficilement à maintenir une espèce d'ordre
dans ce service. »

Par cet ordre on verra encore que certaines fractions
de notre parc ne nous ayant pas encore rejoints, le général se voyait forcé de recourir à la réquisition absolue,
pour obtenir le transport de son parc. Le mouvement
prescrit pour ce jour-là, 2 janvier, ne put s'exécuter, les

---

[1] Extrait du Journal des marches de la 2ᵉ division du 18ᵉ
corps, p. 35.

ponts qu'on construisait sur l'Ognon ne furent terminés que fort tard dans la soirée ; il fut ajourné au lendemain matin 3 Janvier.

Auxonne, place forte que nous n'avons fait que traverser, est une jolie petite ville dont les rues sont assez bien alignées et parallèles aux fortifications, qui furent terminées par Vauban. Le château est de Louis XII et de François 1er. Au centre se trouve une église du xive ou xve siècle ; sur la place d'armes l'on voit la statue de Napoléon Ier, en officier d'artillerie ; en face, à l'angle d'une rue, on remarque à la hauteur du 1er étage, audessus d'une fenêtre, une inscription qui indique que c'était là que Napoléon habitait dans sa jeunesse.

Cette petite place de guerre soutint vaillamment plusieurs siéges à diverses époques. Elle fut réunie au duché de Bourgogne en 1237. Cédée à Charles-Quint par le traité de Madrid en 1526, elle refusa de passer sous la domination étrangère, et par son opiniâtre résistance obligea les Espagnols à se retirer.

En compagnie de tout l'état-major, nous quittâmes Auxonne le 3 janvier, et nous nous dirigeâmes sur Pesmes.

CHAPITRE III

PESMES — GY — FRASNE-LE-CHATEAU — MAILLEY
PENNESIÈRES

SOMMAIRE. — Les Prussiens évacuent Dijon et Gray. — Pesmes.
— Traversée de l'Ognon. — Lettre du Général Billot au minis
tre. — Départ de Pesmes. — La route de Gy. — L'Histoir^e
d'un Franc-comtois. — Les Prussiens aux environs de Gy. —
Le capitaine Voiture, son projet de surprise. — Les généraux
ne l'acceptent pas. — Départ de Gy. — Arrivée à Frasne-le-
Château. — Un ancien fermier de M. de Magnoncourt. — Sa
famille. — Leurs histoires sur l'occupation prussienne. —
Préoccupations du quartier général. — Départ pour Mailley. —
Rencontre d'un jovial capitaine d'état-major. — Les francs-
tireurs. — Mailley.— Notre installation. — Le boucher patriote·
— Sa chambre. — La nuit. — Tracas nombreux. — Le 44e. —
Les mobiles du L*** — Nos réquisitions du 6 janvier. — Fusillade aux avant-postes. — Le 18e corps trop éloigné du 20e.
— Départ de Mailley. — On se rapproche du 20e corps. —
Nombreuses arrestations d'espions. — Visite au général Bonnet,
commandant Mailley. — Ses craintes. — Causette au bivouac
des zouzous. — Départ pour Pennesières. — La route. — Arrivée à Pennesières. — Hospitalité de notre colonel d'état-major.
— Tableau de notre bureau. — Nouvelle des Prussiens. — La
position du 18e corps le 7 janvier. — Départ pour Montbozon.

Dès le 2 janvier, l'armée de l'Est avait commencé
à poursuivre les Prussiens qui se retiraient de Dijon
sur Vesoul, où, disait-on, ils se concentraient sous le
commandement du général de Werder. Dans la soirée,

nous annonça même qu'ils venaient d'évacuer Gray.

Cette poursuite ne put pas être aussi prompte que nous l'avions espéré tout d'abord ; un obstacle imprévu devait arrêter le 18e corps à Pesmes pendant quelque temps.

L'Ognon était gelé, et il fallut jeter des ponts pour le passer, car tous ceux qui existaient dans cette partie de la Haute-Saône avaient été détruits par l'ennemi.

Nous quittâmes Auxonne le 3 janvier à 7 heures du matin. Après avoir parcouru sans trop de difficultés la distance qui sépare cette ville de Pesmes, nous arrivâmes en vue de ce village vers les onze heures.

Au milieu d'une allée de peupliers, chargés de glaçons, marchaient nos colonnes qui s'arrêtaient à chaque instant pour faciliter le passage de l'Ognon et éviter l'encombrement.

Au bout de cette allée, tout-à-coup nous nous trouvâmes au pied d'une montagne sur laquelle on apercevait en amphithéâtre des murs, des jardins suspendus. Etait-ce la réalité ? Etait-ce une illusion que ce fond de paysage ? Non, c'était le charmant village de Pesmes.

Pesmes est en-effet une jolie petite ville de la Haute-Saône, située sur une colline très-élevée, qui domine la vallée arrosée par l'Ognon[1]. Elle a eu à soutenir

---

[1] L'Ognon est un cours d'eau important de la Haute-Saône, peu large mais profond, qui prend sa source à Château-Lambert, à l'extrémité N.-E. de la Haute-Saône. Il sépare ce département de ceux du Doubs, du Jura et de la Côte-d'Or, et tombe dans la Saône au-dessus de Pontaillier après un cours de 120 kilomètres.

plusieurs sièges et subi plusieurs invasions depuis 1350 jusqu'à nos jours. Au mois de janvier 1871, les Prussiens et les Français l'avaient successivement occupée et surtout l'avaient bombardée ; ils avaient détruit le pont à trois arches qui reliait la ville à la route d'Auxonne, en mettant les maisons dans le plus pitoyable état.

Les ruines sur le coteau et les débris du pont au milieu d'une plaine de glace formaient un tableau fort curieux, mais en même temps bien triste.

Au pied de Pesmes grouillait alors une masse informe ; une foule de soldats de toutes armes, grelottant de froid dans leurs couvertures roulées autour du corps, traversant sur un lit de paille l'Ognon gelé. Il eût été difficile, même à un œil exercé, de distinguer la plaine et le cours de l'Ognon, tellement la prairie était couverte de glace. A gauche les débris du pont de pierre, gisant çà et là au milieu de la glace nous indiquaient seuls son ancien emplacement ; à droite, nous apercevions une foule compacte d'hommes, de chevaux, de canons, de voitures de toute sorte, attendant leur tour pour traverser ce pont, qui avait été rétabli au moyen de chevalets.

Ce passage était réellement merveilleux à voir, malgré le désordre qu'un tel obstacle devait naturellement apporter dans les rangs de notre armée. Malgré les 18 ou 19 degrés de froid, on pouvait apercevoir sur tous les visages un rayon de joie et un certain signe de satisfaction. Encore quelques kilomètres, disait-on, et on allait se trouver aux prises avec cet ennemi, introuvable depuis dix jours !

Pour donner une idée plus exacte et plus complète

de ce passage de l'Ognon par le 18° Corps, nous allons transcrire ici, *in-extenso*, le rapport de notre général au ministre de la guerre sur cet intéressant épisode de notre campagne.

Monsieur le Ministre,

« J'ai l'honneur de porter à votre connaissance les faits relatifs au passage de l'Ognon exécuté le 2 janvier 1871 par le 18° corps, effectuant son mouvement de marche en avant d'Auxonne dans la direction de Vesoul.

« La largeur de la rivière est de 50 à 60 mètres ; la communication entre les deux rives était établie primitivement aux abords de la ville de Pesmes au moyen de deux ponts, l'un en pierre à deux arches, à l'entrée même de la ville, l'autre en bois, aux piles en maçonnerie, à trois travées, au lieu dit des Forges à trois kilomètres environ en aval.

« Les Prussiens avaient fait sauter le pont de Pesmes au moyen d'un fourneau de mine pratiqué dans l'intérieur de la pile. La pile était complètement détruite au-dessus du niveau de l'eau. Ils avaient en même temps détruit le tablier du pont de Forges, dont les piles subsistaient seules.

« Pour arriver aux points prescrits par vos instructions, j'ai pris mes positions pour passer la rivière. Elle a été franchie par le 18° corps de trois manières différentes.

« 1° Sur la glace qui se trouvait avoir de 15 à 20 centimètres d'épaisseur. L'infanterie tout entière a pu passer ainsi.

« 2° Sur un pont de bateaux de 54 mètres de longueur établi, à côté du pont de Pesmes, par M. le chef d'escadron d'artillerie Logerot, commandant l'artillerie de la place d'Auxonne, au moyen du matériel de pontonniers appartenant à cette place. Ce passage a servi à la plus grande partie de l'artillerie et aux voitures de toutes sortes.

« 3° **Sur le pont des Forges réparé par l'ingénieur** des

ponts-et-chaussées, Belin, de l'arrondissement de Dôle, au moyen de la compagnie de génie auxiliaire d'Auxonne et des ressources locales. Ce passage, dont le rétablissement a été terminé le dernier, a servi principalement à la cavalerie.

« Les particularités relatives à l'établissement et aux services rendus par ces passages sont les suivantes :

« La surface de la glace avait été recouverte soit de paille répandue, soit d'un platelage en madriers, pour la préserver de l'usure produite par la circulation. Quelques chevaux ont passé en même temps que les hommes, mais un accident arrivé à l'un d'eux, sous les pieds duquel la glace s'est rompue, a fait réserver le passage pour l'infanterie seule à l'exclusion des chevaux. A la fin de la journée il a été jugé prudent de déplacer les passages, quoique cette précaution ne fût peut-être pas rigoureusement nécessaire.

« La mise en place du pont de bateaux a occupé l'après-midi de la journée du 2 janvier. La nuit du 1er au 2 avait été nécessaire pour la réunion et le chargement du matériel ; la matinée du 2 pour le transport d'Auxonne à Pesmes. La mise en place commencée à 1 heure de l'après-midi a été terminée à 7 heures 1/2 du soir environ. Le travail a été exécuté sous la direction du commandant Logerot par une section du génie de la garde nationale de la Côte-d'Or et quelques ouvriers de l'arsenal. Le pont, qui est encore en place, a 54 mètres de longueur. Il comprend huit supports entre culées, sept bateaux et un chevalet dont la présence est motivée par l'insuffisance du nombre des bateaux.

« Si la durée de l'opération a dépassé de beaucoup les limites ordinaires correspondant aux conditions normales, il faut l'attribuer à la nécessité de briser la glace pour mettre à flot et mouvoir les bateaux ; au temps employé au calfatage des voies d'eau, conséquence du mauvais état du matériel, à l'inexpérience complète de la manœuvre où se trouvait le personnel improvisé que le commandant Logerot avait sous la main, enfin au froid vif, qui gênait les travailleurs.

« La réparation du pont des Forges a commencé à 7 heures du matin, le 2 janvier. Elle a été terminée le lendemain

17

à dix heures du matin, sans que le travail eût été disconti-
nué. Les matériaux ici n'étaient pas préparés d'avance.
L'abattage de quelques arbres, situés dans les environs, les a
fournis. Le défilé des troupes, commencé vers midi, a été
terminé le lendemain à la même heure. Il a eu lieu toute la
nuit à la faveur du clair de lune.

« J'ai cru aussi devoir, Monsieur le Ministre, vous signaler
les circonstances spéciales qui ont caractérisé cette opération militaire :

« Le passage de l'infanterie sur la glace et l'utilisation
d'un matériel de pont sur lequel nous ne comptions pas et
dont la découverte inespérée, dans l'arsenal d'Auxonne, a permis de hâter d'un jour la marche du corps d'armée.

« Je dois ajouter que le passage s'est effectué sans coûter
au corps d'armée un homme, une voiture ou un cheval.

« Le zèle et l'activité des officiers ont beaucoup contribué
au bon ordre du passage. »

Nous suivîmes la route des piétons : nous traversâmes l'Ognon un peu au-dessous du pont sur chevalets, et nous fîmes l'ascension de Pesmes. Là, les habitants, les yeux hagards, muets, impassibles sur le seuil
de leur porte, nous regardaient défiler, stupéfaits de
voir une véritable armée française.

Le soir, nous devions nous rendre à Gy ; nous ne
nous arrêtâmes que le temps de faire reposer nos chevaux. Pendant ce repos, nous cherchâmes de quoi res-
taurer nos estomacs, mais en vain ; les rares habitants
de Pesmes n'avaient plus rien à donner, et même ils
étaient dans le dénûment le plus complet.

Comment s'en étonner après les nombreuses visites
des Prussiens ? Nous voulûmes alors nous rattraper sur
quelques bouteilles de vin que nous avions avec nous,
mais hélas ! elles étaient gelées.

Vers les deux heures, nous reprîmes notre route vers Gy ; l'encombrement commençait à cesser, car nos divisions, s'habituant peu à peu à cet ordre de marche, passaient sans trop de désordre l'Ognon, et même déjà on nous annonçait que la seconde division avait franchi les ponts, que la 3° avançait son mouvement et que probablement le lendemain matin le passage de l'Ognon serait terminé.

Il faisait nuit lorsque nous entrâmes à Gy ; nos chevaux étaient très-fatigués et ne pouvaient plus se tenir, tellement la route était devenue mauvaise à l'approche de la nuit.

Selon nos éclaireurs, nous n'étions qu'à une faible distance de l'ennemi. Alors le général en chef, dans la crainte d'une surprise, groupa toutes nos divisions autour de Gy.

En bon patriote, le juge de paix, qui avait déjà chez lui une trentaine de zouaves, nous donna l'hospitalité. Comme les Prussiens avaient déjà visité ce village, nous eûmes de la peine à dîner ; cependant une brave femme nous offrit les quelques restes de ses hôtes. Cela nous suffit.

Tout en servant notre maigre dîner, cette brave femme nous fit le récit de la visite des Prussiens à Gy. Entr'autres choses curieuses, elle nous raconta une histoire assez originale qui dénote très-clairement le souverain mépris que nos ennemis avaient pour nous.

« Lors de l'arrivée des Prussiens à Gy, sur la petite place se trouvaient des habitants qui les regardaient curieusement défiler. Un officier se détacha de ses sol-

dats, alla droit à ce groupe et s'écria : « Tas de lâches !
vous feriez mieux d'aller défendre votre patrie que
de passer votre temps à nous regarder ainsi !... »

Malheureusement cette curiosité inopportune était
générale chez nous ; de notre nature nous sommes enclins à jouer avec les choses les plus sérieuses et à nous
rire du danger.

Cette bonne femme nous amusa encore d'une foule
de contes de la Franche-Comté; nous devions cette affabilité extraordinaire et cette marque d'intérêt tout particulier à notre chef qui était d'origine franc-comtoise.
La qualité seule de compatriote dans cette contrée
était une bonne recommandation auprès des habitants.

C'est ainsi que chez nous l'amour du clocher est devenu un culte et nous a rendus par trop égoïstes. Malheureusement, pour beaucoup d'entre nous, l'idée
de la France ne représente pas un groupe de départements, mais seulement notre lieu de naissance.

Dans la soirée, nous rencontrâmes le capitaine Voiture, un brave celui-là ! qui ne craignait pas de traverser les lignes des ennemis sous tous les costumes avec une
audace peu commune, et même d'aller leur vendre des
chevaux. De cette manière il renseignait notre général
en chef sur leurs mouvements. Je me suis demandé
souvent quelle récompense on aurait bien pu donner à
ce chevaleresque officier en reconnaissance des nombreux et signalés services qu'il a rendus au 18e corps
pendant toute la campagne.

Déjà, dans notre retraite de Bellegarde à Châteauneuf,
il nous avait sauvé une batterie d'artillerie et avait em-

pêché une de nos divisions de se jeter au milieu des Prussiens, à Fayes-aux-Loges.

Or, ce soir-là, nous le trouvâmes triste, soucieux, presque abattu et désespéré. Qu'y-a-t-il de nouveau ? lui dis-je, en l'abordant.

« Les Prussiens, dit-il, sont près de nous, tout au plus à 12 ou 14 kilomètres ; mais l'indécision et l'hésitation de nos généraux me font craindre pour demain. Imaginez-vous que je suis parti il y a deux jours d'Auxonne et que je suis toujours demeuré avec eux, sans même qu'ils soupçonnassent un instant ma personnalité. En quittant Auxonne, j'appris qu'un convoi de munitions prussiennes se dirigeait sur les Planches ; je le suivis. Nous arrivâmes ensemble à ce village. Comme les Prussiens ignoraient tout-à-fait que l'Ognon était gelé, mais savaient parfaitement que les ponts de Pesmes et de Forges étaient détruits, ils campèrent tranquillement dans ce village sans se garder. Ils étaient 1,200 environ. Notre régiment de zouaves, seul, aurait suffi pour les enlever. Je le fis demander dans la nuit même, par une note, à Auxonne.

» Le général commandant le 18ᵉ corps accéda tout d'abord à cette demande, puis bientôt, par ordre du général Bourbaki, il refusa.

« Quelle belle occasion perdue ! Si les zouaves étaient venus, nous leur aurions pris ce convoi de munitions, et assurément cette perte aurait pu avoir les plus graves conséquences pour l'armée de Werder. »

Ce brave capitaine s'éloigna, en s'écriant : « je vous avoue franchement que je suis profondément découragé, et vraiment je n'ai plus confiance dans l'avenir. »

Nous verrons bientôt, à Villersexel, le 9 janvier, de quelle utilité pour le 18° corps furent les services de cet excellent capitaine.

Dans la journée du 4 janvier, l'ordre de quitter Pesmes nous parvint vers les deux heures. Nous nous empressâmes de gagner la route de Pesmes à Vesoul, direction nouvelle de la marche de l'armée.

En effet, selon cet ordre de mouvement, nous devions nous arrêter à une certaine distance de cette route et trouver des cavaliers pour nous indiquer le lieu où se trouvait le quartier général. Le petit village des Malusay avait été désigné comme point de ralliement. Mais à ce village, nous ne trouvâmes pas de cavaliers ; nous n'en trouvâmes pas davantage sur la route ; nous avancions ainsi à l'aventure, n'allant que très-lentement. La nuit était venue et il faisait un brouillard très-épais ; on ne voyait pas à dix pas devant soi ; les chevaux glissaient et pouvaient à peine se tenir : à chaque instant nous cherchions à nous renseigner, mais nous ne voyions que la neige autour de nous : pas un cri, pas le moindre bruit, excepté celui du pas de nos chevaux.

A la hauteur de Villeclaire, deux traînards nous affirmèrent que l'état-major était passé peu de temps avant nous et se dirigeait vers Frasne-le-Château Nous marchâmes encore quelques kilomètres lorsque, tout à coup, nous aperçûmes dans la plaine des points lumineux, vacillants et assez rapprochés les uns des autres. Les Prussiens, en hommes plus prudents et plus expérimentés que nous, ne faisaient jamais de feu la nuit ; il n'y avait plus de doute possible : nous nous trouvions au milieu des nôtres.

Nous nous dirigeâmes aussitôt vers ces lumières, et le premier poste que nous rencontrâmes nous apprit que nous étions à Frasne-le-Château, que l'état-major était installé au château qui, par sa position, domine ce village.

Dès lors il nous fallut suivre un chemin déjà défoncé par notre artillerie : nos chevaux ne pouvant plus se tenir, nous fûmes obligés de mettre pied à terre. Au milieu des fourgons, des voitures et du campement de notre réserve nous nous glissâmes, comme nous pûmes, jusqu'à cette ancienne résidence seigneuriale.

Le petit village de Frasne-le-Château se compose seulement de quelques maisons et du château qui fut bâti par le cardinal de Granvelle. Plus tard il devint la propriété de la famille des Magnoncourt, et en dernier lieu appartenait à M. Lebey, directeur de la *Patrie*, qui l'avait complètement restauré et richement embelli.

De bons paysans qui demeuraient sous les murs du château nous donnèrent l'hospitalité. Quand nos hôtes eurent reconnu dans notre chef un Franc-comtois, ils furent plus expansifs et plus affables. A la vérité nous étions bien heureux, au milieu de cette nuit glaciale, de trouver un bon feu et surtout des figures sympathiques. Car, dans ces moments de souffrance, la moindre apparence d'affection réjouit le cœur et relève bien vite le moral. Toute la famille de ce Franc-comtois assistait au dîner ; elle se composait de deux filles et d'un garçon. Ils nous racontèrent une série d'actes de brutalité et de pillage des Prussiens pendant leur séjour à Frasne-le-Château. Les deux jeunes filles mettaient tant d'animation et de patriotisme dans leur récit, qu'il y aurait un véritable oubli de ma part si je n'essayais de faire leur portrait et de dire quelques mots de notre excellente soirée.

Le petit garçon, le plus jeune de la famille, avait été aussi témoin, dans ce village, d'actes odieux accomplis par les Prussiens. Naturellement sa jeune imagination avait été vivement frappée des outrages, des insultes que l'ennemi prodiguait à des malheureux sans défense.

Dans son gentil babil, il nous retraçait avec une vivacité singulière quelques scènes de l'invasion. Nous avions peut-être quelque lieu d'être surpris de cette indignation, de ce sentiment des misères et des hontes que subissait la Patrie chez un enfant de douze ans.

Dès lors nous écoutâmes religieusement, sans oser les interrompre, ses nombreuses historiettes plus ou moins saisissantes. Je me rappelle encore ses dernières paroles :

« Vous souriez, Monsieur. Mais moi et mes camarades, plus tard, quand nous serons grands, nous recevrons les Prussiens autrement ; quand un Werder ou tout autre général pénétrera dans ce village, nous l'accueillerons à coups de fusil ; nous avons été surpris par la guerre, mais quand ils reviendront nous aurons travaillé, nous serons prêts et nous ne nous laisserons plus surprendre. Soyez persuadé que Werder ne se promènera pas aussi tranquillement dans Frasne. »

Alors l'exaltation poussait ce petit bonhomme à proférer les apostrophes suivantes : « Tas de pillards ! tas d'assassins !... » Il est vrai que Werder, pendant son séjour à Frasne-le-Château, avait chaque jour peur d'être assassiné, et qu'alors, tantôt il se promenait en bourgeois, tantôt en paysan, tantôt en général ou en soldat.

« Oui, Monsieur, je l'ai vu et bien vu, et je conserverai longtemps le souvenir de cet affreux visage. Ah ! si je n'avais pas été si jeune, si j'avais pu ! » Alors on voyait apparaître sur cette figure enfantine un regret...

Les sœurs de cet enfant n'étaient pas moins patriotes ; elles avaient été requises pour le service des officiers prussiens de l'état-major de Werder, qui occupait le château de Frasne. Elles avaient été témoins pendant la durée de leur service, de scènes si caractéristiques, que je ne peux résister au désir d'en narrer quelquesunes. Mais avant tout une étude sur le caractère de ces deux braves filles me semble nécessaire ; elle montrera dans quelle famille de patriotes nous étions tombés.

Toutes les deux, comme leur jeune frère, avaient l'imagination vivement frappée par la brutalité, la bestialité même dont les Prussiens avaient fait preuve pendant leur séjour à Frasne. Elles avaient vu piller et dévaster le château, cette magnifique et ancienne résidence de Granvelle ; elles avaient vu un grand nombre de compatriotes, d'amis, emprisonnés, fusillés, sous le moindre soupçon de patriotisme !

« Les Prussiens, nous disait la plus jeune, sont des pillards et des ivrognes ; la cave du propriétaire du château y a passé pendant leur séjour : et ce qu'ils n'ont pu boire, ils l'ont emporté ; ils n'ont pas laissé un seul livre dans la bibliothèque, ils ont tout emballé et expédié à Berlin. Souvent, dans leur conversation, ils manifestaient le plus profond mépris pour les Français et, plus d'une fois, j'ai tremblé d'effroi en entendant leurs discussions et en devinant leurs projets plus ou moins cruels. Fusiller les Français, ajouta-t-elle, était pour eux un simple amusement. Werder était devenu la terreur de tout l'arrondissement : cet homme petit, malingre, à l'œil sévère et faux, terrifiait les habitants de Frasne-le Château dès qu'il apparaissait.

« Un jour une dépêche arriva. Après en avoir pris lecture, le maître fronça le sourcil et se mit dans une grande colère, puis tout-à-coup demeura, contrairement à son habitude, plongé dans un profond abattement. Qu'y avait-il? Les Français auraient-ils battu les Prussiens? ou Paris était-il débloqué?.....

Un de ses ordonnances nous apprit que son fils, le propre fils de Werder, venait d'être fait prisonnier par Garibaldi. A cette occasion Garibaldi lui adressait le message suivant :

« Général, sachez que votre fils est prisonnier à mon quartier général ; et si désormais il vous prend la fantaisie de faire fusiller un seul de mes francs-tireurs ou de les faire mettre en croix sur les chemins, comme cela est déjà arrivé, soyez certain qu'au premier jour vous recevrez sur un plat d'argent la tête de M. votre fils. »

A partir de ce jour Werder, moins rigide dans ses ordres, moins dur et moins exigeant dans ses réquisitions, ne sortit plus du château ; il ne vint plus faire ses promenades habituelles sur la place de Frasne. Seul, au fond du château, il passait de longues heures sans recevoir aucun de ses officiers ».

L'aînée de la famille, qui accompagnait souvent sa sœur au château, nous confirma de point en point ce récit.

Pauvres filles ! qu'elles étaient heureuses de voir l'ar-

mée française ! Avec quels soins elles donnaient l'hospitalité et aux soldats et aux officiers. Paysannes sans
instruction, sans éducation mais pleines de cœur et
d'intelligence, leur jugement naturel leur faisait entre-
voir l'immensité de nos malheurs. Si parfois, pour les
taquiner, j'essayais une critique, je souriais en les écoutant et surtout lorsque, dans le feu de la conversation,
elles faisaient parade de leurs sentiments courageux et
généreux, leurs fronts se plissaient et, sous ces rides,
les sourcils se fronçaient ; elles se montraient toutes
surprises et froissées de mon audace. Puis alors elles
me disaient d'un ton de reproche : « Non, Monsieur, il
n'y a plus de Français ; pourquoi n'a-t-on pas organisé
des régiments de femmes ? soyez persuadé qu'elles seules eussent sauvé la France. »

Il était assez singulier de retrouver, dans cette modeste chaumière, dans une famille de cultivateurs, ces
sentiments chevaleresques et patriotiques. Sentiments
hélas ! si rares à cette époque dans notre pauvre France !

Braves gens ! ce ne fut pas sans un certain regret que
nous les quittâmes ; les Prussiens étaient près de nous
et l'on redoutait un engagement pour la journée. Il était
cependant certain qu'ils se retiraient sur Vesoul, que
nous les pourchassions devant nous, mais ne devions-
nous pas craindre de tomber dans quelque piége ? Nous
étions ordinairement si mal éclairés !

Nous apprîmes au quartier général qu'un détachement de 6,000 Prussiens avait passé à Frétigney dans la
nuit. Selon leur habitude, ils avaient brûlé une maison
pour intimider les habitants : on ajoutait qu'ils étaient
partis dans la direction de Mailley, au-dessous de Vesoul.

Le matin, nous retrouvâmes notre général commandant en chef dans une excessive mauvaise humeur : il
venait de recevoir l'ordre de mouvement du général
Clinchant et, à sa lecture, il s'était aperçu que les ordres qu'il avait donnés, lui-même, dans la nuit, l'éloi-
gnaient beaucoup trop du 20ᵉ corps. Il voulut les recti-
fier, mais il était trop tard : il y avait deux heures qu'ils
étaient donnés, et par conséquent en voie d'exécution.
Néanmoins il envoya en toute hâte des officiers avec ordre de suspendre la marche de ces divisions, mais bientôt, apprenant que Vesoul était évacué, il ordonna de
continuer la marche en avant.

Avec ces renseignements, on nous communiqua les effectifs du corps de Werder : on pensait qu'il pouvait
avoir tout au plus à sa disposition de 35 à 40,000
hommes, plus 70 ou 76 pièces de canon. De cet effectif il
fallait encore déduire 18,000 hommes environ, soit pour
le siège de Belfort, soit pour former les escouades de ses
reconnaissances.

Le but évident du général de Werder et ses projets
n'étaient plus un mystère pour nos généraux, car ils
voyaient bien que celui-ci cherchait à se retirer sous
Belfort et à se maintenir, quoi qu'il arrivât, devant cette
place. En effet, le général prussien avait derrière lui dé-
ployé une petite armée d'observation et, dès que l'approche du corps d'armée du général Bourbaki lui fut signalée, il rappela à lui tous les détachements qu'il avait
dispersés de Gray à Langres, les réunit sous Vesoul, afin
de nous arrêter dans notre marche et de donner le
temps à Versailles de lui envoyer des secours.

C'est dans de telles conditions et avec de tels rensei-

gnements que, le 5 janvier, nous quittâmes Frasne-le-
Château. Il était environ huit heures du matin lorsque
nous partîmes de cet endroit : la route était encore encombrée de nos colonnes, et nous ne pouvions pas avancer ; le froid glacial qui avait durci la neige retardait
encore notre marche. Par hasard, nous rencontrâmes
un officier d'état-major, originaire du Danemark, grelottant à cheval, qui nous affirma n'avoir jamais souffert d'un plus grand froid dans son pays.

Déjà au loin, sur notre droite, le canon se faisait entendre ; c'était le 20e qui fouillait les bois. Dans tous les
villages que nous traversions, nous rencontrions les traces du vandalisme des Prussiens. Lorsque nous traversâmes Frétigney, nous vîmes une maison, incendiée pendant la nuit, qui brûlait encore.

A la sortie de ce village, nous rencontrâmes nos divisions. En traversant la 3e et la 1re, nous eûmes
l'occasion d'établir une comparaison entre les bons et
les mauvais soldats : nous fîmes des observations qui
ne nous furent pas inutiles pour notre service.

En arrière de ces divisions, nous avions remarqué de
nombreux quartiers de viande et du biscuit en assez
grande quantité abandonnés dans les fossés de la route ;
le mauvais soldat avait ainsi allégé son sac, tandis que
le bon soldat, plus prévoyant, avait son biscuit sur son
sac, et sa viande suspendue à son côté ; celui-là avait son
arme couverte de boue et toute rouillée, celui-ci, au contraire, avait un chasseport très-clair et bien entretenu.
Les vêtements de l'un étaient déchirés, en désordre : on
voyait la peau à travers les trous, tandis que ceux de
l'autre, quoique usés, déchirés, avaient encore un cer-

tain aspect de propreté ; l'un avait ses chaussures en
pantoufles, ou marchait nu-pieds ; l'autre, au contraire,
sans plus de luxe pour ses souliers, avait eu la précaution de les attacher avec des ficelles, faute de cordons.

Tout en faisant ces remarques, nous atteignîmes,
avec la tête de cette colonne, le village de Mailley.

Le commandant de l'avant garde de la 1re division
dit au capitaine d'une compagnie de francs-tireurs,
qui se trouvait avec une trentaine d'hommes tout à fait
à la tête de nos bataillons, de se mettre sur le côté ou
de se retirer sur les derrières. Ainsi il ne gênerait pas
les mouvements de nos tirailleurs et, en cas que l'ennemi
se présentât, n'exposerait pas ses hommes au feu de notre propre armée.

Le capitaine des francs-tireurs fut fort embarrassé
pendant un moment ; il ne savait de quel côté se diriger ;
enfin il se rangea à droite de notre corps d'armée.

Si les francs-tireurs ont été de quelque utilité dans
cette campagne non seulement par leur bravoure mais
surtout par le genre de guerre qu'ils faisaient aux Prussiens, on peut aussi se demander s'ils ont été d'un puissant secours pour nos armées. Nous ne le pensons pas.
Encore une fois, ils ont aidé, ils peuvent avoir contribué
dans une faible partie à la résistance ; ils ont altéré le
moral des Prussiens. Mais aussi, par leur vie vagabonde,
par leur indiscipline, ils ont répandu chez nos paysans la
terreur et l'épouvante plutôt qu'ils n'ont réveillé le patriotisme. Aujourd'hui, malheureusement, on peut se
rendre compte de leurs services et voir s'ils ont été en
rapport avec leurs dégâts et les plaintes auxquelles ils
ont donné lieu dans les villages où ils ont passé. De plus,

on peut se demander si même, dans une certaine mesure, il n'ont pas contribué à faire naître cette méfiance, que nous rencontrions à notre arrivée dans nombre d'endroits.

Laissant la colonne qui gravissait la montagne de droite, nous entrâmes dans Mailley. Les derniers Prussiens venaient de partir et n'avaient pas eu le temps de faire des réquisitions ; l'approche de l'armée les avait mis en fuite.

Nous descendîmes et nous nous installâmes chez un brave homme qui, par un cumul de professions assez fréquent dans les campagnes, était à la fois mercier, épicier et boucher. En cette dernière qualité il nous fut d'une grande utilité pour les réquisitions que nous avions à faire dans le pays. Notre chef conçut d'autant plus de sympathie pour ce brave homme, que ce dernier nous raconta sur le duc de Rase, aïeul de notre chef, plusieurs histoires, passées à l'état de légendes dans le pays.

C'était un singulier type que ce boucher franc-comtois. Quand il parlait des Prussiens, sa colère devenait si grande que, le geste suivant les paroles, il saisissait son couteau sur son étal, voisin de sa chambre, le levait en l'air et proférait des menaces qui attestaient en lui un sincère et vrai patriote, décidé à tous les sacrifices. Aussi, dans nos réquisitions, il nous servit avec un rare dévouement que jusqu'ici nous n'avions pas encore rencontré. Il nous avait promis de nous procurer un troupeau de bœufs ; il nous le trouva. En ce moment, il n'était pas facile de faire ouvrir les cachettes des paysans : comme nous avons déjà eu occasion de le dire, ils enfouissaient tous leurs objets précieux et chassaient leurs animaux dans des fourrés, connus d'eux seuls, au milieu des bois.

Si nous avions trouvé un puissant auxiliaire pour nos réquisitions, nous avions aussi rencontré un logement très-original, mais à la vérité peu poétique. La nuit que nous passâmes sous ce toit hospitalier fut assez bizarre pour que nous devions en faire le récit.

La chambre où nous avions installé nos bureaux n'était séparée de l'abattoir ou plutôt du lieu où l'on égorgeait les bestiaux que par une cloison. Pour y arriver, de l'intérieur de la maison, il n'y avait qu'une issue, et elle se trouvait dans cette chambre. Aussi nous assistâmes de très-près aux abats que l'on fit cette nuit. De plus, comme la porte qui fermait cette issue était usée par le bas, un ruisseau de sang glissait doucement sous nos pieds : nous travaillâmes dans cette position pendant toute la nuit.

Pour ajouter aux agréments de cette situation, nous fûmes assaillis par toutes les tracasseries imaginables. Vers minuit on vint nous prévenir que les soldats du 44°, sur l'ordre de leur colonel, s'étaient emparés d'un des bœufs que nous avions achetés dans la journée, et le faisaient abattre près de nous sans autorisation régulière ; de là, conflit, discussion etc....

Cette affaire n'était pas plus tôt arrangée qu'on nous avertit que les mobiles du Loiret avaient envahi les deux boulangeries de Mailley et que les quelques fournées de pain que les boulangers faisaient étaient dévorées au fur et à mesure. En outre, en se blottissant auprès des fours, les mobiles empêchaient désormais tout travail.

Cet état de choses pouvait avoir pour nous, et dès le lendemain, les plus graves inconvénients. Les fournées de nuit, sur lesquelles nous comptions, nous faisant défaut, nos distributions devenaient impossibles ; nous fûmes donc obligés de recourir aux grands moyens.

Dès que le grand quartier général fut saisi de notre réclamation, il s'empressa de nous donner une escouade de chasseurs de Vincennes qui, en un instant, chassa des boulangeries tous ces mauvais soldats.

Au point du jour, nous commençâmes nos réquisitions. Tout d'abord nous éprouvâmes quelque résistance. Mais bientôt cependant nous réalisâmes, dans ce petit village, de si grandes quantités de provisions, que nous fûmes obligés d'en laisser les trois quarts, faute de voitures.

Pendant que nous faisions ces opérations à Mailley, assistés d'un membre du conseil municipal peu facile de son naturel et craignant, surtout pour lui les réquisitions, près de notre bureau, dans la Mairie, se tenait le conseil de guerre.

Nous assistâmes à la condamnation d'un espion ; ce jour-là, comme les précédents, nos lignes en étaient infestées ; si je ne me trompe, dans cette journée, on n'en arrêta pas moins de vingt-sept. Un grand nombre se disaient alsaciens et parlaient assez mal le français. Il est vrai que les Prussiens, ayant quitté précipitamment Vesoul, n'avaient pas eu le temps de s'éclairer. Avant de continuer leur retraite, il était bien naturel qu'ils s'inquiétassent de savoir quelles troupes et quelles forces ils avaient derrière eux. C'est là ce qui peut expliquer la présence de tant de mauvais Français parmi nous, ce jour-là.

Que s'était-il passé au quartier général, dans la journée ? Quelques coups de fusil avaient été échangés aux avant-postes ; mais on nous apprit que l'ennemi avait évacué Andelarrot et paraissait vouloir se retirer devant nous.

Dans la journée arriva une dépêche du général Bourbaki, qui faisait remarquer à notre général que nous allions trop vite, et qu'il était utile de ralentir notre mouvement en avant. Bientôt le général Clinchant nous faisait aussi savoir qu'il se portait vers Villers-Pater et Montbozon.

En présence de ce mouvement et de ces dernières dépêches, notre général décida qu'on se rapprocherait dans la nuit du 20° et que le général Bonnet resterait avec sa division à Mailley pour cacher ce mouvement à l'ennemi. Le quartier général devait être à Pennesières. Lors du départ de l'état-major, nos travaux n'étaient pas terminés ; nous fûmes obligés de rester assez avant dans la nuit à Mailley.

Le soir, pendant notre dîner, des gens de la campagne entrèrent à grand fracas chez notre boucher, croyant sans doute que notre domicile était celui du général en chef, et nous amenèrent un jeune homme qu'ils avaient surpris dans les champs, écrivant sur un carnet.

L'examen rapide que nous lui fîmes subir nous convainquit, en un instant, qu'il était de la même bande que ceux que l'on avait arrêtés dans la journée.

Surpris en flagrant délit de mensonge, il fut écroué au poste, et nous allâmes prévenir le général commandant à Mailley, le grand quartier général du 18ᵉ corps venant de partir.

Le général Bonnet, qui commandait la 3ᵉ division, et qui restait pour défendre Mailley, nous accueillit froidement. Il se borna à sourire quand nous lui racontâmes l'arrestation de notre homme, puis, sans doute fatigué des nombreuses arrestations de la journée, il promit de s'en occuper. Mais il ne donna aucun ordre à ce propos ; le prisonnier fut relâché le lendemain.

Napoléon, à sa table, entouré de son état-major, n'aurait pas été plus fier et moins affable que ce général. Devant son silence et son accueil glacial, nous nous empressâmes de nous retirer.

Plus tard quand nous sûmes combien les manœuvres des Prussiens avaient inquiété le général Bonnet pendant cette nuit du 6 janvier, nous nous expliquâmes la froideur de sa réception, et le peu d'importance qu'il attacha à l'espion arrêté que nous lui avions amené. En effet, cette nuit-là même, il craignit d'être enveloppé avec sa division par le terrible Werder.

En sortant de chez ce général l'âme navrée et sous l'empire de bien tristes réflexions, mon chef et moi, nous retournâmes à notre campement. Mais tout-à-coup nous nous aperçûmes que nous étions au bivouac des zouzous, campés au milieu des rues de Mailley, qui riaient et causaient bruyamment en se chauffant.

Ce spectacle, ce sans-souci, ce mépris des besoins de la vie, cette bravade en quelque sorte de toutes les souffrances possibles, nous arrachèrent à la torpeur dans laquelle nous avait plongés la visite que nous venions de faire.

Nous nous approchâmes de ces braves et, sans façon, mon chef leur demanda à se chauffer à leur feu. Ils se

serrèrent et nous offrirent, sans se faire prier, deux places sur les grosses pierres qui leur servaient de bancs.

Ce groupe pouvait se composer de 12 à 15 hommes.
La plupart avaient à peine vingt ans ; quelques-uns
étaient plus âgés ; la barbe grisonnante et la figure ba-
lafrée de plusieurs révélaient des débris de nos zouaves
d'élite. Notre présence au milieu d'eux les étonna au
point que tous se réveillèrent et nous regardèrent avec
attention, n'en croyant pas leurs yeux. Voir un de leurs
chefs supérieurs, un de leurs grands (comme ils appel-
lent les généraux,) à leur foyer, causer simplement avec
eux sur la même pierre, c'était pour eux un rêve, une
véritable fête. Fait si rare, alors, pour ces pauvres gens,
qu'ils avaient bien lieu d'en être surpris et de s'en réjouir.

L'amabilité de mon chef les mit complétement à
l'aise ; alors, ils nous interrogèrent sur les événements ;
ils nous parlèrent beaucoup de leurs marches et contre-
marches, par un froid aussi intense, mais cependant sans
se plaindre et sans proférer un seul regret d'avoir quitté
leur pays pour venir défendre les droits de la France,
leur patrie d'adoption.

« Nous n'avons qu'un regret, nous disaient-ils, c'est
de n'avoir pas, près de nous, nos anciens compagnons de
Crimée et d'Italie. Fallait voir, à Sébastopol, quand le
zouave était appelé au feu ! Fallait voir avec quel élan
il se dressait et partait comme une flèche, ne connaissant pas d'obstacle qui pût l'arrêter ! Mais aujourd'hui
que voulez-vous ? mon général, disait un vieil africain.
Nous partons encore, mais nous ne savons plus nous tenir ; nous n'avons plus cette confiance que nous avions
autrefois en nos voisins de droite et de gauche, ce qui

fait que nous ne sommes plus aussi solides. Ensuite il s'est glissé dans nos rangs trop d'enfants qui n'appartiennent pas à notre religion. Chez vous le culte religieux n'est pas pratiqué comme chez nous ; la foi de nos jeunes compatriotes est ébranlée ; le Prophète, n'étant plus aussi aimé, ne nous accorde plus aussi facilement la victoire. Quand nous vivons dans les steppes arides, sauvages, accablés de privations de toutes sortes, quelle comparaison pouvons-nous faire avec les misérables privations d'un jour ou deux en France ? Pour nous cette saison est très-dure et même funeste. Mais que la poudre parle! Qu'elle parle bientôt et le zouzou oubliera bien vite ses misères ; il ne se rappellera que le sublime Prophète et son chant de : Allah ! Allah !. . . .

. . . .

« Enfants du désert, si ce n'était le froid, nous serions heureux ; camper dans les champs, c'est notre vie, c'est notre existence ; emmener avec nous notre famille, nos bestiaux ; de temps en temps faire le coup de fusil, telle est notre destinée ; telles sont nos distractions, telles sont nos plus chères habitudes. Sous ce ciel doré, quand de nos montagnes quelques voisins ambitieux ou envahisseurs viennent rançonner nos villages, avec quelle joie chacun prépare ses armes, et entre aussitôt en campagne ! Dès que le grand chef a dit : Il faut se lever, il faut marcher ; Mahomet vous l'ordonne ; il vous appelle ; vos mosquées sont menacées ; qui de nous oserait désobéir au représentant de notre prophète ? Quand nous revenons vainqueurs, quelle gloire aussi d'offrir nos trophées à notre Dieu, quelle joie de parer nos mosquées des têtes de nos ennemis ! »

Tous les zouaves prêtaient une vive attention au récit de leur camarade : pas un, malgré la fatigue, ne sommeillait : tous écoutaient religieusement ce vieillard qui paraissait être le chef réel du groupe. Sa parole mâle et ferme avait une puissance extraordinaire sur ses camarades. Et, quand il se tut, ils le regardèrent curieusement, en silence, semblant attendre une nouvelle louange du pays. Assurément c'était un de ces conteurs, un de ces charmeurs comme il s'en trouve dans ces régiments africains, que le hasard nous avait fait découvrir.

Les quelques instants que nous passâmes à écouter ce vieux zouave avaient rendu tous ses camarades heureux ; aussi n'étions-nous plus des étrangers pour eux, ni des chefs arrogants, comme ils le disaient souvent. Ils nous firent encore les questions les plus naïves ; ils parurent tellement satisfaits de nos réponses et de notre sans-façon, que désormais nous aurions pu les conduire et les commander à notre fantaisie. Ce court entretien, ce moment de compassion à leurs souffrances avait suffi pour les leur faire oublier et gagner leur affection.

Quel malheur pour notre armée que cet exemple ne soit pas plus fréquent et plus suivi, que ces témoignages de sympathie et de fraternité, qui sont nécessaires à l'homme dans le malheur et surtout au Français par nature si impressionnable et si sensible, ne soient pas plus accordés qu'ils ne le sont, par nos chefs militaires, à leurs soldats ! De quelle utilité auraient été de semblables consolations dans cette terrible campagne de l'Est ! Pourquoi des relations si salutaires au bien-être du soldat, si favorables à la discipline de l'armée, ne

sont-elles pas journalières entre nos officiers et nos soldats ? Si ces relations avaient existé parmi nous, assurément les Prussiens n'auraient pas eu si bon marché
de nos soldats. Les officiers, sans nul doute, seraient
parvenus à relever, à maintenir le moral de leurs
hommes ; ils les auraient élevés à la hauteur de la
grande tâche qui incombait alors à l'armée.

La nuit s'avançait ; nous fûmes obligés de nous sépa-
rer de ces braves. Avant le jour, nous devions avoir rejoint le quartier général à Pennesières.

C'était avec regret que ces zouaves nous voyaient les
quitter et ce n'est pas non plus sans bien des témoigna-
gnes d'affection que tous nous remercièrent d'avoir bien
voulu causer avec eux. Quelques instants après, nous
partions pour Pennesières.

Les Prussiens, nous voyant avancer avec tant de rapidité et craignant d'être tournés, cherchèrent dès ce moment à arrêter le mouvement de nos colonnes et ils se
portèrent vers le sud de Vesoul, afin d'entraver notre
marche. Cette tactique fut une des causes de notre
mouvement en arrière ; nous nous rapprochions des 15e
et 20e corps, dont nous nous étions trop éloignés et
même avec légèreté, disait-on.

La nuit était fort belle ; si ce n'avait été le froid et la
neige, on se serait cru en une nuit d'été. Notre marche
était lente, et cela n'était pas étonnant, nous occupions
la seule route que l'ennemi avait laissée libre et par laquelle nous pouvions nous rapprocher du 20e corps ;
elle était communale, et par conséquent peu large :
aussi l'encombrement fut extrême.

L'horizon présentait un aspect féérique. Des monta-

gnes couvertes de neige se détachaient de grands feux
qui éclairaient la gorge conduisant à Vesoul, de telle
façon que pas une ombre, pas un homme ne pouvait
suivre la route de Gy à Vesoul sans qu'il fût aperçu des
grand'gardes ; ces feux avaient aussi un autre but, c'é-
tait de masquer notre mouvement aux Prussiens et de
leur faire croire à la présence de notre corps à Mailley
tandis qu'il n'y avait plus que notre 3me division.

Nous arrivâmes une heure avant le jour à Pennesières ; nous restâmes à nous promener dans la neige,
au milieu de la route, pendant longtemps, sans savoir
où nous installer. Ce village ne se compose que de quelques maisons qui étaient déjà occupées. Enfin, grâce à
l'obligeance d'un officier d'état-major, qui nous re-
connut, nous pûmes nous réfugier un instant dans la
chambre occupée par le colonel d'état-major et ses officiers. Le colonel, avec son affabilité ordinaire, nous
offrit ce dont il disposait : un lit de paille pour nous reposer et un ordre de mouvement pour nous réveiller.

Cette chambre offrait un singulier aspect : dans un
coin, sur la paille, se trouvaient des gendarmes avec
deux malheureux espions qui, au jour, devaient être
passés par les armes.

Quel contraste ! Nous nous occupions dans la même
chambre à protéger la vie des uns, tandis que d'autres
veillaient à ce que la proie de la mort lui fût conservée.

Dès le matin, et d'après les nouvelles de la nuit, le général Bonnet reçut l'ordre de se retirer sur les hauteurs
de Mailley et de se rapprocher de l'amiral Penhoat.
Nous avions presque la certitude que les Prussiens étaient

en force du côté d'Andelarrot. On disait même qu'ils étaient dans ce village au nombre de 18 à 20.000 hommes. Et assurément, s'ils eussent connu notre mouvement de la nuit, ils auraient tenté d'envelopper notre 3ᵉ division, qui était restée à Mailley pour couvrir le mouvement du 18ᵉ corps.

Nous passâmes la nuit dans ce petit village et nous nous installâmes dans un pavillon qui domine Pennesières. De ce point la vue était splendide ; mais nous avions un plus grand avantage, c'était de nous trouver au milieu de notre corps d'armée.

En avant de Pennesières, à Magnoray, se trouvait l'amiral Penhoat avec sa division, tenant l'ennemi en échec : à notre gauche le général Bonnet avec notre 3ᵒ division ; à notre droite la 1ᵉ division, une brigade à Hautboison, l'autre à Courboux.

Par cette position de notre corps d'armée, nous nous trouvions maîtres de trois grandes routes bien importantes : 1ᵒ d'Auxonne à Vesoul ; 2ᵒ de Besancon à Vesoul ; 3ᵒ de Besançon à Villersexel. Il était donc bien difficile d'avoir à redouter une surprise ou une attaque de flanc.

Les Prussiens étaient forcés de fuir devant nous, ou de nous livrer bataille, pour arrêter notre marche sur Belfort. Une action était donc imminente, car Werder avait tout intérêt à retarder notre mouvement.

Les derniers renseignements du 7 janvier au soir s'accordant tous à indiquer que les Prussiens évacuaient Vesoul et semblaient fuir devant nous, notre marche en avant fut immédiatement décidée. En effet, le 8 janvier au matin, nous quittâmes Pennesières et nous continuâ-

18

mes notre marche de flanc. Désormais il devenait évident que le mouvement de l'ennemi n'avait pour but que de reprendre ses anciennes positions sous Belfort et de rallier les quelques troupes qu'il avait laissées devant cette place.

Toute l'armée appuya donc son mouvement sur la droite. Notre position nous appela à Montbozon. Quoique le trajet fût très-court de Pennesières à Montbozon, nous eûmes assez de peine à atteindre cette ville ; le terrain était très-glissant, surtout pour les chevaux. La route que nous traversions était bordée de plaines et de bois qui offraient de très-beaux panoramas. Çà et là, au milieu des bois, nous rencontrâmes quelques traces récentes de luttes de nos grand'gardes : des débris d'armes et des schakos de landwer nous en indiquaient les emplacements. Sans autre incident remarquable, le 8 janvier, vers les deux heures de l'après midi, nous entrions à Montbozon.

CHAPITRE IV

DE MONTBOZON A VILLERSEXEL

Le 8 janvier, vers deux heures de l'après-midi, nous entrions à Montbozon. Nous fûmes logés chez le juge de paix, homme très-aimable, qui installa avec empressement nos bureaux dans son propre cabinet. Philosophe

et amateur des lettres, il nous fit présent d'un petit volume qu'il venait d'écrire tout récemment sur la Franche-Comté. Le style est soigné ; les récits saisissants et
exacts, au moins en apparence, sont suivis de réflexions
philosophiques tout à la fois savantes et remplies d'originalité ; on reconnaît là un esprit distingué.

Montbozon est une petite ville située sur le versant
d'une colline qui, dit-on, a pris son nom d'un de ses
anciens seigneurs, le comte de Bozon, fils de Richard,
duc de Bourgogne. Les rues sont étroites ; il y a quelques belles maisons, entr'autres un château, dans lequel, bien entendu, était logé l'état-major.

Quelques magasins fermés ou à moitié vides apparaissaient çà et là. Une précaution bien inutile nous
amusa un instant. Une partie des enseignes de ces magasins étaient ou effacées ou dissimulées par de petites
planchettes, surtout celles des marchands de vins et
des épiciers : on connaissait déjà par expérience les déplorables habitudes des Prussiens. Echapper à leur cu-
pidité et à leurs inexorables réquisitions était la préoccupation de chacun. Les habitants de Montbozon, par
cette précaution un peu enfantine, ont-ils pu se soustraire aux visites domiciliaires des Prussiens, de nos
ennemis, ordinairement si bien renseignés sur les ressources des localités qu'ils occupaient ? Il est permis
d'en douter.

La soirée et surtout la nuit furent très-occupées ;
l'ordre de départ nous arriva pour le lendemain. Aucune des dispositions de marche que prenait notre général ne faisait prévoir la bataille de Villersexel : il paraissait bien craindre la rencontre de l'ennemi, mais en

réalité il ne signalait pas son apparition possible dans les positions qu'il prescrivait à ses lieutenants d'occuper.

En quittant Vesoul, la petite armée de Werder nous suivait pas à pas dans notre marche ; elle avait pris position autour de Villersexel, où elle avait concentré toutes ses forces et non pas sans raison. comme nous le verrons tout-à-l'heure. Moimay et Marast étaient également occupés par elle lorsque, le 9 au matin, en entrant dans Villersexel, elle se heurta contre les premières colonnes du 20e corps, qui se rendaient aux positions prescrites par l'ordre du jour. La deuxième division du 18e corps devait, à une heure plus avancée du jour, occuper seule Villersexel.

Au moment où nous allions monter à cheval, on vint nous prévenir qu'on pillait un de nos convois. Cet incident nous fit prolonger de quelques heures notre séjour à Montbozon, et nous ne pûmes rejoindre que fort tard notre général qui venait de partir pour se porter, disait-on, au secours du 20e corps attaqué par les Prussiens à Villersexel. En effet, ce jour-là, vers dix heures du matin, comme nous revenions de faire une enquête sur le pillage, en entrant dans Montbozon, nous fûmes surpris du mouvement extraordinaire de la ville, de l'encombrement des rues et de l'exaltation des esprits. Un de mes amis, qui passait au galop, n'eut que le temps de me jeter ces mots : « On se bat à Villersexel ; les Prussiens ont attaqué le 20e corps. » Sans retard, nous nous disposâmes à rejoindre notre corps d'armée, qui était parti depuis trois heures.

Bientôt, sur la route de Montbozon à Esprels, nous ap-

prîmes que notre général en chef, à sa sortie de Montbozon, avait été prévenu du mouvement de l'ennemi,
par une note du brave capitaine Voiture, qui lui annonçait que les Prussiens avaient quitté Vesoul dans le but
de se concentrer du côté de Lure et dans leurs positions de Montbéliard ; que pour opérer cette concentration et surtout pour attendre les secours de Versailles,
ils avaient l'intention de s'emparer de l'excellente position de Villersexel, qui commande la vallée de l'Ognon
et d'essayer d'y arrêter l'armée française pendant quelques jours. Il annonçait de plus que, dans cette pensée,
les Prussiens, sous les ordres du général-major de Tres-
kow, s'étaient massés en avant de cette petite ville ; que
l'avant-garde de la division Schmeling avait essayé, à
la pointe du jour, de surprendre les avant-postes de
l'armée française qui se trouvaient près de Villersexel
et, qu'au moment même où il écrivait, cette position
n'était défendue que par les francs-tireurs de la Corse et
la division Tortone, du 20e corps.

En post-scriptum, il ajoutait que les francs-tireurs de
la Corse qui avaient voulu défendre le pont de Villersexel, avaient été faits prisonniers par les Prussiens ; que
même le général Clinchant, qui s'était trop avancé dans
la grande rue de Villersexel, n'avait eu que le temps de
se retirer devant une grêle de balles et d'obus ; qu'enfin
il y avait urgence d'accourir au secours de notre avant-
garde. Les Prussiens, plus nombreux que nous en ce
moment, étaient maîtres de la situation.

A cette nouvelle, notre général modifia sans retard
les instructions du matin : il envoya de tous côtés ses
officiers d'ordonnance, afin de presser la marche de ses

divisions. Il pouvait être midi lorsqu'il arriva à Esprels ; aussitôt il monte sur la hauteur, commande lui-même les batteries divisionnaires, ouvre le feu sur Moimay et Marast et dirige l'attaque à la tête de la division Pilatry. Devant la résistance opiniâtre de l'ennemi, il envoie l'ordre à l'amiral de se porter en ligne par Bouhans sur Villersexel et de venir se joindre à la 1ᵉ division qui se trouvait à Esprels.

Mais la marche de l'amiral ne pouvait pas être aussi rapide que le supposait notre général en chef dans sa vive imagination. En effet, l'amiral, le 8 janvier, devant avec sa division veiller à l'arrière-garde, se cantonna dans les villages d'Anthoison, de Fontenay-les-Montbozon. Le lendemain, vers 7 heures du matin, lorsque l'ordre de se mettre en marche lui arriva, il ne put agir aussi rapidement qu'il l'eût désiré. Il lui fallut rallier tous ses avant-postes, toutes ses troupes, qui occupaient les bois environnants ; transmettre des ordres à la brigade Perrin cantonnée à 7 kilomètres en arrière ; d'autre part ses hommes manquaient absolument de vivres, parce que le convoi avait été retardé par des difficultés de toutes sortes[1].

---

[1] Huit janvier. — Le mouvement de flanc fut continué par le corps d'armée ; la 2ᵉ division, devant passer à l'arrière garde, dut attendre que les deux autres, sur des routes parallèles, eussent dépassé la hauteur des points qu'elle occupait et ne se mit en marche que vers midi.

Les plus grandes précautions furent prises pour éclairer la gauche par où l'on pouvait être menacé.

On ne se mit en marche que successivement, les troupes les plus éloignées partant les premières et laissant, jusqu'à la nuit, de forts avant-postes pour dissimuler le mouvement.

Cette marche ne fut terminée que fort tard dans la nuit, très-

Cependant les Prussiens, qui occupaient Moimay et la Grange d'Ancins, battaient avec leur artillerie Marast, Autrey et le Mont-Esprels, occupés par la 1ᵉ division du 18ᵉ corps.

De temps en temps de fortes colonnes sortaient de Moimay et se dirigeaient sur Villersexel.

Autrey, dans le même moment, devenait le théâtre d'une action très-vive. Une profonde colonne de troupes ennemies s'y concentrait. Les défenseurs d'Autrey du-

noire à ce moment. La division fut cantonnée dans les villages d'Anthoison, de Fontenoy-les-Montbozon, Saurans-les-Cordier, et Roche-sur-Linotte, mais avec de très-forts détachements dans les bois environnants. La surveillance la plus active fut exercée; l'artillerie était en batterie.

Le quartier général de la division fut mis à Fontenoy-les-Montbozon; celui du corps d'armée à Montbozon.

Neuf janvier.-Le 9 janvier, vers sept heures, parvint à la division l'ordre de se mettre en mouvement pour aller se cantonner à Villersexel; la présence de l'ennemi n'y était pas signalée.

L'heure à laquelle cet ordre fut remis le rendait inexécutable avec la rapidité prescrite. D'une part il fallait rallier tous les avant-postes, toutes les troupes qui occupaient les bois environnants : transmettre les ordres à la brigade Perrin, cantonnée en arrière à sept kilomètres ; d'autre part les troupes manquaient absolument de vivres.

Le convoi avait été retardé par des difficultés de toutes sortes: l'épuisement des chevaux, l'état des chemins, la neige, la glace, l'éloignement des points de ravitaillement, etc.

Les premières voitures du convoi arrivèrent assez tard ; on fit la distribution aux troupes les plus à la portée et l'on en forma de suite une colonne légère, composée de trois bataillons d'infanterie et deux batteries d'artillerie sous les ordres du lieutenant-colonel Perrin, faisant fonctions de général de brigade, pour aller, le plus rapidement possible, occuper le pont de Villersexel. Extrait du Journal des marches et combats de la 2ᵉ division du 18ᵉ corps, p. 41 et suivantes.

rent se replier un instant. Mais tout-à-coup arriva l'artillerie de réserve : le général la fit établir sans retard sur le Mont-Esprels, à côté des batteries en action.

A deux heures et demie environ le lieutenant-colonel Perrin, à la tête d'une colonne légère, composée de 3 bataillons, 1ᵉ et 3ᵉ du 52ᵉ de marche, 12ᵉ de chasseurs à pied et deux batteries d'artillerie, rallia à Esprels ; les autres brigades arrivèrent peu de temps après.

Mais le général Billot voyant que, grâce à ces batteries de réserve et à leur tir puissant, les Prussiens de ce côté ne faisaient pas de progrès ; qu'il était maître du village de Marast, se préoccupa dès lors de Villersexel. A la nouvelle que les Prussiens résistaient avec énergie dans cette position, il ordonna aussitôt de continuer le mouvement prescrit par l'ordre du matin et envoya de nouveau l'ordre à l'amiral Penhoat de se porter avec sa division sur Villersexel.

La mesure était d'autant plus heureuse qu'à quatre heures un officier d'ordonnance apportait la nouvelle que Villersexel était repris par les Prussiens. A la même heure le colonel Perrin arrivait avec une colonne devant Villersexel. Sans perdre une minute, se joignant au 20ᵉ corps, il recommençait avec plus de violence l'attaque dirigée contre cette ville.

Les tirailleurs du 47ᵉ de marche (20ᵉ corps) attaquaient à ce moment la partie sud de la ville. Ils étaient soutenus par le 1ᵉ bataillon du 52ᵉ de marche (18ᵉ corps) ; bientôt ils s'emparaient de la porte ouest et des premières maisons de Villersexel jusqu'à l'église, et parvenaient à s'y maintenir. Mais le château et le parc

étaient encore au pouvoir de l'ennemi. A six heures du
soir arrive l'amiral Penhoat avec le reste de sa division ; aussitôt le général Clinchant l'invite à attaquer
les parties de Villersexel occupées par l'ennemi. Sans
retard, le 2e bataillon du 52e est lancé dans la ville afin
de tourner le château par le côté est : malgré une vive
fusillade, il pénètre jusqu'au pont de l'Ognon.

Vers les sept heures, le 20e corps était appelé par un
ordre supérieur à faire un mouvement en avant ; l'a-
miral Penhoat, avec sa division, prenait seul la direction de l'attaque. A partir de ce moment, le siège de
cette position de Villersexel fut dirigé et exécuté, nous
ne craignons pas de le dire, avec une énergie et un savoir remarquables. Aussi, à dix heures du soir, la ville,
le château et le parc de Villersexel étaient en notre
pouvoir. A quatre heures du matin, le combat était terminé et l'amiral occupait toute la position avec sa division.

La nuit avait suspendu l'action devant Esprels, Moimay et Autrey. Le général Robert était, nous disait-on,
à cent mètres des sentinelles prussiennes. A la faveur
de l'obscurité, les colonnes ennemies tentèrent, sur trois
compagnies du 42e, une surprise qui, heureusement,
n'eut aucun résultat, grâce à la vigilance des officiers.
Dans la nuit, vers deux ou trois heures du matin, le gé-
ral de Werder fit évacuer Moimay : la bataille était
complètement gagnée. La ligne droite, c'est-à-dire Villersexel, était occupée par nos troupes ; la gauche était
aussi perdue pour les Prussiens : ils battaient donc en
retraite de tous côtés.

Toute la journée on entendit encore des coups de feu,

provenant d'ennemis réfugiés dans les maisons et qui essayaient de se sauver ; mais Werder était en pleine retraite avec le gros de son armée.

Pendant toute la journée et la soirée, nous avions cheminé avec notre quartier général, sur la route de Montbozon à Esprels route qui, alors, était obstruée par nos divisions qui se suivaient à une distance de quelques kilomètres seulement. Nous mîmes un long temps pour arriver à Thieffrans, puis, en avant de ce village, l'encombrement devint tel, qu'il nous fut impossible d'avancer. Force nous fut de mettre pied à terre et de nous faufiler comme nous pûmes, parmi les rangs des soldats. La nuit approchait : la route, rendue mauvaise par la neige qui se congelait, formait sous nos pas un véritable miroir de glace, ce qui nous forçait de marcher lentement et avec précaution. Encore étions-nous obligés de choisir les endroits où il y avait de la neige, pour ne pas tomber. Nous arrivâmes ainsi à Chassey-les-Montbozon où nous trouvâmes la 3ᵉ division au bivouac et sous les armes. Dans le lointain, sur notre droite, on entendait le canon, la fusillade, le grincement des mitrailleuses. La nuit, une nuit très-noire, était arrivée. Que se passait-il donc ? Etions-nous victorieux ? Etions-nous repoussés ?

Nous traversâmes rapidement Chassey-les-Montbozon, au milieu des soldats qui campaient dans les rues et autour du village. Quel beau coup d'œil que ce bivouac improvisé au milieu de cette nuit sombre et froide ! Et puis, d'un côté, la voix imposante du canon, de l'autre la neige qui, comme un linceul blanc, enveloppait nos soldats ; à gauche et à droite de la route, les chevaux des batteries de la 3° division attelés, piaffant d'impatience, n'attendant plus que le signal du départ. La scène, éclairée par la lueur blafarde des feux du bivouac était bien belle, mais aussi bien triste.

Nous ne pouvions nous rassasier de contempler ces préparatifs de bataille, et mille sensations différentes nous pénétraient pendant que les préoccupations les plus sérieuses nous étreignaient le cœur.

Après un court temps d'arrêt, au milieu de cette foule, nous nous dirigeâmes vers Esprels, toujours guidés par les éclairs de la fusillade et le son du canon.

La route était tout-à fait libre : d'un côté les bois, de l'autre la plaine. Par les bois, on redoutait un mouvement tournant ; c'était dans cette prévision, nous dit-on, que la 3° division était restée à Chassey. Tout en devisant sur les événements, nous approchions d'Esprels. Le commandant d'état-major valaque nous dépassa au galop et nous apprit que nos troupes avançaient, que l'action était bien engagée. Le son du canon devenait plus distinct ; sur notre droite, la clarté de la fusillade était plus vive et plus brillante. Bientôt l'avant-garde nous prévint que nous étions à Esprels, rendez-vous du quartier général.

Des colonnes de mobiles descendaient, en effet, de la montagne, du côté de Moimay, et se rassemblaient sur la route de Villersexel.

A la lumière des feux de bivouac, nous aperçûmes les maisons d'Esprels. Les rues étaient remplies de soldats et les rares habitants se renfermaient chez eux, se cachaient. Dès notre entrée dans le village, nous recûmes les rapports sur le service des blessés : les derniers cacolets arrivaient du champ de bataille avec des médecins et des brancardiers. Ils nous apprirent que la fusillade continuait avec acharnement du côté de Villersexel, et que même l'action semblait redoubler d'intensité ; qu'en tous les cas leur service devenait impossible ; que, dans l'obscurité de la nuit, obligés de rechercher les blessés avec des lanternes, ils étaient fusillés par nos postes, qui les prenaient pour des éclaireurs prussiens ; qu'ils avaient réuni dans l'école d'Esprels environ 180 blessés. Cependant, sur les ordres du général en chef, un autre voyage à Autrey fut décidé. Il fut sans résultat : médecins et brancardiers reculèrent en hâte devant le feu de nos arrière-gardes, qui les prenaient encore pour des Prussiens.

Nous installâmes notre quartier général chez un maréchal-ferrant. Il n'est pas inutile de dire combien cet homme, seul chez lui, car il avait renvoyé sa femme dans la crainte des Prussiens et de leurs procédés, fut hospitalier, charitable même, non seulement pour nous, mais encore pour tous nos pauvres soldats, qui venaient se chauffer à sa forge. Je n'ai qu'un seul regret, c'est d'avoir oublié son nom.

Ce mode d'hospitalité nous parut inhérent à la profession de maréchal. Nous nous souvenons, en effet, qu'à Sully un forgeron nous avait fait un accueil aussi sympathique et aussi désintéressé.

La fusillade et la canonnade duraient toujours du côté de Villersexel ; nous les entendions très-distinctement. De temps en temps quelques cavaliers apportaient des dépêches ; à 8 heures les avantages de notre côté n'étaient pas encore marqués. Vers les 4 heures nous avions été forcés de quitter Villersexel ; on disait même que nous avions des compagnies entières faites prisonnières. En définitive, rien de précis, des propos vagues et indéterminés, des racontars selon l'état physique de chaque soldat blessé et revenant du feu.

Un autre de nos services, celui des subsistances, nous suscita bientôt de grands embarras. Nous nous demandions comment nos convois pourraient arriver assez à temps pour la distribution du lendemain matin, la route de Montbozon étant ainsi encombrée. Que faire cependant ? Esprels pouvait devenir lui-même un champ de bataille. Le problème n'était point facile à résoudre et c'étaient pour nous autant de préoccupations qui ne laissaient pas que de nous inquiéter vivement.

Il pouvait être onze heures lorsque le général en chef nous fit appeler et nous demanda un rapport sur les blessés. Nous lui annonçâmes que notre ambulance ne pouvait en ce moment fonctionner, la nuit nous faisant obstacle, et surtout le feu de nos postes nous empêchant d'approcher du champ de bataille. Néanmoins nous le rassurâmes complètement, en lui faisant espérer que médecins et cacolets se mettraient en route le lendemain dès la pointe du jour.

Le quartier général avait cette nuit-là un aspect bien curieux, malgré la fatigue générale.

On faisait de son mieux pour chasser le sommeil ; la grande salle où se tenaient le colonel d'état-major et ses officiers était éclairée brillamment ; les ordres de service se griffonnaient à la hâte, les courriers se succédaient sans intermittence ; une surexcitation fiévreuse paraissait faire mouvoir tout ce personnel, prêt au moindre signal à monter à cheval. C'était aussi, il faut le dire, une nuit de bataille et, pour peu qu'on ouvrît les fenêtres, on pouvait compter exactement les coups de canon et de mitrailleuse.

A peine les premiers rayons du jour apparaissaient que nous fîmes partir pour Autrey notre service d'ambulance légère, à la tête duquel se trouvait le docteur L***, homme très-modeste, mais très énergique.

Il remplissait ses fonctions avec un courage et un dévouement à toute épreuve. Combien de fois aurons-nous encore dans ce récit le bonheur de nous souvenir de cet aide-major que rien n'arrêtait, ni les nuits, ni les fatigues ni les dangers ! Encore un bon Français celui-là ! Mais hélas ! que le nombre en était petit dans cette armée de l'Est !

Vers les 6 heures du matin, le général me fit de nouveau appeler, et voulut s'assurer par lui-même du service des blessés. En même temps il m'apprit qu'en ce moment nous étions maîtres des positions d'Autrey et de Villersexel et que les Prussiens commençaient à battre en retraite. Ensuite, il s'informa des vivres que nous pouvions avoir sur nos convois, et alors il se livra à d'amères critiques contre l'intendance. Ces critiques, alors, étaient malheureusement dans la bouche de tout le monde.

« Des commerçants, disait-il, oui ! des commerçants seraient plus aptes à faire des intendants que des officiers !

« Je n'en disconviens pas, mon général, osai-je lui dire (malgré le peu de compétence que je pouvais avoir

à traiter un pareil sujet), mais vous oubliez bien vite
que, remplaçant les intendants par des commerçants,
vous donneriez naissance à de graves désordres, à de
graves abus d'un autre genre. Ce serait une prime, un
encouragement à la spéculation, absente actuellement
mais qui, alors, rendrait bien difficile le ravitaillement
de l'armée. »

« Mais le système prussien est supérieur au nôtre, me
répliqua t-il. »

« Assurément, répondis-je. Non-seulement ils l'em-
portent par l'organisation de l'intendance, mais par
toute leur organisation militaire. Il ne faut pas oublier
qu'ils préparaient cette guerre depuis 30 ou 40 ans,
tandis qu'en un mois, nous avons improvisé des armées
et aussi l'intendance, pour nos corps d'armée de l'Est,
tout au moins. »

Les Prussiens avaient un entrepreneur qui s'était
chargé de ravitailler leurs armées. Mais ses moyens et
ses voies de transport étaient prêts depuis longtemps:
ce premier point est indiscutable. Sans nul doute les
Prussiens étaient mieux ravitaillés que nous ; mais
est-ce que la supériorité de leur intendance dans cette
campagne dépendit seulement de leurs entrepreneurs ?
A notre avis elle fut due plutôt aux événements qu'aux
entrepreneurs. Le ravitaillement de l'armée prussienne,
bien qu'il soit honteux pour nous d'avouer cette vérité,
pouvait se faire plus facilement que le nôtre par la contrainte et l'épouvante que nos ennemis savaient imposer à nos populations.

Pouvions-nous, nous Français, dans notre pays, chez
nos frères, pouvions-nous exiger aussi impérieusement

ce que nos ennemis obtenaient par le fer ou par le feu ?

Avions-nous jamais parcouru des contrées et des populations assez patriotes pour nous ouvrir leurs cachettes et pour oublier leurs intérêts privés devant le salut de la patrie ? Non. Et il ne faut pas craindre de le dire hautement. Taire ou obscurcir cette vérité serait un crime, surtout quand nous nous laissons encore si volontiers aveugler par notre orgueil et notre légèreté.

L'administration française, avec son organisation auxiliaire, nous osons le dire, parce que nous l'avons constaté *de visu*, faisait de son mieux pour triompher des embarras que lui suscitaient à chaque instant nos désastres, tandis que l'intendance prussienne a été admirablement servie par les succès des armées d'invasion.

Qui aurait osé, par un hiver exceptionnel, improviser le ravitaillement d'une armée, parmi une population hostile à la guerre ? Qui aurait osé répondre de cette organisation ? Il est impossible de se rendre parfaitement compte des griefs formulés contre l'administration sans avoir vu, sans avoir matériellement constaté les difficultés que ce service avait alors à combattre.

C'est assurément ce que n'ont pas fait les critiques et les railleurs en chambre de l'intendance française.

Malgré ces divergences d'opinion sur le corps de l'intendance notre général, en me revoyant, ne put s'empêcher de convenir qu'il y avait et qu'il connaissait des corps de l'armée de l'Est plus mal partagés, sous le rapport de l'administration, que le sien ; que le ravitaillement de son corps d'armée s'était fait jusqu'à ce jour dans les limites du possible. Cette affirmation était d'autant plus juste que le froid et les neiges entravaient presque toujours la marche de nos convois ; enfin il finit cet entretien par ces paroles consolantes et encourageantes pour nous tous : « Si je n'ai pas de reproches à vous adresser, je réserve mes éloges pour plus tard. »

Notre général en chef, en nous faisant remettre par un de ses officiers les instructions du jour, nous pria de ne pas oublier de méditer profondément l'avant dernier paragraphe de ce remarquable ordre de mouvement.

« Le commandant du 18e corps fait un pressant appel à tous les services pour assurer tous ces détails qui, en un jour de bataille, peuvent tant influer sur le succès.

« Il compte sur le dévouement de tous. »

Nous passâmes toute la matinée à réorganiser notre service, en prévision de grands événements. Tout le monde allait en reconnaissance à Villersexel ; on passait par Marast, qui avait été évacué pendant la nuit.

Nos troupes d'Esprels employèrent toute la journée du 10 janvier à prendre des dispositions de combat, en cas d'attaque. Par mesure de sûreté, nos divisions n'allaient en avant qu'avec prudence, les véritables mouvements de l'ennemi n'étant pas encore parfaitement connus. De fortes reconnaissances furent faites sur les routes d'Esprels à Vesoul et de Villersexel à Villargent.

Vers les trois heures du soir, l'on nous apprit que nous étions définitivement maîtres de nos positions ; que les Prussiens battaient en retraite dans la direction de Belfort et de Montbéliard ; que le quartier général allait se rendre à Villersexel.

Un de nos amis, connaissant parfaitement la route, qu'il avait faite plusieurs fois dans la nuit et dans la journée, nous proposa de nous accompagner. Nous nous empressâmes d'accepter les offres de cet excellent *cicerone*.

Le chemin n'était pas facile : la nuit était froide, glaciale et très-obscure ; les chevaux pouvaient à peine se tenir. A ces désagréments venait s'ajouter la masse de nos divisions qui profitaient de la nuit pour se rallier. Cela retardait d'autant un mouvement qu'on aurait pu, avec un peu plus d'audace, exécuter dès le matin.

Nous étions victorieux, il est vrai, mais, peut-être y aurait-il eu de la témérité à risquer le fruit de notre victoire par un mouvement d'avant trop précipité. Cependant, aussi, n'était-ce pas une faute de ne pas profiter de la retraite de l'ennemi pour le poursuivre? Cette dernière idée nous paraissait alors très-juste.

En arrivant à Autrey, l'encombrement n'était pas moindre et la foule moins pressante. Cette route, à l'entrée du bourg d'Autrey, contourne et longe, pendant quelques centaines de mètres, une propriété privée qui paraissait avoir un parc princier.

A la lumière des feux de nos bivouacs, nous apercevions des bosquets, des grottes de rocaille, des cascades gelées, des lacs ; plus loin des soldats debout, comme des ombres, l'arme au pied, veillant autour des bivouacs. D'autres, couchés dans la neige, pelotonnés autour de leurs grands feux, dormaient. Tableau tel que pendant un instant nous crûmes assister à ces féeries que l'on sait si merveilleusement machiner et représenter avec tant de fidélité sur nos scènes lyriques.

A la sortie du village d'Autrey, la route devient très-étroite, jusqu'à l'embranchement de Cuse à Villersexel : là, les difficultés de notre marche se multiplièrent. Nous fûmes obligés de prendre nos chevaux par la bride et de les traîner, car ils ne voulaient plus avancer. A chaque instant, nos voisins tombaient, quand ce n'était pas nous-mêmes. Nous marchâmes ainsi, sur un miroir de glace, nous soutenant les uns les autres, pendant près de trois heures.

Malgré ces désagréments, et surtout nos nombreuses chutes, la route ne nous sembla pas longue, grâce à l'amabilité de notre guide, et aux choses extraordinaires que nous voyions. Cette foule bigarrée de soldats de toutes armes, se glissant à travers les bois silencieux, au milieu de la nuit, éclairés par les rayons d'une lune splendide, nous transportait à chaque instant dans le pays des rêves.

Une scène qui ne s'effacera de longtemps de notre mémoire fut le passage d'une colline que nous rencontrâmes à la sortie de ces bois, sous le branchage desquels nous avions marché depuis une heure. En cet endroit, le terrain présentait une élévation telle qu'il était difficile, ou pour mieux dire, impossible de la franchir, soit avec de l'artillerie, soit avec de la cavalerie. Le génie avait tracé une route qui, par mille circuits, atteignait le sommet de cette petite montagne sans trop de rapidité et qui, pareillement, sur l'autre versant, redescendait par une pente assez douce jusqu'à la plaine.

Contempler, en cette nuit éclairée par une lune très-brillante, notre armée se déroulant le long de la montagne ; voir monter et descendre cette file d'hommes, de chevaux, de canons, était pour nous un spectacle plein de sombre et attachante grandeur.

Il pouvait être environ deux heures du matin, lorsque nous arrivâmes en vue de Villersexel. Le silence le plus complet régnait à l'entrée de la petite ville sur laquelle, quelques heures auparavant, une pluie de fer et de feu s'abattait encore. Les premières maisons que nous aperçûmes avaient seulement l'apparence extérieure : en approchant, nous reconnûmes que ce n'était plus que des ruines ; la plus effroyable dévastation avait passé par là. Plus loin, au centre même de Villersexel, nous apercevions bien quelques gros points lumineux : c'étaient les restes de quelques maisons incendiées par les obus. Pour en chasser les Prussiens nous avions été obligés de les bombarder pendant près de cinq heures. Bientôt nous arrivâmes en face d'un grand bâtiment brillamment éclairé : la mairie, qu'on avait transformée en ambulance. Çà et là gisaient les vestiges de la lutte dont cet endroit avait été le théâtre. Mais les ombres de la nuit nous cachaient la moitié de toutes ces horreurs...

Un régiment de zouaves était campé sur la petite place qui entoure la mairie. Tous, groupés autour de leurs feux, dormaient paisiblement. Leurs oreillers me parurent fort bizarres ; en m'approchant, je reconnus que c'étaient des cadavres ! O dérision de la nature !

Nous marchâmes avec beaucoup de peine au milieu de ces rues encombrées de cadavres, de débris, de platras de toutes sortes. A force de demandes, nous arrivâmes en face d'une maison de belle apparence dont les portes de fer trahissaient encore le luxe et le confortable. Nous étions, nous dit-on, chez le maire de Villersexel: c'était le logement du quartier général.

L'officier chargé du service de la place se tenait dans une pièce qui ressemblait beaucoup à un magasin de bric-à-brac : des meubles entassés les uns sur les autres d'un côté ; des glaces brisées, des rideaux de croisées à moitié déchirés, des vitres cassées, de l'autre. Ce commandant nous assigna pour résidence, la maison de M. Miroudot, médecin et en même temps juge de paix de Villersexel.

Nous fûmes forcés de traverser de nouveau la petite place pour arriver à la demeure du docteur Miroudot, qui se trouve à gauche de la mairie, au fond d'une impasse dans laquelle avaient eu lieu les premières scènes du siège de la ville.

Dans cette ruelle nous ne pouvions faire un pas sans nous heurter contre des cadavres, des débris de vêtements, des casques, des armes brisées, etc.....

Un de nos officiers, qui nous avait devancés, nous introduisit dans cette maison ; il serait plus correct de dire, dans cette ruine ; car de la maison on ne voyait que les murs, les débris des portes et des fenêtres.

Celui qui n'a jamais vu, sur le moment même, un tel état de destruction, ne peut réellement pas comprendre toutes les horreurs de la guerre. Nous, qui les voyions pour la première fois, nous en fûmes tout d'abord terrifié d'épouvante et porté même à mettre en doute la réalité.

Dans la maison Miroudot les Prussiens s'étaient retranchés et, pendant toute la journée du 9 janvier, avaient tenu en échec les Français postés sur la route et dans la plaine de Cuse. A la nuit, nos ennemis s'apercevant que la position n'était plus tenable devant le feu terrible de nos premières colonnes, en firent le sac ; cependant ils n'eurent pas le temps de la brûler. Du reste, à la porte, un cadavre de la landwehr, allongé le long du seuil, servait d'enseigne et indiquait avec quelle fureur les Prussiens avaient défendu la position.

Dans l'intérieur, on s'était battu corps à corps. Dans la cave, quelques instants avant notre arrivée, on avait trouvé vingt Prussiens, au milieu des tonneaux qu'ils avaient défoncés.

Avant l'occupation de Villersexel par les Prussiens, le docteur Miroudot et sa famille habitaient cette maison qui semblait avoir été aménagée très-confortablement. Quand nous en prîmes possession, que restait-il de tout cela ?

Le rez-de-chaussée, composé de plusieurs chambres et de très-beaux salons, était complètement dévasté : les portes n'existaient plus ; dans de certaines pièces l'on ne marchait que sur les débris de meubles, de bouteilles, de boiseries, de papiers etc.....

Au premier, la place de beaux et luxueux appartements n'était reconnaissable que par quelques débris. Toutes les pièces que nous traversions étaient dans le

même état ; aux fenêtres, en général, se trouvaient encore les sommiers et les matelas, qui avaient servi d'a-
bris pour la défense de cette maison ; les Prussiens les
avaient réquisitionnés jusqu'à deux kilomètres de Villersexel. Le peu d'effets de femme qui restait était pêle-
mêle au milieu des chambres ; évidemment on avait fait
un triage, un partage de butin, puis l'on avait laissé ce
qui n'avait pas semblé valoir le transport.

Tous les tiroirs étaient éventrés, les placards défoncés et vidés. Sur le parquet, çà et là gisaient des bouteilles vides : parmi ces bouteilles nous en reconnûmes
quelques-unes. C'étaient les vins de choix du propriétaire qui les tenait précieusement enfermés : tels que du
Malaga, du Frontignan, du vin de Paille ; plus loin
étaient des fioles remplies par l'ennemi, et qu'il n'aurait
pas été prudent de déboucher ; enfin, de grosses bouteilles en verre opale avaient été apportées là dans une
intention toute particulière : l'étiquette portait : *Essence
de pétrole.*

La lingerie paraissait intacte. Cependant le déména-
gement en avait été commencé : les serviettes et le
linge abandonnés çà et là, sur le parquet, l'indiquaient
assez.

Mais les détrousseurs avaient été surpris au milieu de
leur criminelle besogne.Le salon de compagnie n'avait
pas trop souffert dans son ameublement. En revanche,
les ouvertures béantes des placards indiquaient qu'ils
avaient été fouillés et dévalisés. La pendule, comme
toutes celles de la maison, n'avait plus son mouvement.

Evidemment, ce salon avait été ménagé avec intention. En voici la raison : il était voisin de la salle à manger, dans laquelle une seule porte donnait accès : dès que nous l'eûmes ouverte, nous aperçûmes les restes d'un festin, les traces d'une véritable orgie. Les bouteilles vides étaient éparses sous la table ; partout les meubles qui n'avaient pas été enlevés étaient rougis de vin, et les chaises étaient renversées ; nous marchions sur les verres brisés et la vaisselle en morceaux.

Dans le couloir, qui conduit de la salle à manger aux appartements de M. Miroudot, le même spectacle de pillage s'offrit à nos yeux.

Dans la première pièce de cet appartement, tendue en perse, les rideaux étaient intacts, mais les lits étaient dépourvus de leurs matelas qui avaient servi pour transformer les fenêtres en meurtrières, comme nous l'avons expliqué plus haut.

Tous les tiroirs de la commode, qui se trouvait à droite de la porte d'entrée de cette chambre, avaient été enlevés, fouillés ; on en avait retiré tous les objets de valeur. Là encore, des bouteilles vides sur le parquet, des débris, du plâtre, etc.

Dans la seconde chambre, voisine de celle-là, le pillage était encore plus affreux. Ici, une armoire à glace à moitié brisée et dévalisée de fond en comble ; sous nos pieds, toute espèce de débris, jusqu'à des lettres ! On n'avait pas même respecté la correspondance intime d'une femme !.....

Des bandits, après avoir lu les lettres, les avaient jetées dédaigneusement au milieu de cette pièce ; c'était la chambre de M. Miroudot, nous dit-on. Plus loin un ber-

ceau lui aussi avait été visité et fouillé, mais on n'avait
pas emporté la bouteille d'eau destinée à réchauffer les
pieds du pauvre petit être qui y reposait encore lors de
leur entrée à Villersexel.

Cette maison ainsi dévastée et pillée pouvait à elle
seule nous apprendre dans quelle mesure et avec quelle
rage cette guerre nous était faite.

Au milieu de toute cette désolation nous installâmes
un lit; la course que nous venions de faire avait été
bien pénible; nos nombreuses chutes nous avaient
brisé le corps. Toutefois ce repos, comme nous allons
le voir, ne devait pas être de longue durée. Il y avait à
peine une heure que nous étions enroulés dans notre
couverture, ayant pour oreiller le peignoir de flanelle
rouge de la maîtresse de la maison, que bientôt les ordres
du quartier général se succédèrent sans interruption.
Un, entr'autres, nous prescrivait de pourvoir de suite
aux nombreuses réclamations et aux pressants besoins
des habitants de Villersexel : besogne peu facile au milieu d'une population errante, réfugiée dans les quelques maisons qui restaient debout !

Au moment de notre départ, une visite étrange nous
arriva. Un homme, accompagné de quelques-uns de nos
soldats, s'introduisit précipitamment dans cette maison
et se dirigea, suivi des nôtres, sans répondre aux questions qui lui étaient adressées, vers les appartements
que nous occupions. Il entra brusquement, puis s'arrêta dès qu'il nous aperçut. Surpris de cette visite,
nous lui demandâmes qui il était et ce qu'il voulait.

Pour toute réponse, il se mit à pleurer, et articula

ces quelques mots : *Ma pauvre maison ! Je suis ruiné !*

C'était le docteur Miroudot lui-même. Nous lui demandâmes des explications sur ce qui s'était passé chez lui, et comment il avait pu échapper à ce massacre.

Il nous dit qu'il avait été surpris en visite de malades par l'arrivée des Prussiens ; que sa femme et son enfant n'avaient eu que le temps de se sauver et de se retirer chez des amis dans une campagne voisine ; puis il ajouta que tous les membres de sa famille étaient sans linge, sans effets, et qu'ayant appris l'occupation de Villersexel par les Français, il s'était empressé d'accourir chercher des vêtements pour lui et pour sa famille.

Les vêtements de femme étaient difficiles à trouver au milieu du pillage : les Prussiens, selon leur habitude, les avaient enlevés de préférence aux autres. Après toutes les recherches que nous fîmes pour découvrir une robe, nous ne pûmes retrouver que ce peignoir de flanelle rouge qui me servait d'oreiller, deux cols et un bonnet de dentelle que, dans leur précipitation, les pillards n'avaient probablement pas aperçus. Tels étaient les seuls vêtements que ce malheureux mari emportait à sa femme.

M. Miroudot nous demanda à revenir prendre possession de sa maison avec sa famille ; nous l'engageâmes fortement à différer sa rentrée jusqu'à notre départ.

Selon nous, son retour pouvait présenter quelques dangers devant l'exaltation de nos soldats qui s'étaient emparés de cette position au prix de tant de sacrifices.

En outre, de la cave au grenier, il y avait des soldats : dans le grenier nous avions trois compagnies d'infanterie ; au rez de-chaussée, il y en avait deux ; dans les appartements se trouvaient le quartier de l'intendance et tous les médecins du quartier général.

Un civil, un propriétaire surtout, au milieu de tous ces gens, surexcités par la lutte, par les privations, par les souffrances d'une guerre terrible, habitués à ne tenir compte que des intérêts militaires, eût assurément été exposé à quelque danger.

CHAPITRE V

VILLERSEXEL

Dès le jour, notre première occupation fut de faire faire du pain avec les fours qui n'avaient pas été détruits et de chercher à utiliser toutes les farines que nous avions découvertes dans un grand moulin situé près du château de Grammont.

Nous commençâmes notre tournée, mon chef et moi, par les ambulances prussiennes qui avaient été faites prisonnières et qui manquaient de vivres, disait-on, depuis quarante-huit heures.

Sortis de cet amas de ruines, nous traversâmes de nouveau la place de Villersexel, toujours encombrée de cadavres, mais que cependant on commençait à empiler comme des sacs de farine dans la halle aux grains, en attendant que l'on pût creuser des fosses.

Les rues que nous traversions offraient un spectacle affreux ; ici des maisons en charbon et en cendres ; là, d'autres brûlaient encore et s'écroulaient avec fracas. Quelques habitants, les larmes aux yeux, les contemplaient en désœuvrés et rejetaient du pied avec rage les cadavres prussiens qui se trouvaient sur leur passage. Partout la démolition, la ruine ; partout des débris humains ; partout les traces d'une lutte acharnée.

En descendant vers l'Ognon, où se trouvaient les ambulances prussiennes, nous longeâmes les murs du château de Grammont ; sur les talus on apercevait des soldats occupés à fouiller les décombres de ce château et à en recueillir les débris humains qui s'y trouvaient enfouis. Ce château nous parut complètement ruiné ; les murs de la façade sur l'Ognon, noircis par l'incendie, étaient encore debout, ce qui prêtait à l'ensemble je ne sais quoi de majestueusement terrible.

Quelle délicieuse habitation il devait être avant la guerre ! Situé sur la plus haute colline des environs de Villersexel, semblable à une citadelle, il dominait fièrement toute la ville et la vallée de l'Ognon qui est si belle et si étendue en cet endroit.

Quand nous arrivâmes au moulin du château, situé à une centaine de mètres du pied de celui-ci, on nous fit observer que nous n'avions pas pris la bonne direction pour nous conduire aux ambulances prussiennes. On nous engagea à suivre, le long de l'Ognon, un petit chemin de halage qui, à peu de distance, arrivait au grand pont. Au bout de ce pont, nous dit-on, se trouvait la plaine où s'étaient passées les dernières scènes de cette bataille et au milieu de laquelle les Prussiens avaient établi leurs ambulances.

Nous cheminâmes très-difficilement dans ce petit sentier ; à chaque pas nous étions arrêtés par les matériaux provenant de l'effondrement des maisons. En cet endroit surtout, toutes les maisons avaient été atteintes par le bombardement. A l'entrée du pont, il n'en existait plus une seule : ce n'était çà et là que ruines fumantes, tellement les effets de l'artillerie de ce côté avaient été terribles.

A Villersexel, l'Ognon, sur lequel ce pont est jeté, n'est point très-large ni très-profond, ce qui permettait de voir au fond du lit de cette rivière toute espèce de débris humains et d'armes : le courant charriait encore des cadavres, que les soldats repêchaient avec des crocs.

Bientôt les chasseurs de Vincennes, qui étaient d'avant-garde de l'autre côté de ce pont, nous arrêtèrent. Mais, dès que le commandant du détachement eut reconnu notre chef, il nous indiqua plusieurs maisons, où se trouvaient des ambulances prussiennes. Ces maisons étaient situées dans une position très-propice pour l'usage auquel on les avait destinées. En effet, on s'était battu tout autour, et c'était aussi de ce côté que l'armée de Werder avait dû défiler en battant en retraite.

Dans les maisons Mauger, Musson et autres nous trouvâmes environ 250 blessés, parmi lesquels il y avait tout au plus une dizaine de Français. Dans la première de ces maisons, nous fûmes reçus par un docteur prussien qui nous accueillit avec une extrême politesse ; sa première parole fut de nous demander avec instance des vivres pour ses blessés qui n'avaient pas mangé depuis 48 heures. Il est vrai que cette bataille de Villersexel avait duré deux jours et une nuit. Les Prussiens avaient seulement commencé à battre en retraite le second jour de la bataille au matin, et naturellement cette ambulance se trouvant placée au milieu de l'action, les médecins prussiens n'avaient pas pu ravitailler leurs blessés.

D'après les renseignements que nous avons pris nous-mêmes, sur les lieux, il est facile aujourd'hui d'apprécier l'exactitude de la dépêche prussienne adressée de Versailles à Berlin le 11 janvier 1870 et relatant les pertes de l'ennemi dans cette bataille :

« Les pertes du général de Werder dans le combat de Villersexel s'élèvent à 13 officiers et un peu plus de 200 hommes. »

Signé : DE PODBIELSKI.

Le major prussien nous promena dans toutes ces salles improvisées. Alors nous pûmes admirer l'ordre et la discipline qui régnaient parmi les blessés et les infirmiers. Il étaient tous d'une politesse extrême et d'une obéissance sans limite vis-à-vis de leurs chefs : exemple qui malheureusement était peu suivi chez nous.

Selon les ordres de mon chef, à chaque chambre, je prenais le relevé exact des blessés, pour pouvoir nous rendre compte du nombre de rations nécessaires. Il arriva que, dans une maison, chez M. Mauger, les blessés, s'apercevant que j'écrivais sur un carnet, l'un deux me demanda si je prenais leurs noms pour les faire fusiller.

Je lui répondis que, dans l'armée française, nous n'avions pas de pareils procédés ; qu'au contraire, si je les comptais, c'était pour savoir quelle quantité de vivres il fallait leur envoyer. Celui-ci parut surpris de ma réponse et il me dit, en assez bon français : « que leurs chefs leur faisaient croire que nous fusillions les blessés et même les prisonniers. »

J'eus lieu d'être étonné d'entendre parler aussi correctement le français. Mais bientôt j'appris que ce soldat, qui parlait au nom de ses frères d'armes, habitait, avant la guerre, la rue du Temple à Paris n°....

Dès qu'il eut fait comprendre à tous ses compatriotes que nous venions pour leur prodiguer des soins et non pour les faire mourir, tous, sans exception, nous témoignèrent le plus grand respect et la plus grande sympathie. Quelques-uns allèrent même jusqu'à nous offrir des cigares que nous nous empressâmes, tout naturellement, de refuser.

Cette visite ne dura pas moins de deux heures. Mais ce qui contraria le plus le major allemand c'est que, sur l'ordre de notre chef, nous appelâmes un détachement de chasseurs pour enlever les armes que les blessés avaient tous conservées.

La plupart de ces Prussiens appartenaient à la landwehr, et avaient reçu des balles dans le dos ou dans les jambes, ce qui prouvait qu'ils fuyaient lorsqu'ils avaient été atteints.

Tout en parcourant ces diverses maisons, transformées

en ambulances, séparées d'une centaine de mètres les unes des autres, nous voyions sur la neige d'immenses flaques de sang. Ainsi, là aussi, l'action avait été terrible. Plusieurs brancardiers parcouraient encore la plaine et transportaient quelques cadavres oubliés. De distance en distance à l'horizon, dans ces immenses prairies qui bordent l'Ognon, sur la neige, piétinée et maculée de sang, apparaissaient des choses informes, rangées avec symétrie, comme des cailloux sur une route. Pour satisfaire notre curiosité, nous approchâmes et nous reconnûmes..... des cadavres prussiens, empilés les uns sur les autres ; les tas avaient près de 1 mètre 50 cent. de haut sur 4 mètres de long. En avant de ces tas étaient rangées les bottes des cadavres, qu'on retirait au fur et à mesure que les brancardiers les amenaient. Ce supplément de chaussures, quoique très-faible en comparaison des besoins de nos soldats qui presque tous marchaient nu-pieds, (les fournisseurs de l'armée étant alors plus soucieux de leurs propres intérêts que de ceux de la défense nationale) nous fut néanmoins de quelques secours.

Les monceaux de cadavres étaient en si grand nombre et si dispersés dans la plaine qu'il était très-difficile de se rendre un compte exact du chiffre des morts.

Au moment où nous terminions notre visite, les vivres nous arrivèrent : le major prussien, aussitôt, nous témoigna sa reconnaissance pour ses malades, et nous reconduisit avec beaucoup de politesse jusqu'au poste du pont.

Au lieu de reprendre le même chemin par où nous étions venus, nous suivîmes la grande rue qui, par un pente rapide, nous conduisit au centre de Villersexel. Partout les maisons portaient la trace des projectiles ; au sommet de cette rue, notre tir avait produit des effets des plus terribles. Une rue contiguë à celle que nous suivions, brûlait encore en partie ; il ne faisait pas même bon y passer : on pouvait craindre à chaque instant d'être enseveli sous les poutres qui s'écroulaient à mesure que le feu achevait son œuvre de destruction. De quelque côté, enfin, qu'on portât ses regards, on reconnaissait les signes caractéristiques d'une lutte terrible.

Non seulement toutes ces maisons avaient été détruites soit par le canon, soit par le pétrole, soit par l'incendie, mais encore elles avaient été préalablement pillées. Pas une n'avait été épargnée ; comme spécimen du genre, nous avons déjà montré l'état dans lequel nous avions trouvé la maison du juge de paix Miroudot ; dès lors on peut s'imaginer dans quel état se trouvaient toutes les autres.

Villersexel n'était occupé que par les troupes françaises : les quelques habitants qui avaient survécu au désastre s'étaient retirés aux environs. Au milieu du carnage, du pillage, un seul magasin avait été respecté, c'était la pharmacie, située sur la place de l'hôtel-de-ville, en face de l'église.

Déjà même on commençait à débarrasser les rues des cadavres et assurément la besogne n'était pas petite. Il faut dire aussi que la municipalité, en grande partie, pendant le bombardement et la guerre des rues, avait été forcée de quitter Villersexel et de se retirer à la campagne. Le maire seul restait et prétendait que l'enterrement des morts n'était pas un devoir qui incombait aux municipalités, mais aux intendants. Malgré nos services, multipliés en pareils jours, et grâce aux concours du curé de Villersexel, nous pûmes mener à bonne fin cette triste besogne.

Peu, parmi les officiers tués dans ce terrible combat, purent avoir l'honneur d'un cercueil. Mais la plupart furent parfaitement enfouis avec leurs soldats, sur des couches de chaux, dans le cimetière de Villersexel.

Après avoir fait une visite à une autre ambulance, chez Mme veuve Ariot, nous parcourûmes les salles de la mairie, qui pouvaient contenir, à ce moment, 6 à 700 blessés ; tout le monde était à son poste, médecins et infirmiers. Comme nous passions dans les rangs des blessés de la première salle, j'aperçus, sortant de la poche d'un Prussien, un objet brillant. Aussitôt je le tirai, et reconnus une cuillère d'argent ; je la lui montrai, en lui faisant comprendre, par signes, qu'il l'avait probablement volée. Furieux de cette observation, il me la lança à la figure.

Dans un autre coin de la salle, un gros Allemand, de la Prusse Orientale, se plaignait de n'avoir pas à manger. La sœur de service nous fit observer qu'il avait eu sa ration comme ses camarades ; d'ailleurs on voyait encore les restes de son potage dans sa moustache. Sur l'observation que lui fit notre chef, qu'il n'était pas raisonnable, qu'on ne pouvait pas faire de préférence, qu'il fallait bien que ses camarades eussent comme lui leur ration, il lui répondit par des injures, en disant entre ses dents : « qu'on pourrait bien faire de lui ce qu'on voudrait, même le fusiller, si tel était notre bon plaisir. »

Par ces deux seuls traits, on peut se pénétrer de la rapacité et des exigences des Prussiens dans cette malheureuse guerre. Une fois que notre chef eut terminé son inspection, nous rentrâmes surveiller les autres branches de notre service ; il pouvait être alors quatre heures du soir.

A notre arrivée au quartier général, nous rencontrâmes l'intendant Roger Bontemps, chargé spécialement du service des ambulances, qui nous raconta une histoire tellement grosse d'originalité que nous la transcrivons sans oser en affirmer l'authenticité, et plutôt pour servir de critique à notre organisation militaire.

Nous le déclarons, en effet, nous n'avons pas été témoin de semblables faits et nous n'avons pas rencontré autour de nous de semblables présidents de *ministres*. Nous avons donc tout lieu de supposer que nous fûmes volontairement dupe d'une petite malice ou d'une ironie de la part du jovial intendant.

En tous les cas, voici son historiette : le lecteur jugera ce qu'elle vaut.

Dans l'armée, la garde et la surveillance des mulets est ordinairement confiée à des officiers d'expérience et âgés. Ce poste est vraiment ennuyeux pour l'officier ; il n'y a pas de plaisanteries et de jeux de mots que l'on ne fasse, lorsque le convoi des mulets défile devant l'armée : tous les soldats rient et plaisantent les conducteurs à ce sujet. Aussi le recrutement de ces conducteurs est très-souvent difficile ; le service est tellement méprisé qu'en campagne le soldat le considère comme une punition. Il m'est arrivé de voir assez souvent des officiers, n'ayant aucun moyen de répression pour les

petits écarts des soldats, user de cette menace *de leur
faire traîner par la figure un de messieurs les ministres* et
parvenir ainsi à se faire obéir. Cependant, à l'armée,
tout le monde sait combien le service des mulets est
précieux. D'ordinaire même le ministre de la guerre
est très-difficile sur le choix des officiers qu'il prépose
au commandement de ce service. Comme nous l'avons
déjà dit, généralement on choisit de préférence, pour ce
poste, des officiers vieillis sous le harnais, expérimentés,
minutieux, capables non-seulement de réglementer la
marche des mulets, mais encore de surveiller l'entretien
du matériel des cacolets, si utiles et si indispensables
pour une armée en campagne.

L'officier qui était préposé au commandement et à la
surveillance de nos mulets était à la vérité un homme
de beaucoup d'expérience, un parfait soldat, qui avait
fait les campagnes d'Italie et de Crimée. Mais il était
méthodique peut-être à l'excès. Avec un tel officier
l'exécution des ordres devenait naturellement bien
difficile. D'un autre côté, en campagne il n'est pas tou-
toujours aisé de régler les ordres avec la même précision et la même exactitude qu'en temps de paix ; ils
doivent être plus brefs, plus précis, et l'on laisse souvent
à l'intelligence de l'officier le soin de les compléter.
Mais, avec notre président des *ministres,* il ne fallait faire
dans nos ordres aucune omission ; rien ne devait être
laissé à l'interprétation d'un tel chef, à cheval sur les
règles et les procédés de l'administration ; sinon il n'y
voyait que ce qu'il y avait de littéralement écrit et rien
de plus.

Partions-nous d'un campement? Supposons pour un

instant que les instructions de mouvement ne lui fussent pas parvenues ; il restait malgré le départ des soldats. Comment qualifier cette bizarrerie de caractère, surtout dans les moments où nous nous trouvions ? C'était la conscience du devoir poussée jusqu'à son extrême limite, c'est-à-dire exagérée.

Mais heureusement cet estimable président des *ministres* n'en était pas encore arrivé au même degré d'exigence des formalités pour les ordres que le personnage découvert dans notre armée de l'Est par l'intendant Roger Bontemps; du moins si nous en croyons ce dernier.

Ce matin, disait l'intendant Roger Bontemps, le général commandant le... prescrivit à son président des *ministres* de lui envoyer 150 mulets pour aller chercher des blessés.

Sans doute, dans cet ordre, sous l'influence des grandes préoccupations où nous nous trouvions (comme cela est arrivé à nous-mêmes) l'officier chargé de la rédaction avait oublié de spécifier que les mulets devaient être harnachés, avec leurs cacolets et accompagnés, prêts enfin à recevoir des blessés.

Ces mulets furent envoyés une première fois à l'officier d'administration sans aucun harnachement, comme un troupeau de moutons. Bien entendu celui-ci les avait renvoyés avec prière de les lui ramener « avec cacolets ». Mais comme notre officier, trop jeune dans le métier, n'avait pas parlé de conducteurs, ils lui furent renvoyés de nouveau avec des cacolets, mais sans conducteurs. Tout le monde, ajouta-t-il, riait de cette plaisanterie qui ne dura pas moins de trois quarts d'heure.

. . . .

O résultat de la routine de la bureaucratie ! quel
obstacle n'avez-vous pas opposé au succès de cette
campagne !

La soirée se passa sans autre incident remarquable.
Nous pûmes prendre quelque repos ; le lendemain nous
devions encore faire séjour à Villersexel. Il est bien
certain qu'alors il eût bien mieux valu continuer notre
mouvement en avant. Dès ce moment, tout le monde,
dans l'armée, prévoyait que les Prussiens profiteraient
de ce repos pour se retirer derrière leurs positions de
Belfort, qu'ils connaissaient si bien. Chacun se demandait pourquoi, victorieux, nous ne marchions pas en
avant ? Les deux journées que nous devions passer à
Villersexel nous semblaient à tous une grande faute,
en présence de la marche certaine du général Manteuffel, qui arrivait, disait-on, sur nos derrières, à
marches forcées...

L'histoire le dira un jour avec raison...

Dans ces notes écrites à Villersexel même, le 11 janvier, nous retrouvons cette pensée ; pensée hélas ! aujourd'hui trop justifiée et que tous les documents
publiés sur la guerre viennent justifier encore !

En vain essaierait-on de rejeter cette faute sur le
manque absolu des vivres. Rien ne serait plus inexact ;
nos convois se trouvaient à dix kilomètres en arrière, à
Rougemont ; à Cierval, à 20 kilomètres de Villersexel,
nous avions à la gare des wagons en réserve générale.
Mais il suffirait au besoin de citer un passage extrait du
livre de l'amiral Penhoat.

« Le 11 janvier, les points de ravitaillement étant très-éloignés et les convois ne marchant que très-difficilement sur les routes, à cause de la glace, la vie était fort difficile. On eut cependant du pain, de la viande et une certaine quantité d'effets devenus indispensables [1]. »

En vain objecterait-on le mauvais état des routes. A qui persuadera-t-on qu'il fallait deux jours et trois nuits pour faire faire 10 kilomètres à des voitures?

En réalité ce ravitaillement a pu se faire, mais ce que nos généraux ne pouvaient faire, c'était de marcher en avant sans connaître le terrain et sans savoir où étaient les Prussiens. Il a fallu un trop long temps à nos généraux pour s'éclairer!...

Il appartient à nos généraux seuls de démontrer l'invraisemblance de ces présomptions. Quant à nous, notre incompétence en l'art militaire ne nous permet pas d'être plus affirmatif. Au surplus, ce qui vient confirmer nos suppositions, c'est cette note que nous trouvons encore dans ce même « *Journal des marches et combats,* » de l'amiral Penhoat :

« 11 et 12 janvier.

« Mais on avait lieu de croire que le général de Werder s'arrêterait dans son mouvement de retraite pour livrer bataille sur un terrain choisi par lui et étudié d'avance ; et ce terrain se présentait pour lui très-favorable dans toute la région située entre Montbéliard et Héricourt [2]. »

[1] Journal des marches et combats de la 2e division du 18e corps, p. 52.

[2] Journal des marches et combats de la 2e division du 18e corps, p. 52.

Le lendemain matin, 12 janvier, nous allâmes nous assurer si l'on enterrait les morts. Cette opération marchait très-lentement. Le maire n'y mettait aucune bonne volonté, prétextant comme toujours que ce devoir ne le regardait pas. Cependant, à force de réclamations, nous parvînmes à obtenir d'un menuisier quelques cercueils pour les officiers tués à l'attaque du château et qu'on avait provisoirement déposés dans la serre.

En ce moment on réunissait sur la place tous les petits blessés qui pouvaient marcher. Leur nombre s'élevait à 150 environ; les grands blessés furent chargés sur des charrettes, et les petits blessés allèrent à pied : par le même convoi on expédia trois voitures d'armes brisées.

La majeure partie des petits blessés se composait de Prussiens ; pour les escorter, on ne leur donna que quelques soldats et un sergent. Nous ne pûmes nous empêcher d'exprimer à notre chef un sentiment de crainte, à la vue d'une si faible escorte pour tant d'ennemis, surtout ayant à leur disposition trois charrettes d'armes. Mais la défiance n'est pas naturelle chez nous. Quelques jours plus tard, nous apprîmes du chef de ce détachement, que tout s'était passé régulièrement dans le convoi; que même les Prussiens, quoique beaucoup plus nombreux que les soldats de leur escorte, n'avaient nullement cherché à se sauver, trop heureux qu'ils étaient de demeurer en repos et de ne plus courir les risques de la guerre.

Après ce départ, nous reçûmes les adieux des officiers prussiens. Autant ils étaient furieux la veille, lorsqu'on leur avait enlevé leur épée, autant, ce jour-là, ils se montrèrent touchés et reconnaissants de l'hospitalité que nous leur avions donnée, et surtout très-satisfaits de la façon dont nous traitions leurs blessés et leurs prisonniers.

Quelques instants plus tard, nous allâmes visiter le château de M. de Grammont, le théâtre principal de la bataille de Villersexel.

Peindre sous ses véritables couleurs la scène de carnage de la nuit du 9 au 10 janvier, qui se passa dans cette demeure seigneuriale, n'est pas chose facile; trouver des expressions assez exactes, assez vives pour répondre à l'horreur des faits est assurément un travail au-dessus de nos forces. Devant notre impuissance nous chercherons simplement à reproduire, à grands traits, les impressions que nous avons ressenties de cette visite faite en compagnie de notre chef et de l'amiral Penhoat, commandant la 2e division du 18e corps. Ce dernier, avec sa division, s'était emparé de la position, dans la nuit du 9 au 10 et, selon les règles de la guerre, l'occupait. Les soldats de sa division étaient campés çà et là, sous les arbres du parc, autour des ruines encore fumantes.

Dès l'entrée de la propriété nous trouvons les soldats du 92e de ligne; des compagnies d'Afrique; les uns occupés à faire leur soupe; les autres fouillant les ruines et cherchant les débris humains au milieu des décombres.

De la grille de fer à la conciergerie nous constatâmes les traces d'une lutte à outrance: les murs étaient criblés de balles, les arbres présentaient des déchirures profondes et nombreuses qui témoignaient de la furie du combat. Nous étions en face des fenêtres du château, d'où les Prussiens, abrités par des matelas et des paillasses avaient fait un feu très-meurtrier sur le 92ᵉ. Malgré cette vive fusillade, notre brave régiment avait enlevé la position, mais au prix de cruels sacrifices.

Au milieu des soldats qui étaient campés sous les arbres, autour de ces ruines, nous aperçûmes l'amiral Penhoat. Dès qu'il vit notre chef, il vint à nous et nous fit un accueil très-cordial. Lui-même nous servit de *cicerone* au milieu des ruines et nous fit le récit de la prise du château. Comme nous l'avons déjà dit, le château de Grammont se trouve placé sur un sommet qui domine la vallée de l'Ognon ; il est entouré d'un parc qui descend en pente rapide jusqu'à une passerelle sur l'Ognon, appelée pont de la Forge. Le château est la véritable clef de cette position importante ; les Prussiens l'avaient compris et l'avaient transformé en une véritable forteresse.

Gagner du temps, nous arrêter quelques jours devant cette position, tel était le but de Werder. S'il avait obtenu ce résultat, il donnait le temps à l'armée de Manteuffel de venir à son secours ; car il savait très-bien aussi qu'une retraite précipitée devant l'armée de l'Est, supérieure en nombre à sa petite armée pouvait, à un moment donné, lui être fatale. Par conséquent il avait tout intérêt de nous arrêter le plus tôt et le plus longtemps possible dans notre marche.

Cette position très-solide du château de Grammont lui offrait une excellente occasion qu'il s'empressa de saisir. Voilà la véritable cause de la bataille de Villersexel.

Si les Prussiens avaient pu tenir quatre jours devant nous, Manteuffel tombait sur nos arrières en cette ville même.

Avant de continuer ce récit, il est indispensable de rappeler que cette affaire avait été engagée par les francs-tireurs de la Corse avec une seule division du 20ᵉ corps qui, pendant presque toute la journée, supportèrent le choc des Prussiens. L'amiral Penhoat ne put entrer en ligne d'une manière efficace et avec toute sa division que vers les 6 heures du soir. Venant de Fontenay-les-Montbozon, son dernier campement, comme nous l'avons dit plus haut, il avait eu à parcourir au moins vingt et quelques kilomètres. Dès quatre heures du soir, les Prussiens étaient maîtres du château et nous avaient fait prisonniers le 47ᵉ régiment de marche et les francs-tireurs de la Corse.

Trois fois le château fut pris et repris tour-à-tour par les Français et les Prussiens. Ceux-ci s'y maintinrent dans la soirée du 9 janvier avec une rare énergie.

Dès que l'amiral se fut rendu compte de la position et qu'il eut laissé reposer un instant ses hommes, il commença l'attaque avec l'appui des batteries établies de droite et de gauche sur les sommets qui dominent Villersexel. Cependant la résistance était acharnée ; les Prussiens semblaient déborder de tous côtés. D'où venaient-ils ?... M. de Grammont avertit l'amiral qu'il existait une passerelle au bout du parc, aux Forges Saint-Georges. Aussitôt des ordres furent donnés pour détruire la passerelle et occuper la position. Un bataillon du 92ᵉ, après avoir accompli cette besogne, pénétra de vive force dans le parc par la grille de l'Ouest et refoula l'ennemi vers le château. Dès lors l'action se concentra dans le parc et dans le château.

Ces premières dispositions exécutées l'amiral, chargé seul du commandement en chef, donna le signal de l'attaque générale. Sur notre gauche, les compagnies d'Afrique, avec un élan admirable, entraient dans le parc ; sur la droite, le 52ᵉ régiment tournait la position par Villersexel, forçait la grille du château et parvenait à se glisser sous les arbres. Là, une lutte horrible s'engagea. La nuit, la lumière des torches de sapin, les éclairs des coups de feu, rendaient la scène tout à la fois terrible et imposante. Les Prussiens tiraient des fenêtres à une distance de 25 mètres, et nous tuaient beaucoup de monde.

L'amiral Penhoat s'avança à travers les fourrés et à la faveur de l'obscurité vint se placer près d'un énorme chêne qui se trouve à gauche de la porte nord du château. Là, en silence, appuyé le long de ce tronc d'arbre, il suivait la marche progressive de l'attaque et les péripéties de ce drame affreux.

Mais bientôt les Prussiens, se voyant débordés de toutes parts, et sur le point d'être cernés dans le château, se décidèrent à l'évacuer. De son poste d'observation l'amiral, en voyant défiler, devant lui, cette foule qui criait en allemand : « Le castel brûle ; francs-tireurs et Français vont brûler », comprit qu'il n'y avait pas une minute à perdre pour sauver nos prisonniers qui étaient renfermés dans ce château. Il donna aussitôt l'ordre aux soldats du 92ᵉ de ligne qui se tenaient cachés sous les arbres de sortir de leurs positions et de donner l'assaut au château. A peine cet ordre était-il donné que le commandant du 1ᵉʳ bataillon du 92ᵉ, une hache à la main, enfonçait la porte de cette demeure seigneuriale. Mais un officier prussien apparaît et lui porte un coup d'épée; notre brave commandant tombe en criant à ses soldats : « A la baïonnette ! à la baïonnette ! »...

Alors eut lieu une lutte acharnée ; dans les grands vestibules, dans ces magnifiques escaliers couverts de tapisserie des Gobelins, Français et Prussiens, combattant corps à corps, tombaient, s'entrégorgeaient. Dans tous les appartements on entendait les gémissements des blessés et le bruit du croisement du fer. Quelques braves du 92° parviennent à la pièce où se trouvent les prisonniers. A coups redoublés, on abat les portes, on retrouve tous nos soldats bien résignés à la mort. Des cris de délivrance accueillent les libérateurs. Mais il n'y a pas de temps à perdre; la fumée envahit toutes les issues, les flammes gagnent de proche en proche ; le pétrole, répandu à profusion sur le parquet, active l'incendie d'une manière furibonde. Les blessés, qu'on ne peut emporter, sont victimes de la barbarie de nos ennemis.

La horde sauvage des Prussiens poussée, talonnée par nôtres, se ruait au dehors et s'élançait derrière l'arbre auquel était adossé l'amiral, en cherchant un refuge dans les bosquets du val de l'Ognon.

Tout en causant avec l'amiral, nous arrivâmes à cet arbre qui se trouve placé à deux mètres de la porte d'entrée de l'aile gauche du château. Nous pûmes constater une quantité incalculable de déchirures faites au chêne par les balles : l'espace intact représentait exactement la surface du corps de l'amiral.

Par l'incendie du château de Grammont, le lieu du combat chargea forcément et fut transporté dans le parc. Alors les Prussiens essayèrent, mais en vain, de regagner leur passerelle. Assaillis de tous côtés par les nôtres, ils cherchèrent à vendre chèrement leur vie ; la résistance dans la partie basse du parc devint très-énergique et presque héroïque. Pendant ce temps, nos soldats, maîtres des hauteurs, ne perdaient par leur temps, dressaient des batteries qui, par leur feu plongeant, balayaient la plaine et fauchaient impitoyablement tout ce qui leur faisait obstacle. C'est alors que commence la véritable retraite des Prussiens. Certains essaient de passer l'Ognon, mais ils y trouvent presque tous la mort ; d'autres, les plus nombreux, cherchent à faire un retour offensif, en nous tournant et en se jetant dans la ville, d'où ils nous envoient une pluie de projectiles.

La lutte recommença avec plus d'acharnement dans les rues : chaque maison devint une forteresse qu'il fallut prendre d'assaut. A quatre heures du matin, le feu diminua d'intensité ; les flammes seules du château éclairaient cette triste scène ; on n'entendait plus que quelques coups de fusils dans le bas du parc et le bruit des pans de mur du château qui s'écroulaient.

L'action sur ce point paraissait donc terminée. Néanmoins, toute la journée du lendemain jusqu'à la nuit, nous eûmes à essuyer le feu des tirailleurs de l'ennemi qui reculaient de maison en maison et cherchaient par cette adroite tactique à masquer la retraite de l'armée de Werder. Ce ne fut que le 10 janvier vers 7 heures du soir que nous fûmes complètement maîtres de Villersexel.

Dans le parc, deux jours après cette terrible lutte, nous voyions encore sur la neige les traces de la lutte et les pas nombreux des Prussiens qui l'avaient piétinée comme un troupeau de moutons, en cherchant un refuge vers la porte ouest par où ils étaient entrés.

Une telle position était trop belle pour qu'on hésitât à la fortifier : dès le lendemain plusieurs batteries furent établies en regard de la plaine de l'Ognon, par laquelle on pouvait craindre un retour offensif de l'ennemi.

Après avoir parcouru ce parc en tous sens, nous traversâmes de nouveau les troupes. Elles saluèrent avec un véritable enthousiasme l'amiral Penhoat qui les avait si vaillamment, si intelligemment conduites dans cette affaire. Avant de sortir de la propriété, nous passâmes encore une fois devant les débris de cette demeure princière, qui ne présentait plus que ses quatre murs calcinés avec leurs flancs noirâtres, d'où s'échappaient encore à chaque instant quelques pierres et quelques morceaux de poutres brûlés.

Quel terrible drame s'est passé là ! Que de souffrances muettes englouties dans cette fournaise ardente ! Monceaux d'os humains, armes brisées, maculées de larges taches de sang, vous nous dites, vous nous criez : Quelles fureurs, quelles atrocités ont rempli, ici même, la nuit du 9 janvier !

En arrivant à la grille, nous ôtons nos képis, nous nous arrêtons pour laisser passer un convoi funèbre. On transporte au cimetière les officiers tombés courageusement dans cette lutte sanglante et qu'on avait déposés provisoirement dans la serre du château [1].

[1] Cet ouvrage était terminé, lorsqu'une bonne fortune nous mit

En rentrant à notre quartier général nous rencontrâmes un capitaine d'infanterie qui voulait absolument s'emparer de nos bureaux, pour y faire reposer ses soldats. Comme par hasard ce capitaine se trouvait être un de mes anciens camarades de lycée, je lui fis observer que s'il s'emparait pour ses hommes de nos bureaux, notre service devenait impossible et qu'il courait le risque lui et sa compagnie de mourir de faim. Ni observation, ni raisonnement ne purent le convaincre. Dans un mouvement de zèle, très-louable du reste, ce capitaine n'avait pas tort de vouloir cantonner ses soldats qui venaient de faire une longue course. Mais ne pouvait-il pas le faire plus utilement ailleurs ? telle était la question.

Devant tant d'insistance, je n'hésitai plus, j'introduisis le capitaine près de mon chef, auquel je fis part de sa demande. M. de N*** bon militaire, homme du devoir, mais avant tout patriote, l'accueillit très-froidement.

« Capitaine, lui dit-il, j'apprécie mieux que personne, votre désir et surtout j'admire votre vive préoccupation pour le bien-être de vos hommes. Je vous en félicite. Mais mon service exige ces deux pièces, dépourvues de vitres, mais où mes employés travaillent. Néanmoins, si vous pouvez obtenir du général en chef un ordre pour occuper ces chambres, je suis tout prêt à vous les céder. »

dans les mains le « *Journal des marches et combats de la* 2e *division du* 18e *corps,* » dont nous avons extrait le rapport de la Bataille de Villersexel placé aux Documents historiques. Il servira de contrôle à notre propre récit et permettra au lecteur de se rendre compte de l'esprit qui a présidé à l'ensemble de notre travail. — V. Documents historiques, n° 3.

« Et maintenant, d'un ton paternel, s'adressant à l'homme et non au capitaine : « Avez-vous une mère, monsieur ? »

— Assurément ! répondit mon ami.

— « Que feriez-vous, reprit alors mon chef, en supposant que cette maison fût la sienne, dans un pareil état, et qu'on vînt vous demander semblable autorisation !

Mon vieux camarade ne répondit plus et se retira.

. . . . Il avait compris !

En effet, dans les pièces occupées par l'intendance, chez le docteur Miroudot, on avait entassé tous les restes de linge et de meubles de la maison, espérant ainsi les sauvegarder du pillage. La maison Miroudot, comme nous l'avons dit plus haut, était occupée, de la cave au grenier, par des militaires de toutes armes. Les chambres, les vestibules, les couloirs, regorgeaient de monde à un tel point qu'on avait établi un camp dans le jardin, en face de la plaine où avait débouché l'armée française. Cette maison crénelée et barricadée par les Prussiens, lors de l'attaque de la ville de Villersexel, était devenue, comme nous l'avons précédemment dit, une véritable redoute que nos soldats enlevèrent, mais non pas sans de grands sacrifices. La journée du 11 janvier se passa sans autre incident digne d'être narré ; dans la soirée, nous fûmes très-occupés, et nous la consacrâmes à mettre nos écritures au courant ; nous travaillâmes même une partie de la nuit,

Dans le jardin de M. Miroudot, au-dessous de nos fenêtres, campaient quelques compagnies de mobiles; ils firent de si grands feux pendant cette nuit que les flammes venaient lécher les bords des fenêtres de l'étage où nous travaillions ; ces grands feux, ces ombres qui remuaient, tout cet appareil militaire aux abords de la maison, faisaient un effet magique.

Vers les deux heures de la nuit, on vint nous dire que notre général en chef avait de sérieuses craintes d'être tourné sur sa gauche et qu'il venait d'ordonner de fortifier Villersexel. A la vérité, tout se réduisit à une simple démonstration de l'ennemi, dont le but véritable était de nous immobiliser le plus longtemps possible dans cette petite ville.

Le lendemain matin, je profitai d'un instant de liberté pour parcourir le jardin de M. Miroudot : j'examinai en détail ces bosquets et ces allées, autrefois symétriquement alignés, et dont il ne restait plus de traces. Là se voyaient encore quelques restes de charmille impropres à faire du feu, qui servaient d'abri à quelques-uns de nos soldats ; non loin de là, des casques prussiens, des restes de ceinturons, des fragments de fusils épars, pêle-mêle au milieu de la neige : derniers vestiges de la bataille.

Comme nous revenions de cette promenade matinale, on nous annonça qu'un paysan et son fils désiraient parler à notre chef : ils nous amenaient, prétendaient-ils, de la part de leur commune, des charrettes de pain. Tant de prévoyance et tant de patriotisme eurent tout d'abord lieu de nous surprendre, surtout lorsque nous nous rappelions l'égoïsme des populations que nons

avions traversées jusqu'alors. Cependant ces paysans
insistaient et ajoutaient même que, non loin de ce
village si hospitalier, se trouvaient des convois prussiens isolés et sans escorte, qui par conséquent pouvaient être de bonne prise. Un doute aussitôt traversa
l'esprit de M. de N*** ; il m'engagea à conduire ces trop
généreux paysans au général en chef.

Dès qu'ils furent en présence de celui-ci, et qu'ils
eurent nommé l'endroit qu'ils habitaient, le général
se mit à sourire et flaira des espions prussiens. Le matin
même, ses éclaireurs lui avaient appris que ce village,
dont les habitants auraient ainsi passé les nuits à faire
du pain pour nos soldats, était occupé par de forts détachements ennemis.

Ce qu'il y avait de très-clair dans cet acte de générosité, c'est que les généraux prussiens, inquiets sur nos
mouvements, désiraient connaître les intentions de notre
général en chef pour le lendemain, et ne négligeaient
aucun moyen pour envoyer des espions dans nos lignes.

Aussi, en homme prudent, notre général en chef
donna l'ordre d'arrêter ces paysans et de vérifier de
point en point leurs assertions.

Par ce fait, presque journalier, on peut se rendre
compte avec quelle facilité les espions et même les
éclaireurs prussiens traversaient nos avant-gardes,
preuve évidente que nous n'étions pas soigneusement
gardés. Faute capitale et qui trop souvent, hélas ! a
fait avorter nos plans et nos projets ! Cette journée et
celle de la veille, passées à Villersexel, devaient évidemment être très-préjudiciables à nos opérations militaires.

Avec tous les renseignements que nous possédions

sur la marche de l'ennemi, s'ils étaient exacts, nous aurions dû le poursuivre dès le 11 au matin. Ces deux jours, ajoutés aux six que nous avions perdus à Chagny par des retards inexplicables, peuvent à eux seuls, comme nous le verrons plus tard, expliquer nos revers dans l'Est.

Les Prussiens, au contraire, ne commirent jamais de semblables fautes ; battue comme elle l'avait été, l'armée allemande était perdue, si elle avait été poursuivie. Werder n'aurait pas eu le temps de rallier le corps de Zastrow sous Belfort. En restant deux jours à Villersexel, nous lui avons donc donné tout le temps nécessaire et de se remettre de l'échec qu'il avait éprouvé devant cette place, et de plus de s'enfermer dans les positions inexpugnables de la Lisaine.

Il est inutile, ce nous semble, de rechercher d'autres causes premières de nos échecs devant Belfort : les voilà énumérées dans ces quelques lignes.

Ces deux jours passés à Villersexel dans l'inaction n'ayant sans doute pas suffi aux Prussiens pour terminer leurs travaux de retranchement, nous allons voir qu'ils furent assez habiles pour gagner un jour, et nous amuser encore toute la journée du 13 au jeu du canon à Arcey, point de jonction des routes de Montbéliard et d'Héricourt.

De l'aveu même de nos ennemis, nous nous sommes endormis sur nos lauriers. Il suffit, pour s'en convaincre, de rappeler ce passage d'une correspondance allemande de la Gazette de Lausanne en date du 22 mars 1871 :

« Le château de Villersexel fut incendié en six différents endroits à la fois, et les Français n'ont pas su mettre leur victoire à profit, pour couper la communication aux Allemands [1]. »

Quant aux soldats de Manteuffel, comme tous les Prussiens, ils se gardaient et s'éclairaient très-bien. Pour nous rejoindre, ils firent des marches forcées que ni les chemins de fer ni la saison n'arrêtèrent. Ils parcoururent jusqu'à 12 et même 14 lieues par jour.

Au moment du départ de l'armée de l'Est de Bourges, ils se trouvaient disséminés sur les bords de la Loire et, pendant un instant, ils songèrent à nous surprendre à la Charité pendant notre embarquement. Mais, dès qu'ils eurent connaissance de notre marche dans l'Est, ils se mirent à notre poursuite et firent tous leurs efforts pour nous arrêter avant que nous fussions aux prises avec Werder.

L'affaire de Villersexel aurait été pour nous un véritable succès, mais à la condition de ne pas séjourner et de poursuivre sans discontinuer les bataillons de Werder en fuite. Autrement, cette victoire devenait pour nous l'origine d'une prochaine défaite et c'est ce qui malheureusement arriva.

[1] Extrait de la correspondance allemande. Gazette de Lausanne du 22 mars 1871.

CHAPITRE VI

VILLARGENT-FAYMONT

Notre corps en quittant Villersexel laissa cette position à la garde de l'amiral Penhoat. Celui-ci, avec sa division, occupait fortement tout à la fois, à gauche, le parc, le château ; à droite, le pont sur l'Ognon et les hauteurs.

La 3e division, sous les ordres du général Bonnet, se trouvait à Bréveuge et devait se relier par des postes de tirailleurs à la division Penhoat, et aux troupes du 20e corps, établies à Senargent (Division Polignac). La division de cavalerie devait se tenir à Villers-la-Ville.

Comme on le voit, les troupes étaient disposées pour

une bataille éventuelle et, d'après cet ordre de mouvement, devaient rester sous les armes jusqu'à nouvel ordre du général commandant en chef.

Nous-même, en compagnie de notre général et en sortant de Villersexel, vers les huit heures du matin, nous traversâmes les lignes de notre deuxième division, dont les pièces d'artillerie étaient déjà en batterie, à l'entrée de la route de Villersexel à Villers-la-Ville. D'après le son du canon que nous entendions dans le lointain, et que répétaient les échos d'alentour, nous supposions que nous nous trouvions au moins à dix kilomètres du champ de bataille. Aussi suivîmes-nous la route de Villers-la-Ville sur laquelle devait se tenir, en permanence, le quartier général. A notre arrivée à Villers-la-Ville, nous rencontrâmes notre ambulance du quartier général : sans perdre une minute, avec notre chef, nous fîmes l'ascension d'un monticule voisin afin d'apercevoir de ce point la direction de l'action et de choisir un emplacement pour l'installation de l'ambulance. Dès que l'ambulance fut établie sur ce point culminant, des réclamations s'élevèrent de tous côtés.Les uns disaient : « Nous allons servir d'objectif au tir des Prussiens » ; les autres : « nous sommes bien en visière et trop à la portée des obus ; » enfin le chef avait parlé, il fallait obéir ; on obéit, mais hélas ! pas de gaieté de cœur.

La route était devenue très-glissante pour les chevaux ; nous n'avancions que très-difficilement et même, pendant un instant, nous fûmes forcés de mettre pied à terre.

De cette route, la plaine offrait un panorama splen-

dide. Devant nos yeux, dans le lointain, sur cette grande
nappe de neige, apparaissaient nos divisions, mêlées à
celles du 20ᵉ corps et prêtes à entrer en ligne. Au fond
de ce tableau, on apercevait des nuages de fumée qui
indiquaient l'action dans la direction d'Arcey.

Il y avait à peine une heure que nous allions et venions sur cette route, (selon l'ordre de mouvement, c'é-
tait l'endroit de ralliement du quartier-général) lorsque,
tout à coup, le son du canon devint plus sourd pour
nous. C'était une preuve certaine que les Prussiens n'a-
vançaient plus et battaient déjà en retraite devant nos
soldats.

Bientôt plusieurs estafettes nous apportent la nouvelle qu'Arcey est pris, que les Prussiens reculent ; que
le 20ᵉ corps marche en avant ; que la joie est partout ;
que les cloches des villages voisins sonnent en signe de
réjouissance. Sur ces entrefaites le général arrive lui-
même, et nous confirme cette bonne nouvelle.

Nous passâmes la soirée à Villargent. Il eût mieux
valu, après ce petit engagement et quelques kilomètres
seulement de marche, poursuivre l'ennemi sans relâche !...

A Arcey, comme à Ladon, comme à Villersexel, les
Prussiens se montrèrent de savants tacticiens. Dans
cette journée, ils avaient voulu encore arrêter notre marche pour donner à leur armée le temps de se concentrer dans les positions de Belfort et permettre à Manteuffel d'accourir sur nos arrières. Mais nos généraux,
hélas ! n'avaient pas encore deviné le secret de ces manœuvres !

N'allions-nous pas un peu à l'aventure ? Réellement

nous pouvions alors nous poser cette question, en présence de la lenteur de notre marche et des indécisions de notre général en chef.

Grâce à la complaisance de l'intendant du 20ᵉ corps, nous nous installâmes à Villargent, dans la maison de la famille Pecquigniot. Là nous apprîmes le bombardement de Paris, nouvelle qui naturellement ne laissa pas que de nous affliger profondément. On annonçait même des dégâts considérables dans le quartier du Panthéon.

Il est bien évident aujourd'hui, pour tout le monde, que ce bombardement de Paris, par les Prussiens, n'était qu'une ruse de guerre, un moyen de dissimuler les forces qu'ils avaient été obligés de détacher de l'armée d'investissement pour porter secours à Werder, fortement menacé, en ce moment même, par l'armée de l'Est.

Monsieur Pecquigniot, notre hôte, avait une charmante jeune fille, qui se montra pour nous tous, sans exception, d'une charité et d'une générosité sans égales. Quoiqu'elle eût encore sa mère, c'était elle qui dirigeait la maison, comme cela arrive assez fréquemment à la campagne.

Caroline, comme on l'appelait, était d'une liberté rare dans son langage, qui avait la vivacité et la finesse de celui de la Parisienne. Naïve par moments, rieuse souvent, mais d'une tenue parfaite, charmante de caractère comme de physionomie enjouée et mutine, elle rappelait les brillants modèles des Watteau et des Boucher.

Malgré son extrême jeunesse, Mˡˡᵉ Caroline savait très-bien commander et se faire obéir de tous ses serviteurs. Ordinairement, diriger une maison d'agriculteur est une besogne sérieuse et la maison de M. Pecquigniot,

par son importance, offrait de grandes difficultés de
gestion. M. Pecquigniot était un notable de Villargent,
et un agronome de renom ; il possédait, disait-on, une
fortune de plus de 200,000 francs, qu'il avait gagnée
dans la culture.

Pendant le passage incessant des troupes françaises et
allemandes, dans ce village, la jeune Caroline, seule,
avait toujours présidé aux installations et aux distributions de vivres ; toujours aussi elle s'était fait obéir de
ses nombreux domestiques et respecter de cette solda-
tesque, peu respectueuse par nature.

Comme nous l'interrogions sur le séjour des Prussiens
dans sa maison : « Jamais, nous dit-elle, avec un certain air de vanité, ils n'ont osé montrer ici les exigences qu'ils affichaient ordinairement dans tous les autres
logements du village. Moi-même, je surveillais leur service, et jamais ils n'ont fait entendre une seule plainte ;
si parfois ils élevaient la voix, je faisais la menace de
ne plus m'occuper d'eux et aussitôt ils se calmaient.
Nous ne sommes que des campagnards ; si mon père a
gagné quelque chose en travaillant, au moins nous sommes heureux de pouvoir en disposer en faveur de nos
soldats. Mon fiancé est parti, lui aussi, c'est pour moi à
la vérité un grand chagrin de le savoir exposé aux souffrances de cet hiver rigoureux et à la mort. Mais, quoi
qu'il arrive, je ne me plaindrai jamais de son départ,
surtout si nos armes peuvent délivrer le pays de l'invasion. Dans notre famille, nous aimons trop la France
pour ne pas lui faire tous les sacrifices qui sont en notre
pouvoir. »

Quel langage !... Oh ! si tous les Français avaient

parlé ainsi, comme les Prussiens n'auraient pas longtemps séjourné en France !...

Cette maison regorgeait de soldats, de la cave au
grenier ; outre notre quartier général, tout l'état-major
du 18e corps, hommes et chevaux, y était logé.

Ayant un service de nuit très-actif, les veilles de bataille, nous eûmes l'occasion de constater pendant cette
nuit du 13 au 14 janvier que la jeune Caroline veillait
et travaillait encore quand les autres dormaient. Il fallait bien manger le lendemain ; en bonne ménagère,
elle faisait faire le pain par tout son personnel et en surveillait la cuisson. Comme je lui faisais observer que
d'aussi pénibles veilles, après des journées si laborieu-
ses, pourraient bien altérer sa santé et que nécessairement elle faillirait à l'engagement solennel qu'elle avait
pris vis-à-vis de son fiancé lors de son départ pour l'armée, c'est-à-dire de consacrer tous les instants de son
absence à soulager et adoucir les souffrances des bons
patriotes, qui avaient pris alors les armes pour défendre
leur patrie :

« Il faut bien, me répondit-elle, veiller à l'entretien
de la maison ; il faut bien que vos malheureux soldats
se reposent de préférence à nous, qui pouvons dormir
tranquilles toutes les nuits dans des lits. »

Le lendemain, 14 janvier, le général fit rallier toutes
les troupes qui se trouvaient en arrière, à Bonnal, à
Pont-sur-l'Ognon ; la 2e division quitta Villersexel pour
se porter en avant ; nous nous dirigeâmes, avec le quartier général, sur Faymont.

En nous donnant cet ordre, le général paraissait très-
préoccupé et semblait regretter que ce mouvement n'eût

pas eu lieu la veille ; au milieu de ses regrets, je crus m'apercevoir qu'il craignait un mouvement tournant des Prussiens sur notre gauche.

Nos travaux nous retenant à Villargent, nous ne pûmes suivre dès le matin nos colonnes et nous ne quittâmes ce village que dans la soirée.

Au rez-de-chaussée de la maison Pecquigniot, nous avions installé nos bureaux. Nous pûmes ainsi être témoins des nombreux embarras de la pauvre Caroline : à chaque instant elle était assaillie de demandes et accablée de menaces ; si ce n'était un capitaine qui faisait prendre de la paille au fenil, c'était un lieutenant qui demandait une chambre, ou bien c'était un soldat qui cherchait à attraper les poules ; etc, etc..... Chaque minute apportait sa réclamation ; impatientée par tant d'exigences, elle venait souvent implorer notre aide. Quelle naïveté ! quelle simplicité dans son langage !

Mon chef et moi, nous étions devenus ses meilleurs confidents ; elle ne nous cachait pas plus ses secrètes pensées que ses plus chères espérances.

La présence de l'armée française à Villargent la rassurait tellement, qu'elle se croyait à jamais délivrée des Prussiens et nous répétait sans cesse :

« Oh ! les Prussiens ! nous ne les verrons plus ; ils ne dévasteront plus nos étables, nos fenils, nos basses-cours. N'est-ce pas, Messieurs, que votre armée les rejettera en Suisse ? »

Puis elle nous parlait de son fiancé, nous montrait son portrait, jouait avec ce gage d'amour en nous disant : « Ce n'est pas possible qu'il soit blessé ; il reviendra assurément ! »

Tous ces enfantillages et ces propos débités avec tant de naïveté, mais aussi avec tant de réserve, nous faisaient oublier nos malheurs, nos souffrances et l'heure du départ qui allait sonner. Ce ne fut pas sans regrets que nous nous éloignâmes de ce foyer si hospitalier, et que nous quittâmes cette excellente et intéressante jeune fille.

Nous partîmes le 14 janvier de Villargent, vers les 3 heures du soir, pour Faymont car, le lendemain, nous devions entrer à Belfort. Telles étaient, du moins, les prescriptions de l'ordre de mouvement.

L'encombrement sur la route de Villersexel à Lure était à son comble, aussi fûmes-nous obligés de la quitter, et de faire un détour afin de ne pas retarder notre marche. Nous passâmes par Sénargent. Arrivés à ce point, la nuit commençait à venir et nous prîmes un guide pour nous indiquer notre route. Il nous fallut traverser ce petit village pour rejoindre la route qui mène directement à la forêt de Mignavillers. C'est avec beaucoup de difficultés que nous gagnâmes ces bois ; la neige qui recouvrait la terre nous empêchait de reconnaître la route ; la nuit, à cette première heure, était très-sombre, puis notre guide, au bout de quelques kilomètres, suivant les règles habituelles du patriotisme de la campagne, nous abandonna.

Après deux heures de marche, dans de telles conditions, nous arrivâmes aux Forges de St-Georges. Là nous recueillîmes quelques renseignements, et on nous indiqua un nouveau chemin qui devait nous conduire directement à Faymont. Mais bientôt nous nous trouvâmes aux prises avec des difficultés d'un autre genre ; cette route, de droite et de gauche, était bordée par des

bois très-touffus et épais. Il pouvait y avoir une heure
que nous étions engagés au milieu de ces bois, lorsque
tout-à-coup nous nous aperçûmes que nous avions encore quitté le chemin qu'on nous avait indiqué. En effet, nous nous trouvions au bout d'une allée sans issue.
Notre embarras devint extrême. Nous envoyâmes aussitôt quelques hommes à la découverte de notre véritable
route. Un de nos soldats, qui s'était engagé dans une petite allée de gauche, vint nous prévenir qu'il avait vu
de la lumière au milieu de cette forêt.

Quelques-uns de notre escorte prétendirent que nous
étions tombés au milieu d'un poste prussien.

Un de nos éclaireurs ne tarda pas à nous rassurer, en
nous annonçant que ces points lumineux provenaient
des lanternes des voitures d'un de nos convois, qui cam-
pait dans ce bois ; le mauvais état des chemins et la
nuit l'avaient empêché d'aller plus loin.

Nous n'eûmes pas de peine à reconnaître nos convois à la façon dont ils étaient gardés : les conducteurs
étaient absents ou dormaient : seuls, quelques soldats
d'avant-postes veillaient et se trouvaient au bout de
cette allée autour de grands feux.

Il nous fallut un certain temps pour nous frayer un
passage parmi les voitures. Lorsque nous demandâmes,
aux premiers conducteurs, le motif de leur temps d'arrêt dans un pareil endroit, ils nous répondirent qu'ils
attendaient le jour pour atteindre la Vergenne car, selon eux, à la sortie de ce bois, se trouvait une rampe
devenue infranchissable par la neige et le verglas.

Notre service ne nous laissant pas le temps de réfléchir plus longtemps et de supputer le danger qu'il pou-

vait y avoir à aller en avant, nous nous engageâmes dans ce défilé si étroit et si rapide. Nous arrivâmes au bas de cette descente sains et saufs, mais plutôt en roulant qu'en marchant, car nous ne pouvions faire un pas sans tomber, tellement cette descente était rapide et glissante ! L'obscurité de la nuit, le froid et le vent du Nord, qui soufflait de la plaine et amenait, sur cette montagne, des flocons de neige qui nous fouettaient le visage étaient autant d'obstacles qu'il nous fallait vaincre. Enfin nous nous trouvions aux avant-postes de la 2ᵉ division. Par mesure de prudence, et dans la crainte d'un mouvement tournant de la part des Prussiens, cette division avait été placée en réserve sur nos arrières. La division Pilatrie se trouvait à Courmont ; la 3ᵉ division à Lomontot et enfin la division Crémer devait occuper Lure avec 16.000 hommes et 32 pièces de canon.

Les soldats préposés à la garde du poste de la Vergenne nous indiquèrent une route qui devait nous conduire à Faymont. Comme à Sénargent, notre embarras devint extrême ; comment distinguer cette route d'avec la plaine ? Tout le vallon était entièrement recouvert d'une épaisse couche de neige.

Nous marchâmes ainsi à l'aventure. Au bout d'une heure, nous commençâmes à être inquiets ; devant nous, nulle apparence de camp, une plaine de neige avec son silence glacial. Où donc avaient passé nos divisions ? Nous ne rencontrions pas de traînards, signe ordinaire et certain du passage de l'armée française.

Nous étions sous l'empire de ces réflexions, lorsque nous apparut dans le lointain une ombre qui se promenait devant nous. Plus de doute, nous devions être en présence d'un de nos enfants perdus.

En effet, quelques minutes après, nous entendîmes un petit cri rauque nous interpeller. Nous traversâmes ces enfants perdus et les grand'gardes avec la plus grande facilité, ce qui ne nous surprit pas, selon la triste habitude que nous avions de nous mal garder et de nous mal éclairer. Arrivés sur un petit pont, près duquel il y avait un moulin, nous apprîmes qu'une faible distance nous séparait de Faymont.

Cette étape, dans de telles conditions, devait naturellement nous paraître longue ; il y avait six heures que nous marchions sans nous être arrêtés, excepté quelques instants à Sénargent. Il est vrai que notre aimable et spirituel compagnon de voyage, M. le Comte Roger Bontemps, avait bien un peu contribué à nous faire oublier les misères de ce vrai voyage. Au physique, c'était un gros garçon à la figure réjouie et colorée, dont les yeux engourdis indiquaient un certain penchant à l'apathie. Ce défaut n'excluait pas chez lui une certaine vivacité et une certaine causticité d'esprit. Charmant bavard, toujours excentrique dans son langage, il se souvenait parfois de ses nombreuses lectures de romans, et sa nature originale me suggéra souvent cette pensée : Si le comte Roger Bontemps a beaucoup dormi dans son existence, il doit aussi avoir beaucoup fréquenté les fauteuils d'orchestre du Palais-Royal et du Gymnase. Parfois, en l'écoutant, il me semblait entendre Alexandre Dumas ; c'était la phrase, le style du Maître. Par moments il s'élevait au mordant de Balzac pour retomber tout-à-coup dans le langage des Hya-

cinthe et des Gil Pérès. Ses aventures de jeunesse fourmillent d'historiettes bien curieuses et bien amusantes.
Mais la perle est celle de sa dernière Marguerite.

Cette aventure nous a paru trop originale pour que
nous la passions sous silence :

Le comte Roger Bontemps nous la narra ainsi :

« Le 22 janvier 1867, vers les neuf heures du soir, en traversant la rue Montmartre, je fus accosté par une femme à
la toilette et aux allures aristocratiques. Elle me pria de lui
indiquer le plus court chemin pour aller à la rue de Louvois.

Pour toute réponse, je proposai à cette inconnue de l'accompagner, et même je lui offris mon bras. Tout d'abord
elle se fit un peu prier pour l'accepter, mais un sentiment
d'assurance succéda bientôt à un sentiment de défiance, et
elle se décida ; nous nous dirigeâmes ensemble vers la rue
de Louvois.

Le froid vif de la soirée activait notre marche ; nous eûmes bien vite franchi la distance qui sépare la rue Montmartre de la rue de Louvois. Dans cet intervalle, notre conversation, pleine de banalités, ne m'avait pas permis de reconnaître à quelle classe de la société appartenait cette
femme. Mais, en tous les cas, elle m'avait permis de constater qu'elle avait une figure fort aimable et fort distinguée.

Lorsque nous arrivâmes en face du n° 10 de la rue de
Louvois, ma belle inconnue, tout en me remerciant de ma
politesse, de ma galanterie, me remit une petite carte sur la
quelle se trouvait la suscription suivante :

MADAME BOISSEAU DE LA BARDONNIÈRE

Fleurs, parures, montures.

Faubourg Saint-Honoré, n° 104.

Même elle m'invita à venir la saluer à son magasin.

Le lendemain, selon mon habitude, n'ayant rien de mieux à faire qu'à battre le pavé de Paris et à rendre des visites, puisque dans notre classe on nous élève ainsi, vers les trois heures et demie, je me présentai au magasin de la célèbre fleuriste, Mme Boisseau de la Bardonnière. Elle me reçut dans une pièce attenante à ses ateliers.

Ses belles manières, ses finesses exquises de langage me persuadèrent de plus en plus que j'avais devant moi une femme sinon de bonne naissance ou de famille de sang, du moins bien élevée et fort intelligente.

Après une longue dissertation sur cette rencontre fortuite, je lui posai cette question : « Avez-vous, madame, toujours fabriqué des fleurs ? »

Pour toute réponse elle se mit à sourire.

Vous désirez lire dans mon existence ? reprit-elle. Mais je ne vous connais pas encore assez, Monsieur, pour vous raconter mon passé, qui ne peut vous intéresser. Soyez patient, dans quelques jours, lorsque nous aurons fait plus ample connaissance, nous verrons. Nous sommes aujourd'hui à la date du 23 janvier ; venez quelquefois me faire visite et, le 1er avril, je satisferai votre curiosité.

La proposition et la promesse me semblaient assez séduisantes, pour que j'eusse hâte d'accepter l'une et de graver l'autre dans ma mémoire. A partir de ce jour, je fis de fréquentes visites à la célèbre fleuriste. Mais, impitoyablement, elle me recevait dans la pièce attenante à l'atelier, de façon à pouvoir surveiller le travail de ses ouvrières, disait-elle.

Enfin ce jour tant désiré, le 1er avril, arriva. Selon mon habitude, vers les trois heures, je franchissais le seuil de l'appartement de la belle Mme Aimée Boisseau de la Bardonnière.

Le laquais qui d'ordinaire se tenait dans l'antichambre, au lieu de m'ouvrir ce jour-là les portes de la petite pièce attenante à l'atelier, me pria d'entrer, sur l'ordre qu'il en avait reçu de sa maîtresse, dans un élégant boudoir, et me recommanda de prendre patience, que Mme Boisseau ne tarderait pas à venir.

Je me mis à examiner les nombreux tableaux qui tapissaient les murailles de ce réduit charmant ; ici le portrait d'un vieux général à l'air grognon, là, celui d'un inspecteur des eaux et forêts, se gonflant d'orgueil dans son costume brodé d'argent ; plus loin, une belle tête de femme âgée, coiffée à la Louis XIV, d'un effet saisissant par ses traits caractéristiques et rigides. Enfin le portrait d'une belle jeune fille blonde, dont l'air mutin et rêveur excita en moi des sentiments d'enthousiasme.

L'inspection seule de ces tableaux me fit passer ces quelques minutes d'attente sans m'en apercevoir. Un petit frou-frou de robe se fit entendre ; Mme Boisseau de la Bardonnière apparut, s'avança vers moi en souriant :

Nous voici, cher comte, me dit-elle, enfin arrivés à ce jour que votre curiosité attend avec impatience. Soyez sans crainte : puisque vous avez tenu votre parole, je serai fidèle à la mienne, et à l'instant je vais vous satisfaire pleinement. Mais, je vous le déclare d'avance, l'histoire sera peut-être un peu longue et cependant il m'en coûte, croyez-le, de rouvrir ce livre, dont la lecture est si pénible et si cruelle pour moi.

D'origine très-ancienne, ma famille, par alliance, se rattache à une souche des premières familles de France. Mes aïeux, tous ducs et pairs, par leurs prodigalités, leur luxe, dilapidèrent une opulente fortune.

Mon père, gentilhomme de race, élevé à la cour des rois de France, ne nous laissa, à sa mort, qu'une très-médiocre fortune. Et nous étions, pour partager ce modeste héritage, trois garçons et une fille.

A partir de ce jour, notre mère n'eut qu'une pensée, qu'une ambition ; c'était de mettre à profit les prérogatives attachées à notre beau nom de famille. Elle chercha donc à marier richement mes frères, dans la pensée de reconstituer le patrimoine des D***... Tout d'abord, à quelle classe de la société songea-t-elle à s'adresser ? Elle n'avait pas le choix : le commerce seul lui offrait une ressource.

En quelques années, elle maria donc successivement mes

trois frères, l'un avec la fille d'un bottier de Paris, million-
naire ; le second, avec la fille d'un facteur à la halle, également
ment très-riche ; et enfin le troisième à la fille d'un banquier
de Paris, également fort riche.

Par ces alliances, à la vérité, elle ternissait tant soi peu le
blason de nos ancêtres. Mais, d'un autre côté, elle apportait
à la maison le luxe, l'aisance, le confortable, le nécessaire
pour avoir un train en rapport avec notre haute naissance.
La compensation était donc, sinon parfaite, suffisante en
somme.

L'ambition, l'amour-propre de ma mère satisfaits, le prestige du nom de famille relevé, elle pensa aussi à mon propre
établissement. Mais marier une jeune fille noble, sans fortune, n'est pas aussi facile que de marier un garçon, dont le
nom est en quelque sorte un talisman pour certaines classes
de la société : la bourgeoisie et le commerce par exemple.

Plusieurs partis se présentaient. Elevée dans un monde à
part et comme manières et comme goûts, j'eusse vivement
désiré m'allier à quelque personnage de notre sang. Mais
l'exemple de mes frères pervertit le cœur de ma mère, et
elle me donna, pour époux, un grand exportateur de Paris fort
connu. Cet homme comptait sa fortune, disait-on, par millions.

Mais hélas ! cette grande situation, cette opulente richesse,
n'étaient qu'apparentes ; elles cachaient la gêne et de grands
embarras financiers, voisins de la faillite.

M. D... ne m'épousait donc que dans la pensée de pouvoir,
au moyen du prestige de mon nom de famille, prêter une
nouvelle force à son crédit sur la place de Paris ; de pouvoir
s'ouvrir des horizons nouveaux, et ainsi de refaire sa fortune, en réalité bien compromise dans des spéculations ha-
sardeuses.

Dans le commerce, les titres de noblesse, les blasons, ne
sont pas toujours suffisants pour emplir les caisses ; le seul
dieu est l'argent ; tant pis pour celui qui n'en a pas ou qui
ne peut faire face à ses engagements ; la faillite arrive
alors.

Quelques mois à peine après mon mariage M. D*** fut, en effet, mis en faillite, le passif de sa maison de commerce dépassant de beaucoup l'actif.

Une aussi belle situation sur la place de Paris perdue, une humiliation certaine pour ma famille nous décidèrent, mon mari et moi, à quitter la France et à nous expatrier en Amérique, dans l'espoir de refaire notre fortune.

Avec les quelques milliers de francs que nous pûmes sauver du naufrage, grâce à mes reprises de contrat de mariage, nous essayâmes de monter une maison d'articles de Paris à New-Yorck.

Nos affaires semblaient vouloir prospérer, lorsque tout à coup, mon mari vint à mourir. Il y avait deux ans à peine que nous étions installés dans le Nouveau Monde.

N'ayant point d'aptitudes particulières pour ce genre de commerce et ne rêvant que le retour, je demandai à ma famille la permission de rentrer en France et de venir de nouveau prendre place au foyer paternel, car je n'avais pas eu d'enfants de mon mariage.

Mon père, le général de L..., était mort il y avait dix ans ma mère, la belle et altière comtesse, qui ne me pardonnait pas de n'avoir point satisfait son ambition, ses visées orgueilleuses, par ce mariage avec cet industriel parisien, tandis que mes frères par leurs riches mariages se trouvaient gratifiés non-seulement des honneurs des salons de Paris, mais encore des faveurs de la cour des Tuileries, accueillit cette demande plus que froidement. Je compris que désormais, je ne devais plus compter que sur moi. Je n'en poursuivis pas moins l'idée d'un retour en France.

Je liquidai ma maison de commerce à New-York et, avec mes faibles ressources, je revins à Paris, dans l'espoir d'occuper et ma bonne volonté et mon intelligence.

Sans ami, sans protecteur d'aucune sorte, n'ayant que ma faible raison pour guide, je me mis à l'œuvre.

En quelques mois, j'avais créé une modeste maison de fleurs. Aujourd'hui, si je n'ai une fortune, par ma persévérance, par mon travail, j'ai gagné un petit avoir qui garantit mon indépendance et ma liberté.

Malgré cette apparence de retour à la fortune, je devais encore éprouver une secousse terrible qui mit à l'épreuve, encore une fois, et mon courage et mon opiniâtre volonté de conquérir une position dans le monde.

J'étais heureuse autant qu'il est possible de l'être ; mes affaires commerciales prospéraient, lorsqu'il y a tantôt deux ans, un de mes clients, le comte de la Phélonnière, le fameux banquier, si connu de tout Paris, (encore un favori des Tuileries), auquel j'avais confié une partie de mon épargne, disparut en m'emportant une partie du petit avoir que j'avais eu tant de peine à amasser. Mais bientôt il fut pris dans un casino de jeu, et l'on découvrit que le comte de la Phélonnière n'était autre qu'un chevalier d'industrie, qui n'avait pas l'ombre d'un quartier de noblesse.

Ce titre de noblesse d'emprunt[1] n'avait été pour lui qu'un moyen de faire des dupes et il y avait été encore puissamment aidé par les faveurs des Tuileries, qu'il recevait en échange de complaisances honteuses et inavouables.

Je fus obligée de restreindre mes affaires. Néanmoins mes clients, à la nouvelle de ce malheur, ne m'abandonnèrent pas : au contraire, les commandes furent plus nombreuses, et bientôt j'oubliai les rigueurs de cette nouvelle épreuve dans mon existence.

Dès lors vous devez comprendre, monsieur le comte Roger Bontemps, si je suis devenue d'une méfiance extrême ; combien de fois j'ai tremblé lorsque j'ai vu apparaître de nouvelles figures à mon magasin, avec les apparences de ce misérable X..., qui m'a emporté une partie de mon avoir. Voilà pourquoi j'ai eu, tout d'abord, peur de lier connaissance avec vous, et j'ai refusé, jusqu'à ce jour, d'accepter votre amitié, que vous m'avez tant de fois offerte.

---

[1] Le rétablissement des titres de noblesse, sous l'Empire, donna lieu à beaucoup d'abus. Décret du 24 janvier 1852.

Ces quelques jours d'épreuve que je vous ai fait subir
étaient bien nécessaires pour me persuader que vous ne res-
semblez en rien à l'homme qui a si habilement abusé de ma
naïve confiance.

Je vous connais aujourd'hui, j'ai su vous apprécier ; vous
êtes un gentilhomme par excellence, un honnête et loyal
garçon ; et puisque vous voulez bien vous intéresser à la
pauvre Marguerite, qui n'a pas su encore ce que signifiait ce
mot « bonheur sur terre », je vous demande, à mon tour,
votre amitié.

Seule désormais, abandonnée de ma famille, ayant eu la
mauvaise chance de ne pas réussir aussi bien que mes frères,
et pour ainsi dire chassée depuis mon mariage du foyer paternel, je trouverai dans votre amitié un appui qui me sou-
tiendra dans mes heures de découragement car, pour moi,
monsieur le comte, la vie n'a pas de but. »

A partir de ce moment, il ne se passait pas un jour que je
ne fisse visite à ma nouvelle amie. Mais bientôt nos liens
d'amitié se resserrèrent tellement, que j'en conçus des projets de mariage.

Je m'en ouvris à Mᵐᵉ Boisseau de la Bardonnière ; elle accepta, mais avec hésitation ; elle redoutait ma propre famille, elle connaissait les préjugés de la noblesse, mieux
que personne, puisqu'elle en avait été une victime. Et elle
avait cent fois raison.

Dès que je fis part à ma mère de ce projet de mariage,
elle oublia son fils pour se souvenir du comte Roger Bontemps ; et je me rappelle encore ses propres paroles, dans
son grand salon du Prieuré, prononcées avec emphase et
majesté.

« Non, monsieur le comte, dans notre famille, on n'épouse
pas une marchande de fleurs, quelle que soit sa beauté,
quelles que soient ses qualités. »

Je ne m'en tins pas à ce refus, je fis à ma mère les som-
mations respectueuses d'usage ; nous en étions à cette
phase de notre roman, lorsque la guerre éclata et me surprit au milieu de mes propriétés de la Bourgogne.

22

Dès lors je fis la tentative de rentrer à Paris, mais je partis trop tard du Prieuré. Les portes de Paris étaient fermées, les Prussiens l'entouraient.

Devant ce contre temps, je pris du service dans l'armée de la Loire, avec l'arrière-pensée de rentrer plus tôt dans Paris, et de revoir ma Marguerite. Mais hélas ! voyez, cher monsieur Nazim, à quelle distance de cette place nous ont conduits les événements de cette guerre effroyable ! Et maintenant encore, jusqu'où irons-nous ? Bientôt, peut-être, serons-nous au milieu des plaines dévastées de l'Allemagne.

Et ma belle Marguerite ! que va-t-elle devenir ? comment va-t-elle supporter les privations de cet horrible siège ?

Autant de pensées qui troublent, nuit et jour, ma pauvre cervelle, et qui me distraient quelquefois, par trop, de mon service.

Le comte s'arrêta, tout ému de son récit.

Les souvenirs de châtelain de notre comte Roger Bontemps sont moins intéressants, mais ses observations sur notre personnel administratif, étaient vraiment amusantes, pour ne pas dire bouffonnes. Du reste, nous aurons l'occasion de faire plus ample connaissance avec ce personnage qui ne fait qu'entrer en scène, et par une bonne raison, c'est qu'il n'était attaché à notre corps, que depuis peu.

Tout en devisant et en écoutant les aventures galantes de notre Parisien de la *Maison d'or*, nous entrions à Faymont.

Ce petit village est situé sur une colline entourée de bois, et composé seulement de quelques maisons. L'officier chargé du logement, qui d'ordinaire ne s'oubliait guère pour penser à son chef, lui avait trouvé un bon gîte, une confortable installation, disait-il.

Assurément, notre chef, peu habitué à tant de préve-

nances et surtout à un tel confortable en campagne, ne
pouvait croire à une pareille surprise. Aussi accepta-t-il
de se rendre à ce logement plutôt mu par un sentiment de curiosité que par tout autre. En compagnie de
ce prévoyant officier, nous arrivons chez un paysan à
l'air réjoui. Sans retard on apporte une lumière pour
installer notre chef dans sa belle chambre. O surprise !
nous gravissons quelques degrés dans un escalier en
forme de perchoir et, tout-à-coup, nous nous trouvons
sous le toit, dans un grenier très-sale. D'un côté se trouvait un grabat et de l'autre, un tas de neige qui avait
percé la couverture. Naturellement nous nous mîmes à
rire au nez du pauvre officier, confus comme on doit le
penser. Aussi le comte Roger Bontemps, qui était avec
nous, s'empressa de retenir la plaisante histoire. Pendant tout le reste de la campagne, il exerça sa verve
sur ce sujet.

L'officier, pour réparer sa maladresse ou son erreur,
se vit obligé de conduire notre chef à la bonne petite
chambre qu'il s'était réservée. Nous reçûmes à Faymont,
chez M. Lucien Morel, une excellente hospitalité, quoique déjà il logeât, outre l'escorte du général, des soldats qui devaient passer à la cour martiale. Il trouva
moyen de se multiplier et de nous donner à tous au
moins le nécessaire.

Tout en parcourant cette maison, je jetai un coup
d'œil dans la grange, où se trouvaient les déserteurs : il
étaient nombreux ; la discipline était tellement relâchée,
que nous en traînions des quantités après nous.

Notre chef, se trouvant encore chez des compatriotes,
fut heureux de rappeler, à ces braves gens, le souvenir de

sa famille. Dans cette veillée, on parla beaucoup des mœurs et des habitudes de la Franche-Comté [1].

La marche de nuit que nous venions de faire nous rapprochant de nos lignes de bataille du lendemain, nous procura un instant de repos. La nuit fut assez calme ; néanmoins nous reçûmes l'ordre, une heure après notre arrivée, de partir dès le jour.

Depuis Villargent, nous avions fait un mouvement d'arrière, dans la crainte d'être tournés, et nous avions pour ainsi dire pivoté sur le 20e corps qui se trouvait à Champy, de manière à venir prendre nos positions de bataille devant Belfort. Le 24e se trouvait à notre droite ; au centre devait se placer le 18e corps et à sa gauche la division Crémer. Sans vouloir discuter une question qui n'est pas de notre compétence, cependant on peut se demander si nous ne commettions pas une faute de stratégie, en faisant un aussi long détour pour venir prendre notre ligne de bataille devant Belfort. Il est vrai que ce mouvement en éventail pouvait présenter un avantage ; c'était d'éviter une surprise sur notre gauche ou un mouvement tournant.

Assurément, si nos généraux eussent été, ce jour-là, exactement renseignés sur la position des Prussiens, ils auraient évité cette marche inutile et d'autant plus fatigante pour nos soldats, que la neige et la gelée la rendaient plus glissante.

[1] Comme chose extraordinaire, dans ce ménage, nous remarquâmes des lits tels que nous n'en avions pas rencontré jusqu'alors. Un drap-édredon remplace les couvertures et le drap de dessus du lit de façon que, pour se mettre au lit, il suffit de lever cet édredon. Je ne pouvais m'empêcher de rire en voyant cette nouveauté.

Sans nul doute nos généraux étaient très-mal éclairés.
Pour s'en convaincre, il suffit de voir l'ordre de mouvement de notre général en chef daté de Villargent,
14 Janvier, et d'approfondir se passage ;

« Le reste de la colonne Pilalrie montera à Vacheresse,
tournera à droite jusqu'au moulin de Bernets et se portera
en réserve au moulin vieux pour l'attaque de Faymont
que le colonel Leclerc doit prendre de l'autre côté en venant par le moulin Mauchet.

« Faymont enlevé (*dans ce moment nos éclaireurs l'occupent, mais l'ennemi peut y revenir*) le général Pilalrie poussera toute la brigade Leclerc sur Courmont. »

Cet ordre dit en effet que Faymont a été occupé par
les Prussiens et enlevé par nous. M. Lucien Morel, notre hôte, nous affirma que les Prussiens n'étaient jamais
venus à Faymont et que Faymont n'avait jamais été en
leur pouvoir depuis le commencement de la guerre.

Combien de fois nos éclaireurs, si ardents à voir partout des Prussiens, nous avaient ainsi induits en erreur ?
Combien de fois avaient-ils entravé nos mouvements
durant cette marche dans l'Est !

Ce mouvement sur Faymont eut non-seulement pour
grave conséquence de faire faire une pénible et longue marche à nos pauvres soldats, au milieu de la
neige, la veille d'une bataille ; mais encore d'apporter
un retard considérable à leur entrée en ligne le lendemain, comme nous le verrons bientôt.

Nos divisions, au lieu de prendre leurs positions de
combat à neuf heures du matin, ne purent les prendre
qu'à midi. Elles avaient eu plus de dix kilomètres à par-

courir par des petites routes et à travers des montagnes
pour arriver sur le terrain de la lutte.

Le 15 janvier au matin, le jour apparaissait à peine,
que déjà nous nous préoccupions de l'exécution du mouvement prescrit par notre général. Cinq heures venaient
de sonner, lorsque mon chef m'envoya au quartier général pour demander des explications sur certaines clauses
de l'ordre de mouvement qui nous avait été transmis la
nuit . En route, je rencontrai le capitaine Voiture, notre
seul et véritable éclaireur, qui m'annonça qu'enfin nous
avions atteint les Prussiens et qu'une bataille était imminente. La veille, nos éclaireurs s'étaient rencontrés
sur beaucoup de points avec ceux de l'ennemi.

Tout en causant, nous ne pûmes nous empêcher de
sourire en voyant nos soldats campés dans le cimetière
de Faymont, qui entoure l'église. Ces malheureux
n'ayant pas de bois pour faire du feu se servaient des
croix funéraires et, n'ayant pas de paille pour se coucher, en guise de lits s'étendaient sur les pierres des
tombes.

O bizarrerie humaine ! narguer ainsi la mort, et peut-
être dans une heure pas un de ces braves n'existe-
rait !..... Quelques pas plus loin, je rencontrai le général en chef qui me donna toutes les explications que
je désirais sur l'ordre de mouvement et m'avertit qu'il
fallait de suite monter à cheval et le suivre ; qu'il attendait notre chef avant une heure à Béverne, point de
jonction de la route de Héricourt à Lure et à Belfort.

Aussitôt, en compagnie de mon chef et de son escorte,
nous quittâmes Faymont : le soleil se levait et annonçait
une belle journée d'hiver. Pour gagner du temps, nous

prîmes le chemin de la montagne qui nous conduisit directement à la grande route de Lure à Héricourt. Nous suivîmes les pentes boisées des vallées ; nous traversâmes des ruisseaux à gué ; des corvées de soldats en avant çà et là cassaient la glace dans les prés et préparaient une voie pour l'artillerie. Arrêtés à chaque instant par toute espèce d'obstacles, par la neige, par l'étroitesse, par les sinuosités de ce chemin de traverse, que sillonnaient des îlots d'hommes et de chevaux, nous mîmes plus de deux heures pour nous élever jusqu'au plateau de la route d'Héricourt. Cependant cette course ne nous paraissait pas longue : la matinée était si belle que, malgré nous, notre esprit était envahi par mille pensées riantes qui nous faisaient oublier les horreurs de l'affreuse réalité dont nous allions être témoins quelques heures plus tard. Se trouver au milieu des montagnes par une belle matinée, par un soleil levant ; respirer ce parfum qui se dégage de la brume matinale ; voir au haut des sommets les glaces et les neiges sous l'action des rayons du soleil scintiller, jeter leurs feux comme des diamants ; voir ces gorges majestueuses sous leur manteau de neige dont aucun pas humain ne paraissait avoir souillé la blancheur, hier si silencieuses, et aujourd'hui si troublées par cette foule bruyante d'hommes, d'équipages, de chevaux, qui tout-à-coup venaient d'y faire irruption comme un torrent impétueux ; voir ce véritable flot humain se répandre de droite et de gauche et chercher à se faire des chemins pour tenter l'ascension de ces chaînes élevées ; entendre le bruit sec de la pioche rebondissant sur la terre gelée et sur le roc dur, fouillant les flancs de la montagne afin d'y tracer le passage si

impatiemment attendu de tous, n'était-ce pas un rêve ?.;
N'était-ce pas un effet magique de notre imagination surexcitée par ces tableaux de tous genres que nous avions
eus sous les yeux depuis le commencemeet de cette
guerre?

Cette rêverie ne devait pas être de longue durée. Tout
en réfléchissant ainsi, nous étions arrivés au bord d'un
ruisseau et encore il fallut les sauts et les écarts de notre cheval pour nous arracher à notre agréable contemplation. Le long de la berge de ce ruisseau des soldats
essayaient de briser la glace et d'établir des ponts. Attendre que le passage fût établi paraissait bien long à notre chef. Le général nous attendait à Béverne ; sans hésitation M. de N*** plongea son cheval dans l'eau glacée,
et aussitôt nous suivîmes son exemple.

Quoi de plus triste, après avoir entrevu ces délicieux
paysages, goûté ces courts instants de quiétude d'esprit, que de songer que nous devions marcher avec tant
d'empressement à une bataille !........

CHAPITRE VII

BÉVERNE — LES BOIS D'ASPREMONT — BATAILLE DES
15, 16 ET 17 JANVIER

Bien que nous fussions partis de Faymont vers quatre
heures et demie du matin, les nombreuses difficultés des
passages et surtout l'encombrement nous empêchèrent
de rejoindre notre général avant neuf heures. Le général Billot et ses officiers étaient déjà à Béverne depuis
quelques instants et y attendaient avec impatience nos
divisions. Dès qu'il nous aperçut, il se mit à tempêter,
à maugréer contre tout le monde, attribuant ce retard
à l'inertie des généraux de division, tandis que les véritables causes étaient l'état des routes, le froid et la neige.

« Vous aussi en retard, dit-il à mon chef ; ce sont encore vos distributions qui ont mis mes divisions en retard. »

Dans ce reproche, notre brave général n'oubliait
qu'une chose, c'est que le 18e corps était arrivé très-
avant dans la nuit au bivouac et que ses convois avaient
été obligés de rester à quatre kilomètres dans les bois.
Or, dans de telles conditions, comment pouvoir faire des
distributions le matin même ?

Dès qu'il vit défiler la division Crémer, il s'écria de
nouveau : « C'est Crémer, qui me met en retard [1]; l'a-
miral n'arrive pas non plus ! »

[1] Le général Crémer ne reçut à Lure que vers trois heures du

Tout en grommelant, il allait et venait à grands pas.

Dans son impatience extrême, il envoya de nouveau un officier chercher l'amiral, en lui faisant dire : « que, si la route était occupée par la division Crémer, et si elle n'exécutait pas assez vite son mouvement de défilé, il fallait passer par dessus et la jeter dans les champs ».

Au bout d'une demi-heure environ, un officier d'état-major survint et annonça au général Billot l'arrivée de l'amiral ; aussitôt il lui donna, ainsi qu'à la réserve, l'ordre de rejoindre à travers champs. La chose n'était pas aussi facile que le pensait notre général : nous étions entourés de tous côtés par la neige, par des ravins, par des montagnes. En quittant la route, au lieu de gagner du temps, assurément ces divisions en eussent perdu beaucoup ; elles furent donc forcées de s'échelonner les unes derrière les autres, sur cette route de Lure à Héricourt, la seule de la contrée alors praticable. Naturellement il devait s'en suivre dans notre mou-

matin, dans la nuit du 14 au 15, l'ordre qui lui prescrivait de quitter cette ville à deux heures de la même nuit et d'être sur la Lisaine à six heures du matin.

Il arriva, en effet, le 15 janvier vers neuf heures du matin à Béverne, quelques minutes après nous et assez à temps cependant pour faire prendre à la 1re brigade le chemin d'Etobon. Quant à la deuxième, coupée par la division Bonnet, elle dut suspendre sa marche, afin de laisser passer cette colonne.

Crémer, qui avait pris la seule route praticable par ces temps de neige, de Lure à Béverne, forcément se jeta plusieurs fois dans le 18e corps, et certainement en retarda la marche.

Nous avons vu et parcouru cette route à ce moment même et nous avons pu constater le désordre et l'encombrement qui y régnaient.

(*Extrait de l'Invasion dans l'Est, le général Crémer* (p. 61-62).

vement un retard considérable ; de telle sorte que le 18ᵉ corps ne put prendre sa place de bataille, devant Luze et Chagey, avant une heure de l'après-midi.

Comment, du reste, exiger des soldats qui étaient arrivés la veille à leurs bivouacs à deux heures de la nuit qu'ils fussent en ligne le 15 au matin à la pointe du jour, quand surtout ils avaient encore plus de quinze kilomètres à faire à travers la montagne pour arriver sur les bords de la Lisaine, en face de Chagey, position de bataille prescrite au 18ᵉ corps par l'ordre du grand quartier général ?

Lorsque nous eûmes choisi, à Béverne, un local pour établir l'ambulance du quartier général, nous nous empressâmes de rejoindre le général en chef qui se trouvait au milieu des bois de Thure. A droite et à gauche le canon tonnait ; au centre seulement régnait le silence le plus complet.

Pour rendre ce récit plus intelligible, il me semble qu'il est indispensable de dire un mot de Béverne, où nous devions séjourner pendant la durée de cette bataille sous Belfort.

Béverne, ou Belverne (en patois de Bel, beau, et Verne, qui signifie Aulne) est un petit village situé à mi-côte, sur une des pentes du mont Jura. Pour y arriver il faut gravir une pente très-rapide et qui alors était rendue encore plus difficile par la neige et la gelée. Ce village peut avoir 50 ou 60 feux ; nous avions choisi, pour installer notre ambulance, une maison qui servait tout à la fois de mairie et d'école.

Béverne, tant de fois ravagé par les armées de Charles le Téméraire, duc de Bourgogne, de 1474 à 1476,

du duc Charles de Lorraine en 1635 pendant la Guerre
de Trente Ans, par les armées françaises de 1676 à 1698,
eut à supporter une large part des calamités de la
guerre franco-allemande de 1870 : il fut occupé huit fois
tant par les Prussiens, que par les Français.

Le 18ᵉ corps, d'après le plan général d'attaque, devait former le centre de bataille ; la ligne de bataille
de l'armée de l'Est devait s'étendre sur une longueur de
15 kilomètres, c'est-à-dire depuis Frahier jusqu'à Montbéliard. Notre première division devait attaquer Chagey ; la 3ᵉ Couthenans, Echenans, Luze et enfin notre
2ᵉ division devait nous servir de réserve : tel était l'ordre de bataille prescrit au 18ᵉ corps pour le 15 janvier.

Je quittai Béverne avec l'intendant Régence, une
demi-heure après le départ du général et de notre chef.
Nous les retrouvâmes à la grande croisée des bois de
Thure et d'Aspremont. Pour gagner cet endroit, nous
eûmes beaucoup d'obstacles à vaincre : la route se trouvait encombrée de deux divisions du 18ᵉ corps et de
notre matériel. Se glisser parmi cette foule et faire
avancer nos chevaux devenait un véritable travail ; à
chaque pas nous étions ainsi apostrophés :

« Pourquoi laisser passer ces Riz-pain-sel ? Quel besoin
ont-ils d'aller en avant de nos colonnes ? Pourquoi ne
sont-ils pas avec les bagages ? Railleries, plaisanteries
grossières malheureusement trop fréquentes dans l'armée, ce qui démontre combien en général le soldat a
peu d'estime pour cette branche du service militaire
qu'on appelle l'administration.

Plus loin officiers et soldats laissèrent passer mon
ami Régence dont le pas du cheval avait une allure plus

vive que le mien. Un officier me barra le passage ; je
dois dire, il est vrai, que ma tenue peu soignée, grâce à
mes longues veilles sur la paille, ma coiffure qui se composait d'une casquette en peau de lapin, faute de képi,
étaient peu faites pour inspirer de la confiance. Aussi
il m'arrêta en s'écriant : « Où allez-vous ? Que venez-vous
faire ici ? Vous ne passerez pas ; votre officier n'a pas
besoin de domestique au feu. Retournez au pas et surtout faites bien attention de ne pas bousculer les soldats,
de ne pas gêner leur marche. N'est-ce pas assez ridicule
qu'un officier d'intendance se fasse suivre d'un domestique dans de tels moments, et encore d'un ordonnance
comme vous avec une livrée aussi sale ? Vous avez l'air
bien mal dressé, mon ami ; cependant vous vous donnez le genre de porter une chaîne de montre en sautoir,
un binocle, même, et de discuter avec moi ! L'intendant
Régence vous permet toutes ces libertés ; dans quelles
maisons avez-vous donc servi ?...

« Mon Dieu, mon officier, répondis-je en étouffant un
éclat de rire, ma première place fut dans une grande
maison qui entoure la Sainte-Chapelle, à Paris, et qu'on
appelle je crois, l'ancien palais de Saint-Louis. Une année avant la guerre j'avais transporté mon balai et mon
plumeau au N° 7 du quai d'Orsay. »

Au même moment arrivait mon ami Régence, inquiet
et furieux de ne pas me voir le suivre. Comme je n'a-
vais pu, dans nos marches trop précipitées, trouver un
costume militaire, il redoutait à chaque instant de me
voir arrêter comme espion, sous mon costume plus
que fantaisiste ; à cette époque, en effet, tous, autant que
nous étions, nous voyions partout des espions prussiens.

« Allons, M. Nazim, pourquoi bavarder ainsi avec les officiers et les soldats ? Vous savez mieux que personne que nous n'avons pas de temps à perdre, et que le général nous attend à la croisée des bois de Thure. »

Dès qu'il eut compris le motif de mon temps d'arrêt, il se dirigea vers le commandant qui m'avait interpellé si violemment et lui dit assez haut pour être entendu de de tous : « Veuillez, Monsieur, laisser passer mon meilleur ami. » Officiers et soldats firent place ; mais cet officier surtout paraissait mécontent de lui-même et furieux de sa méprise.

Le soir, en effet, ce commandant vint me demander, au quartier-général, me supplia d'oublier la scène qu'il m'avait faite, s'excusant de s'être aussi grossièrement trompé sur mon compte.

. « Que voulez-vous ? lui répondis-je, je vous pardonne volontiers votre méprise, ce n'est pas votre faute : l'empire ne vous a appris à reconnaître que les serviteurs et les chevaliers de la *Maison d'or ;* votre erreur était bien naturelle et nullement volontaire. En Perse, ajoutais-je, l'habit ne fait pas le moine, comme en France, et surtout comme sous le dernier empire. »

Quelques instants plus tard nous étions à la croisée des bois de Thure et d'Aspremont ; là nous retrouvâmes le général Billot entouré de tout son état-major, présidant au défilé de ses soldats et les exhortant par des paroles patriotiques.

Tout d'abord, à notre arrivée, nous remarquâmes sur la figure du général une certaine hésitation. Il paraissait questionner son entourage sur la position des bois où nous nous trouvions ; cependant il devait les connaître.

Avait-il reçu de mauvaises nouvelles des corps qui
avaient commencé à donner ? Le fait certain, c'est qu'a-
lors il hésitait à engager ses troupes dans l'une des
nombreuses allées qui sillonnaient ces bois. Après quelques instants de réflexion il se décida, il en choisit une
qui se trouvait couper cette forêt un peu sur la gauche.
Aussitôt il fit sonner la charge aux clairons et aux tambours : deux de nos divisions défilèrent au pas gymnastique devant notre général entouré de tout son état-
major. Il était curieux de voir ces soldats presser le pas
au commandement. Sur la plupart des visages on lisait
la crainte et l'intelligence du danger où on les menait
si rapidement. Le clairon, cet instrument de guerre, le
son du canon dans le lointain, l'aspect de ces bois couverts de neige, nous rendaient encore ce tableau plus
triste et plus effrayant.

Lorsque le défilé fut terminé le général, avec tous
ses officiers, traversa d'un bout à l'autre nos deux divisions échelonnées en colonne sur la route, vint se placer
à leur tête, afin de diriger l'attaque à la sortie de ces
grands bois et surtout afin de réchauffer, par sa présence, le courage de nos pauvres soldats déjà tant accablés par la marche, et naturellement inquiets à la
veille d'une bataille.

Maintenant nous pouvons nous demander si tout ce
tapage que nous venions de faire, si ces roulements de
tambours, si cette sonnerie de clairon étaient bien nécessaires dans un moment semblable ? L'ennemi, lui, gar-
dait le silence le plus profond ; peut-être eût-il été plus
sage et plus habile de notre part d'en faire autant. Notre
général s'exposant ainsi dans un bois à la tête de ses

troupes, quand les positions même de l'ennemi n'avaient point été reconnues, ne commettait-il pas plus qu'une inconséquence ?

Autant de questions que notre incompétence dans l'art militaire nous empêche de résoudre, mais que le simple bon sens peut faire préjuger.

Nous atteignîmes vers onze heures et demie les derniers arbres de cette allée du bois d'Aspremont ; dès lors, nous nous trouvâmes au milieu de prairies qui descendaient en pente à la Lisaine. Le silence le plus complet régnait en face de nous ; un officier d'artillerie, qui avait été envoyé en éclaireur en avant de notre groupe, revint au galop ; il n'eut que le temps de dire quelques mots à l'oreille du général et au même instant une grèle d'obus tombait sur nous. Nous nous trouvions à deux cent cinquante mètres environ des batteries installées par les Prussiens, sur les bords de la Lisaine, qui séparait les deux armées.

D'un autre côté, sur la rive gauche, les Prussiens occupaient une ligne de 12 à 15 kilomètres, de Frahier à Montbéliard, fortifiée par des positions très-fortes, telles que Chénebier, Chagey, Luze, Mont-Vaudois, Héricourt.

De l'autre, sur la rive droite, sans position reconnue, Crémer se trouvait à Etobon, le 18e corps devant Luze, Chagey, le 20e corps, devant Héricourt, Couthenans, le 15e et le 24e d'Héricourt à Montbéliard.

Le général Billot, comprenant le danger, se mit à crier aussitôt à tout son état-major : « Messieurs, débarrassez la route, les cavaliers dans les bois ; faites avancer les canons. Place aux canons ! les canons ! Dépêchons ! Dépêchons !... »

Pendant cette surprise générale, un de mes amis se rapprocha de moi et me dit tout bas : « Viens derrière cette haie ; tu vas voir les batteries prussiennes ; on les distingue parfaitement ; les unes sont presque sur les bords de la Lisaine, les autres sont plus en avant dans le bois taillis, étagées, masquées par des ouvrages en terre, et il me paraît y en avoir un grand nombre. »

Il venait à peine de prononcer ces paroles que, de nouveau, une grêle de projectiles de toutes sortes vint jeter le plus grand désordre parmi nous. Un obus, entre autres, passa assez près de nous pour nous faire courber la tête à tous les deux, et nos compagnons aussitôt de rire et de nous gouailler. Mais ces rires et ces gouailleries cessèrent aussitôt aux cris que poussaient sept mobiles du Loiret, que ce même obus venait de blesser.

En quelques minutes les Prussiens rectifièrent leur tir. Notre position n'était plus tenable à cette extrémité du bois d'Aspremont ; nous fûmes obligés de nous mettre sous la futaie. La batteries de 12 que nous pûmes établir sur ce plateau fut naturellement impuissante à répondre aux nombreuses pièces de 24 du Mont-Vaudois ; outre ces désavantages du nombre, du calibre et de la position, notre tir était beaucoup plus lent que celui des Prussiens ; car les canons de nos ennemis, se chargeant par la culasse, n'exigeaient qu'un seul servant. Autant d'avantages qui, dans ce jour, devaient tant contribuer à annihiler nos efforts sur ce point.

La 2ᵉ brigade de la division Bonnet se plaça dans le ravin de Chagey, la 1ʳᵉ brigade se tint à gauche avec des obusiers de montagne. Le 49ᵉ essaya de monter sur la pointe de droite, mais la position n'était pas tenable.

Les Prussiens, nous apercevant, nous forcèrent bientôt, par leur tir précis et nourri, à rentrer dans nos premières positions.

Tout le monde, autour de nous, soldats, officiers, officiers d'état-major même, soutenait que l'affaire était mal engagée. En effet, nous étions en vérité trop en vue du Mont-Vaudois ; à chaque instant on ramenait des servants blessés ou des pièces démontées ; nos ambulances légères devenaient insuffisantes pour transporter les blessés. Nous restâmes pendant toute cet après-midi du 15 janvier 1871 sous ce terrible feu des batteries ennemies : la nuit seule interrompit cette impitoyable lutte au canon.

Que de souffrances morales n'avons-nous pas endurées en voyant les Prussiens tirer deux coups de canon et nous un ; en entendant crier : « Faites place ! faites place !..... Laissez passer les canons !..... »

A chaque instant on ramenait une pièce faute de servants ou faute d'affût. Le plus grand désordre régnait dans ces bois. Comment pouvait-il en être autrement ?

En cet endroit, dans une seule allée, nous étions 25,000 hommes ; ajoutez à cela des canons, des fourgons de munitions, le mouvement considérable de va-et-vient des blessés et chaque blessé, au lieu d'être accompagné simplement par quelques compagnons d'armes, était suivi généralement par des groupes nombreux qui trouvaient là un prétexte pour se dérober au feu, etc. Tout cet encombrement rendait notre position critique car, à chaque instant, nous craignions qu'un obus n'atteignît nos caissons de réserve au milieu de cette foule affolée, et ne nous fît tous sauter.

Le feu cessa à la chute du jour. Nous avions **gardé** nos positions et l'ennemi les siennes.

Quelques officiers de l'état-major pensaient que nous avions eu dans ce jour un demi-succès. Hélas ! il ne nous est pas permis d'envisager ainsi le résultat de la journée du 15 janvier, comme nous le verrons tout-à-l'heure ! Notre réserve, au milieu de la confusion, n'avait pu se déployer et sortir des bois ; les batteries des positions du Vaudois fauchaient littéralement tout ce qui osait s'aventurer sur les bords de la Lisaine.

S'il nous était permis d'émettre une réflexion à cette occasion, nous dirions que devant une position aussi mauvaise et surtout nous trouvant, presque un corps d'armée, dans un espace de terrain aussi circonscrit, il eût été plus sage d'attendre l'arme au pied la fin de la journée sans répondre aux batteries prussiennes. **Mais** cette position malheureusement avait été reconnue mauvaise trop tard pour laisser le temps à nos généraux de combiner une attaque sérieuse. Il eût donc été préférable de renoncer à ce mouvement et de l'ajourner au lendemain matin plutôt que de risquer inutilement, comme nous l'avions fait, en pure perte, nos hommes et nos munitions .

Cette attaque trop légèrement combinée, ce nous semble, n'eut pas d'autre résultat que de mettre beaucoup des nôtres hors de combat, sans nous donner aucun avantage appréciable. Ce soir-là, les ambulances, comme il est aisé de le croire, regorgaient de blessés : nos états s'élevaient déjà à des chiffres importants.

Afin d'être plus près de nos blessés et de mieux satisfaire à leurs besoins, notre chef décida que nous rentrerions le soir même à notre ambulance centrale, que nous avions installée dès le matin à Béverne.

Pour revenir à Béverne, nous eûmes beaucoup de peine à nous frayer un passage au milieu de cette route sillonnée en tous sens soit par l'artillerie, soit par nos cacolets qui ramenaient les blessés.

Peut-être, à partir de ce jour-là, avons-nous compris de quelle importance est le rôle d'un général en chef dans une bataille ; peut-être avons-nous aussi entrevu l'énorme responsabilité qui pèse dans des moments aussi critiques sur un seul homme, sur ce chef, qui peut à son gré disposer de la vie de milliers d'hommes ! Ce n'est pas assez, ce nous semble, pour un général en chef, d'avoir le mépris de la mort au moment de la bataille ; il faut encore qu'il garde son sang-froid, qu'il ne soit ni étourdi par le son des clairons ni troublé par le bruit du canon, ni attendri par les cris des blessés ; il faut qu'il ait, en un mot, par-dessus tout, au milieu du tumulte, cette présence d'esprit, au milieu du péril cette sérénité d'âme indispensables pour inspirer la confiance à ses soldats et pour combiner, en présence des ennemis, des mouvements de stratégie rapides et sérieux.

Si jamais nous avons pu comprendre les devoirs et les défaillances d'un général en chef, c'est bien le 15 janvier 1871 !

Tout prévoir, tout organiser à la minute, sans hésitation aucune, avec une précision mathématique : telles doivent être, ce nous semble, les règles invariables de la conduite d'un général en chef au milieu de la bataille.

Tout prévoir n'était pas la plus grande vertu de nos

généraux de l'époque. Ce jour-là surtout nous en avons eu la preuve.

S'il est vrai qu'ils avaient bien étudié la configuration du terrain, le cours de la Lisaine, ils n'avaient pas sans doute remarqué que, derrière cette Lisaine, se trouve une haute montagne qu'on appelle le Mont-Vaudois et qui domine jusqu'à 1800 mètres la vallée de la Lisaine.

Ainsi, par cet oubli, nous nous sommes trouvés devant l'ennemi sans que sa présence nous fût même signalée. Nous étions venus bruyamment, tambours battants, nous jeter à la bouche des formidables batteries prussiennes établies sur le Mont-Vaudois. Les soldats de Werder, si habiles et si expérimentés, nous attendaient en silence et par cette ruse nous avaient attirés sous le feu de leurs batteries. Imprudence et faute sans exemple de nos généraux d'avoir donné aussi bonnement dans un tel piège !

Tout organiser à la minute avec sang-froid, sans hésitation aucune, n'était pas non plus dans leur tempérament ; ils escomptaient trop facilement la *furia* française, se reposant toujours sur elle de toutes les chances d'une bataille. Avec les Prussiens, qui connaissaient si bien nos défauts, c'était une confiance bien naïve pour ne pas dire téméraire. Cette affaire du 15 janvier est la démonstration éclatante de cette vérité.

Que cette route que nous traversâmes dans les bois de Thure à Béverne était horrible à voir lorsque la nuit fut venue ! Que de pensées et de réflexions tristes assiégeaient notre esprit à la vue de ces cacolets qui la parcouraient sans cesse portant des blessés qui faisaient retentir ces bois de leurs plaintes et de leurs gémissements !...

Eh ! quoi, disions-nous, ce sont des hommes qui sont les auteurs de toutes ces atroces souffrances ; des hommes qui se mutilent sans haine, sans colère au fond du cœur, et pour l'amour de quelques-uns seulement ! O humanité ! ô peuples insensés ! Pourquoi vous entr'égorger ? N'avez-vous donc été élevés par vos mères avec tant de soins que pour savoir vous détruire et savoir mourir ?.....

En arrivant à Béverne, à défaut de logement, nous installâmes notre bureau dans l'officine du pharmacien en chef que celui-ci mit gracieusement à notre disposition.

Comme nous l'avons dit plus haut, dans la mairie de Béverne, nous avions établi l'ambulance de notre quartier général. Au rez-de-chaussée, nous avions placé les grands blessés ; et au milieu des salles, sur une table appropriée à la circonstance, les médecins faisaient les opérations chirurgicales. Toute la nuit cette maison retentit des cris déchirants des malheureux qu'on opérait. Les amputations s'élevèrent, cette nuit-là, au chiffre de 100 à 110 environ. Jusqu'au jour les blessés ne cessèrent de nous arriver en foule.

Vers minuit, on vint nous demander des mulets pour transporter 150 zouaves blessés, qui, nous dit-on, se trouvaient dans les fermes. Hommes et animaux, à ce moment, étaient rompus ; nous eûmes beaucoup de peine à réunir quelques hommes de bonne volonté pour diriger ce convoi. La difficulté était d'avoir des mulets, et nous fûmes obligés de passer une heure pour en faire lever vingt ; nous les réveillions et nous les faisions marcher en les piquant avec les pointes de nos sabres.

La mairie de Béverne était un singulier hôtel ; il est vrai que ce n'était pas le moment de songer au bien-être matériel, quand nos pauvres soldats étaient si malheureux. Du reste, notre chef, se pliant facilement aux rigueurs des circonstances, avait un profond mépris du confortable en campagne.

A Mailley, nous logions près d'un abattoir. Mais, à la mairie de Béverne, ce n'était plus le rugissement des bêtes qui nous troublait dans nos travaux de nuit et nos courts instants de repos. C'étaient les gémissements des pauvres blessés qui nous arrachaient des larmes et bouleversaient tout notre être.

Pendant la nuit, nous fîmes de fréquentes visites à nos salles d'ambulance. Dans la salle du rez-de-chaussée, salle des grands malades, comme nous l'appelions, sur la paille, autour de la table où l'on faisait le sacrifice des bras et des jambes, se pressaient en foule les blessés, attendant, avec impatience, leur tour pour être amputés.

Là, un artilleur montrant son bras à moitié emporté s'écriait : « Docteur, pansez-moi donc ; couper mon reste de bras et bander ma plaie ne demande qu'une minute. » Ici un mobile, la jambe coupée à la cheville et dont le pied était seulement retenu par un lambeau de chair, s'écriait : « Pourquoi me faire souffrir ainsi, quand une seconde suffirait pour m'enlever ce pied qui me fait tant de mal ? » Plus loin un autre avait mis à nu son dos, labouré par un obus dont quelques éclats apparaissaient sous des plaques noirâtres. Il réclamait avec fureur l'extraction de ces fragments d'obus. Les blessures d'armes à feu sont d'ordinaire peu agréables à voir ; mais rien n'est plus horrible à la vue que les blessures d'obus, aux lèvres pantelantes, toutes déchiquetées, verdâtres et bleuâtres.

Devant tant de bras, tant de jambes à couper, en songeant à l'horreur de la besogne qui l'attendait, le docteur qui m'accompagnait et qui, avec une bienveillance extrême, m'énumérait les opérations à faire, ne put retenir un frisson involontaire.

Au premier étage, dans la salle des petits malades, deux aides-majors, les manches retroussées, fouillaient les mains de cette catégorie de blessés, tranchaient et coupaient. L'effectif de ces petits malades nous parut très-élevé, par rapport aux grands, et dans la nuit il augmenta dans une proportion effrayante. La quantité de ces blessures, leur ressemblance, nous surprirent tout d'abord. Mais les docteurs nous en donnèrent promptement l'explication. Tous ces soldats étaient blessés soit au pouce, soit à l'index. Nos docteurs nous affirmèrent que toutes ces blessures avaient été faites volontairement avec l'aide d'un camarade. Pour preuve, nous dit l'un d'eux en saisissant la main d'un de ces mauvais soldats : « Regardez cette couleur noirâtre, au fond de la main, couleur de poudre, c'est l'indice et la démonstration certaine que la blessure a été faite à bout portant, au moyen d'un chassepot : du reste, ajouta-t-il, il paraît qu'ils se rendent mutuellement ce petit service pour se faire renvoyer dans leurs foyers. Tout-à-l'heure certains, trop pressés de questions, ont déjà avoué leur crime ; sans plus tarder nous allons faire un rapport sur ce sujet, à notre chef, afin qu'il puisse le faire parvenir au ministre de la guerre. »

Ce qui nous frappa beaucoup, c'est de voir tous ces misérables, sans exception, souffrir courageusement et s'évertuer à avoir autant de courage, au moment de l'opération, que leurs voisins.

Le lendemain 16 janvier, dès le jour, le combat recommença. Le 18ᵉ corps avait gardé ses positions de la veille. A la faveur du brouillard, la brigade Robert parvint à s'engager dans le ravin de droite de Chagey et commença la fusillade ; la brigade de Leclerc se mit aussi de la partie et la bataille devint générale sur ce point.

Le canon grondait sur la droite et sur la gauche : les échos de la montagne répétaient avec un tel fracas ces détonations qu'à Béverne, à 10 kilomètres en arrière, le sol tremblait sous nos pieds. L'attaque était brusque, violente, et nos soldats enivrés par le bruit qui circulait, de rang en rang, que la veille au soir le 20ᵉ corps avait enlevé Montbéliard, étaient intrépides.

Les services de l'ambulance de Béverne étaient devenus tellement importants, que nous ne pûmes assister au combat de cette seconde journée. Depuis la veille au soir, nous avions reçu plus de 300 blessés et, dès le jour, ceux qu'on n'avait pu ramener dans la nuit arrivèrent par groupes de vingt et de trente. La mairie de Béverne devint trop petite : nous fûmes obligés d'installer de nouvelles salles d'ambulance dans l'église et chez les particuliers.

Dès le matin, avant le départ du général en chef, j'avais été prendre ses ordres chez M. le maire de Béverne, où il logeait. M. le maire, par nature, était plutôt Prussien que Français. Les aides-de-camp du général me firent remarquer qu'ils n'avaient pas de lumière pour écrire leurs ordres ; qu'ils étaient obligés de mettre plusieurs lampes fumeuses, de ce pays, pour déchiffrer et transcrire les ordres du général. Il est vrai de dire aussi que cette population de Béverne était dans la misère ; elle avait déjà subi l'invasion prussienne, et nous savions par expérience qu'après le passage des Prussiens dans un village il ne restait pas de quoi vivre. Encore devait-on se trouver bien heureux quand ils ne brûlaient pas les maisons après les avoir mises à sac!

Naturellement, dans de pareils moments, nous n'avions point le temps de nous occuper de cuisine et encore moins de nous assurer un cuisinier comme on le faisait trop souvent à côté de nous. Or, par hasard, l'intendant Régence, ce matin-là, vint au quartier général pour affaire de service, au moment où nous allions déjeuner. Notre chef le pria de se mettre à table avec nous, d'autant plus qu'il avait besoin de lui communiquer des ordres de service et d'en causer avec lui. Celui-ci, séduit par la quantité de casseroles et de marmites qui se trouvaient sur le poêle pour le service de la pharmacie, (car il ne faut pas oublier que nous étions installés dans l'officine du pharmacien en chef) et croyant flairer un déjeuner à la mode traditionnelle des états-majors, accepta, sans hésitation, l'invitation de notre chef. Mais quel ne fut pas son désappointement lorsqu'il s'aperçut que toutes ces casseroles étaient destinées à la pharmacie ; lorsqu'il nous vit tirer d'un pot un morceau de bœuf encore tout rouge ! Ce morceau

avait à peine une heure de cuisson. S'apercevant de la
mystification et prévoyant dès lors le maigre déjeuner
qu'il allait faire, il entra en colère. Il se mit à nous acca-
bler de reproches amers, en nous disant : « que tout
bon officier ne devait jamais marcher sans une bonne
popote ». Et lorsqu'il vit qu'à défaut de table nous ins-
tallions notre déjeuner sur des cantines de pharmacie,
au milieu d'instruments de chirurgie, encore tout
rouges des opérations de la veille, il n'y tint plus ; il
passa de la colère à la fureur :

« Non non, jamais je n'accepterai à déjeuner dans
une popotte semblable. Il est donc bien difficile d'avoir
du lard, et de faire de bons choux au lard, ou quelqu'autre mets de la sorte ! A quoi vous servent vos rations si vous ne savez les toucher avec intelligence ?
Oh ! le soldat se nourrit mieux que vous ! Tout-à-l'heure,
quand je passais dans la rue, voir sa cuisine, en plein
air, sentir l'odeur de sa soupe m'avait déjà donné de
l'appétit. Mais votre bœuf saignant et votre table de
dissection m'ont dès à présent rassasié. Je vous remercie
bien de votre invitation. Soyez tranquilles, je ne man-
gerai plus avec vous ; je vais organiser une popotte avec
mes officiers et désormais je vivrai avec eux. C'est un
excellent moyen de les avoir sous la main au moment
du service. »

Quoique réellement la situation ne prêtât pas beaucoup au rire, mon chef et moi éclatâmes au nez du
malheureux intendant. Combien de fois, quand nous
voulions égayer nos instants de souffrance, nous
sommes-nous remémoré les phases de cette scène plus
que burlesque et vraiment incroyable !

Dans cette journée, j'eus l'occasion d'observer un fait qui démontre jusqu'à quel point les mobiles en général, peu guerriers par instinct, pouvaient se révéler tout à coup sous un tout autre aspect, rien qu'à la vue des auteurs de nos maux et de nos souffrances d'alors. Un convoi de blessés prussiens venait d'arriver : sur un cacolet se trouvait un Badois blessé grièvement à la hanche. Il ne pouvait se tenir debout sans être porté par deux infirmiers. Lorsqu'il fallut le descendre du cacolet les infirmiers, ne pouvant suffire à recevoir les blessés et à les porter dans les salles de l'ambulance, réclamèrent le secours de mobiles qui entouraient l'ambulance. Mais ceux-ci refusèrent ; deux infirmiers le mirent à terre et le portèrent en le soutenant jusqu'à l'ambulance ; aussitôt des cris de colère et de haine s'élevèrent parmi la foule. Bientôt même quelques-uns proférèrent des menaces de mort contre ce blessé prussien, en s'écriant : Pas de pitié pour les assassins, les pillards, les incendiaires..... Déjà même, les chassepots s'apprêtaient.....

En peu de mots, je fis comprendre à cette foule de petits blessés « que l'ennemi blessé était sacré pour nous ; qu'il y avait non-seulement lâcheté de notre part à l'attaquer de nouveau par le fer ou par des injures, mais que ces procédés étaient indignes de soldats français ; qu'en outre il y avait une loi de guerre qu'il ne fallait pas oublier, le droit des gens. » Comme par enchantement, ces braillards se calmèrent. Certains, qui un instant auparavant avaient jeté leurs armes dans le tas qui se trouvait à la porte de l'ambulance, les reprirent. D'autres, qui avaient des fusils à piston, le échangèrent pour des chassepots et, sans ordre, allèrent rejoindre au feu leur régiment. Etait-ce la vue de ces horribles blessures, de ces souffrances de toutes sortes, qui avait subitement réveillé en eux cette soif de vengeance, et leur avait rappelé qu'ils étaient Français ? Quel autre mobile eût pu les conduire aussi précipitamment, aussi résolument au combat ?

Ah ! si nos soldats, durant cette guerre de 1870, avaient pu avoir constamment sous les yeux les scènes d'ambulance ; s'ils avaient pu voir chaque jour ces horribles blessures, entendre à chaque heure ces plaintes, ces gémissements, peut-être n'eussions-nous pas été vaincus !...

Au milieu de toutes les horreurs et de toutes les misères de cette ambulance, je crus encore saisir l'une des causes auxquelles on peut attribuer une large part de nos défaites. Chez nos blessés eux-mêmes nous retrouvions l'égoïsme le plus absolu, comme nous l'avons déjà signalé chez le civil. Cet amour exclusif de soi-même, au seuil de la mort, eut lieu de nous surprendre· En effet, il était assez naturel de penser qu'en un tel moment, en tel lieu, il y eût entre tous ces blessés camaraderie et dévouement. Hélas ! il n'en était pas ainsi ! La plupart ne s'occupaient que de leurs propres blessures. Que leur importait que le docteur courût au plus souffrant ? que leur importait que l'infirmier mesurât leur ration pour ménager une part à leurs camarades ? que leur importait que les autres eussent ou non une couverture et de la paille ? Chacun voulait tout pour lui et tout accaparer, médecins et médicaments. N'est-pas ici qu'apparaît le vice de notre éducation morale et

politique ? Ne retrouvons-nous pas ici les détestables
habitudes que nous avons maintes fois constatées dans
le civil ? A ce manque de virilité, à cet égoïsme dans
la douleur, l'observateur attentif reconnaît aussitôt la
cause de notre faiblesse et de l'affaissement de notre caractère national. Dans cette ambulance de Béverne, nous
constaterons que la douleur abattait la majorité de
nos blessés au point de leur faire oublier la force, la
grandeur d'âme et l'intelligence qui sont l'attribut es-
sentiel de l'homme digne de ce nom.

Nous eûmes l'occasion de faire une autre remarque
non moins intéressante. Ce jour-là, nous pûmes constater le peu de sympathie que les civils inspiraient à MM. de
l'armée de l'ex-empire. Chaque blessé qui arrivait apportait avec lui ses armes et ses munitions. Le plus souvent son fusil était resté chargé et aussitôt qu'il entrait
à l'ambulance on le désarmait et on jetait, sans plus
de précaution, toutes les armes à la porte même. Or,
comme l'admission à l'ambulance nécessitait quelques
instants d'attente à cause du nombre restreint des chirurgiens par rapport à la quantité de blessés, il y eut
au bout de quelques heures, sur la place de Béverne,
une foule de blessés, un véritable monceau d'armes et
de munitions de toute sorte. Certains soldats, avec une
légèreté incroyable, s'amusaient à brûler des cartouches
sous les fenêtres même de l'ambulance. Outre que ce
gaspillage de munitions était indigne, criminel même,
lorsque au loin on entendait la voix du canon et du
chassepot, il créait un danger réel et pouvait donner
lieu à des accidents au milieu de cette foule composée
de soldats, d'enfants et de paysans de Béverne. Aussi

notre chef nous donna l'ordre d'intervenir et de prévenir l'officier de service de faire cesser un pareil scan-
dale. Fort mal accueilli lorsque nous transmîmes cet
ordre, nous nous vîmes forcés de nous retirer devant le
langage peu parlementaire de l'officier en question, afin
d'éviter le spectacle d'une scène qui eût été d'un triste
exemple pour les soldats qui nous environnaient.

A la réflexion et en cherchant les causes du mauvais
accueil d'un « vieux grognard, » je me rappelai que je
n'étais qu'un pékin auxiliaire et que je parlais à un militaire de profession qui, de fait et de droit, était mon
supérieur.

Grâce au dédain des militaires de l'empire pour les
« pékins » je devais recevoir un tel accueil. Et cependant qu'étions-nous, nous civils, auxiliaires de l'armée ?
Quelle ambition avions-nous, à l'armée de 1870 ? Y étions-
nous pour prendre des grades, pour nuire aux droits
acquis ? Sous l'empire, il est vrai, le zèle militaire tenait
au désir d'avancer plutôt qu'à l'amour de la patrie.
C'est sans doute en vertu de cette belle pratique que
nos anciens croyaient devoir nous maltraiter ainsi.

A ce point de vue, cette lutte incessante, la lutte
du soldat de l'ancienne armée avec l'auxiliaire, dans
l'armée de la défense nationale, peut être considérée
comme une des causes de nos désastres. Elle se manifestait surtout par une jalousie extrême qui à chaque
instant retardait et entravait le service. Quand ne serons-
nous donc plus de grands enfants ? Quand ne nous
faudra-t-il plus de jouets ? Quand enfin serons-nous des
patriotes ?

Le canon grondait toujours et ne semblait pas trop

s'éloigner sur notre droite ; il paraissait plutôt se rapprocher. Que se passait-il ? Impossible d'avoir des renseignements ; nous étions dans une vive inquiétude.

Vers les 6 heures du soir on nous annonça le départ du secrétariat du général en chef pour Etobon : nous en conclûmes que l'armée avait fait un mouvement d'avant et que d'ici quelques instants nous recevrions l'ordre de mouvement ; ce qui, en effet, arriva.

Une heure était à peine écoulée qu'un estafette nous apporta l'ordre de nous rendre dans la nuit avec nos ambulances à Etobon. Donc nous n'avions pas eu d'insuccès encore cette journée du 16, puisqu'en allant à Etobon nous nous rapprochions de Belfort.

Aussitôt cet ordre reçu, nous nous empressâmes de prévenir les médecins. Ceux-ci à la vérité maugréèrent un peu : il leur fallait se mettre en route de suite et passer encore cette nuit après avoir fait plus de cent opérations dans la précédente et n'avoir pris que quelques minutes de repos. Mais nous ne pouvions pas perdre notre temps à récriminer les uns contre les autres ; l'ordre était formel : on obéit.

Je fus ensuite moi-même porter cette nouvelle à l'intendant Régence ; je le trouvai à table en face d'un succulent dîner que ses officiers lui avaient fait préparer. Avec quelle joie éclatante il m'accueillit ! Avec quel bonheur il me fit remarquer la supériorité de sa popotte sur la nôtre qui, selon lui, était détestable ! Il n'oubliait pas de répéter encore que le déjeuner que nous lui avions offert était une mystification et que, réellement, nous nous étions moqués de lui.

La communication de l'ordre de mouvement interrompit subitement sa verve et sa gaieté. «Il faut donc partir, M. Nazim, s'écria-t-il ; eh bien ! nous allons partir. »Au moins, s'il aimait la bonne chère, cet officier savait obéir !

Il était dix heures du soir lorsque nous nous mîmes en route pour Etobon. La nuit était très-froide et très-sombre. Nous diriger parmi ces bois de Thure et trouver la croisée des routes, à laquelle venait aboutir le chemin d'Etobon, ne fut pas chose facile. Lorsque nous fûmes arrivés à ce point, plus d'une difficulté nous resta encore à vaincre pour gagner Etobon. Dans l'ordre, on nous recommandait expressément, en amenant cette nuit-là de Béverne à Etobon nos convois et notre ambulance, de marcher avec beaucoup de précaution, en silence et sans lumière, au milieu des bois, afin de ne pas éveiller l'attention des avant-postes prussiens qui se trouvaient à proximité de notre passage.

Grâce au concours d'un brigadier de gendarmerie et de quelques hommes dévoués, nous parvînmes à organiser notre convoi et à prendre en bon ordre la route de Béverne à Etobon. Nous allions bien doucement à la vérité ; mais de cette façon, nous n'eûmes aucun encombrement, aucun accident. Il était curieux de voir au milieu de la forêt et du silence le plus profond cette longue file de voitures glissant pour ainsi dire sur la neige durcie par le piétinement et alors que, pour tout guide, nous avions une lumière douteuse, vacillante, que portait un des nôtres en tête du convoi.

A la sortie de ces bois de Thure, nous traversâmes une plaine qui pouvait avoir quatre kilomètres de parcours. Dans le lointain, nous aperçûmes des maisons à la clarté de grands feux de bivouac. Sans nul doute, ces feux étaient bien ceux de notre armée ; les bataillons prussiens n'avaient point l'habitude de camper d'une manière si ostensible ; ils occupaient des positions peu éloignées de la plaine, mais ils se gardaient bien de les illuminer comme nous.

Vers une heure du matin, nous atteignîmes les maisons d'un village ; c'était Etobon. Nous nous engageâmes dans une rue assez longue. Je me rappellerai souvent l'accueil sympathique et la joie que causait notre arrivée dans les villages qui avaient été visités par les Prussiens. Les enfants, les femmes, les vieillards, quelle que fût l'heure de notre arrivée, nous suivaient, se mêlaient à nos rangs, portaient même les fusils de nos soldats. Comme à Saint-Martin, ce fut une brave femme qui, cette nuit-là, nous guida au milieu de la foule militaire qui encombrait Etobon, jusqu'au quartier de notre général en chef. Quand nous eûmes pris les instructions de ce dernier, notre *cicerone* nous mena chez un garde des eaux et forêts qui nous offrit de partager son modeste logement avec des officiers d'artillerie et du génie qui s'y trouvaient déjà.

Ne voulant en rien déranger l'organisation de ces messieurs, notre chef, avec sa discrétion habituelle, se contenta, pour reposer, d'un peu de paille étendue dans la salle à manger. Cette salle étant située au rez-de-chaussée, il se trouvait à la portée des ordres que nous pouvions recevoir à chaque instant. La chambre ne manquait pas d'originalité : un obus prussien y avait ouvert une lucarne. Le propriétaire, tout fier, montrait le trou à tous les arrivants, puis il exhibait les éclats du projectile renfermés précieusement dans son secrétaire.

Certains officiers, nos compagnons de chambre, nous racontèrent que cette seconde journée, quoique peu décisive, avait été un succès pour nos armes devant Chénebier et qu'ailleurs nous avions conservé nos positions; qu'à Chagey, malgré les efforts combinés des brigades Robert et Leclerc, nous n'avions pu gagner de terrain ; que le feu terrible du Mont-Vaudois nous avait forcés de revenir en arrière et de nous placer derrière nos batteries de réserve ; qu'en définitive la situation n'avait pas changé depuis la veille ; que jusqu'au soir nous avions eu toujours à supporter une pluie de projectiles mais que ni d'un côté ni de l'autre aucun mouvement en avant n'avait été fait ; qu'alors notre général avait tenté un mouvement tournant sur la gauche du côté de Chénebier ; qu'à la nuit ce village avait été pris par la 2ᵉ division, commandée par l'amiral Penhoat avec le concours du général Crémer ; que tout le monde s'accordait à rendre justice au sang-froid et à l'habileté déployés en cette occasion par l'amiral Penhoat ; que le général Crémer s'était aussi très-noblement conduit, que peut-être pouvait-on lui faire le reproche de s'être trop aventuré pour un général. Maintes fois, en effet, on l'avait aperçu en avant de ses troupes, parmi les tirailleurs, les excitant et les stimulant.

Ils ajoutaient aussi que le général Bourbaki, pendant un moment, avait eu la pensée d'enlever Luze, mais qu'avant de prendre une décision, prévoyant de grandes difficultés, il avait fait étudier préalablement les lieux et examiner, si la rivière de la Lisaine était complètement gelée ou s'il s'y trouvait des passages ; et qu'aus-

sitôt qu'il s'aperçut, d'après le rapport d'un de ses officiers d'état-major, qu'il n'y avait pas d'autre moyen
d'aborder ce village que par les défilés, il y renonça. A
la vérité un tel projet aurait été imprudent, c'eût été
vouer, infailliblement, beaucoup de monde à la mort,
sans peut-être obtenir de résultat d'un si grand sacrifice.

Nos aimables compagnons de chambre nous apprirent encore que le lendemain le général en chef devait
faire une dernière tentative du côté de Chénebier ; puis,
devant Chagey, essayer une démonstration avec nos
six batteries de réserve. Tous les officiers présents paraissaient fonder beaucoup d'espoir sur ce mouvement
tournant, commencé avec tant de succès la veille, par
l'amiral, du côté de Chénebier et de Frahier ; la prise
de cette position et la réussite de ce mouvement pouvaient, en effet, décider du sort de l'armée de Werder.
En présence de ces mouvements, le quartier général
prussien s'inquiéta et mit tout en œuvre pour pénétrer
le plan des nôtres.

C'est pourquoi Werder ordonna cette nuit même de
reprendre Chénebier qui était occupé par l'amiral Penhoat et Crémer.

A 3 heures du matin nous fûmes réveillés par une
très-vive fusillade ; une panique générale régnait dans
tout Etobon ; quelques fuyards parcouraient les rues en
disant, à tous, que Chénebier venait d'être repris par
les Prussiens. Les attelages, les gendarmes même, revenant du champ de bataille en désordre, produisirent
une certaine émotion au quartier général et dans la
foule. A ce cri d'alarme tout le monde, au bout d'un

instant, fut debout et à son poste ; le général Billot partit à la tête de son état-major. On tira sur son escorte ; rien ne l'arrêta, il avança toujours ; sans retard il rallia les divisions Penhoat et Crémer. On lui apprit alors qu'une heure avant son arrivée les Prussiens avaient cherché à s'emparer de Chénebier et de surprendre nos soldats harassés par la bataille de la veille. Heureusement l'amiral était à son poste, soutenant avec opiniàtreté le choc impétueux des Prussiens ; jusqu'à ce moment la division Penhoat n'avait pas reculé d'un pas, bien que l'action de la part de l'ennemi fût des plus vives.

Notre général en chef, devant cette lutte opiniàtre et pensant que les Prussiens avaient dans Chénebier des forces imposantes, résolut de battre en retraite et envoya l'ordre à l'amiral de venir en conférer avec lui. L'amiral Penhoat n'en continua pas moins son mouvement et fit répondre au général « qu'il ne pouvait quitter le champ de bataille et abandonner ses troupes au milieu d'une action. »

Belles et énergiques paroles qui rappellent la réponse que ce brave amiral fit au fort Génois, devant Sébastopol, lorsque le capitaine Schmitz vint lui apporter l'ordre de cesser le feu de la part du maréchal Canrobert, qui jugeait la position très-dangereuse et le poste trop périlleux [1].

---

[1] « Deux officiers de l'état-major du général commandant le corps de siège, le chef d'escadron de Laville et le capitaine Schmitz, partent par ordre du général Forey, pour apprécier le résultat des batteries. Le premier se dirige vers la tranchée, le second vers la batterie du fort Génois qui seule, sous le com-

Après trois attaques successives, l'amiral resta maître de Chénebier ; il était huit heures du matin.

Cet effort avait coûté quelques sacrifices et assurément, pour refaire nos soldats épuisés par les batailles de la veille et de la nuit, cette journée leur eût été bien utile. Mais hélas ! il ne devait pas en être ainsi.

Depuis notre arrivée à Etobon, nous avions été obligés de pourvoir à l'installation de nouvelles ambulances, quoiqu'il y en eût déjà six parfaitement installées et fonctionnant admirablement. Etobon contenait à peine cinquante maisons et dans presque toutes il y avait des

mandement du brave capitaine de frégate Penhoat, avait continué son feu sans interruption aucune, quoique la place eût, depuis l'avant-veille, réuni tous ses efforts pour l'écraser. Cette batterie se composait de quatre obusiers de vingt-deux et d'une pièce de cinquante.

« Lorsque le capitaine Schmitz atteignit la batterie du fort Génois, elle était littéralement broyée. Une seule pièce continuait à tirer ; toutes les autres hors de service étaient couchées sur leurs affûts brisés ; les parapets étaient à jour, le sang inondait les plates-formes, les bombes et les obus à schrapnells éclataient de tous côtés.

« Le commandant Penhoat, debout au milieu de ce désastre, surveillait le tir de son unique pièce et donnait froidement le signal aux canonniers.

« — Tant que je pourrai tirer un coup de canon je resterai là, dit-il au capitaine Schmitz.

Le général Canrobert, instruit de cette résistance courageuse et persistante, se rendit lui-même au fort Génois ; il fit au brave commandant les éloges que méritait sa conduite énergique dans cette lutte inégale avec les canons ennemis et ordonna la suppression de la batterie.

« Ajoutons qu'un ordre du jour porta à la connaissance de l'armée la belle conduite du commandant Penhoat. »

(*Extrait de l'Expédition de Crimée par le baron de Bazancourt, liv. 1. partie 2ᵉ p. 6 et 7.*)

blessés tant les derniers combats avaient été meur-
triers.

Vers les dix heures, le général nous fit appeler et nous
annonça qu'il y avait urgence à faire retourner de suite
nos convois à Béverne et à les parquer en dehors des
routes ; qu'il serait peut-être préférable que nous re-
vinssions nous-mêmes en cet endroit pour surveiller ce
mouvement ; que du reste à midi il devait y avoir un
conseil de guerre à la croisée des routes entre le général en chef et les autres généraux de l'armée de l'Est et
qu'assurément, dans ce conseil de guerre, on allait prendre de très-graves résolutions. Par conséquent, nous n'a-
vions qu'à nous tenir prêts à toute espèce d'éventualités.

Que signifiaient ces paroles, ces allées et venues ? Il y
avait donc doute dans l'esprit de notre général, qui venait de nous donner ces nouveaux ordres en déjeunant
tête à tête avec le général Crémer.

Est-ce que nos succès de la veille n'étaient pas sérieux ? Est-ce qu'il y avait des craintes fondées soit sur
notre mouvement tournant projeté, soit sur une armée
de secours qui arrivait aux Prussiens sur nos arrières ? Autant de questions nous nous posions en présence
de ces ordres de retour des convois qui pour nous étaient
comme à Gien et à Bellegarde les signes avant-coureurs
d'une prochaine retraite.

Nous quittâmes Etobon, il était environ onze heures
et demie. De nouveau nous traversâmes nos lignes ; une
neige très-froide couvrait la terre. Dans la plaine, sur les
crêtes, sur les lisières des bois de Thure, nous apercevions nos soldats tout prêts à entrer en ligne, l'arme
au pied, attendant l'ordre de marcher.

Un bruit terrible se faisait entendre du côté du boi d'Aspremont dans la direction de l'endroit où nous avion été salués d'une manière si grandiose l'avant-veille, c'est-à-dire le quinze janvier. C'était, nous dit-on, la formidable batterie que le général avait fait élever pendant la nuit pour tenter d'ouvrir un passage à son armée. Elle se composait de 36 pièces de 12 et avait commencé son feu à sept heures du matin. Quoique l'on eût pris toutes les précautions pour cacher à l'ennemi la construction de cette batterie, dès la pointe du jour, celui-ci avait trouvé moyen, par ses premiers coups, de nous démonter deux pièces. Un officier d'artillerie qu'on ramenait blessé nous dit alors que cette formidable batterie n'avait pas encore produit les effets que le général en attendait. « Dans les bois de Chagey, ajouta-t-il, les Prussiens ont enterré 28 pièces de 24 bien abritées par des épaulements solides. Ce n'est pas étonnant s'ils nous ont répondu jusqu'à présent si exactement et avec tant de précision. Pourquoi aussi leur avons-nous donné le temps d'élever d'aussi formidables batteries ? » En s'éloignant toutefois il nous jeta, comme adieu, un mot d'espérance.

En arrivant à Béverne, nous rencontrâmes notre officier, le comte Roger Bontemps qui, chargé du service de l'ambulance pendant notre absence, nous rendit compte de sa gestion. Il nous fit un long récit de ses démêlés avec la municipalité. Cela aurait pu nous amuser en un tout autre moment, mais l'ordre de retour du général, les quelques paroles de cet officier d'artillerie nous avaient donné de vives inquiétudes et fait concevoir de tristes appréhensions sur le résultat de la journée.

Toutefois la narration de notre officier Roger Bontemps nous a semblé si curieuse ; elle emprunte aux événements de cette époque un caractère d'intérêt si vif
comme peinture de certaines administrations d'a-
lors, qu'il nous est impossible de la passer sous silence.

Pendant notre absence de Béverne, le comte Roger
Bontemps y était resté, comme nous venons de le dire,
chargé du service des blessés et des évacuations qu'il y
avait à faire. Il parcourait les salles de l'ambulance,
quand on le prévint que derrière ces salles, dans un
petit jardin contigu à l'église, on avait jeté pêle-mêle
morts, bras, jambes, etc. etc., tristes résidus des opérations des jours et nuits précédents. Aussitôt averti de la
présence de ce charnier, notre officier fit prier le maire
de Béverne de faire enlever et enterrer au plus tôt ces
débris humains.

Une épidémie, à la vérité, n'était point à craindre par
un froid de 18 à 20 degrés, et la terre gelée comme elle
l'était. Mais c'était un triste spectacle pour les malheureux blessés qui ne cessaient d'aller et venir dans cette
ambulance. Le maire refusa formellement d'accéder à cette
demande, prétextant que cela ne le regardait pas ; que
l'intendant Roger Bontemps avait, sous ses ordres,
des infirmiers et qu'il pouvait bien leur faire faire cette
besogne, qui était du reste de leur compétence. Notre
officier, contrairement à sa nature indolente et pares-
seuse, résista et exigea énergiquement l'enlèvement
immédiat de ces débris humains. Même il fit avertir le
maire que si, dans une heure, cette besogne n'était pas
terminée, il les ferait exposer, lui et son adjoint, sur la

place de Béverne, avec cet écriteau au dos : *Mauvais patriotes. Traîtres à la patrie.*

Devant cette menace, le maire et l'adjoint s'exécutèrent et se décidèrent à porter eux-mêmes ces cadavres, ces bras, ces jambes, au cimetière : « Il fallait les voir, disait ce gros réjoui de comte Roger Bontemps, traverser la place qui sépare du cimetière avec chacun un cadavre sur l'épaule, et emportant des bras et des jambes. Le monceau était assez important ; ils furent obligés de faire plusieurs tours. Comme je les surveillais moi-même, j'avais de la peine à tenir mon sérieux, tant leur démarche prêtait à rire sous ce fardeau funèbre. »

Sans approuver complètement la conduite de cet officier dans cette circonstance, mon chef ne put s'empêcher de sourire, au récit de cette bizarre réquisition. En bon Français, il trouvait cette mesure d'autant plus justifiée que le maire de Béverne, comme nous l'avons dit plus haut, s'était montré intraitable pour nous tous sans exception, depuis notre arrivée dans ce village ; de plus, M. le Maire nous avait été signalé comme n'ayant pas subi les réquisitions des Prussiens. Or, par ce seul motif, il devait nous être suspect. Les Prussiens se gardaient bien de réquisitionner chez les personnes où l'on était obligeant pour eux, et surtout· où on leur donnait des renseignements soit sur les francs-tireurs, soit sur les cachettes des voisins, soit même sur la marche de l'armée française. Tel était l'infâme marché que les Prussiens proposaient ordinairement aux paysans, pour leur assurer le respect de leur propriété. Hélas ! combien ont succombé à ces tentations !

Dans la soirée, on vint nous rapporter quelques nou-

velles du conseil de guerre, qui venait d'avoir lieu entre
le général en chef de l'armée de l'Est et quelques-uns
de ses auxiliaires : les généraux Billot, Pilatrie, Bonnet
et le commandant d'artillerie Brugère, à la croisée des
bois d'Aspremont, sous la présidence du général Bourbaki. Devant l'impuissance de nos tentatives, de ces
trois jours de bataille, après avoir fait connaître notre
situation et manifesté ses craintes pour l'avenir, le général en chef exprima l'avis qu'il y avait peut-être un
suprême effort à tenter ; mais qu'en tous les cas il
fallait agir sans retard, sinon battre en retraite. C'est
alors qu'il demanda, à ses généraux, s'ils pouvaient lui
assurer le concours de 20.000 braves ; que, dans ce cas
seul, il essaierait de se faire un passage au milieu des
batteries ennemies ; si, au contraire, ils ne pouvaient pas
disposer de cet effectif d'hommes courageux, il ne
fallait pas chercher plus longtemps à enlever les positions formidables de la Lisaine ; il fallait profiter de la
ligne de retraite sur Besançon, qui nous était encore
assurée. Car déjà l'avant-garde de Manteuffel arrivait ;
et demain ou après-demain il y aurait 80,000 hommes
sur nos arrières ; il était donc urgent de prendre un
parti !

Un général, le général Billot, je crois, ajouta notre
reporter, lui fit observer qu'il avait quelques hommes
solides sous la main, avec lesquels on pourrait tenter
cet effort suprême. Le général en chef lui aurait
répondu : « Ce n'est pas 8.000 hommes qu'il me faut,
mais 20.000, et je ne vous les connais pas. Nos hommes
couchent dans la neige depuis trois jours, après des
fatigues et des privations de toutes sortes ; ils n'ont ni

assez d'entrain, ni assez de solidité pour qu'on songe à entreprendre avec eux de percer la ligne d'investissement de Belfort. Je ne veux pas prendre la responsabilité d'enlever Chagey ; si vous avez 20,000 hommes déterminés et capables d'enlever la position, je vais ordonner le mouvement, mais à la condition que vous allez me signer un engagement par lequel vous vous chargerez d'enlever la position, et que vous mènerez l'affaire à bonne fin. Quant à moi, je vais prendre le commandement de votre réserve. »

Le général opposant n'accéda pas à cette condition.

« Eh bien ! alors, lui dit Bourbaki, exécutez mes ordres. »

Puis il montra la dépêche qui lui annonçait que les Prussiens avançaient sur nos arrières, que le chemin de fer avait été coupé en deux endroits, entre Gray et Dijon.

Pour réussir dans une attaque comme celle que proposait le général opposant, dans ce conseil de guerre, il fallait l'élément indispensable au succès, un certain nombre de bons soldats, et nous ne les avions pas. Ensuite il était trop tard pour faire une tentative quelconque ; nous ne pouvions la faire qu'avec la certitude du succès. Or, si nous ne réussissions pas dans cette suprême tentative, nous nous exposions à être coupés sur nos arrières, à voir une partie de l'armée prise entre deux feux, l'autre prisonnière, et enfin à laisser tout notre matériel au pouvoir de l'ennemi.

Aussi le conseil de guerre décida, à la presque unanimité, que nous n'avions qu'un parti extrême à prendre; c'était de battre en retraite et de nous retirer dans nos positions où l'armée de Manteuffel, harassée, fatiguée par ses marches forcées, ne pourrait que très-lentement nous suivre, ce qui donnerait le temps de combiner d'autres mouvements [1].

Aussitôt les ordres de revenir en arrière sont donnés à toute l'armée. La fusillade cesse : jusqu'à la nuit on n'entend plus que quelques coups de canon.

Pour se rendre un compte plus exact de la situation actuelle, et pour juger de la sagesse de cette dernière résolution, il faut lire la lettre que, ce jour-là, le général Bourbaki écrivait à la Délégation de Tours.

Général Bourbaki, à Guerre.

17 janvier 1871.

J'ai fait exécuter une attaque générale de l'armée ennemie depuis Montbéliard jusqu'au Mont-Vaudois, en cherchant à

---

[1] *La retraite.* Pendant que ces faits se passaient sur la gauche, la droite avait été moins heureuse. L'armée française, séparée de l'armée prussienne par une vallée où coule la petite rivière de Lisaine, après avoir franchi cette rivière sur plusieurs points, n'avait pu se maintenir sur l'autre bord, et avait dû la repasser avec une grande perte, renonçant à continuer des attaques trop meurtrières.

Quoi qu'il en soit, l'armée allemande était restée sur la défensive, hormis sur la gauche où l'offensive lui avait si mal réussi. Là, elle avait été refoulée, malgré les renforts envoyés d'Héricourt pour prendre les positions de Chénebier et nous pouvions nous considérer comme maîtres de la route de Frahier à Belfort.

Mais on savait que les communications de l'armée étaient coupées ou à peu près par une nouvelle armée allemande, commandée par le général Manteuffel qui, déjà, occupait la ligne de la Saône et s'avançait à grands pas pour occuper la ligne du Doubs. Les circonstances étaient, à coup sûr, critiques ; le *ravitaillement* de l'armée devenait *difficile* sinon *impossible*.

Pousser en avant était une de ces entreprises hardies que l'on

faire franchir la Lisaine à Bétoncourt, Basserel, Héricourt
et à m'emparer de Grand-Salbert. J'ai essayé de faire opérer par
mon aile gauche un mouvement tournant destiné à faciliter
l'opération. Les troupes qui en étaient chargées ont été elles-
mêmes menacées et attaquées sur le flanc : elles n'ont pu se
maintenir sur leurs positions.

Nous avons eu devant nous un ennemi nombreux, pourvu
d'une formidable artillerie ; des renforts lui ont été envoyés
de tous côtés ; il a pu, grâce à ces conditions favorables,
comme à la valeur de la position qu'il occupait, aux obstacles existant à notre arrivée, ou créés par lui depuis, résister à tous nos efforts, mais il a subi des pertes sensibles.

N'étant pas parvenu à réussir le 15 janvier, j'ai fait recommencer la lutte le 16 et le 17, c'est-à-dire pendant trois
jours. Malheureusement le renouvellement de nos tentatives
n'a pas produit d'autres résultats, malgré la vigueur avec laquelle elles ont été conduites ; l'ennemi toutefois a jugé prudent de se tenir sur une constante défensive. Le temps est
aussi mauvais que possible; *nos convois nous suivent difficilement ;* en dehors des pertes causées par le feu de l'ennemi,
le froid, la neige et le bivouac dans ces conditions exception-
nelles ont causé de grandes souffrances. Je reviendrai demain dans les positions que nous occupions avant la ba-

n'exécute qu'avec des troupes éprouvées et une confiance iné-
branlable dans soi-même et dans les autres ; le général en chef
ordonna la retraite. Les dispositions relatives à la 2e division
lui parvinrent dans la soirée du 17 janvier ; elles furent ac-
cueillies avec chagrin.

Fière de ses succès des jours précédents, pleine de confiance
dans l'avenir, la 2e division voyait inutiles les pertes qu'elle
avait subies, les dangers qu'elle avait courus, les fatigues qu'elle
avait affrontées. Elle ne furent pas cependant sans profit ; elles
servirent à couvrir le mouvement de retraite en rendant l'ennemi très-circonspect.

                    (*Journal des marches et combats de la 2e Division
        du 18e corps.*)

taille pour me ravitailler le plus facilement en vivres et en munitions.

Ce même jour, vers les 6 heures du soir, nous reçûmes l'ordre de profiter de la nuit pour évacuer nos blessés, faire faire des distributions et diriger nos convois sur Athésans. Par ce même ordre le général en chef prévenait les généraux de division de se tenir prêts à replier leurs troupes des points qu'elles occupaient.

A ce seul signe, le moment de la retraite désormais nous paraissait prochain car toutes ces précautions en étaient ordinairement les préliminaires. En effet, vers minuit, on nous apporta l'ordre de mouvement général pour le lendemain, qui prescrivait la retraite sur Besançon.

Selon cet ordre de mouvement, on se repliait sur la route de Besançon en passant par Villechevreux ; le quartier général du 18ᵉ corps devait être le soir à Champey et le lendemain à Bournois. Les blessés devaient être évacués dans la nuit au fur et à mesure que les convois descendaient d'Etobon et repassaient par Béverne où se trouvait installée l'ambulance du 18ᵉ corps ; on devait charger nos blessés sur les voitures vides.

A partir de trois heures du matin nous procédâmes à cet emballage ; triste corvée, spectacle horrible à voir ! Malgré les cris, les souffrances de ces malheureux, dont la plupart avaient subi des opérations, nous les entassions dans ces charrettes presque toutes découvertes, par un froid de 17 degrés. Ils avaient pour couchette quelques brins de paille avec la perspective de faire 40 ou 50 kilomètres sans aucun soin. Affreuse nécessité de faire faire un voyage semblable à des blessés, mais il n'y avait pas à hésiter un instant. Tous, malgré ces horribles souffrances, préféraient partir que de rester dans ce petit village sans soins et surtout que de tomber aux mains des Prussiens. Au reste, il n'était que temps de quitter la mairie de Béverne devenue par notre séjour de trois nuits un véritable charnier. Les salles ressemblaient à un abattoir : la quantité d'opérations qui avaient été faites dans ce local pouvait s'élever à 300 au moins. Des courants sanguinolents, malgré les soins des infirmiers qui ne pouvaient suffire au lavage, s'étaient établis dans les pièces du rez-de-chaussée. En montant au 1er étage, où nous avions installé les petits malades et la pharmacie, il fallait bien se garder de toucher à la rampe ou au mur, si l'on ne voulait pas être souillé par le sang qui les recouvrait; dans l'escalier, le sang mêlé à la neige formait une boue qui prenait aux pieds et qui était affreuse à voir: des miasmes commençaient déjà à y régner et l'on doit s'étonner aujourd'hui que le typhus n'y ait fait aucun ravage; le relevé des blessés de cette ambulance de Béverne pendant les 15, 16 et 17 janvier s'élève au chiffre imposant de 800, sans faire entrer en ligne de compte les petits blessés.

FIN DU PREMIER VOLUME

TABLE DES MATIÈRES

DU TOME PREMIER

Armée de la Loire.

Armée de l'Est.

Cartes.

FIN DE LA TABLE DU TOME PREMIER

Imprimerie de DESTENAY, Saint-Amand (Cher).

www.ingramcontent.com/pod-product-compliance
Lightning Source LLC
Chambersburg PA
CBHW050733030726
47505CB00002B/247